Willkommen im kleinen Ostseehotel

Frühlingsgefühle

Evelyn Kühne

Impressum

© 2023 Evelyn Kühne

ISBN: 9783754683811

EK Books

Elbweg 3
01612 Nünchritz

Mail: evelyn-kuehne@mail.de

Lektorat/Korrektorat: Julia Blasius, www.blasius-texte.de

Covergestaltung: Constanze Kramer, www.coverboutique.de

Bildnachweise: ©reichdernatur, ©OLIVER Stockphoto,
©reichdernatur – stock.adobe.com
©alb2018, ©Pawel Kazmierczak, ©Sergey Andrianov –
shutterstock.com envatoelements.com

Herstellung und Druck über tolino media GmbH & Co. KG,
Albrechtstr. 14, 80636 München. Printed in Germany.
Fragen zu Produktsicherheit an: gpsr@tolino.media.

Willkommen im kleinen Ostseehotel

Frühlingsgefühle

Evelyn Kühne

Die Autorin:

Evelyn Kühne wurde 1970 in Radebeul bei Dresden geboren.

Schon immer galt ihre ganze Liebe den Büchern und dem Lesen. Doch bis sie selbst zur Autorin wurde, sollte eine gewisse Zeit vergehen.

Nach einer Krebserkrankung wurde das Schreiben für sie die beste Strategie zur Krankheitsbewältigung. Schnell schrieb sie sich mit ihren Romanen in die Herzen ihrer LeserInnen.

Ihr Schreibmotto lautet: Schokolade in Buchform. Oder Wasser in die Badewanne, dazu ein Tee oder Glas Rotwein und für eine Buchlänge entführen lassen.

Sie lebt heute mit ihrem Mann, Hund und Katze in der Nähe von Meißen.

Näheres unter: www.evelyn-kuehne.de

Kapitel 1

Sonnenstrahlen wanderten über die mit Teppichen belegten Dielen des Arbeitszimmers. Staubkörnchen tanzten in ihnen und flimmerten durch die Luft.

Nachdenklich schaute Veronika Gutter nach draußen. Heute war der erste wärmere Tag seit Langem. Es schien, als würde der nahende Frühling endlich den Winter besiegen. Der hatte lange gedauert und den Darß in seiner kalten Umarmung gehalten. Alle hatten genug von Schnee, Stürmen und andauernden Phasen tristen Nieselregens. Die ganze Insel atmete auf und die Menschen schienen ein leichtes Kribbeln im Magen zu spüren, als hätten sie Schmetterlinge im Bauch – wie bei Frischverliebten. Die Natur erwachte jeden Tag ein bisschen mehr. Die Wellen des Boddens schimmerten silbern, das am Rand stehende Schilf tanzte in einer leichten Brise, die vom Meer her kam. Heute versprach, ein wunderbarer Tag zu werden.

„Veronika?", fragte ihr Mann besorgt. Er saß auf der anderen Seite des Tisches und musterte sie. „Hast du Zweifel?"

„Du nicht?" Veronika verschränkte die Hände und starrte auf den Bildschirm. „Immerhin ist Denise unsere Tochter. Sie sollte das Hotel führen."

„So hatten wir es uns immer gedacht, ich weiß. Doch die Geschehnisse im letzten Jahr und in den vergangenen Tagen …" Ferdinand stockte und wirkte hilflos. „Denise hat sich nicht mit Ruhm bekleckert."

Das war milde ausgedrückt. Denn die Tochter des Hauses hatte beinahe dafür gesorgt, dass das *Godewind*, das Hotel ihrer

Eltern, verkauft worden wäre. Zwar nur anteilsmäßig, aber dennoch.

Nachdem ihre Mutter vor einigen Monaten einen schweren Unfall erlitten hatte, war Denise bereitwillig eingesprungen und hatte die Leitung des *Godewinds* übernommen. Während Veronika im Koma lag und deren Mann Ferdinand Tag und Nacht am Bett seiner Frau zubrachte, krempelte Denise alles um. Sie verärgerte nicht nur das Personal mit neuen Dienstplänen, unnötigen Änderungen und permanentem Druck, sie verhandelte auch mit einer großen Hotelkette über eine Übernahme. Nur durch das Engagement der Angestellten, die sich schließlich hilfesuchend an Ferdinand gewandt hatten, war Schlimmeres verhindert worden.

Er hatte, nachdem seine Frau wieder daheim gewesen war, lange mit sich gerungen. Was sollte er erzählen, was lieber verschweigen? Denise war ihre einzige Tochter. Veronika kannte ihre Eskapaden natürlich. Denise war schon immer sprunghaft gewesen, launisch und sie verlor an den meisten Dingen nach kurzer Zeit die Lust. Aber das, was diesmal geschehen war, überstieg alles bisher Dagewesene. Allerdings hing Veronikas Gesundheit nach dem Unfall am seidenen Faden. Die Ärzte hatten zur Schonung geraten. Körperlich, aber auch psychisch. Jede Aufregung sollte von ihr ferngehalten werden. Und was wäre aufregender gewesen, als ausführlich zu erfahren, was Denise alles angerichtet hatte?

Schließlich hatte Ferdinand eine stille Übereinkunft mit dem Personal geschlossen, an die sich alle gehalten hatten. Er hatte entschieden, einige Details unter den Tisch fallen zu lassen. Eigentlich die meisten. Nur Kleinigkeiten waren an Veronika weitergegeben worden. Dinge, die sie vermutlich auch allein herausgefunden hätte. Jetzt, mit einigem Abstand, bereute er dies fast, denn im *Godewind* mussten dringend Entscheidungen getroffen werden, die die künftige Leitung des Hotels betrafen. Trotz aller Schonung und vieler Therapien hatte Veronika nach dem Unfall nicht wieder zu ihrer alten

Kraft gefunden. Manchmal schien es Ferdinand, als würde seine Frau jeden Tag ein bisschen weniger werden. Sie zwang sich, immer wieder und aufs Neue. Aber oft war sie einfach zu müde zum Arbeiten und um notwendige Sachen zu erledigen. Sie schob Dinge vor sich her, was ganz und gar untypisch für sie war. Auf Dauer würde das nicht gut gehen. Die Sommersaison stand vor der Tür, bald würde kaum noch Zeit zum Durchschnaufen bleiben. Das Hotel war ein großes Haus, mit einigen Angestellten und vielen Stammgästen.

Und Denise? Die hatte sich Anfang des Jahres mit ganzer Kraft in ihre Aufgabe gekniet. Als wolle sie all das ungeschehen machen, was im Dezember passiert war. Sie war ihrer Mutter damit eine große Stütze gewesen und hoffnungsvoll hatte Veronika angenommen, nun langsam ein wenig Verantwortung abtreten zu können. Doch dann war das geschehen, was so typisch für Denise war. Anfangs kaum merklich hatten sich Fehler eingeschlichen, Buchungen waren verschwunden, Bestellungen oder Gästewünsche nicht weitergegeben worden. Es waren Kleinigkeiten gewesen, die aber nicht passieren durften. Schon gar nicht in einem Haus wie dem *Godewind*. Natürlich trugen immer die anderen die Schuld. Denise bestritt ihre Beteiligung vehement und agierte damit wie in der Vergangenheit. Die Hoffnung, dass ihre Tochter sich geändert hatte, war gestorben. Und der Plan, dass Veronika endlich kürzertreten konnte, ebenfalls.

So hatte sich Ferdinand am gestrigen Abend ein Herz gefasst und mit ihr gesprochen. Es war ihm nicht leicht gefallen, im Gegenteil. Doch zu einer Beziehung gehörte es auch, Wahrheiten auszusprechen und gemeinsam den Tatsachen ins Auge zu sehen.

Veronika hatte seinen Ausführungen gelauscht, schweigend, ohne großartige Regung. Schließlich hatte sie genickt. „Nun, wenn es sein muss, dann muss es eben sein." Nach diesen Worten war sie ins Schlafzimmer gegangen. Langsam, auf ihren Rollator gestützt.

Ferdinand hatte ihren Schmerz tief in seinem Inneren gespürt. Die Frau, mit der er seit so vielen Jahren zusammen war und mit der er auch den Rest seines Lebens verbringen wollte, so zu sehen war ihm unerträglich gewesen. Für einiges, was geschehen war, suchte er bei sich die Schuld. Er hatte sich immer aus dem Hotelbetrieb herausgehalten und sich stattdessen in seine Forschungen vertieft. Die Ostsee, ihre Veränderungen, der Klimawandel, die Geschehnisse an Strand und Küste waren wichtiger gewesen als das *Godewind*. Das Hotel, in dem es immer tausend Dinge zu tun gab. Dinge, die an erster Stelle stehen mussten, zumindest aus Veronikas Sicht. Er hatte dies oft nicht verstanden. Vielleicht, weil er es nicht verstehen wollte. Doch die Zeit ließ sich nicht mehr zurückdrehen. Nur heute, im Hier und Jetzt, konnten sie aktiv werden. Und da Veronika dazu nicht mehr in der Lage war, musste er vorangehen.

Später im Bett hatten sie schweigend nebeneinandergelegen – schlaflos, unruhig. Immer wieder hatte seine Frau sich hin und her gewälzt. Ihm war es nicht anders gegangen. Ferdinand wusste, dass Veronika die ganze Nacht kein Auge zugetan hatte. Doch heute Morgen am Frühstückstisch hatte sie verkündet, die nun notwendigen Schritte gehen zu wollen. Ihr Blick war fest gewesen, nur die Stimme hatte leicht gezittert.

Jetzt saßen sie gemeinsam im Arbeitszimmer seiner Frau. Der Computer war angeschaltet. Veronika hatte eine Seite geöffnet, auf der Hotels Stellenanzeigen veröffentlichen konnten. Sie wollten eine aufgeben. Nicht irgendeine, wie sonst immer, in der sie Zimmermädchen oder Aushilfen für die Hauptsaison suchten, diesmal galt es, jemanden zu finden, der die Leitung des *Godewinds* übernehmen sollte.

„Ja, mit Ruhm hat sie sich wirklich nicht bekleckert. Wenn ich nur an das Chaos mit den Buchungen denke. Wer weiß, was noch alles geschehen ist, vor allem im letzten Dezember", meinte Veronika nachdenklich. „Und ich ahne, dass du mir nur die Hälfte der Vorkommnisse erzählt hast." Ihr Blick war ernst.

Ferdinand schüttelte leicht den Kopf. „Wie hatte ich nur denken können, dir etwas verheimlichen zu können. Vor allem etwas, das dein *Godewind* betrifft."

Über Veronikas Gesicht huschte ein Lächeln. „Ich kann mir denken, warum du es getan hast."

„Nur zu deinem Besten", erwiderte Ferdinand.

„Ja, ich weiß. Schonung, Ruhe, kein Stress – und das in einem Hotelbetrieb. Das ist unmöglich. Deswegen hatte ich so gehofft …" Sie schwieg kurz. „Denise hat sich Anfang des Jahres so gut geschlagen, war korrekt, bemüht." Veronika seufzte. „Und dann wieder dieses alte Muster. Ich verstehe sie nicht. Kann es sein, dass sie all das hier überhaupt nicht will? Oder ist Denise einfach nur sprunghaft, launisch?" Sie griff nach dem Wasserglas und trank einen Schluck. Dann stellte sie es behutsam neben sich ab. „Fest steht, wir können ihr die volle Verantwortung nicht übertragen. Wir können ihr nicht mal ein kleines bisschen mehr Verantwortung übertragen. Das wäre nicht richtig und das falsche Signal für unsere Angestellten. Die bügeln alle Fehler aus und müssen Denise kindisches Verhalten ertragen. Auch wenn es mir das Herz bricht – suchen wir einen Chef für unser Hotel, jemanden, der das *Godewind* in meinem Sinne führt."

Ihr Mann nickte. „Ich kann nur erahnen, wie schwer dir das fällt, doch es muss nicht für immer sein. Wer weiß, eines Tages versteht sie vielleicht, was es bedeutet, Chefin zu sein." Ferdinand ergriff die Hand seiner Frau. „Denise hat so viel Porzellan zerschlagen, dass wir froh sein können, keine Mitarbeiter verloren zu haben."

„Zum Beispiel Sophie." Veronika lächelte. „Ich hab vor einigen Tagen Astrid Körner getroffen, die Chefin dieser kleinen Pension drüben in Prerow. Sie beglückwünschte mich, dass Sophie bei uns geblieben ist, obwohl sie sich bei ihr schon beworben hatte. Ich kenne Sophie, wenn sie sich nach einer anderen Arbeit umgesehen hat, müssen schlimme Dinge passiert sein." Sie wandte sich wieder dem Bildschirm zu. „Also gut, füllen wir das Formular aus."

Eine halbe Stunde später war es geschafft. Veronikas Finger schwebte über der Senden-Taste. Einen Augenblick rang sie nach Luft und sah noch einmal ihren Mann an. Ferdinand nickte. Dann ließ sie ihren Finger sinken und die Anzeige war online.

„Heute Mittag werde ich es Denise sagen. Sie sollte es nicht von jemand anderem erfahren oder durch Zufall. Egal, was geschehen ist, das sind wir ihr schuldig."

Gegen zwölf versammelte sich die Familie im heimischen Esszimmer. Veronika hatte extra bei einem Restaurant in Ahrenshoop Denises Lieblingsessen geordert: Königsberger Klopse mit frischen Kartoffeln. Es war eine hilflose Geste, die beinahe wie eine Entschuldigung wirkte. Dabei gab es für Veronika gar keinen Grund, sich bei ihrer Tochter zu entschuldigen. Oder doch? Erntete sie nun, was sie vor vielen Jahren selbst gesät hatte? Immerhin hatte sie Denise häufig allein gelassen.

Nervös saß sie am Tisch und spähte durch den Garten Richtung Hotel. In diesem Moment öffnete eine junge Frau mit langen, blonden Haaren das kleine Gartentürchen, das den Privatbereich der Familie abtrennte.

„Sie kommt", rief Veronika ihrem Mann zu und verschlang unsicher ihre Finger ineinander.

Ferdinand erhob sich aus seinem Sessel und legte ihr eine Hand auf die Schulter. „Wir tun das Richtige. Ich bin sicher, Denise wird es verstehen." Dennoch spürte sie seine Zweifel.

Wenig später klapperte Denise mit ihren hohen Absätzen durch den Flur und betrat das Esszimmer. Sie beugte sich über ihre Mutter und gab ihr einen flüchtigen Kuss auf die Wange. Der Duft eines teuren, exklusiven Parfüms stieg in deren Nase. Wie immer trug Denise ein Kostüm, das für Ahrenshooper

Verhältnisse ein wenig überzogen wirkte und eher in ein Grandhotel gepasst hätte.

Seufzend sank ihre Tochter auf den Stuhl gegenüber und trank das bereitstehende Glas Wasser leer. „Mann, heute war vielleicht wieder was los. Haufenweise Anfragen für die Sommermonate, dabei sind wir restlos ausgebucht. Ich kann mir die Zimmer doch nicht aus den Rippen schnitzen. Und in den anderen Häusern sieht es ähnlich aus. Zumindest in den Häusern, die auf unserem Niveau sind. Das hab ich Peter noch einmal erklären müssen. Immer wieder versucht er, für die Gäste Alternativen zu finden. Zum Beispiel in Pensionen oder Ferienwohnungen. Dabei hab ich ihm schon hundertmal erklärt, dass er das lassen soll. Ich glaube, er wird langsam zu alt für seine Aufgabe."

„Peter ist Mitte fünfzig und ganz sicher nicht zu alt." Veronika warf Ferdinand einen kurzen Blick zu. „Außerdem haben wir es die ganzen Jahre so gehandhabt und nach freien Unterkünften gesucht. Unsere Gäste haben es uns immer gedankt. Genau wie die anderen Hotels oder Pensionen im Ort."

Denise schien eine Erwiderung auf den Lippen zu liegen, doch sie schluckte sie hinunter und öffnete stattdessen eine der Terrinen auf dem Tisch. „Königsberger Klopse", sagte sie gedehnt und legte den Deckel wieder auf.

„Die hast du doch immer so gern gegessen."

„Das ist ja schon Ewigkeiten her. Ich mach eigentlich gerade eine Salatkur."

Veronika schluckte. „Also willst du gar nichts essen?"

„Doch, natürlich." Denise nahm sich eine winzige Portion und fing an, auf ihrem Teller herumzustochern. „Aber ihr wolltet mich sprechen. Worum gehts denn? Ich hoffe, nicht wieder um dieses blöde Buchungsprogramm und Peters Unfähigkeit damit umzugehen. Buchungen, die verschwinden, vor allem, nachdem ich sie eingegeben habe – lächerlich." Sie verdrehte die Augen.

„Nein, es geht nicht um das Buchungsprogramm", erwiderte Veronika. „Ich bitte dich dennoch, damit aufzuhören, Peter für Fehler verantwortlich zu machen. Er hat mir die Situation ausführlich geschildert und ich vertraue ihm."

Denise schaute sie forschend an. „Tust du das? Nun, wenn du meinst. Ich sehe die Sache ein wenig anders, aber meine Meinung interessiert ja keinen."

„Deine Meinung interessiert uns sogar sehr, aber ..." Veronika ergriff die Serviette und faltete sie auseinander. „Wir haben uns gestern Abend lange unterhalten, dein Vater und ich", begann sie zögernd. „Es geht um meine Gesundheit und die Zukunft des Hotels. Ich werde kürzertreten müssen, das haben mir die Ärzte mehrfach gesagt."

„Ich verstehe", sagte Denise und blickte kurz zwischen ihren Eltern hin und her. „Das klingt vernünftig, immerhin hattest du einen schweren Unfall."

„Ja, und deswegen haben wir beschlossen, jemanden zu suchen, der die Leitung des *Godewinds* übernimmt." Nun war es heraus.

Ihre Tochter ließ ganz langsam das Besteck sinken. „Jemanden zu suchen? Was soll das heißen? Meint ihr etwa jemand Externes? Einen Fremden?" Denises Gabel klirrte auf dem Teller.

„Ja, genau so möchten wir es machen."

Die vollen Lippen ihrer Tochter wurden zu einem schmalen Strich. Eine tiefe Falte trat auf ihre Stirn. Dann warf Denise die Serviette auf den Tisch. „Ach, und das sagt ihr mir so am Rande." Wie ein trotziges kleines Kind lehnte sie sich zurück und verschränkte die Arme. „Und weil es sich schöner verpacken lässt, serviert ihr einfach Königsberger Klopse und denkt, damit sei alles wieder gut. Wie bei einer Fünfjährigen, der man ein Überraschungsei schenkt." Denise lachte auf und schlug sich gegen die Brust. „Ich bin eure einzige Tochter. Früher hast du mir immer versprochen, ich würde das *Godewind* eines Tages übernehmen. So, wie du es damals übernommen hast. Ich hab all diese bescheuerten Ausbildungen gemacht, war in anderen Hotels. So, wie du es dir gewünscht hast. Nach deinem Unfall hab ich alles stehen und liegen lassen, bin hergekommen. Und nun servierst du mich ab? Einfach so?" Denise griff nach der Glaskaraffe und schenkte sich zitternd Wasser nach. „Also geht es doch um das Buchungsprogramm und diese bescheuerte stornierte Eierlieferung." Sie beugte sich nach vorn und schaute ihre Mutter beschwörend an. „Ich versichere dir, euch, nichts damit zu tun zu haben. Ich habe alle Buchungen ordnungsgemäß erfasst, ich habe die Eierlieferung weitergegeben, die Tischreservierungen im Strandblick weitergeleitet und alles andere auch. Soll ich auf die Knie gehen und schwören?" Doch plötzlich hielt Denise inne und schaute ihren Vater an. „Jetzt verstehe ich. Es geht gar nicht um diese komischen Vorfälle in letzter Zeit. Es ist wegen der Sache mit dem Verkauf, nicht wahr? Obwohl du mir versprochen, ach, was sage ich, geschworen hast, es für dich zu behalten, hast du es Mama erzählt."

Veronika hob verwirrt die Hand. „Den Verkauf? Welchen Verkauf denn, zum Teufel noch mal? Wovon sprecht ihr?" Unsicher schweiften ihre Augen zwischen ihrem Mann und Denise hin und her.

Ferdinand schüttelte den Kopf und schob seinen Stuhl ein Stück nach hinten. Dann stöhnte er leise.

Denises Lippen bebten, ihr Gesicht wurde blass. „Du weißt nichts von der Geschichte?", fragte sie ihre Mutter. „Du hast es ihr also nicht erzählt?"

„Nein, das habe ich nicht. Genau so, wie wir es damals besprochen haben", erwiderte Ferdinand eindringlich. „Und alle anderen Angestellten des Hotels haben sich ebenfalls an unsere Absprache gehalten, obwohl du ihnen so übel mitgespielt hast. Sie haben es nicht für dich, sondern für deine Mutter getan, um ihr den Kummer zu ersparen." Er erhob sich, trat an die kleine Bar, die zwischen den beiden Fenstern stand und goss sich einen Kognak ein. Dann setzte er sich wieder, schwenkte kurz das Glas und leerte es in einem Zug. „Tja, nun weiß sie Bescheid."

„Würde mir jetzt bitte endlich jemand verraten, um was für einen Verkauf es hier geht?", fuhr Veronika dazwischen.

Stille zog ein, die nur vom leisen Ticken der alten Wanduhr neben der Tür unterbrochen wurde.

Nach einer Weile trommelte Veronika ungeduldig mit ihren Fingerkuppen auf dem Tisch. „Hat es euch die Sprache verschlagen?"

„Ich habe nach einem Investor gesucht und schließlich eine Hotelgruppe gefunden, die sich für das *Godewind* interessierte", erwiderte Denise schließlich ungewohnt leise.

„Einen Investor? Aber wofür denn einen Investor in Gottes Namen?", fragte ihre Mutter verwirrt. „Es gibt genügend Rücklagen auf dem Wirtschaftskonto für kleinere Investitionen oder Reparaturen."

„Es geht doch hier nicht um Reparaturen, sondern um Erweiterungen, Modernisierungen, einen Spa-Bereich."

„Erweiterungen? Hier am Bodden? Das wäre niemals genehmigt worden. Außerdem wäre es vollkommen unnötig gewesen. Unsere Gäste sind zufrieden. Das *Godewind* ist perfekt, so wie es ist."

„Das glaubst du", erwiderte Denise, „weil du nicht mehr über deinen Tellerrand schaust. Aber ich habe es getan."

„Was hast du konkret getan? Sag es mir!" Veronikas Blick war so eindringlich, dass Denise schließlich sprach.

„Ich bin mit einer Hotelkette in Verhandlungen gegangen. Einer Kette, die händeringend Häuser hier oben an der Ostsee sucht, speziell im Bereich Darß. Sie haben sich alles angesehen und waren begeistert. Also haben sie mir ein Angebot gemacht und ich wollte zugreifen."

Veronikas Augen wurden kugelrund. Ihre Brust hob und senkte sich unregelmäßig. „Du wolltest das *Godewind* verkaufen? Hinter meinem Rücken?"

„Beruhige dich, es ist ja nichts geschehen. Ich habe rechtzeitig …", versuchte Ferdinand einen Einwurf.

Seine Frau warf ihm einen knappen Blick zu. „Sei bitte still. Ich will, dass Denise es sagt. Wolltest du das *Godewind* verkaufen?"

„Nicht das ganze Hotel, nur ein paar Anteile. Wir hätten Cash bekommen, wären aus vielen Entscheidungen rausgewesen. Das *Godewind* wäre in ein vollkommen neues Zeitalter geführt worden", verteidigte Denise sich. „Wir wären konkurrenzfähiger gewesen und hätten mit den größeren Häusern mithalten können. Du hast dich doch manchmal beschwert, dass ihr nie richtig Urlaub machen konntet. Das immer das Hotel im Mittelpunkt stand. Dann hättest du die Gelegenheit dazu gehabt."

Veronika rang immer noch nach Atem. „Weil jemand anderes das Steuerrad im Hotel in die Hand nimmt? Du hast also nur darauf gewartet, dass ich außer Gefecht gesetzt war. Du hast hinter meinem Rücken gehandelt. Du hast etwas getan, was ich nie gewollt hätte, und das wusstest du ganz genau. Ich will keine Erweiterungen, keine Investoren! Wir sind ausgebucht! Sieh dir nur die Reservierungen für das gesamte Jahr an."

„Das war das Einzige, was mir übrig blieb. Es wäre das Beste für uns alle gewesen, besonders für dich, für euch."

„Wie bitte? Seit wann interessiert dich, was für mich gut ist."

„Ich habe es für die Familie getan", beharrte Denise. „Du hättest dem Verkauf niemals zugestimmt."

„Hätte ich auch nicht. Weil das *Godewind* zu unserer Familie gehört und nicht in die Hände irgendwelcher Geldhaie." Veronika griff nach ihrem Glas und trank hastig. „Und ich war dagegen, als dein Vater damals vorgeschlagen hat, deine Befugnisse bezüglich des Hotels einzuschränken. Ich hab dich verteidigt, immer an dich geglaubt. Ich wollte dir alle Rechte einräumen, weil du unsere Tochter bist. Zum Glück habe ich auf deinen Vater gehört, sonst säßen wir jetzt schon auf der Straße."

„Das ist doch Schwachsinn", entgegnete Denise erregt. „Niemand säße auf der Straße. Im Gegenteil, ihr könntet endlich reisen und euch die Welt ansehen und ich …" Sie verstummte plötzlich.

„Und du?", fragte Veronika. „Was könntest du? Deine Schulden tilgen? Glaubst du, ich bin dumm? Denkst du, ich hab nicht mitbekommen, was sich dort im fernen Bayern abgespielt hat? Eine größere Eigentumswohnung, ein neuer Wagen, eine Reise auf die Malediven und das alles, ohne dass du einen richtigen Job hattest. Wovon wolltest du das auf Dauer finanzieren?"

Denise spielte mit der Serviette. Sie strich immer wieder über den Mittelfalz, als würde sie dort eine Antwort auf die Vorwürfe ihrer Mutter finden.

„Das werde ich dir nie vergessen, niemals", flüsterte Veronika. „Mit allem hab ich gerechnet, dass es Ärger mit dem Personal gibt, dass du wieder irgendwelche Pläne hast, an denen du nach kurzer Zeit die Lust verlierst, was weiß ich. Aber das ist zu viel. Und was die Vorfälle in letzter Zeit betrifft: Du glaubst doch nicht wirklich, dich nach all dem, was ich gerade erfahren habe, als Unschuldslamm hinstellen zu können? Wer soll dir das noch glauben."

„Ich schwöre, ich bin es nicht gewesen. Es muss jemand anderen geben, der …" Zum ersten Mal begann Denises Stimme zu zittern. „Ich gebe alles andere zu, aber nicht das."

„Deine Schwüre ändern nichts, es ist zu spät." Veronika erhob sich langsam, tastete nach dem Rollator, der neben ihrem Stuhl stand und bewegte sich Richtung Flur. „Die Entscheidung ist bereits gefallen und ich lege mich jetzt ein bisschen hin."

„Soll ich mitkommen?", fragte Ferdinand besorgt. Doch Veronika schüttelte den Kopf.

Vater und Tochter blieben allein im Esszimmer zurück. Auf Ferdinands Teller lagen immer noch zwei Klopse in Kapernsoße. Die hatte inzwischen begonnen eine hässliche Haut zu bilden. Er schaute hinaus in den kleinen Vorgarten, der zwischen Haus und Eingangspforte lag. Ziergras, das Veronika immer stehen ließ, weil es im Winter so schön aussah, wenn der Frost die Halme erstarren ließ, wiegte sich in einer Brise. Die Sonne schien, der Himmel war blau. Dahinter schimmerte die weiße Fassade des *Godewinds*. Es war wirklich der erste warme Frühlingstag des Jahres. Dann wanderte sein Blick auf die andere Seite des Tisches. Dahin, wo Denise saß.

Diese musterte immer noch die Tür, aus der ihre Mutter gerade verschwunden war.

„War das wirklich nötig?", fragte Ferdinand. „Genau das habe ich deiner Mutter ersparen wollen."

„Das hab ich jetzt auch begriffen. Ich hab gedacht, du hast es ihr gesagt oder irgendeiner von drüben." Denise deutete mit dem Kopf Richtung *Godewind*.

Ferdinand seufzte. „Es sind feine Menschen, die dort drüben arbeiten. Sie sind loyal, sie hängen an dem Hotel, genau wie deine Mutter."

„Dir liegt an unserem Personal anscheinend mehr als an deiner eigenen Tochter. Vor allem glaubst du dem Personal mehr als mir." Denise schob ihren Stuhl nach hinten. „Ich glaube, ich werde hier nicht mehr benötigt. Da ihr eure Fühler schon nach einem neuen Mitarbeiter ausgestreckt habt, ist es wohl das Beste, wenn ich gehe."

„Du willst also abhauen, jetzt sofort, und das Hotel im Stich lassen?" Ferdinand schüttelte leicht den Kopf. „Ich denke, das solltest du nicht tun."

„Erwartest du im Ernst, dass ich hierbleibe, bis mein Nachfolger eintrifft und ich ihm dann die Geschäfte auf einem Silbertablett übergebe?" Denise stützte sich auf den Tisch. „Dass ich einfach weitermache und so tue, als wäre nichts geschehen? Noch dazu, wo alle mich beschuldigen, dem Hotel zu schaden? Ihr widersprecht euch, merkst du das?"

„Ja, vielleicht würde ich das wirklich von dir erwarten, nach allem, was geschehen ist. Vielleicht würdest du damit Größe zeigen und deinen Willen, das *Godewind* doch eines Tages zu übernehmen, und deiner Mutter damit ihren größten Wunsch erfüllen", erwiderte Ferdinand leise.

„Wollt ihr das denn überhaupt? Seid ihr sicher? Immerhin vertraut ihr mir kein Stück. Auch nicht nach den letzten Wochen, in denen ich alles gegeben habe." Denises Augen wurden schmal. „Tut mir leid, aber ohne mich." Mit hoch erhobenem Kopf verließ sie das Zimmer. Doch dann drehte sie sich noch einmal um. „Und ihr solltet weiterhin das Buchungsprogramm im Auge behalten. Es wird nämlich nicht aufhören, es werden weiterhin Dinge geschehen. Aber wie ich euch kenne, werdet ihr vermuten, dass ich mir heimlich Zutritt zum Hotel verschaffe. So bin ich nun mal. Denise, die Sprunghafte, die nichts richtig macht, die all das hier den Bach runtergehen sehen will."

Ferdinand rechnete damit, dass sie die Tür zuschlagen würde, so wie früher immer, doch das tat sie nicht. Sie ließ sie einfach offen und durchquerte die Diele. Denise Schritte verklangen auf den Steinplatten vor dem Haus. Dann erfüllte wieder Stille den Raum und die alte Wanduhr tickte, als wäre nicht das Geringste geschehen.

Kapitel 2

„Frau Torberg, bitte in Sprechzimmer zwei", erklang eine
knarzende Stimme aus dem Lautsprecher über der Tür.

Elsa legte die bunte Zeitschrift, in der sie geblättert hatte, zu
den anderen auf dem Tisch und verließ das Wartezimmer.
Nebenbei warf sie einen knappen Blick auf ihre Uhr. Gleich
fünf, geschlagene zwei Stunden hatte sie warten müssen. Die
ewig lächelnde Sprechstundenhilfe am Empfang wies mit der
Hand in die entsprechende Richtung, als wäre Elsa heute das
erste Mal hier und wüsste den Weg zum Sprechzimmer nicht.

In den letzten Monaten hatte sie gefühlt mehr Zeit in dieser
Praxis als daheim oder irgendeinem anderen Ort verbracht. Sie
glaubte, inzwischen das Muster des Teppichs im Wartebereich
im Schlaf aufmalen zu können, und wusste genau, welcher
Stuhl besonders auffällig knarrte. Elsa registrierte jede einzelne
neue Blüte der Orchideen auf der Fensterbank und konnte
schon am Gesichtsausdruck ablesen, ob die junge Arzthelferin
mal wieder Liebeskummer oder eine kurze Nacht hatte.

Vor einem Jahr hatte ihr Hausarzt sie hierher überwiesen, zu
einem Lungenspezialisten. Der Grund war ein hartnäckiger
Husten gepaart mit Luftnot gewesen, der einfach nicht hatte
weichen wollen. Dann war eine endlose Abfolge von Tests und
Untersuchungen über sie hereingebrochen, an deren Ende eine
Diagnose stand. Die klang reichlich simpel und hatte es
dennoch in sich. Denn Elsa hatte eine Allergie entwickelt,
gegen alle möglichen Dinge, wie Hausstaub, irgendwelche
Milben, aber vor allem die Luft der Großstadt. Und die war
hier in Stuttgart an manchen Tagen so dick, dass sie sich
japsend durch den Tag quälte. Immer wieder musste sie nach

ihrem Spray greifen, das nur kurzzeitig Linderung brachte. Keine guten Voraussetzungen für die Chefin der Rezeption eines Fünfsternehotels. Kunden oder Mitarbeitern heftig hustend oder nach Luft schnappend entgegenzutreten, machte sich nicht gut. Und alle Mittel, die Elsa bisher gegen ihre Allergie ausprobiert hatte, zeigten nur wenig oder gar keine Wirkung. Resignation hatte sie befallen und immer wieder fragte sie sich, wie ihre Zukunft aussehen sollte.

Doktor Fischer, der eigentlich Professor war, aber unter keinen Umständen so angesprochen werden wollte, erwartete sie bereits in seinem Sprechzimmer und schaute ihr über den Rand seiner schmalen Brille entgegen. Er war ein seltsam altersloser Mann, der nur sehr schwer zu schätzen war. Elsa hatte dennoch herausgefunden, dass er an die Siebzig war und sich schon im Ruhestand befinden müsste. Sein Sprechzimmer war mit ihm gealtert. Zwar stand ein Computer neben ihm, doch Elsa hatte ihn diesen noch nie bedienen sehen. Doktor Fischer schrieb mit der Hand und überließ alles andere seinen Arzthelferinnen. Die Möbel waren alt und dunkel und verliehen dem Raum, besonders im Herbst, eine deprimierende Atmosphäre. Einzig die auch hier auf der Fensterbank stehenden Orchideen sorgten für bunte Farbtupfer. Doktor Fischer selbst hatte schneeweiße Haare, die sich in einem schmalen Kranz um seinen Hinterkopf wanden, und eine gesunde Gesichtsfarbe, die von regelmäßigen Trainingseinheiten auf dem Tennisplatz stammte, wie er ihr einmal verraten hatte. Sein Körper war groß und schlank, wenn er auch meist ein wenig gebeugt ging. Vielleicht, weil er sich bei jeder Untersuchung nach unten zu seinen Patienten beugen musste.

„Meine liebe Frau Torberg", empfing er sie lächelnd und deutete auf den Stuhl vor seinem Schreibtisch. „Nehmen Sie doch bitte Platz." Dann studierte er kurz seine Notizen und schaute sie an. „Na, wie ist es uns denn mit dem neuen Mittel ergangen?"

Elsa hatten derartige Formulierungen schon immer amüsiert. Schluckte doch Doktor Fischer nicht ihre Medizin, sondern nur sie selbst. Also konnte er über deren Wirkungsweise gar keine Aussage treffen. Aber vermutlich diente dieser Satz dazu, die Zusammengehörigkeit zwischen Arzt und Patientin zu festigen. Deswegen schlug Elsa ihre Beine übereinander und zuckte mit den Schultern. „Ich muss leider immer noch husten und bekomme schlecht Luft. An manchen Tagen ist es besser, an anderen, nun ja …" Den Rest ließ sie offen.

Doktor Fischer nickte, griff nach hinten und holte sich ein dickes rotes Buch, in dem er blätterte. Als er gefunden hatte, wonach er gesucht hatte, wanderte sein Finger über die Zeilen einer Tabelle und verharrte dann. „Mit anderen Worten, keine Besserung. Wir haben schon die höchste Dosierung gewählt. Höher können wir nicht gehen, Frau Torberg."

Elsa seufzte leise. „Ja, das hatten Sie beim letzten Mal bereits gesagt. Es ist halt bei meiner Arbeit sehr lästig, wenn plötzlich die Luft knapp wird, einfach so. Und dann dieser Husten, so quälend und schmerzend." Sie legte die Hand auf einen Punkt oberhalb ihrer Brust.

„Sie sind in einer Führungsposition, da wird Druck auf Ihnen lasten. Druck verstärkt die Symptome einer asthmatischen Erkrankung", erwiderte Doktor Fischer.

„Sagen Sie mir jetzt nicht, ich müsse einfach nur den Druck loswerden und entspannter arbeiten." Elsa verdrehte die Augen und schaute zur Decke.

Doktor Fischer legte seine Fingerspitzen aneinander und lehnte sich dann zurück. Fast schon spielerisch begann er mit seinem Stuhl zu wippen. „Nein, das sage ich natürlich nicht, weil Sie das vermutlich selbst wissen und von vornherein ausschließen, dass es sich in Ihrer Position umsetzen lässt. Ich schlage stattdessen vor, dass Sie sich meine Empfehlung vom letzten Mal durch den Kopf gehen lassen. Oder haben Sie dies eventuell schon getan?"

Elsa verdrehte die Augen. „Sie meinen den Ortswechsel, die Luftveränderung?"

„Genau die", antwortete Doktor Fischer und zeigte mit seinem Finger kurz auf ihre Brust. „Wenn Sie wirklich eine dauerhafte Veränderung herbeiführen wollen, ist das aus meiner Sicht die einzige Alternative. Ansonsten leben Sie weiterhin mit Medikamenten und müssen mit einer steten Verschlechterung rechnen. Vielleicht auch mit einer Verbesserung, manchmal weiß man nie, was in unserem Körper so vor sich geht."

„Ein Umzug? Wie soll das gehen? Unmöglich." Elsa verschränkte ihre Arme.

„Nichts ist unmöglich, glauben Sie das einem reiferen Herren, der beinahe schon alles in seinem Leben erlebt hat. Alles ist möglich, wenn man selbst es nur will."

„Das klingt wie ein Kalenderspruch."

Doktor Fischer grinste. „Da stecken oft die größten Wahrheiten drin." Dann wurde er wieder ernst. „Was hält Sie davon ab? Seien Sie ganz ehrlich zu sich selbst und denken Sie an Ihre Gesundheit, Ihren Körper. Das ist das allerwichtigste, eigentlich das Einzige, was zählt. Der Rest ergibt sich dann meistens von ganz allein. Oft muss man nur den ersten Schritt setzen, sozusagen eine Entscheidung treffen. Und auf einmal kommt einem das Leben entgegen und serviert Lösungen, die vorher unglaublich erschienen. Sie sind fünfunddreißig, Frau Torberg. Da ist man doch noch spontan, da ist doch alles noch drin. Nicht wahr?"

Im Schein der untergehenden Abendsonne saß Elsa auf ihrem Balkon und schaute in den Innenhof des Altbaus, in dem sie seit zehn Jahren lebte. Gegen die abendliche Kühle hatte sie sich in eine kuschelige Strickjacke gehüllt und außerdem noch dicke Socken angezogen. Wie immer, wenn es nicht gerade regnete oder zu kalt war, zog es sie nach draußen. In ihren Händen hielt sie eine Flasche mit einer bonbonfarbenen

Flüssigkeit. Sie enthielt eines dieser angesagten Mixgetränke, die im Supermarkt palettenweise erhältlich waren und jede Woche mit einer neuen Geschmacksrichtung aufwarteten.

Katze Minnie leistete ihr Gesellschaft und beobachtete vom gegenüberliegenden Stuhl jede ihrer Bewegungen mit schläfrigen Augen. Dabei bewegte sich ihr Schwanz ganz leicht, ein Zeichen gewisser Unzufriedenheit. Kein Wunder, bisher war ihr das allabendliche Leckerchen noch nicht serviert worden. Sogar die übliche Streicheleinheit war mehr als dürftig ausgefallen. Frauchen schien mit ihren Gedanken woanders zu sein.

Wieder und wieder ließ Elsa Doktor Fischers Worte Revue passieren. Vor einem Monat hatte er sich viel Zeit für sie genommen und ihre gesundheitliche Situation auf den Punkt gebracht. Er war ehrlich gewesen, für ihren Geschmack beinahe ein wenig zu ehrlich. Dennoch wusste Elsa in ihrem tiefsten Inneren, dass ihr Arzt recht hatte.

Hier in der stickigen Luft Stuttgarts würde sich ihr Zustand nicht bessern, im Gegenteil. Und es würde auch nichts bringen, sich eine Wohnung auf dem Land zu nehmen, ganz am Rande der Stadt. Das brachte vielleicht eine kleine Wende, aber nicht die große, die erhoffte. Die Wende, die alles wieder so sein ließ wie früher, bevor Elsa auf einmal feststellen musste, dass ihr im wahrsten Sinne des Wortes die Luft ausging. Dafür war ein größerer Schritt notwendig, ein radikaler geradezu, ein Umzug. Für den gab es im Grunde zwei Optionen. Einerseits die klare Luft der Berge. Die schloss Elsa aber augenblicklich aus, war sie doch noch nie ein Fan von Gipfeln, Tälern und Wanderungen gewesen. Blieb also die zweite Option: die salzige Luft des Meeres.

Dort, wo der Himmel weit und das Land flach waren, ließ es sich leichter atmen. Es funktionierte wirklich, Elsa hatte es bei einem Kurzurlaub getestet. Eigentlich hatte sie sich selbst beweisen wollen, dass ein Umzug ans Meer nicht das Geringste bringen würde. Deswegen hatte sie in einem kleinen Hotel eingecheckt und einige Tage im Norden verbracht. Es war eine Trotzreaktion gegenüber ihrem Arzt und sich selbst gewesen. Doch dann war Elsa endlos lange am Strand entlangspaziert und hatte ihre Lungen mit dieser leichten Luft vollgesogen, die ihrem Körper so guttat. Sie hatte wie ein Stein geschlafen und war voller Energie in jeden neuen Morgen gestartet. Sogar eine Fahrradtour war möglich gewesen. Etwas, das hier in Stuttgart zuletzt undenkbar geworden war. Am letzten Abend hatte sie lange in ihrem Zimmer gesessen und aufs Meer gestarrt. Beinahe schon wütend, weil ihr Arzt recht hatte und ihr vor diesem Schritt graute. Ein Schritt, zu dem es keine Alternative zu geben schien.

„Willst du mit deinen trüben Gedanken ein Loch in die gegenüberliegende Hauswand bohren? Ich frage nur, weil ich die Bewohner auf der anderen Seite des Hofes sonst kurz warnen würde", erklang plötzlich eine Stimme und riss Elsa aus ihren Grübeleien.

Drei Meter neben ihrem lag ein weiterer Balkon. Die dazugehörige Wohnung wurde von einer WG, bestehend aus drei jungen Männern, bewohnt. Eigentlich nur noch zwei, denn einer der Bewohner war zu einer längeren Reise aufgebrochen. Ein schlanker, großer Typ namens Ben stützte sich auf das Geländer und beobachtete Elsa anscheinend schon eine Weile. Vor ihm welkten Balkonpflanzen aus dem letzten Herbst vor sich hin, die kein Dünger der Welt mehr zum Leben erwecken könnte.

„Du siehst aus, als wäre dein Tag beschissen gelaufen", mutmaßte Ben und kniff die Augen zusammen.

Elsa zuckte mit den Schultern. „Na ja, sagen wir mal so, ich hatte schon bessere Tage."

„War heute nicht dein Arzttermin?"

Sie nickte.

„Schlechte Nachrichten?"

Erneutes Nicken.

„Soll ich rüberkommen? David hat Nachtschicht und ich kann nicht schlafen. Hatte einen Kundentermin und musste fünf Kaffee der Sorte In-mir-steht-der-Löffel trinken."

Elsa warf ihrem Nachbarn einen kurzen Blick zu. „Das wäre schön."

„Bin gleich da. Zieh mir nur noch schnell ne Hose an." Ben schaute nach unten auf seinen Slip, der von den vertrockneten Pflanzen nur notdürftig verdeckt wurde. „Wobei, du kennst mich ja bereits in Unterwäsche", meinte er grinsend. „Ich zieh mir dennoch was an." Elsa lächelte.

Schon war ihr Abend gerettet. Ben war einer ihrer besten Freunde und das, seit er vor fünf Jahren nebenan eingezogen war. Gleich am ersten Abend hatte er zusammen mit seinem Mitbewohner David an ihrer Tür geklingelt und sich vorgestellt. Sie hatten eine Flasche Wein geleert und gequatscht, als würden sie sich schon ein Leben lang kennen. Der quirlige Ben war das komplette Gegenteil des eher stillen Davids, der introvertiert war und oftmals in anderen Sphären zu schweben schien. Oft ging es nebenan rund, wenn Bens Temperament mal wieder mit ihm durchging. Da flog schon mal ein Teller oder eine Tür. Sie waren halt ein ungleiches Paar mit einer Beziehung, deren Status man als kompliziert beschreiben konnte. Doch Elsa wusste, dass sie beiden Männern blind vertrauen konnte. Wann immer ihr Schuh drückte, nebenan fand sie stets ein offenes Ohr oder einen guten Rat.

Da klopfte es auch schon an ihrer Tür. Elsa öffnete. Ben stand mit pinkfarbenen Badeshorts bekleidet draußen und wedelte mit einer Flasche Wein. „Ich hab das Gefühl, es könnte ein längeres Gespräch werden, oder?"

„Wird dir nicht kalt werden? Es ist gerade mal April." Vielsagend schaute Elsa die grelle Hose an.

„Quatsch, heute hat den ganzen Tag die Sonne geschienen, die alten Hauswände sind regelrecht aufgeheizt."

„Wenn du meinst." Elsa trat seufzend zur Seite.

Ben folgte ihr nach draußen auf den Balkon und sank in einen der Stühle, die nicht von Katze Minnie blockiert wurden. „Also, schieß los." Erschrocken beugte er sich nach vorn. „Du hast doch nicht etwa schlechte Nachrichten von deinem Arzt bekommen."

„Ach, nein", erwiderte Elsa, umfasste ihre Knie und zog die Füße auf die Sitzfläche ihres Stuhls. „Es waren eher die erwarteten Feststellungen. Mein Arzt ist mit seinem Latein am Ende. Alles, was es an Medikamenten oder Therapien gibt, haben wir ausprobiert. Alles, bis auf eines."

Ben schnappte sich den Korkenzieher und öffnete schwungvoll die Flasche. Dann goss sich blutrot schimmernder Wein in die Gläser. Sanft schob er eines davon zu Elsa über den Tisch und nickte ihr auffordernd zu. „Nun trink erst mal was."

„Ich hab ja schon." Sie deutete auf die leere Flasche.

„Egal, an manchen Tagen kann man einen Schluck mehr vertragen. Das sagt sogar David. Außerdem ist dieses Zeug da", er deutete auf das Mixgetränk, „doch eher Blubbersaft und nicht dafür geeignet, sich einen anzusaufen."

„Na, dann muss es stimmen." Ihre Gläser klirrten aneinander.

„Ich nehme mal an, dass der Vorschlag deines Arztes der gleiche ist, den er dir schon beim letzten Mal unterbreitet hat, nämlich umzuziehen?"

Elsa nickte.

„Und du bist wenig begeistert?" Fragend schaute Ben sie an.

„Wenig begeistert? Ich bin gar nicht begeistert. Das Ganze kommt für mich nicht infrage."

„Was ist die Alternative?" Der Wein kreiste in Bens Glas, während er sie forschend musterte.

„Keine Ahnung", sagte Elsa und zog die Schultern nach oben. „Ich weiß es nicht." Sie trank ihr Glas leer und stellte es auf den Tisch. „Ich kann doch nicht einfach so hier weggehen. Das ist meine Heimat. Ich hab einen tollen Job, mein Dad lebt hier, du bist hier, David, all meine anderen Freunde. Ich kenne hier jeden Stein und fühle mich einfach wohl in Stuttgart."

„Nur ein bisschen luftarm, zumindest in letzter Zeit." Ein Schmunzeln umspielte Bens Mundwinkel.

„Mach dich nur lustig."

„He, Elsa, ich mach mich nicht lustig. Ich mach mir Sorgen ohne Ende. Du bist einer der wichtigsten Menschen in meinem Leben. Ich kann mir nicht mal annähernd vorstellen, wie es sein wird, wenn du nicht mehr hier lebst. Ich habe keine Ahnung, was ich ohne unsere abendlichen Gespräche machen soll oder ohne die Kochsessions in deiner Küche. Aber gerade weil du mir so wichtig bist und ich dich unheimlich mag, sag ich dir: Du musst gehen. Und weißt du auch, warum? Weil du nur dieses eine Leben hast und diese eine Gesundheit. Lass es nicht noch schlimmer werden. Ich seh doch, wie du manches Mal die Treppe nicht hochkommst und immer wieder Pausen machen musst. Ich merk doch, wie du dein geliebtes Fahrradfahren vermisst. Triff eine Entscheidung und triff sie schnell."

Elsa versuchte ein Lächeln, doch es misslang. „Aber wo soll ich eine Arbeit herbekommen? Gute Stellen wachsen nicht auf Bäumen."

„Indem du suchst und dich umschaust. Fachpersonal wird doch überall gesucht, erst recht im hohen Norden. Wo wollen alle hin und Urlaub machen? Ans Meer. Komm, hol deinen Laptop, lass uns gleich mal nachsehen", schlug Ben vor und klatschte energisch in die Hände.

Elsa fiel die Kinnlade nach unten. „Was? Jetzt? Guck mal auf die Uhr. Ich schau in den nächsten Tagen in aller Ruhe nach."

Ben hob seinen Zeigefinger und bewegte ihn verneinend hin und her. „Du holst jetzt deinen Laptop, sofort. Ansonsten schiebst du die Sache nur wieder vor dir her. Ich kenn dich doch. Wenn du deinen Computer nicht holen willst, bin ich in wenigen Minuten mit meinem da. Also?"

Stöhnend erhob sich Elsa schließlich und holte ihren Laptop aus dem Wohnzimmer, wo er auf einem kleinen Tisch neben dem Fenster stand. Sie ahnte, Ben würde keine Ruhe geben. Dann klappte sie ihn auf und öffnete eine Jobsuchmaschine. „Wonach soll ich suchen?", fragte sie reichlich halbherzig.

Ben schenkte sich ein zweites Glas Wein ein und lehnte sich dann zurück. Nachdenklich schaute er Richtung Sternenhimmel. „Hm, kommt drauf an, wo du hinwillst. Wasser da oder Wasser weg?"

Elsa sah in irritiert an. „Was?"

„Na, willst du an die Nordsee – Wasser mal da und mal weg – oder lieber an die Ostsee – Wasser immer da?"

Konzentriert musterte sie das kleine Teelicht, das in der Laterne auf dem Tisch flackerte. „Ich glaube, Wasser da."

„Gut, also Ostsee. Na, da hätten wir doch schon mal einen Anfang. Lass uns suchen."

Zwei Köpfe beugten sich über den Computer.

Wenig später stand fest, dass es reichlich Stellenangebote im Norden gab, doch bei den meisten wurde nur Personal für den Zimmerservice gesucht. Elsa wollte alles, nur nicht das. Mit viel Fleiß und Engagement hatte sie sich in den letzten Jahren nach oben gearbeitet, viele Schulungen besucht, unzählige Überstunden geschoben und schließlich die Leitung der Rezeption übertragen bekommen. Sie kümmerte sich um Abrechnungen, Dienstpläne oder Beschwerden übellauniger Gäste. Und sie konnte sich keine bessere Arbeit vorstellen.

„Auf keinen Fall beziehe ich wieder Betten oder putze Zimmer. Und wenn, dann nur im Notfall, wenn Kollegen fehlen. Die Arbeit hat mir zwar immer Freude gemacht, aber meine jetzige ist besser." Leicht resigniert legte sie den Laptop zurück auf den Tisch. „Sagte ich nicht, dass es schwer wird, einen Job zu finden?"

Doch Ben gab nicht auf. Er griff sich den Computer und suchte weiter. „Du brauchst ein bisschen Geduld. Gut Ding will Weile haben."

„Lass uns morgen weitermachen", bat Elsa. „Es ist bestimmt gleich Mitternacht."

„Und wenn schon. Tu nicht so, als wärest du achtzig und müsstest um neun ins Bett", erwiderte ihr Nachbar. „Du kannst eh nicht schlafen und wirst dich nur von einer Seite auf die andere wälzen. Lass mich mal machen."

Während ihr Freund auf der Tastatur herumhämmerte, holte Elsa aus ihrer Küche eine weitere Flasche Wein und ignorierte den Korkenzieher, den Ben ihr entgegenhielt. „Schraubverschluss", sagte sie trocken. „Hab ich von einem Gast geschenkt bekommen."

In diesem Augenblick fiel ihr die volle Flasche beinahe aus den Händen, denn Ben stieß einen triumphierenden Schrei aus. „Ha, na also! Wer sagts denn. Da hätten wir doch was." Strahlend sah er sie an.

„Und was?", fragte Elsa mit einer Stimme, die nicht die geringste Begeisterung aufwies.

„Den perfekten Job für dich", meinte Ben und ignorierte ihre Frage. „Gerade so, als hätte jemand eine Stelle nur für dich kreiert." Mit begeistertem Blick studierte Ben den Bildschirm.

Elsa verdrehte die Augen. „Nun zeig schon her. Bitte!"

Schließlich drehte Ben den Laptop in ihre Richtung. Sie überflog das Stellenangebot, einmal, noch einmal und sah ihren Freund dann verständnislos an. „Bist du übergeschnappt? Die suchen einen Hotelchef, jemand der die Leitung eines ganzen Hauses übernimmt und niemanden für die Rezeption."

Ben winkte ab. „Na und? Überleg doch mal, welche Qualifikationen du besitzt. Was hast du in letzter Zeit so alles gemacht? Wie oft hast du deinen Chef vertreten? Das ist doch nur eine Haaresbreite von deren Anforderungen entfernt."

Elsa schlug sich mit der flachen Hand gegen die Stirn. „Das scheint dann aber ein sehr breites Haar zu sein. Ganz ehrlich,

Ben, ich zweifle an deinem Verstand. Mit einer Bewerbung bei denen mache ich mich vollkommen lächerlich." Energisch schlug sie den Laptop zu. Um ihren Worten noch mehr Gewicht zu verleihen, erhob Elsa sich. Für sie war das Gespräch beendet.

„So schnell gibst du auf?", fragte Ben und schüttelte den Kopf. „Wenn du das tust, scheinst du tatsächlich noch eine Alternative zum Umzug in der Tasche zu haben. Hast du das?"

„Du kannst die Tür dann einfach hinter dir zuziehen. Ich geh jetzt schlafen." Elsa betrat die Küche, stellte Gläser und Weinflasche neben die Spüle und verschwand im Bad. Mit geschlossenen Augen lehnte sie sich von innen gegen die Tür. Es vergingen etwa fünf Minuten, dann erklangen Schritte auf dem Flur und die Wohnungstür fiel ins Schloss.

Elsa zählte bis zehn und schielte dann nach draußen. Ben war tatsächlich nach Hause gegangen. Sie entledigte sich ihrer Kleidung und zwängte sich in die winzige Duschkabine. Scheinbar endlos lang ließ sie lauwarmes Wasser auf ihren Kopf prasseln und schob den Regler immer mehr in den blauen Bereich. Allmählich schlug ihr Herz schneller, ihre Haut prickelte. Gleichzeitig schnappte Elsa nach Luft. So wie ein Fisch auf dem Trockenen. So wie öfters in den letzten Monaten. Egal wie tief Elsa versuchte zu atmen, es schien eine Sperre in ihrem Körper zu geben. Als würden ihre Lungen sich wehren.

Mit einem leichten Schlag auf die Armatur schaltete sie das Wasser ab und sank in der Kabine zu Boden. Tropfnass betrachtete sie, wie kleine Rinnsale an der Scheibe nach unten rannen. Bis ihr auf einmal die Tränen kamen. Und Elsa weinte, um sich, um ihr Leben, um ihren Körper, der ihr scheinbar den Dienst verweigerte.

Erst als sich eine Gänsehaut auf ihren Armen bildete, verließ sie das Bad, schlich in ihr Bett und sank so, wie sie war, auf ihr kühles Laken. Sie schloss die Augen, zog die Decke über ihren Körper und war Sekunden später eingeschlafen.

Kapitel 3

Erleichtert warf Sophie das letzte schmutzige Handtuch in den dafür vorgesehenen Behälter und platzierte ihren Putzwagen an seinem Platz. Dann betrat sie den Aufenthaltsraum, der den Mitarbeitern des *Godewinds* vorbehalten war. Krampfhaft presste sie die Hand auf ihren unteren Rücken, straffte sich und atmete tief durch. Ein leichter Schmerz pulsierte im Bereich ihres Steißes. Heute Abend musste sie unbedingt Lars um eine kleine Massage bitten und sie hoffte, dass er nicht zu spät nach Hause kommen würde.

Bei dem Gedanken an Lars schlich sich ein Lächeln auf Sophies Lippen und sie zog das Handy aus ihrer Tasche. Schon auf dem Startbildschirm lachte sie sein Gesicht an, daneben die Gesichter ihrer Kinder. Das Foto war bei einem gemeinsamen Ausflug nach Warnemünde entstanden. Sie wirkten wie eine richtige kleine Familie und für Sophie waren sie das auch.

Vor vier Monaten, an einem eiskalten Wintertag, war sie zum ersten Mal dem Mann begegnet, der nun an ihrer Seite war, der in ihrem Haus lebte, ihren Alltag und ihre Sorgen teilte. Damals war es Sophie unvorstellbar gewesen, überhaupt wieder einen Partner zu haben, jemanden an sich heranzulassen. Zu schmerzhaft war die Trennung von ihrem Ex-Mann Tobias gewesen. Zu schlimm die Zeiten, die sie mit ihren Kindern Nils und Fine durchgestanden hatte.

Doch das Leben war unberechenbar und die Liebe erst recht. Auf den ersten Blick hatte Sophie sich in Lars Ziegler verliebt, der als Gast in dem Hotel abgestiegen war, in dem sie arbeitete. Er war kein normaler Gast gewesen, sondern der Regisseur der berühmten Ostseeweihnachtsshow, die jedes Jahr im Dezember in einem Zirkuszelt, hier in Ahrenshoop stattfand. Nach vielen Irrungen und Wirrungen hatte Sophie einsehen müssen, dass es nichts brachte, die eigenen Gefühle zu ignorieren und immer nur vom Schlimmsten auszugehen. Lars hatte einfach nicht lockergelassen und beharrlich um sie geworben. Irgendwann begriff sie: Was sollte schon passieren? Vielleicht nicht immer nur die nächste Katastrophe? Vielleicht, dass man schlagartig das eigene Glück fand? Ihre Kinder liebten Lars, ihre Eltern noch mehr und ihre Freunde machten ihr Mut. Und war es nicht Liebesbeweis genug, dass er sein Nomadendasein als Regisseur beendet hatte, eine erfolgreiche Karriere noch dazu und sich für ein Leben mit ihr entschieden hatte? In einem alten Haus mit Modernisierungsstau, in einem Ort, der wenig von großer weiter Welt und tosendem Applaus hatte?

Am Weihnachtsabend hatte er ihr einen neuen Arbeitsvertrag präsentiert und war seitdem am Theater Rostock angestellt. Er wollte auf alles verzichten, um bei ihr sein zu können. Sogar eine kleine Wohnung hatte er sich nehmen wollen, um keinen Druck aufzubauen und ihren Kindern die Gewöhnung an einen neuen Mann an Mamas Seite leichter zu machen. Am Ende war Lars einfach mit seinen Siebensachen bei ihr eingezogen, ohne Zwischenstation in einer Wohnung. Sie waren gesprungen, kopfüber ins Leben, mit Fine und Nils an der Hand. Sie hatten etwas gewagt und sie hatten gewonnen, auf voller Linie. Denn schon nach so kurzer Zeit konnte Sophie sagen, dass Lars der Mann war, nachdem sie immer gesucht hatte.

Er war der Deckel für ihren Topf. Er ahnte ihre Gedanken, er nahm sie in den Arm, wenn sie traurig war, und konnte Sophie mit einem kleinen Blick zum Lachen bringen. Wenn sie sich nicht sehen konnten, weil sie arbeiten musste oder er einen Auswärtstermin an einem Theater in einer anderen Stadt hatte, vermisste sie Lars schrecklich. So sehr, dass es tief in Sophies Brust schmerzte. Noch nie hatte sie so etwas erlebt. Und sie musste oft an die Worte ihrer Oma denken. Sie hatte immer gesagt, dass man erst wisse, dass man die eine wahre Liebe gefunden hat, wenn man sie erleben dürfe.

Mit einem kleinen Lächeln strich sie über das Display ihres Handys und warf Lars in Gedanken einen Luftkuss zu. Da flog die Tür auf, knallte gegen die Wand und ihre Kollegin Babsi stürmte in den Raum. Sie stemmte ihre Hände energisch in ihre Hüfte und sah sie an. „Du glaubst nicht, was gerade passiert ist." Babsi pustete eine platinblonde Strähne aus ihrer Stirn. „Rate!"

„Hm", erwiderte Sophie nachdenklich. „Was könnte passiert sein? Da heute der erste schöne Frühlingstag ist, hast du den Osterhasen durch den Vorgarten hoppeln sehen."

„Haha." Babsi goss sich einen Pott Kaffee ein und lehnte sich dann gegen den Schrank. „Rate weiter."

Sophie verdrehte die Augen. „Ich hasse solche Ratespiele, frag mal meine Kinder. Bei Ich-sehe-was-was-du-nicht-siehst, steige ich immer aus. Also sag schon, was ist passiert. Und möglichst schnell, sonst befürchte ich, du wirst jeden Moment platzen."

Babsi holte tief Luft. „Denise ist weg."

„Was? Wie meinst du das denn – weg?"

„Na weg, W wie weg, verstehst du? Gerade eben habe ich in der Bibliothek die Fensterbretter abgewischt, da kommt unsere Möchtegern-Chefin mit einem Karton unter dem Arm über die Einfahrt gestürmt, und zwar drüben, vorm Haus der Familie. Sie betritt das Hotel, läuft ins Büro und packt. Also, das hab ich zunächst nicht gewusst, aber Peter hat es mir gerade verraten. Sie hat alles mitgenommen, was ihr persönlich gehört." Babsis Augen waren kugelrund, ihr Atem ging schwer.

„Und dann?", fragte Sophie.

„Dann hat sie den Karton zugeklappt, ist wortlos an Peter vorbei, raus aus dem Haus und wenig später mit ihrem Auto über die Einfahrt gebraust. Das kann nur eines bedeuten."

Babsi machte eine unheilverkündende Pause. „Sie ist verduftet. Vermutlich hat ihre Mutter sie rausgeschmissen oder wir haben sie erfolgreich in die Flucht geschlagen."

Sophie nahm sich ebenfalls einen Kaffee und furchte nachdenklich ihre Stirn. „Das kann ich mir nicht vorstellen. Denise hat ihre Arbeit zuletzt relativ ordentlich gemacht. Und du musst zugeben, wir alle sind mit ihr gut ausgekommen."

„Ordentlich gemacht, ausgekommen? Soll das ein Witz sein? Ich sage nur fehlende Buchungen. Erinnerst du dich an das Ehepaar, das ein schönes Wochenende bei uns verbringen wollte und das wir dann mangels freier Zimmer bei der Konkurrenz einquartieren mussten? Oder die verschwundenen Eier, wegen denen Ute morgens nicht mal ein Rührei servieren konnte. Angeblich hatte Denise alles bestellt, doch niemand wusste etwas davon. Und da sagst du, sie hätte ordentlich gearbeitet."

„Sie hat bestritten, etwas damit zu tun zu haben", entgegnete Sophie.

Babsi schlug sich an die Stirn. „Und das glaubst du ihr? Nach allem, was sie dem *Godewind* antun wollte? Ich habe gleich gesagt, dass es ein Fehler war, Veronika keinen reinen Wein einzuschenken. Schonung hin oder her. Aber jetzt ist sie weg und alles kann nur besser werden."

Verwirrt sah Sophie ihre Kollegin an. Babsi war noch nie gut auf Denise zu sprechen gewesen, doch so aggressiv hatte sie sie noch nie erlebt. „Besser werden? Und wie? Veronika kann unmöglich das *Godewind* allein führen. Dafür ist sie nicht kräftig genug. Denk nur mal an die vielen Arzttermine, die sie in letzter Zeit hatte. Denise hat sie entlastet."

„Sag mal, verteidigst du sie etwa? Nach allem, was sie dir angetan hat?"

„Das tue ich nicht. Ich weiß ja, was du meinst." Mit Schrecken musste Sophie an die vielen Auseinandersetzungen denken, die es im Dezember im Hotel gegeben hatte, ab dem Tag, an dem Veronika ihren Unfall erlitten und ihre Eltern ihr die Leitung des Hauses übergeben hatten. Mit keinem der Mitarbeiter war Denise ausgekommen, hatte Zwietracht gesät und Sophie beinahe in eine Kündigung getrieben. Dass sie außerdem ein Auge auf Lars geworfen hatte, war noch erschwerend hinzugekommen. Erst in letzter Minute hatte Ferdinand Gutter Sophie davon abhalten können, die Segel zu streichen.

Nach Veronikas Rückkehr schien Denise einen ordentlichen Anpfiff bekommen zu haben, denn seitdem hatte sie sich zurückgehalten, keine Kritik mehr geäußert und war um Freundlichkeit bemüht gewesen. Der alte Frieden war in das Hotel am Bodden eingekehrt, was vermutlich auch an Veronika und ihrer Anwesenheit gelegen hatte. Dennoch, zuletzt hatte Sophie sich immer mehr an den Gedanken gewöhnen können, dass Denise eines Tages Chefin im *Godewind* werden würde. So, wie ihre Eltern es sich gewünscht hatten. Wären da nicht diese ganzen Vorkommnisse gewesen. Und mit jeder Woche, die verging, schienen es mehr zu werden. Im Grunde gab es nur eine Person, die all das initiiert haben konnte – Denise. Doch zu welchem Zweck hätte sie das tun sollen? Dem Hotel schaden und sich auf der anderen Seite engagieren, das passte irgendwie nicht zusammen.

„Wie auch immer, ich mache drei Kreuze. Wegen mir kann Denise bleiben, wo der Pfeffer wächst." Babsi drehte sich um und verschwand zur Tür hinaus.

Als Sophie die knarrende Personaltreppe, die gleich hinter dem Hoteltresen lag, nach oben stieg, wurde sie bereits von einem sichtlich aufgeregten Peter erwartet.

„Hast du es schon gehört?", fragte der Rezeptionist leise. Am Arm zog er sie nach hinten ins Büro.

Sie nickte. „Babsi hat es mir gesagt."

„Ich ahne nichts Gutes. Denise hat kein Wort gesprochen. Sie hat nur wütend gepackt und ist dann verschwunden, mit quietschenden Reifen." Er schüttelte besorgt den Kopf. „Ob das ein Schuldeingeständnis war? Du weißt schon, warum."

„Ich weiß es nicht. Du selbst hattest Zweifel, ob Denise wirklich die Schuldige für all die Probleme ist. Das Buchungsprogramm hat früher schon manchmal gesponnen und die Sache mit den Eiern ..." Sophie winkte ab. „Wo gehobelt wird, fallen Späne, oder nicht?"

„Ja, schon", gab Peter zu. „Doch der Spanhaufen wurde immer höher. Für meine Begriffe zu hoch." Besorgt schaute er Richtung Tür. „Hoffentlich haben sie sich nicht zerstritten, ich meine Veronika und ihre Tochter. Sie soll sich doch nicht aufregen."

„Wir warten einfach ab", erwiderte Sophie. „Mehr können wir nicht tun. Ich mach jetzt Feierabend. Wenn es Neuigkeiten gibt, halt mich auf dem Laufenden."

Auf der gesamten Heimfahrt grübelte sie über die Geschehnisse nach und versuchte, Erklärungen zu finden. Selbst die silbern schimmernden Schaumkronen der Wellen auf dem Bodden bei Prerow und die Schiffe, die für die kommende Saison flottgemacht wurden, konnten Sophie heute nicht aus ihren Gedankenkreiseln reißen. Erst als sie in den schmalen Weg zu ihrem Haus abbog und Nils sah, der ihr auf seinem Fahrrad winkend entgegenkam, schob sie die Grübeleien beiseite.

„Mama!", rief Nils schon von Weitem. „Darf ich rüber zu Thommy fahren? Er hat ein neues Computerspiel zum Geburtstag bekommen und wir wollen es ausprobieren."

Sophie ließ ihre Seitenscheibe nach unten. „Bei dem schönen Wetter?" Kritisch sah sie ihren Sohn an.

„Wir können uns doch bei Thommy auf die Terrasse setzen", schlug Nils verschmitzt vor.

Sie musste lachen. „So seht ihr beiden aus." Dann wurde Sophie ernst. „Hausaufgaben gemacht?"

Nils nickte eifrig. „Mit Fine zusammen."

„Und wo ist deine Schwester?"

„Drüben bei Gundel. Sie bepflanzen irgendwelche Kübel. Darf ich nun zu Thommy?" Nils blickte sie bettelnd an.

„Also gut, aber nicht so lange. Spätestens um sechs bist du wieder zu Hause. Und fahr neben der Straße auf dem kleinen Weg."

„Jaja", rief ihr Sohn und trat bereits kräftig in die Pedale.

Sophie schaute ihm einen Moment nach, fuhr dann die verbleibenden Meter bis zu ihrem Haus und stellte den Wagen vor die Garage. Sie stieg aus, verließ ihren Garten direkt wieder durch ein kleines windschiefes Türchen, das sich mitten in der Hecke befand, und wandte sich dem etwas abseits liegenden Haus von Nachbarin Gundel zu.

Es wurde umrahmt von Bäumen und Büschen und wirkte dadurch immer ein wenig verwunschen, genau wie dessen Bewohnerin. Gundel war eine Frau Anfang sechzig. Seit einer schweren Erkrankung bekam sie Rente. Sie verließ ihr Haus nur selten, hielt sich viel im Garten auf und kümmerte sich, wenn Not am Mann war, um Sophies Kinder. Ansonsten war Gundel das, was man eine wunderliche Frau nannte. Sie hatte nie einen Mann gehabt, zumindest erwähnte sie nie jemanden. Man erzählte sich, dass sie lange ihre Eltern gepflegt hatte. Sophie wusste nicht, ob dies der Wahrheit entsprach, denn Gundel redete nicht gern von sich. Doch wenn es um Blumen und Pflanzen ging oder darum, Geschichten über längst vergangene Zeiten zu erzählen, blühte die ältere Frau auf. Sie wusste viel über Kräuter und Gewürze und fabrizierte köstliche Salate aus Grünzeug, das die meisten anderen wohl als Unkraut abgetan hätten. In der schweren Zeit nach Tobias' Fortgang war Gundel Sophie eine Stütze gewesen. Sie konnte mit ihr wunderbar zusammensitzen und schweigen. Das tat gut, manchmal mehr als alles Gerede.

Sophie öffnete das hölzerne Gartentor und umrundete auf akkurat angelegten Wegen, das kleine Häuschen ihrer Nachbarin. Es war in die Jahre gekommen. Die Fassade hätte dringend einen Anstrich benötigt und das Dach eine

Eindeckung mit neuem Reet. Auf der sonnenabgewandten Seite, die zusätzlich noch von Bäumen beschattet wurde, hatte sich eine dicke Schicht Moos gebildet. Hinten, neben einer schmalen Tür, die direkt in die Küche führte, lag Gundels Terrasse. Vor Jahren hatte sie ein Dach darüber errichten lassen und saß nun bei jedem Wetter draußen, um in Ruhe in ihren Garten oder auf die Felder schauen zu können. Doch heute herrschte emsige Geschäftigkeit.

„Und wenn wir nun dort noch eine von den Gelben reinmachen?", erklang in diesem Moment Fines Stimme.

Sophie bog um die Ecke und sah ihre Tochter neben Gundel an einem Pflanztisch stehen, an dem sie Blumenkästen mit bunten Blumen füllten.

„Das ist eine sehr gute Idee, Finchen. So machen wir es. Denk dran, vorsichtig aus dem Blumentopf lösen und dann ein wenig den Wurzelballen lockern. Genau so, ich ahne schon, aus dir wird mal eine richtig gute Gärtnerin."

„Findest du? Ich glaube, das würde mir Spaß machen."

Sophie räusperte sich und die beiden drehten sich um.

„Mama!", rief Fine. „Schau doch mal. Ich hab Gundel beim Pflanzen geholfen. Alleine hätte sie es nicht hingekriegt, glaube ich." Ihre Tochter wischte sich über die Stirn und hinterließ dabei eine bräunliche Spur aus guter Gartenerde. „Die Hausaufgaben mach ich dann später, versprochen, aber die Sonne schien so schön."

Sophie schluckte eine Erwiderung hinunter. Eigentlich sollten ihre Kinder immer zuerst die Hausaufgaben machen, ehe sie sich ihren Nachmittagsbeschäftigungen widmeten. Doch dann dachte sie an ihre eigene Kindheit und daran, wie sehr es sie im Frühling ins Freie gelockt hatte. „Schon gut, alles in Ordnung." Dann wandte sie sich Gundel zu. „Wird es dir auch nicht zu viel?"

Ihre Nachbarin winkte ab. „Im Gegenteil. Mit ein wenig Hilfe geht es schneller." Sie schmunzelte. „Außerdem weißt du, wie sehr ich die Kinder mag. Möchtest du vielleicht einen Kaffee?"

„Das wäre wunderbar. Im Hotel war heute reichlich zu tun. Irgendwie bin ich total geschafft."

„Das ist die Frühjahrsmüdigkeit", murmelte Gundel und verschwand in ihrer Küche.

Sophie ließ sich auf einen der Gartenstühle fallen und bewunderte den Garten ihrer Nachbarin. Obwohl Frühjahr war und nur wenig blühte, war er ein kleines Paradies. Sie dachte an ihren Stoppelacker, dem sie gerade einmal ein paar einigermaßen ansehnliche Beete abgerungen hatte. Doch kam Zeit, kam Rat. Jetzt waren erst mal Modernisierungen im Inneren des Hauses dran, der Rest kam später. Mit Lars würde Sophie alles schaffen, dessen war sie sicher. Und vielleicht würde eines Tages der grüne Daumen ihrer Nachbarin auch zu ihr überschwappen. Denn sie hatte das Talent, selbst widerstandsfähigste Pflanzen nach kurzer Zeit zum Dahinwelken zu bringen.

Wenig später saßen die beiden Nachbarinnen mit je einem Kaffeepott in der Hand auf der Terrasse und schauten Fine zu, die eifrig Blumentöpfe vor den noch zu bestückenden Pflanzbehältern verteilte.

„Sorgen?", fragte Gundel und nippte an ihrem Kaffee.

„Ja, vielleicht. Unsere Juniorchefin, ich erzählte dir doch von ihr, scheint sich aus dem Staub gemacht zu haben. Zumindest sind all ihre Sachen verschwunden. Mein Kollege meint, sie sei mit quietschenden Reifen davongebraust."

„Quietschende Reifen, das deutet auf reichlich Emotionen hin – Übermut, Eitelkeit oder verletzte Gefühle."

„Eitel ist Denise auf jeden Fall. Dennoch frage ich mich, was wirklich hinter ihrem Aufbruch steckt. Irgendwie hatte ich mich schon beinahe darauf eingerichtet, dass sie meine neue Chefin wird. Obwohl sie eine kleine Unruhestifterin ist."

„Du siehst halt das Gute in jedem Menschen", sagte Gundel leise. „Das ist eine Gabe."

„Oder zeugt von ganz viel Naivität", erwiderte Sophie lachend.

„Vielleicht, vielleicht auch nicht. Jeder Mensch hat eine gute und eine böse Seite. So wie in allem Licht und Schatten steckt. Das wollen wir nur oft nicht wahrhaben. Da sind Menschen, die uns wie die reinsten Engel erscheinen. Und andere, die wir als Teufel wahrnehmen. Einen Blick hinter die Fassaden zu werfen, kann durchaus lohnen. Es könnte nur sein, dass man dann erschrocken zusammenzuckt, und sich wünscht, man hätte es nie getan."

Zu später Stunde saß Sophie auf der Couch und las in einem Krimi, als endlich Scheinwerfer durch das Zimmer huschten. Eilig stand sie auf und eilte zur Tür. Lars parkte seinen Wagen, stieg aus und holte dann seine Tasche aus dem Kofferraum.

Kopfschüttelnd kam er auf sie zu. „Du bist noch wach? Ich hatte dir doch geschrieben, du sollst ins Bett gehen. Immerhin musst du morgen in aller Herrgottsfrühe raus." Er ließ seine Tasche fallen, legte die Hände um ihren Körper und zog sie zärtlich an sich. Dann strich sein Mund über ihre Lippen.

Sophies Herz raste. „Komm rein", flüsterte sie nach einer Weile und schob Lars widerstrebend von sich. „Wir können ja nicht den ganzen Abend hier draußen stehen bleiben."

„Warum eigentlich nicht?", fragte Lars und knabberte an ihrem Ohrläppchen.

„Weil es furchtbar kalt ist."

„Ich könnte dich wärmen." Tatsächlich flutete Hitze durch ihren ganzen Körper.

„Dann halt, weil ich einen Rest vom Abendbrot für dich gerettet habe."

Lars schob sie ins Haus. „Das ist ein Argument, du bist einfach die Allerbeste." Er drückte ihr einen feuchten Kuss auf die Nase.

In der Küche angekommen, deckte Sophie schnell den Tisch und wärmte in der Zwischenzeit den Rest Kartoffelsuppe auf. Lars verschränkte die Arme im Nacken. „Ich könnte mich wirklich dran gewöhnen", sagte er genüsslich und ließ seine Blicke über ihren Hintern wandern, der sich parallel zum Rühren des Kochlöffels, mitbewegte.

„Bilde dir bloß nicht ein, dass das bis in alle Ewigkeit so bleibt", gab Sophie neckend zurück. „Sonst wirst du noch zum Pascha."

„Da hast du recht. Nun erzähl, wie war dein Tag."

Sophie holte einen Teller aus dem Schrank, gab Suppe darauf und setzte sich dann Lars gegenüber auf die Eckbank. „Keine besonderen Vorkommnisse, mal davon abgesehen, dass Fine einen neuen Berufswunsch hat. Seit sie heute zusammen mit Gundel Blumenkästen bepflanzt hat, will sie Gärtnerin werden. Wobei, eine Neuheit gibt es …" Sie zögerte. „Denise hat heute das *Godewind* überraschend verlassen. Keiner weiß, was das bedeuten soll."

Lars ließ den ersten Bissen in seinem Mund verschwinden. „Ich kann mir vorstellen, was los ist."

„Du? Warum ausgerechnet du?"

„Ferdinand hat mich vor einigen Tagen angerufen und wollte meinen Rat. Er bat mich um Stillschweigen. Ich hab mich dran gehalten, weil es ein harmloses Gespräch war. Wir haben uns in Rostock getroffen, in meiner Mittagspause."

„Du hast dich mit meinem Chef getroffen?" Sophie bügelte mit ihrem Finger eine Falte in der Tischdecke glatt. „Und was wollte er? Ich meine, wenn ich das noch fragen darf."

„Bist du sauer?" Forschend schaute Lars sie an. „Ferdinand macht sich Sorgen um Veronika. Die Ärzte empfehlen ihr eine längere Erholungskur. Nicht immer nur ein paar Tage, sondern mal drei, vier Monate fort von hier, verstehst du?" Sophie nickte. „Doch wenn sich Veronika zurückziehen muss, wer führt dann das Hotel? Nach allem, was passiert ist, scheinen ihre Eltern Denise nicht mehr zu vertrauen." Ein weiterer Löffel Suppe verschwand in Lars' Mund. „Nun ja, wenn Veronika eine Auszeit braucht und Denise das Hotel nicht führen kann, dann gibt es nur eine Möglichkeit." Lars griff nach seinem Wasserglas und leerte es. „Sie müssen jemand Externes suchen, der die Leitung des *Godewinds* übernimmt, und das so schnell wie möglich. Dazu wollte Ferdinand meine Meinung wissen."

Sophie hielt den Atem an. „Deine Meinung? Aber warum?"

„Seit den ganzen Vorkommnissen im letzten Jahr scheint er einiges auf meinen Rat zu geben. Immerhin kenne ich mich mit Angestellten und Unternehmen ein wenig aus. Vermutlich mehr als Ferdinand, der sich die ganzen Jahre aus dem Hotelbetrieb herausgehalten hat."

„Ich verstehe." Sophie nickte. „Und was hast du ihm geraten?"

„Das ihnen, wenn sie ihr Haus und Veronikas Gesundheit retten wollen, nichts anderes übrig bleibt, als diesen Schritt zu gehen und eine neue Kraft zu suchen."

Kapitel 4

„Vielen Dank, wir freuen uns riesig, dass es Ihnen bei uns so gut gefallen hat", sagte Elsa zu dem älteren Ehepaar, das vor dem Empfangstresen des Hotels stand. „Empfehlen Sie uns weiter und wenn Sie mal wieder in Stuttgart sind, beehren Sie uns gern wieder. Bleiben Sie gesund." Sie nickte einem jungen Mann zu, der ein Stück seitwärts mit dem Gepäck der abreisenden Gäste wartete, und sah zu, wie die beiden nach draußen zu ihrem Wagen geleitet wurden.

„Boah, endlich abgereist. Die beiden waren super nervtötend", giftete Lisa, eine junge Auszubildende, und rollte mit den Augen. „Hier einen Wunsch, da einen Wunsch, nie konnte man es ihnen recht machen."

Elsa warf ihr einen scharfen Blick zu und deutete dann mit dem Kopf Richtung Büro. „Kommen Sie mal?" Behutsam schloss sie die Tür. Durch eine große Glasscheibe hatte sie jederzeit den Tresen und die große Hotelhalle im Blick.

Dann musterte Elsa die junge Frau vor sich und schwieg einen Moment. Dies ließ ihr Gegenüber sichtlich unruhig werden. „Ich hatte es Ihnen schon einmal gesagt, dass ich solche Reden nicht in der Öffentlichkeit wünsche." Elsas Stimme klang sachlich, sie wurde nicht lauter oder schärfer. „Eigentlich wünsche ich solche Reden gar nicht. Aber wenn sie unbedingt Dampf ablassen müssen, dann tun Sie es irgendwo im hinteren Bereich. Wir wissen nie, ob sich nicht hinter der nächsten Grünpflanze ein Gast aufhält. Und Augenverdrehen sollten Sie sich ein für alle Mal abgewöhnen. Ansonsten drehen Sie weitere Runden im Zimmerservice, denn so kann ich Sie nicht an der Rezeption einsetzen. Haben wir uns verstanden?"

Lisa kaute auf ihrem Kaugummi und wollte gerade zu einem weiteren Augenrollen ansetzen, als sie sich besann und schließlich missmutig nickte. Ihre Miene sprach allerdings eine andere Sprache. Elsa zählte innerlich bis zehn und versuchte, sich zu erinnern, dass sie auch einmal jung und von den Gästen genervt gewesen war. Ruhig machte sie einen Schritt auf die junge Frau zu und senkte ihre Stimme.

„Diese beiden alten Leute haben ihr Leben lang schwer gearbeitet. Ich weiß das, denn ich hab mit ihnen geredet. Jetzt haben sie für einige Tage ihre Tochter besucht. Sie haben eines unserer besten Zimmer angemietet, weil sie es schön haben wollten. Durch diese Anmietung bezahlen sie unter anderem Ihren Lohn und die Drinks, die Sie sich samstagsabends in der Disco hinter die Binde kippen. Also wagen Sie es nicht, noch einmal solche Reden zu schwingen. Sonst ist unser Vertrag schneller beendet, als Sie bis drei zählen können."

Diesmal schienen ihre Worte angekommen zu sein, denn die Gesichtsfarbe der jungen Auszubildenden wies eine tiefe Röte auf. „Entschuldigung", stammelte sie nervös.

„Schon gut und nun gehen Sie wieder an die Arbeit und schenken Sie unseren Gästen Ihr schönstes Lächeln."

Lisa nickte und verschwand, so schnell es ging.

Elsa spürte, wie ihr die Luft knapp wurde. Sie trat an das kleine Fenster, das zum Hof zeigte und stützte sich auf den Fenstersims. Ruhig versuchte sie, ihre Lungen mit Luft zu füllen und die Panik in ihrem Kopf in Schach zu halten. Da klingelte das Handy in ihrer Tasche. Elsa atmete einmal möglichst tief durch und drückte auf die grüne Taste. „Elsa Torberg." In Gedanken war sie immer noch bei dem Gespräch mit ihrer Auszubildenden.

„Frau Torberg? Hier ist Veronika Gutter, vom Hotel *Godewind*."

„Hallo Frau Gutter", erwiderte Elsa verwirrt. *Godewind*, *Godewind* – das kam ihr bekannt vor. Nur woher?

„Ich rufe wegen Ihrer Bewerbung an."

Bewerbung? Welche Bewerbung zum Teufel? Elsa schluckte die Frage hinunter und musste sich beherrschen, das Handy nicht auf der Stelle sinken zu lassen. „Wegen meiner Bewerbung", wiederholte sie deswegen erst mal mit staubtrockenem Mund. Sie hatte sich nicht beworben, aber … Ben! Wenn sie diesen Typen zu fassen bekam, konnte er was erleben. Er musste eine Bewerbung in Ihrem Namen abgeschickt haben, heimlich, hinter ihrem Rücken. Denn sie selbst hatte es nicht getan.

„Erinnern Sie sich nicht?", fragte Veronika Gutter verwirrt. „Das Hotel *Godewind* in Ahrenshoop."

„Doch, natürlich, entschuldigen Sie. Sie haben mich gerade mitten in der Arbeit erwischt."

„Oh, das tut mir leid. Soll ich später noch einmal anrufen?"

„Nicht nötig", erwiderte Elsa. „Jetzt geht es."

„Das ist schön. Wir würden Sie nämlich gern zu uns einladen, zum Probearbeiten. Ihre Bewerbung hat mir ausnehmend gut gefallen."

Elsa schloss die Augen. Nicht auszudenken, was Ben zu Papier gebracht hatte. Sie traute ihm alles zu. „Ach, tatsächlich? Das freut mich aber sehr", stammelte Elsa. „Und da sind Sie ganz sicher? Ich meine, wegen meiner Qualifikationen?"

Am anderen Ende raschelte Papier. „Nun ja, Qualifikationen sind das eine, ein überzeugender Lebenslauf und hervorragende Zeugnisse sind das andere. Sie sind in einem erstklassigen Haus tätig, Frau Torberg. Und das *Godewind* ist nicht das Grandhotel. Wir arbeiten hier auf Augenhöhe. Natürlich wären Sie die Chefin des Hauses, aber immer in der Gewissheit, auf Kollegen zurückgreifen zu können, die das Hotel in- und auswendig kennen. Menschen, die Ihnen jederzeit zur Seite stehen." Frau Gutter schwieg kurz. „Oder haben Sie es sich anders überlegt? Ich weiß ja, dass es im Hotelbereich viele Stellenangebote gibt. Und Ahrenshoop ist ein kleiner verschlafener Ort am Meer. Hier gibt es nicht viel, außer weißen Sand, kreischende Möwen, frische, salzige Luft und zumindest im Sommer eine ganze Menge Urlauber."

Elsa fixierte die Rezeption. Sie sah die etwas altertümliche Drehtür, musterte die vielen großen Grünpflanzen, die bequemen Sitzgruppen. Ihre Blicke strichen über den Ort, der in den letzten Jahren zu ihrer zweiten Heimat geworden war. Sie verbrachte hier sogar mehr Zeit als daheim. Frau Gutter hatte ihr gerade eine Steilvorlage geliefert. Sie brauchte nur zu lügen, zu sagen, sie hätte ein anderes Angebot erhalten. Ben würde sie einfach erzählen, jemand anderes hätte die Stelle bekommen und sie wäre nicht mal in der engeren Auswahl gelandet. Er würde die Wahrheit nie erfahren. Es war so einfach, es war nur ein Satz.

Doch Elsa brachte ihn nicht über die Lippen. Doktor Fischer und das letzte Gespräch mit ihm kamen ihr in den Sinn. Diese ehrliche Prognose, dass es von allein nicht besser werden würde. Prinzip Hoffnung, das galt nicht mehr für sie. War dies nicht eine auf dem Silbertablett servierte Chance? Egal, ob nun von ihr initiiert oder nicht? Sollte sie sich dieses Hotel nicht wenigstens mal anschauen? Nein sagen konnte sie immer noch. Dann hatte sie wenigstens die Gewissheit, alles probiert zu haben. Was hatte Ben gesagt? Sie war es ihrem Körper schuldig und den vielen Jahren, die noch vor ihr lagen.

„Frau Torberg, sind Sie noch dran?"

„Ja, natürlich, entschuldigen Sie, Frau Gutter. Wenn ich ehrlich bin, hatte ich mit Ihrem Anruf nicht gerechnet und bin deswegen ein wenig durcheinander. Ich freue mich wirklich sehr."

„Nun, ich denke, Sie sollten mit ein wenig mehr Selbstvertrauen an die Sache herangehen. Wann könnten Sie denn zu uns kommen? Und vor allem, wäre es Ihnen möglich, ein paar Tage mehr einzuplanen, damit wir uns richtig kennenlernen können?"

Elsa schluckte. „Ein wenig länger? An welchen Zeitraum dachten Sie denn?"

„Nun, zwei Wochen Probearbeiten wären schön, noch besser wäre natürlich ein Monat. Aber das wäre vielleicht zu viel verlangt. Ich denke, jede Seite sollte sich absolut sicher sein. Also Sie, dass Sie das *Godewind* mögen, und ich, dass Sie in unser Haus passen."

„Da müsste ich mit meinem Chef sprechen", erwiderte Elsa unsicher.

„Tun Sie das und geben Sie mir einfach Bescheid. Für alles andere, also Unterkunft, Verpflegung und so weiter sorgen wir, machen Sie sich keine Gedanken. Sie sollen sich einfach nur wohlfühlen und die richtige Entscheidung treffen. Ich freue mich auf Ihren Anruf."

Elsa ließ das Telefon sinken und starrte in den Innenhof. Eine Taube spazierte über das Pflaster und reckte ihren Kopf weit in die Höhe. Dann pickte sie einige Brotkrümel auf und verharrte. Wie, als würde sie spüren, dass jemand sie beobachtete, drehte sie plötzlich den Kopf in ihre Richtung und sah sie an. Einige Minuten musterten sich Mensch und Tier. Dann spazierte die Taube weiter.

Elsa trat zum Schreibtisch und wählte mit zitternden Fingern die Nummer ihres Chefs. Schon jetzt war sie überzeugt davon, dass er sich nie im Leben auf ein derartiges Arrangement einlassen würde. Dietmar Burk nahm gleich nach dem ersten Klingeln ab und bat Elsa auf der Stelle in sein Büro.

Nachdem sie die Rezeption an ihre Kollegin übergeben hatte, nahm Elsa den Fahrstuhl in die oberste Etage und lief den langen Gang entlang, vorbei an den Suiten, bis zur allerletzten Tür. Nach ihrem kurzen Klopfen erklang ein energisches „Herein".

Sie öffnete die Tür und stand mitten in Dietmar Burks Büro. Dieser hielt nichts von irgendwelchen Vorzimmerdamen. Seine persönliche Sekretärin saß in einem Nachbarraum. Wer zu ihm wollte, sollte zu ihm kommen. Wenn er niemanden sehen wollte, konnte er immer noch seine Tür von innen abriegeln.

„Frau Torberg." Dietmar Burk erhob sich und umrundete seinen Schreibtisch. Er trug einen dunklen Anzug und das

Einstecktuch über seiner linken Brust hatte er passend zur Krawatte gewählt. Wie immer, wenn Elsa sein Büro betrat, empfing sie eine verblüffende Ruhe. Das lag an der Ausstrahlung des Mannes, von dem sie alles gelernt hatte und der ihr so manches Mal ein väterlicher Freund gewesen war. „Sie klangen so besorgt. Gibt es irgendwelche Probleme? Was macht die Gesundheit?"

Ohne dass Elsa es gesteuert hatte, waren sie auf der Stelle beim entsprechenden Thema gelandet. „Es gibt keine Probleme, zumindest nicht dienstlich. Aber was die Gesundheit betrifft …" Vor einiger Zeit hatte sie mit ihrem Chef schon einmal über ihre Situation gesprochen, da diesem das Asthmaspray auf ihrem Schreibtisch aufgefallen war. Er wusste also, dass es ihr nicht gut ging und sie die Luftnot manchmal in die hinteren Räume trieb, fort von den Hotelgästen, um wieder zu Atem zu kommen.

„Nehmen Sie Platz." Er deutete auf die kleine Sitzgruppe, die neben dem Fenster stand. Der Blick fiel auf eine Hauswand. Das war typisch für Dietmar Burk. Den schönen Blick für die Gäste, den weniger schönen für ihn selbst. „Und nun sagen Sie, was Ihnen auf der Seele brennt. So schlimm wird es schon nicht werden", meinte er und goss Elsa ein Glas Wasser ein. „Wissen Sie, mein Enkel leidet auch an Asthma. Ich weiß also, wovon Sie sprechen."

Elsa trank einen Schluck. „Ich habe mit meinem Arzt gesprochen und er riet mir zu einer Luftveränderung. Also nicht nur für ein paar Tage, sondern dauerhaft." Sie geriet ins Stocken. „Jedenfalls habe ich mich mal ein bisschen umgesehen und dann auf eine Stelle beworben, oben an der Ostsee." Nun war es heraus. Burk nickte und wirkte voller Verständnis. „Gerade eben habe ich einen Anruf erhalten. Man will mich kennenlernen und ich darf mich vorstellen."

„Na, das wundert mich nicht. Jeder, der Sie als Mitarbeiterin gewinnt, kann sich glücklich schätzen. Im Grunde habe ich nichts anderes erwartet."

„Ach, tatsächlich?", fragte Elsa erstaunt. „Es gibt nur ein Problem."

„Probleme sind dazu da, gelöst zu werden, also raus damit", sagte Dietmar Burk. Irgendwie schien er von der Nachricht, dass sie das Hotel bald verlassen würde, erstaunlich begeistert zu sein.

„Ja, man hat mich zum Probearbeiten eingeladen. Es sollte mindestens zwei Wochen dauern, unter Umständen sogar einen ganzen Monat."

„Sehr vernünftig, ich würde es nicht anders machen", erwiderte Burk. „Was für eine Stelle ist es denn?", fragte er gedehnt.

Elsa zögerte kurz. Ihr kam das ganze Gespräch seltsam vor. Als hätte ihr Chef von ihrem Anliegen bereits gewusst, was praktisch unmöglich war. „Die Leitung eines Hotels. Also nicht so ein großes wie dieses hier, eher überschaubar, aber dennoch …"

„Sie haben nicht damit gerechnet, überhaupt eingeladen zu werden, stimmts? Weil Sie Chefin der Rezeption sind und noch nie die komplette Leitung eines Hauses innehatten?" Dietmar Burk schüttelte den Kopf.

Am liebsten hätte Elsa ihm gesagt, dass es ihr Freund gewesen war, der die Bewerbung hinter ihrem Rücken verfasst hatte. Aber das wäre wohl zu blöd gekommen.

„Liebe Frau Torberg, ich bin sicher, Sie werden die Stelle kriegen. Überlegen Sie doch mal, welche Aufgaben Sie in der letzten Zeit übernommen haben. Besonders in der Zeit, als ich meine Herzoperation hatte."

„Aber da gab es doch eine Vertretung. Ich habe mich nur um die Rezeption gekümmert", entgegnete Elsa.

Burk schüttelte den Kopf. „Nur um die Rezeption, sie müssten sich mal hören. Wie mir berichtet wurde, haben Sie die gesamten Dienstpläne gestaltet und waren die Feuerwehr, wenn es irgendwo im Hotel brannte. Ihre Verantwortung ist immer mehr gewachsen. Auch ich habe schon darüber nachgedacht, was wir bezüglich Ihrer Position noch machen können. Aber ich habe vollstes Verständnis für Ihren Schritt. Wir alle haben nur eine Gesundheit. Wir tun jedenfalls alles, um Ihnen die Möglichkeit einzuräumen, sich im hohen Norden vorzustellen." Dietmar Burk griff sich eine Mappe und studierte die Dienstpläne. Elsa saß wie erstarrt. Sicher hatte sie sich gerade verhört. „Heute ist Freitag. Ich würde denken, am kommenden Montag können Sie sich auf den Weg machen. Bis dahin haben wir das Notwendige in die Wege geleitet. Und natürlich räumen wir Ihnen vier freie Wochen ein, damit Sie sich wirklich sicher sein können. Mit einer neuen Woche in eine vielleicht neue Zukunft starten, das klingt doch wundervoll, oder?"

„Am Montag schon?" Elsa lachte auf, ein wenig hilflos. „Ist das Ihr Ernst?"

Burk schob die Pläne beiseite und sah sie an. „Mein voller Ernst. Warum Zeit verlieren? Was nützt es mir, eine hervorragende Mitarbeiterin zu haben, die immer kränker wird. Blenden Sie alles andere aus, stellen Sie sich an die oberste Position. Versprechen Sie mir das?" Seine Augen bohrten sich in ihre. Es schien Elsa, als würde ihr Chef ihre Gedanken lesen können. „Hören Sie auf, an sich zu zweifeln. Präsentieren Sie sich von Ihrer allerbesten Seite und holen Sie sich den Job. Das würde mich stolz machen und es würde Ihren Verlust wettmachen, so sehr ich Sie auch vermissen werde."

Am Abend stieg Elsa die Treppe zu ihrer Wohnung empor. Dann warf sie einen kurzen Blick auf die gegenüberliegende Tür, stellte ihre Einkäufe und ihre Tasche in ihrem Flur ab und klingelte bei Ben.
 Sie hatte sich schon die passenden Worte zurechtgelegt, doch David öffnete und schaute ihr lächelnd entgegen.

„Hallo Elsa", sagte er und zeigte dabei seine strahlendweißen Zähne. „Na, hat es geklappt mit dem Job? Hast du eine Einladung bekommen?"

Ihr Puls schlug augenblicklich höher. „Du weißt also auch Bescheid? Das hätte ich mir ja denken können. Vermutlich ist das halbe Haus informiert, außer der Person, um die es eigentlich geht. Wo ist Ben?"

David deutete mit dem Kopf hinter sich. „In der Küche."

„Er traut sich wohl nicht heraus?"

„Warum denn?", gab David scheinheilig zurück. „Gibt es dafür einen Grund?"

„Nun, immerhin hat er hinter meinem Rücken eine Bewerbung abgeschickt", giftete Elsa zurück.

„Und das anscheinend mit Erfolg. Sonst würdest du nicht mit hektisch roten Flecken in deinem Gesicht vor unserer Tür stehen. Komm rein, Ben kocht gerade irgendeine indische Soße, bei der er angeblich ununterbrochen rühren muss. Geh ruhig durch. Ach, Elsa, lass ihn bitte leben. Er hat es nur gut gemeint."

Ihr bester Freund stand tatsächlich am Herd, drehte ihr den Rücken zu und gab sich wie das reinste Unschuldslamm. Ganz so, als hätte er noch nicht bemerkt, dass Besuch gekommen war, rührte und rührte er in seinem Topf herum. Sie stellte sich schließlich neben ihn und räusperte sich.

Gespielt erschrocken fuhr Ben herum. „Elsa, du meine Güte. Wo kommst du denn her?"

„Tu bloß nicht so. Du hast mich längst gehört."

Ben rührte unverdrossen in einer orangefarbenen Soße herum, die einen köstlichen Duft in der ganzen Küche verteilte. „Hab ich, ich gebe es zu. Also erzähl, hat Frau Gutter sich gemeldet?"

Elsa seufzte. „Hat sie."

Triumphierend drehte Ben sich zu David um. Beide Männer klatschten sich ab. „Na bitte, wusste ich es doch."

„Sie lädt mich an die Ostsee ein. Zum Probearbeiten, mindestens zwei Wochen, besser noch einen Monat", berichtete Elsa.

„Wow, das klingt fantastisch", sagte Ben. „Hast du schon mit deinem Chef geredet?"

„Hab ich, er hat nichts dagegen. Er wirkte sogar regelrecht begeistert. Vermutlich hast du mit dem auch gesprochen."

Ben verdrehte die Augen. „Hab ich nicht. Willst du einen Tee? Wir haben uns gerade einen Frischen gemacht. Irgendeine neue unaussprechliche Sorte, die David heute aus dem Biomarkt mitgebracht hat. Und das nur, weil ihm der Verkäufer gefällt, der dort seit einigen Tagen arbeitet."

„Gar nicht wahr", erwiderte dieser. „Der Tee war im Angebot."

„Na, wie auch immer", meinte Elsa. „Ich nehme einen. Und dann zeigt ihr mir bitte die Bewerbung, die ihr an die Ostsee geschickt habt."

„Kein Problem." Ben warf einen Blick über seine Schulter. „David, hol doch mal meinen Laptop."

Wenig später studierte Elsa die abgeschickten Unterlagen. Zu ihrem Erstaunen musste sie zugeben, dass ihre beiden Nachbarn das Bewerbungsschreiben hervorragend verfasst hatten. Da waren weder irgendwelche Übertreibungen noch Formulierungen, die nicht ihrem Wesen entsprachen. Im Gegenteil, Elsa fand sich wieder, so wie sie war, mit allen Ecken und Kanten.

„Na, was sagst du?", fragte David von der anderen Seite des Tisches. Ein Schmunzeln lag auf seinem Gesicht. „Nicht schlecht, oder? Vielleicht sollten wir uns als Bewerbungsschreiber selbstständig machen."

„Sie ist sprachlos, deswegen ist sie so still. Damit hat sie nicht gerechnet", sagte Ben und grinste. „Hast du im Ernst gedacht, wir schreiben irgendwelchen Schwachsinn über dich? Wir wollen, dass du die Stelle kriegst. Nicht, weil wir dich loswerden möchten, sondern weil wir dich mögen und pausenlos an deine Gesundheit denken."

Eine kleine Träne der Rührung zeigte sich in Elsas Augenwinkel. Sie schluckte.

„Sprachst du nicht auch von Tagen am Strand und der Möglichkeit, dass dir deine beste Freundin ganz bestimmt zukünftig immer ein Bett in ihrem neuen Zuhause anbieten wird, wenn es dich nach Meeresrauschen gelüstet?", meinte David spöttisch.

Ben hob die Schultern. „Ich erwähnte es am Rande. Musst du das denn verraten? Egal, man sollte immer das Angenehme mit dem Nützlichen verbinden." Alle mussten lachen. „Aber nun im Ernst, Elsa. Erzähl, was hat Frau Gutter gesagt?"

Und Elsa berichtete. Später am Abend, eigentlich war es schon kurz vor Mitternacht, denn sie war in der Nachbarwohnung beim Pläneschmieden so richtig versackt, lag sie in ihrem Bett und studierte die Hotelbilder des *Godewinds*. Elsa betrachtete den hinter dem Haus liegenden Bodden, sie sah die Sonne auf dem Wasser glitzern, warf einen Blick auf die Fotos der Angestellten und der einzelnen Zimmer. Wie würde es werden, all dies wirklich live zu sehen? Vor allem, wie würde es werden, dort oben zu arbeiten? Alles hier zurückzulassen, ihre Freunde, ihren Vater?

Doch wie hatten David und Ben gesagt? „Du bist ein offener Mensch. Eine Frau mit einem großen Herzen, du wirst überall Freunde finden."

Kapitel 5

Gespannte Stille lag im Aufenthaltsraum des *Godewinds*. Alle Mitarbeiter hatten sich versammelt, außer Rita, einer älteren Kollegin, die nur noch ab und zu einsprang und heute gekommen war, um die Rezeption zu hüten. Sogar Jonas, der ewige Student, der immer die Nachtschichten schob, um nebenbei an seinem Medizinstudium zu arbeiten, lehnte lässig in der Tür.

„Was sie uns wohl sagen will?", meinte Babsi leise zu Sophie. „Bestimmt geht es um Denise."

Peter drehte sich um. „Veronika hat eine Anzeige geschaltet, in der sie eine neue Leitung für das Hotel sucht." Babsi machte große Augen. Sophie dagegen schwieg. Für sie war dies nichts Neues, hatte Lars es doch schon angedeutet.

„Eine neue Leitung? Wow, das sind Neuigkeiten. Na ja, es kann nur besser werden als mit Denise."

Sophie warf Babsi einen kurzen Blick zu. Manchmal störte sie deren burschikose Art maßlos. Innerlich war sie hin- und hergerissen. Bekanntermaßen war sie mit Denise nie gut ausgekommen, doch als Mutter konnte sie sich vorstellen, wie groß Veronikas Enttäuschung über den Weggang ihres Kindes sein musste. Alle im *Godewind* wussten, wie sehr sie sich gewünscht hatte, das Hotel möge in der Familie bleiben und ganz in ihrem Sinne fortgeführt werden. Die Mitteilung, dass Denise Ahrenshoop und somit das Hotel verlassen hatte, war dementsprechend knapp ausgefallen.

Niemand vom Personal brachte das Thema zur Sprache und alle gaben ihr Bestes, um Veronika zu entlasten, weil sie wussten, wie es um ihre Gesundheit stand.

„Sie kommen", grummelte der alte Hans, einer der beiden Hausmeister und deutete aus dem Fenster. Eigentlich war Hans schon lange im Ruhestand und sein Sohn Ralf kümmerte sich um Reparaturen und die Außenanlagen, aber der alte Mann verdiente sich zu seiner Rente noch ein paar Euros dazu und kam unter Menschen. Seit dem Tod seiner Frau diel ihm daheim die Decke auf den Kopf.

Wenig später betrat Veronika den Raum. Sie hielt die Hand ihres Mannes fest umschlossen und sank dankbar auf einen der bereitgestellten Stühle. Den Rollator, den sie sonst immer benutzte, hatte sie anscheinend vor dem Seiteneingang stehen lassen. Veronika hielt sich bemüht aufrecht, doch alle sahen ihr die Strapazen der letzten Monate an. Sie war gealtert und würde nach dem schweren Unfall, der sie einige Wochen hatte ins Koma sinken lassen, nie mehr die Alte werden. Das war ihnen allen inzwischen klar.

„Danke, dass ihr gekommen seid", sagte sie mit fester Stimme und schaute in die Runde. Ganz kurz legte Ferdinand seine Hand auf ihren Arm und nickte ihr zu. „Es gibt eine Neuigkeit. Und da wir alle hier, im *Godewind*, eine große Familie sind, möchte ich sie Euch, zusammen mit meinem Mann verkünden. Es gilt Entscheidungen zu treffen, die Zukunft des Hotels betreffend. Seit Denises Weggang …" Einen Moment brach ihr die Stimme. „Es ist nicht leichter für mich geworden und ich kann nicht für immer erwarten, dass ihr alle über eure Grenzen geht. Deswegen haben wir eine Stellenanzeige aufgegeben, in der wir eine neue Leitung für das *Godewind* suchen. Ich schaffe es nicht mehr und muss den Tatsachen ins Auge sehen, dass es nie mehr wird wie früher." Peter wischte sich über die Augen und der alte Hans putzte sich gerührt die Nase. Auch Sophie spürte, wie ihr die Tränen kamen. Veronika so zu sehen, war für keinen von ihnen leicht. „Es gab einige Bewerbungen und schließlich haben wir uns für vorerst zwei Bewerber entschieden und beide zu uns nach Ahrenshoop eingeladen. Sie reisen am Montag an und werden in meinem

Ferienhaus untergebracht sein. Es handelt sich um Elsa Torberg, die momentan die Chefrezeptionistin eines großen Hotels in Stuttgart ist, und um Manuel Zachert, der ein kleineres Hotel am Rande von Berlin leitet. Beide haben tadellose Qualifikationen und sind gleichwertige Kandidaten. Aber das ist nur die eine Seite der Medaille. Ihr alle wisst, wofür das *Godewind* steht, für ein Miteinander von Mitarbeitern und Chefetage. Alles zum Wohle unserer Gäste. Auch wenn leider nicht alle dieses Credo verinnerlichen konnten." Veronika schluckte kurz. „Wir haben beide Kandidaten zum Probearbeiten eingeladen, das einen Monat dauern wird, und beide haben zugestimmt. In dieser Zeit werden wir eine Entscheidung treffen und hoffentlich den perfekten Kapitän finden, der das Ruder im *Godewind* fest übernimmt. Dafür werde ich mir natürlich auch eure Meinung einholen und ich bitte euch, ehrlich zu sein. Bis dahin werde ich mich weiter um die alltäglichen Geschäfte kümmern, mit eurer Unterstützung. Wenn das *Godewind* in guten Händen ist, werde ich mich aus dem Tagesgeschäft zurückziehen." Veronika fing einen Blick ihres Mannes auf und biss sich auf die Lippen. „Nein, das ist falsch, du hast recht", sagte sie zu Ferdinand. „Ich korrigiere: Ich werde mich ganz aus dem Geschäft zurückziehen und mich meiner Gesundheit und meinem Privatleben widmen." Ihre Stimme brach. Sie holte ein Taschentuch hervor und schnäuzte sich.

Über Sophies Wange lief eine Träne. Sie konnte gut nachempfinden, wie schwer Veronika diese Entscheidung gefallen war.

„Ich danke euch allen sehr und bitte darum, dass ihr beide Kandidaten bestmöglich unterstützt. Sollte es Probleme oder Fragen geben, ich bin immer noch für euch da und natürlich auch mein Mann Ferdinand. Möge das *Godewind* auch in der Zukunft einen guten Kurs nehmen und immer dem richtigen Wind ausgesetzt sein."

Veronika nickte, erhob sich dann und lief am Arm ihres Mannes langsam nach draußen. Stille erfüllte den Raum. Einen Moment hing jeder der Anwesenden seinen eigenen Gedanken nach.

„Ist es nun also so weit", sagte der alte Hans und zog die Pfeife aus seiner Brusttasche, ohne diese anzuzünden. „Die Chefin tritt ab, wer hätte das gedacht."

„Es hat sich angekündigt", meinte Babsi. „Und dennoch …"

„Und dennoch, werden wir auch weiterhin unser Bestes geben", vollendete Peter den Satz. Der Rezeptionist, einer der dienstältesten Mitarbeiter des *Godewinds*, erhob sich und nahm seinen Platz am Kopfende des Tisches ein. „Wir werden die beiden Kandidaten mit aller Kraft unterstützen." Aufmerksam schaute er in die Runde und alle nickten. „Die Sommersaison steht vor der Tür. Wir sind praktisch ausgebucht und es gibt viel zu tun. Dieses Jahr steht uns Veronika, die sonst so oft eingesprungen ist, nicht hilfreich zur Seite." Niemand erwiderte etwas, weil Peter die Chefin mit Vornamen benannt hatte. Er kritisierte das sonst immer, weil es ihm allzu vertraulich erschien. Doch jetzt war alles anders. „Aber wir kriegen das hin, wir sind ein eingespieltes Team und wenn jeder sein Bestes gibt, wird die Saison so hervorragend verlaufen, wie in den letzten Jahren. Sind wir uns da einig?"

Alle nickten.

„In zwei Wochen ist Ostern, wir werden uns morgen um die Dekoration in der Lobby und vor dem Haus kümmern. Eigentlich hätte sie schon längst stehen müssen", fuhr Peter fort. „Ich glaube, die Chefin hat einfach zu viel um die Ohren und nicht daran gedacht. Sophie, machst du das?"

„Kein Problem. Ich suche dann gleich alles heraus."

„Ich werde mich noch einmal an den Schichtplan setzen und genau schauen, ob wir jetzt schon zusätzliche Kräfte für die Reinigung der Zimmer brauchen oder die Arbeit noch schaffen. Sollte jemand den Dienst tauschen wollen oder andere Anliegen haben, wendet euch bitte an mich. Ich denke, wir sollten die Chefin, so gut es geht, entlasten."

„Ein schwerer Schritt für unseren Kapitän", sagte Hausmeister Ralf, der sich sonst immer still aus allem heraushielt. „Also geben wir das Beste, damit wir die perfekte Leitung für das Hotel finden. Das ist ja immerhin in unser aller Interesse."

„Stimmt", pflichtete ihm Babsi bei. „So einen Reinfall wie mit Denise will wohl keiner von uns mehr erleben."

„Vielleicht wäre ein erster Schritt, die permanenten Meckereien über Denise einzustellen", platzte Sophie heraus und warf ihrer Kollegin einen scharfen Blick zu.

„Und das sagst ausgerechnet du? Wer hatte sich denn schon einen neuen Job besorgt und wollte kündigen. Nur wegen Denise", erwiderte Babsi schnippisch.

„Schluss damit." Peter schlug mit der flachen Hand auf den Tisch. „Sophie hat recht. Wir sollten gegenüber den neuen Kandidaten auf keinen Fall etwas von dem ganzen Theater in letzter Zeit erwähnen. Das sind Interna, die niemanden außerhalb des *Godewinds* etwas angehen."

„Das sehe ich auch so", pflichtete ihm der alte Hans bei. „Jeder sollte vor seiner eigenen Tür kehren, ehe er über andere urteilt."

Babsi verschränkte die Arme vor dem Körper. „Schon gut, regt euch doch nicht so auf, ich bin ja nicht blöd. Aber gebt es doch zu, alle hier sind froh, dass Denise weg ist, und eins steht fest: Seitdem funktioniert das Buchungsprogramm einwandfrei."

Kapitel 6

Seufzend strichen Elsas Blicke über die Fächer ihres Kleiderschrankes. Dann drehte sie sich um und musterte die Sachen, die bereits auf ihrem Bett lagen.

„Keine Ahnung, was ich alles mitnehmen soll", sagte sie mit leichter Verzweiflung. „Man weiß doch nie, wie das Wetter so wird."

Ben, der auf dem alten Sessel in der Zimmerecke saß, verdrehte die Augen. „Du fährst ja nicht nach Grönland. Auch an der Ostsee wird es gerade Frühling. Und wenn du was vergessen hast, gehst du eben eine Runde shoppen. In Stralsund oder Rostock soll es schöne Geschäfte geben."

„Hm." Elsa wirkte nachdenklich.

„Pack doch einfach von allem ein bisschen ein. Zum Beispiel auch so was." Er langte in die Schublade neben sich und holte einen knallroten BH hervor.

„Was soll ich denn damit? Weißt du, wann ich den zum letzten Mal anhatte?"

Ben zog die Schultern nach oben. „Keine Ahnung. Es scheint zumindest schon eine ganze Weile her zu sein, denn ich erkenne eine leichte Staubschicht."

Elsa riss ihm das Wäschestück aus den Händen und stopfte es dahin zurück, wo es hingehörte. Erneut musterte sie ratlos den Schrank.

„Was ist denn los?", fragte Ben nach einer Weile.

„Mein Dad kommt gleich."

„Deswegen der Kuchen im Ofen?"

„Ich hab ihn zum Kaffeetrinken eingeladen und dann muss ich es ihm sagen."

Ben beugte sich nach vorn. „Du lieber Gott, er ist ein erwachsener Mann und ein dufter Typ dazu. Du verkündest ihm doch nicht, ungewollt schwanger zu sein. Und selbst das würde heutzutage kein Problem mehr darstellen. Deinen letzten Arbeitstag hast du auch irgendwie hinter dich gebracht. Wie war es denn?"

Elsa lachte auf. „Frag lieber nicht, es ging alles so schnell. Mein Chef hat ein paar Worte gesagt, meine Kollegen haben mir einen Korb voller Naschereien überreicht und ich hab Rotz und Wasser geheult. Weißt du, wie viele Jahre ich dort gearbeitet habe?"

„Für meine Begriffe viel zu lange. Heutzutage wechseln doch alle ständig ihre Arbeitsstellen. Man muss flexibel sein. Sagt man das nicht immer?"

Elsa legte einige Shirts aufs Bett und zuckte mit den Schultern. „Keine Ahnung, ich bin eher der Typ, der auf Altbekanntes setzt. Und vielleicht krieg ich die Stelle auch gar nicht und komme wieder."

„Hast du denn noch mal was von Frau Gutter gehört?", fragte Ben.

„Wir haben gestern Abend telefoniert. Sie haben sich um alles gekümmert, mir sogar eine Wohnung in einem Ferienhaus gleich in der Nähe des Hotels besorgt. Und sie freuen sich auf mich."

„Na bitte, das klingt doch prima."

„Aber es geht so schnell. Schon morgen fahre ich." Elsa sank auf ihr Bett.

Ganz langsam öffnete sich die Tür und Katze Minnie kam herein. Sie strich um Elsas Beine, hüpfte aufs Bett und schmiegte sich schnurrend an ihren Körper. Ihre Schwanzspitze bewegte sich und eine Verärgerung über die Unruhe in ihrem Katzenleben war ihr deutlich anzusehen. Fast schon feindlich musterte sie die Koffer und Taschen. „Und was soll mit Minnie geschehen?"

„Hatte David das nicht gestern mit dir besprochen?", fragte Ben. „Um die kümmern wir uns. Solange bis der Umzugswagen vorgefahren kommt. Dann wird aus deinem Mäusefänger eben ein Fischfänger." Ihr Freund grinste.

Elsa wünschte sich, ihre Gedanken wären nur halb so positiv wie die ihres Nachbarn. Tausend Sorgen wuselten durch ihren Kopf. Immer wieder musste sie an die Herausforderungen denken, die sie am Meer erwarteten. Ein ganzes Hotel zu leiten war etwas anderes, als nur Chefin der Rezeption zu sein. Was, wenn sie sich bis auf die Knochen blamierte? Was, wenn sie nicht weiterwusste?

Da klingelte es an der Tür. „Das ist bestimmt mein Dad."

„Da werd ich mal gehen", meinte Ben.

„Du kannst ruhig bleiben. Der Kuchen reicht auch für uns drei."

Ihr Freund gab ihr einen Kuss auf die Wange und schüttelte den Kopf. „Auf keinen Fall. Das schaffst du auch allein."

Mit einem Blumenstrauß in der Hand stand ihr Vater vor der Tür. Ben quetschte sich an ihm vorbei und murmelte, er habe sowieso gerade gehen wollen.

Joachim, Elsas Vater, sah ihm nach. „Hab ich ihn vertrieben?"

„Aber nein, er hat mir nur kurz etwas vorbeigebracht", sagte Elsa. „Komm rein."

Schon im Flur hob ihr Vater die Nase. „Mmh, du hast gebacken?"

„Ja, mir war mal so."

Joachim hing seine Jacke an den Haken. „Soso, dir war mal so." Dann sah er sie forschend an und entdeckte schließlich den Koffer, der neben ihrer Schlafzimmertür bereitstand. „Du willst verreisen?"

„Nicht direkt, also ich meine, es ist etwas komplizierter …", stotterte Elsa.

„Komplizierter also. Na, ich glaube, da brauch ich wirklich einen Kaffee, um deine Hiobsbotschaften verdauen zu können." Ihr Vater zwinkerte ihr zu und für einen Moment fühlte Elsa sich wieder wie ein kleines Mädchen.

Immer, wenn sie früher irgendwelchen Kummer gehabt hatte, war es das Zwinkern ihres Vaters gewesen, das sie wieder aufgebaut hatte. Seit vielen Jahren waren Elsa und Joachim ein unschlagbares Team. Nichts hatte sie umwerfen können. Elsas Mutter war früh gestorben, da war sie gerade mal sechs Jahre alt gewesen. Ihr Vater hatte sie allein großgezogen und ihr all seine Liebe gegeben. Wenn Elsa Rat gebraucht hatte, war ihr Vater für sie da gewesen. Wenn ihr Auto mitten in der Nacht auf einer einsamen Landstraße gestreikt hatte, hatte Joachim sie geholt und dabei nie ein böses Wort verloren.

Deswegen fiel Elsa das vor ihr liegende Gespräch so schwer. Die Vorstellung, ihren Vater allein hier in Stuttgart zurückzulassen, tat weh. Sie wusste, dass dieser Gedanke Unsinn war, denn Joachim war, obwohl er sich nie wieder eine Partnerin gesucht hatte, kein einsamer Mensch. Da waren sein Kleingarten, der Modellbahnverein und die Fußballmannschaft, in der er jeden Freitag trainierte. Kein Grund, sich Sorgen zu machen. Elsa tat es trotzdem.

Sie setzten sich in die Küche an den kleinen Tisch, der direkt neben der Balkontür stand. Sonnenschein flutete herein und brachte Wärme ins Zimmer.

„Käsekuchen also", sagte Joachim. „Mein Lieblingskuchen, nach einem Rezept deiner Mama. Da scheinen es schwer verdauliche Nachrichten zu sein. Lass mich raten. Du bist schwanger und ich werde Opa."

Verblüfft schnappte Elsa nach Luft. „Was? Das denkst du? Von wem sollte ich denn schwanger sein?"

„Keine Ahnung. Ich weiß nur, dass deine letzte Beziehung ein Weilchen her ist. Und ich rechne nicht damit, dass du deinem alten Vater jede Einzelheit deines Liebeslebens auf die Nase bindest."

Elsa lachte. „Nein, das ist es nicht. Ich war vor kurzem Mal wieder beim Arzt, wegen der Lunge und der Bronchien, du weißt schon."

Joachim nickte unsicher. Ein Schatten huschte über sein Gesicht. Langsam ließ er die Kuchengabel sinken. „Es gibt doch keine schlechten Nachrichten, oder?"

Schnell legte Elsa ihm ihre Hand auf den Arm. „Oh, nein. Es ist nur so, dass meine Gesundheit sich hier in Stuttgart nicht bessern wird. Nicht auf Dauer. Das Einzige, was hilft, ist eine Luftveränderung. Nicht nur zwei, drei Wochen, sondern für längere Zeit." Elsa holte tief Luft. „Also habe ich mich beworben, im hohen Norden, an der Ostsee. Und schon morgen werde ich aufbrechen und mich in einem Hotel vorstellen."

Joachim erhob sich von seinem Stuhl, umrundete den Tisch und zog Elsa in seine Arme. „Gott sei Dank, ich habe mir gerade richtige Sorgen gemacht." Dann schob er sie von sich. „Das sind gute Nachrichten. Ich freu mich für dich!"

„Wirklich? Ich meine, die Ostsee, das ist ein ganzes Stück von hier entfernt. Wir werden uns nicht mehr so häufig sehen können", gab Elsa zu bedenken.

Ihr Vater warf den Kopf zurück. „Soll das ein Witz sein? Überleg mal, wie oft wir uns in letzter Zeit gesehen haben." Er stupste sie auf die Nase. „Kann es sein, dass du nach Gründen suchst, hierbleiben zu können? Dafür bin ich nicht geeignet, denn ich bin schon groß und komme bestens alleine klar. Übrigens, was die Entfernung betrifft, wozu gibt es Autos, wozu Telefone? Ich glaube, dieser Umzug ist die allerbeste Entscheidung, die du in den letzten Jahren getroffen hast. Und nun will ich alles ganz genau wissen. In welchen Ort verschlägt es dich? Was ist das für ein neuer Job? Erzähl!"

Elsa legte die Arme um den Hals ihres Vaters. Genau dafür liebte sie ihn. Für seine unendlich positive Art, für seinen unerschütterlichen Glauben ans Leben und für seine Liebe zu ihr, die niemals enden würde.

Kapitel 7

Ahrenshoop, Ortsteil Niehagen – das gelbe Schild verkündete Elsa, dass sie am Ziel angekommen war. Endlich, sie spürte Erleichterung. Die Fahrt war lang gewesen. In der halben Nacht hatte sie sich auf den Weg gemacht. Der Routenplaner zeigte eine Strecke an, die einmal quer durch Deutschland führte. Trotz einiger Pausen und unzähliger Tassen Kaffee fühlte Elsa sich erschöpft. Ihr Nacken war verspannt, ihre Augen brannten.

Zum Glück waren die letzten Kilometer eine wohltuende Abwechslung zum grauen Einerlei der Autobahn gewesen. Spätestens, als Elsa einige Kilometer nach Rostock Richtung Darß abbiegen musste, begann ihr Herz schneller zu schlagen. Die Landschaft veränderte sich. Zwar zeigten sich zu beiden Seiten immer noch ausgedehnte Wiesen und Felder, doch erste Schilder verwiesen Richtung Ostsee, die irgendwo links von ihr liegen musste. Immer mehr reetgedeckte Häuser mit schmucken Vorgärten tauchten am Straßenrand auf.

Dann plötzlich sah sie zum ersten Mal das schimmernde Wasser des Boddens zwischen saftig grünem Gras, Schilf wiegte sich sanft in einer Brise. Eins stand schon mal fest, schön war es hier. Draußen huschte eine Gegend vorbei, in die man sich verlieben konnte.

In den letzten Strahlen der untergehenden Sonne erreichte sie Ahrenshoop. Ihr Ferienhaus lag ein wenig außerhalb des eigentlichen Zentrums, das hatte Veronika Gutter ihr schon verraten. „Von dort ist es nicht weit, bis zum *Godewind* und Sie haben viel mehr Ruhe als direkt im Ort. Es tut nach einem

Arbeitstag gut, abends einfach mal auf den Bodden zu blicken und Stille um sich zu haben."

Ihr Navi schickte sie in einen schmalen Weg. Vorbei an Häusern, die hinter dichten Hecken verborgen lagen, fuhr Elsa bis beinahe ganz nach unten ans Wasser. Zumindest sah sie den Bodden schon durch einige Büsche schimmern. Sie war am Ziel. Da waren der blaue Zaun und die Haustür mit dem Muschelmotiv, genau wie Veronika es ihr beschrieben hatte. *Boddenblick* stand auf einem etwas windschief angebrachten Schild. Das Haus war relativ neu, aber im nordischen Baustil errichtet, und es passte damit hervorragend in die Gegend. Die Fassade war weiß gestrichen und augenähnliche Fenster, schienen ihr aus dem Obergeschoss zuzublinzeln. Auch hier wuchsen dichte Hecken und Büsche. Rosen, die in einigen Wochen blühen würden, waren als Auflockerung dazwischen gepflanzt.

Elsa stieg aus und atmete tief durch. Dann fiel ihr Blick auf den Parkbereich und ein Hauch von Enttäuschung durchfuhr sie. Denn auf einem der Stellplätze stand unverkennbar ein Auto mit Berliner Kennzeichen. Im Stillen hatte sie gehofft, dieses kleine Idyll ganz für sich allein zu haben. Doch dann wurde ihr bewusst, dass das wohl ein wenig zu viel des Guten gewesen wäre. Immerhin stellte man ihr kostenfrei eine Ferienwohnung am Meer zur Verfügung.

Seufzend schob sie den Riegel am Holztor beiseite, öffnete die beiden Flügel und hakte sie in der Verankerung fest. Mit kritischer Miene schätzte Elsa den verbliebenen Platz ein. Denn der andere Autofahrer hatte mittig geparkt und ihr weniger als die Hälfte Platz gelassen. Zweifelnd sah sie sich um. Es gab keine andere Möglichkeit, ihren Wagen abzustellen. Also setzte Elsa ihr Auto ein Stück zurück und quetschte sich vorsichtig auf den zweiten Stellplatz. Mühevoll öffnete sie ihre Tür und schob sich durch die schmale Öffnung. Wütend starrte sie die silberne Limousine an und warf einen Blick ins Innere des Wagens. Nichts war zu sehen, die Mittelablage war leer, alle

Armaturen staubfrei. Elsa dachte an ihr eigenes Auto. Darin herrschte eine Art geordnetes Chaos, wie ihr Vater immer sagte. Da waren unzählige Parkbelege, Taschentuchpackungen, Lippenpflegestifte, Feuchttücher, Pflaster, Wasserflaschen und natürlich Bonbons in allen Geschmacksrichtungen. Mit dieser Ausstattung sah Elsa sich für alle Eventualitäten des Lebens gewappnet. Und tatsächlich hatte sie Mitmenschen in Not schon einige Male mit ihrer Ausrüstung hilfreich zur Seite stehen können. Das konnte ihr Parknachbar sicherlich nicht von sich behaupten. Aber er schien auch nichts vom geordneten Abstellen des eigenen Fahrzeuges zu halten. Noch einmal musterte Elsa die silberne Karre. Wenn jemand sich so rücksichtslos benahm, dann …

Sie atmete tief durch. Nein, keine schlechten Gedanken. Eine laue Brise strich über ihr Gesicht. Die Luft roch wunderbar salzig nach Fisch und Seetang. Vor allem aber konnte sie so leicht atmen. Ihre Lungen füllten sich praktisch von allein. Die schwere Last, die auf ihrer Brust gelegen und jeden Atemzug hatte zur Qual werden lassen, war verschwunden. Leichter atmen, das war es, was Elsa sich gewünscht hatte. Nun war sie hier und es wäre ein schlechter Anfang gewesen, sich die gute Stimmung von einem Parkplatz vermiesen zu lassen.

Der Ärger schwand und ein Glücksgefühl machte sich breit, verbunden mit der Lust, ihre vielleicht zukünftige neue Heimat zu erkunden. Sie würde ihr Gepäck ins Haus schaffen, sich das Auspacken erst einmal sparen und stattdessen einen kleinen Abendspaziergang machen. Nach der langen Sitzerei im Auto, war das eine perfekte Abwechslung.

Entschlossen drehte Elsa sich um und suchte den neben der Haustür angebrachten Holzkasten, in dem sich der Schlüssel zu ihrer Wohnung befinden sollte. Der Kasten war schnell gefunden. Sie gab den entsprechenden Code ein, den sie sich sicherheitshalber auf einem Zettel notiert hatte, und öffnete das Türchen. Doch ihre Hand tastete ins Leere, da war nichts. Die

Möglichkeit, den Schlüssel übersehen zu haben, fiel aus, denn der Kasten war überschaubar klein. Dennoch schaltete sie, um Sicherheit zu haben, die Lampe an ihrem Handy an und leuchtete hinein. Nichts, keine Spur eines Schlüssels.

Das ging ja gut los. Elsa musterte noch einmal kurz den Kasten und drückte dann auf die neben der Tür befindlichen Klingelknöpfe. Im Inneren des Hauses schellte es, doch niemand erschien. Vorsichtig riskierte sie einen Blick durch eines der Fenster im Erdgeschoss und sah in eine leere Küche. Dann umrundete sie das Haus. Doch egal, durch welches Fenster sie spähte, es war niemand zu sehen. Schließlich erreichte Elsa die im hinteren Bereich liegende Terrasse. Deren Rand schmückten Blumenkübel, die mit Frühjahrsblühern üppig bepflanzt waren. Gartenmöbel standen bereit und eine Box, in der vermutlich Kissen und Decken untergebracht waren. Ein ziemlich teuer aussehendes Mountainbike lehnte an einem Strandkorb und deutete darauf hin, dass es noch weitere Bewohner geben musste. Vielleicht waren die anderen Gäste Essen gegangen oder machten einen Abendspaziergang am Strand?

Erschöpft sank Elsa auf einen der Stühle und zog das Handy aus ihrer Tasche. Sie prüfte noch einmal die per Mail übermittelte Adresse. Kein Zweifel, Haus *Boddenblick*, hier war sie richtig. Das ging ja gut los. Ihre Ankunft am Meer hatte sie sich anders vorgestellt. Einen Moment dachte sie nach. Dann fiel ihr Blick auf die Handynummer von Veronika Gutter, die unter dem Schreiben stand. Die hatte zwar ausdrücklich gesagt, dass sie sie erst am nächsten Tag erwartete, aber Elsa war nach der langen Fahrt einfach nur erschöpft und wollte ihre Beine hochlegen. Am anderen Ende meldete sich jedoch nur die Mailbox der Hotelchefin. Sie hinterließ eine kurze Nachricht. Nun galt es, Geduld zu haben. Bestimmt würde sich die Sache in Kürze klären.

Elsa drehte eine weitere Runde ums Haus und schaute sich auf der menschenleeren Straße um. Dann holte sie ihre

Handtasche aus dem Auto, spazierte gemächlich nach unten zum Bodden und setzte sich auf eine hölzerne Bank, direkt am Wasser. Von dort hatte sie das Ferienhaus gut im Blick. Das Handy legte sie für alle Fälle neben sich. Kleine Wellen schwappten an Land. Irgendwo verborgen im Schilf schnatterte ein aufgeregtes Entenpaar. Über den Bodden zog abendlicher Dunst herauf, der langsam auf sie zukroch. Es herrschte eine beruhigende Stimmung. Land und Wasser schienen miteinander zu verschmelzen.

Seufzend schlug Elsa ihre Beine übereinander und wippte mit dem Fuß. Es war gleich sieben. Ihr war kalt und Hunger hatte sie auch. Beinahe sehnsuchtsvoll dachte sie an das Zuhause, das sie heute Morgen verlassen hatte. Doch das Handy blieb stumm. Da war kein Rückruf und keine Nachricht. Elsa gab sich noch eine Viertelstunde, dann würde sie im Hotel anrufen. Kurz vor Ablauf der Zeit schlenderte sie zurück zum Haus. Es lag einsam im Dämmerlicht des Abends. Noch immer brannte kein Licht im Inneren und auch nach Elsas erneutem Klingeln regte sich nichts.

Es half nichts, wenn sie nicht die halbe Nacht im Freien verbringen wollte, musste sie etwas tun. Sie wählte die Nummer des *Godewinds*. Doch auch dort ging der Ruf zunächst ins Leere, was Elsa nicht ungewöhnlich fand. Daheim in Stuttgart konnte ebenfalls nicht jeder Anruf auf der Stelle entgegengenommen werden. Eine monotone Stimme vom Band verkündete, das in wenigen Augenblicken ein Mitarbeiter für sie da sein würde. Zwischen jeder Ansage rauschte das Meer und vermittelte ihr damit schon mal ein bisschen Ostseefeeling.

Dann meldete sich eine Frauenstimme. „Hotel *Godewind*, Rezeption, was kann ich für Sie tun?"

„Hallo, mein Name ist Elsa Torberg. Ich beginne morgen mein Probearbeiten in Ihrem Hotel."

„Ach ja, Frau Torberg", sagte die Stimme. Auf Elsa wirkte es, als könne die Frau mit ihrem Namen nicht das Geringste anfangen. „Sind Sie gut angekommen?", fragte sie dennoch freundlich.

„Das bin ich. Nur leider ist der Schlüssel zu meiner Ferienwohnung nicht zu finden. Er sollte in einem Kasten neben der Tür sein. Doch der ist leer."

„Du meine Güte. Haben Sie die Nummer von Frau Gutter und sich schon bei Ihr gemeldet?"

„Habe ich, doch Sie geht nicht ans Telefon."

„Du meine Güte", seufzte die Frau erneut. „Das ist nicht gut. Sie müssen wissen, ich bin nur eine Vertretung. Was mache ich denn jetzt?"

Na, wenn sie es nicht wissen, dachte Elsa einen Moment. Dann rief sie sich zur Ordnung. Genau solche Probleme waren doch ihr Spezialgebiet. „Könnten Sie nicht einmal Frau Gutter anrufen? Oder jemand anderen vom Personal, der wissen könnte, wo sich der Schlüssel befindet?"

„Ich werde es versuchen und sobald ich weitergekommen bin, melde ich mich bei Ihnen."

„So machen wir es."

„Oder warten Sie. Sie könnten auch ins Hotel kommen. Dann müssen Sie nicht vor dem Haus warten?"

„Ich denke, die Sache wird sich gleich klären", gab Elsa sich positiv.

„Gut, wenn Sie meinen." Ein Tuten erklang am anderen Ende.

Elsa drückte auf den roten Hörer und ließ ihr Handy sinken.

Allmählich zog die abendliche Kühle unangenehm in ihren Körper. Elsa holte eine dickere Jacke aus dem Auto und ging wieder zur Terrasse. Neugierig öffnete sie die bereitstehende Box und entnahm ihr eine kuschlige Decke. Dann setzte sie sich in den Strandkorb und wickelte sich ein. Von dort konnte sie am Haus vorbeischauen und hatte den Zufahrtsweg genau im Blick.

Still war es. Nur selten drang das Geräusch eines Autos zu ihr vor. Das war alles. Kein Vergleich zum Summen der Großstadt daheim. Dort fuhr immer irgendein Krankenwagen und selbst in der tiefsten Nacht, kam Stuttgart nie ganz zur Ruhe. Doch je länger Elsa saß und lauschte, umso mehr Geräusche nahm sie wahr. Sie hörte das Wispern der Bäume und Büsche, ein Rascheln im Gras und leises Meeresrauschen. In der Ferne schrie ein Käuzchen und schreckte damit einen Hund auf, der wütend kläffte. Ein Schauer glitt über ihre Unterarme und Elsa zog die Decke bis unter ihr Kinn. Sie sah auf ihre Uhr, die ihr verriet, dass erneut eine halbe Stunde vergangen war. Und noch immer blieb ihr Handy stumm.

Fest heftete sie ihren Blick auf den immer dunkler werdenden Himmel. Bald würden sich die ersten Sterne zeigen. Nur mühsam widerstand sie dem Drang, das Display ihres Handys zu checken. Ein Signalton würde ihr verraten, wenn eine Nachricht einging oder sich jemand meldete.

Elsa lehnte ihren Kopf an die weichen Polster des Strandkorbs, schloss einen Moment die Augen und versuchte, ruhig zu atmen. Sie war gut angekommen und nur das zählte.

Da war jemand, eine Berührung am Arm, ein Flüstern. Elsa wehrte den Eindringling, der ihren Traum stören wollte, mit einer Handbewegung ab. Gerade eben war sie über einen Waldweg geradelt, voller Schwung unter den alten Bäumen hindurchgesaust, während der Wind ihre Haare zerzauste. Doch plötzlich wurde ihr bewusst, dass sie nicht in ihrem Bett lag. Mit einem Ruck riss Elsa ihre Augen auf und erkannte einen dunklen Schatten, der sich über sie beugte. Erschrocken zog sie die Decke bis an ihre Nasenspitze.

„Kann ich Ihnen irgendwie helfen?", fragte eine männliche Stimme.

„Helfen? Wieso? Was machen Sie denn hier?"

„Komisch, das wollte ich Sie auch gerade fragen, immerhin sitzen Sie in *meinem* Strandkorb auf *meiner* Terrasse. Und ich nehme an, dass dieses blaue Auto, das Sie vollkommen idiotisch neben meines gequetscht haben, auch zu Ihnen gehört."

„Ich habe das Auto nicht idiotisch neben Ihres gequetscht, ich habe es auf dem Stellplatz geparkt, der zu meiner Ferienwohnung gehört", erwiderte Elsa und ließ die Decke ein kleines Stück sinken. Allmählich erkannte sie erste Einzelheiten ihres Gegenübers im Schein der Zimmerbeleuchtung, die nach draußen fiel. Der Mann trug Sportklamotten, hatte ein Handtuch in seinem Nacken liegen und schien gerade Joggen gewesen zu sein.

„Zu Ihrer Ferienwohnung? Na, hören Sie mal! Was soll das denn heißen?", fragte der Unbekannte verblüfft.

„Was das heißen soll? Jemand hat mir in diesem Haus eine Unterkunft gebucht. Nur leider war der angegebene Schlüsselkasten leer und deswegen hocke ich hier in der Finsternis und warte seit Stunden."

Der Mann stutzte kurz, rubbelte seine Haare ab und zog sich dann einen der Stühle heran. Immer noch musterte er sie neugierig. Mittlerweile war Elsa hellwach. Ihre Kampfeslust war geweckt.

„Soso, es hat also jemand eine Wohnung für Sie gebucht. Und wer?" Der Typ hatte einen Tonfall, der sie rasend machte.

„Das geht Sie einen feuchten Kehricht an", giftete Elsa zurück. „Ich will einfach nur meine Schlüssel und fertig." Sie musterte den Fremden. „Bewohnen Sie die untere Wohnung?"

„Wenn Sie so wollen", antwortete der Typ. „Es lagen zwei Schlüssel im Kasten und da ich annahm, ich hätte die freie Wahl, hab ich mich für die untere Etage entschieden. Ich wusste ja nicht, dass noch jemand kommen würde."

Elsa stieß die Luft aus. „Sie waren das? Na, hören Sie mal, Sie können doch nicht einfach zwei Schlüssel an sich nehmen." Sie streckte ihre Hand aus. „Ich will auf der Stelle den anderen Schlüssel haben."

„Einen Moment", sagte der Mann. Er erhob sich und verschwand in der Wohnung. Sekunden später kam er mit dem Schlüssel zurück und legte ihn auf den Tisch. Gerade als Elsa danach greifen wollte, hielt er ihre Hand fest. „Entschuldigen Sie, das wusste ich wirklich nicht. Es tut mir leid, ich dachte tatsächlich, ich würde das Haus allein bewohnen und hab mir nichts dabei gedacht. Welche Wohnung haben Sie denn gebucht?"

Sein Bedauern schien wirklich ehrlich zu sein. Elsa sah es in seinem Blick. Also wurde auch sie eine Spur versöhnlicher. „Keine Ahnung. Wie gesagt, die Buchung wurde von jemand anderem getätigt. Da Sie sich unten bereits häuslich eingerichtet haben, gehe ich einfach nach oben."

„Wir könnten auch tauschen", bot er an. „Ich meine, wenn Sie sich in beiden Wohnungen umschauen möchten? Ich habe noch nichts ausgepackt. Hab mir nur meine Sportklamotten geschnappt und eine erste Runde am Bodden gedreht."

Elsa erhob sich. „Nicht nötig, ich geh nach oben und gut."

Der Typ nickte. „Wenn Sie meinen."

„Ja." Elsa faltete die Decke zusammen und legte sie sorgfältig zurück in die Box. Dann umrundete sie das Haus, merkte aber, dass der Mann ihr folgte. „Ist noch was?" Fragend schaute sie ihn an.

Im Licht der über der Haustür angebrachten Lampe, sah sie ihn zum ersten Mal richtig. Er war etwa Mitte dreißig, hatte dunkle, leicht gewellte Haare und sah sehr sportlich aus. Sein Oberkörper, der nur von einem dünnen Shirt bedeckt wurde, wirkte gut definiert. Ein lässiger Dreitagebart schmückte sein Kinn. Seine Augen schimmerten dunkel, aber das konnte auch am Licht liegen.

In diesem Moment spürte Elsa, dass er sie ebenso unverhohlen musterte und seine Blicke über ihren Körper strichen. In ihrer dicken Kuschelstrickjacke mit den bequemen Autofahrleggins dürfte ihr Anblick ihn nicht gerade umhauen.

Und tatsächlich lag ein überhebliches Grinsen auf seinen Lippen.

„Nun, ich dachte, ich könnte Ihnen vielleicht helfen? Die Innentreppe ist sehr steil und ziemlich schmal. Geben Sie mir einen Ihrer Koffer?"

Elsa zerrte das erste Gepäckstück nach draußen und schüttelte verbissen den Kopf. „Danke, es geht schon."

„Sind Sie sicher? Die Treppe ist wirklich steil. Ich musste beim Hinabsteigen aufpassen, dass ich mir nicht das Genick breche. Und mit Koffern …" Er wiegte seine Hände hin und her, als hätte er große Bedenken.

„Lassen Sie das mal meine Sorge sein", erwiderte Elsa. Sie wusste nicht, warum, aber der Typ brachte sie auf die Palme.

„Gut, wenn Sie meinen. Falls etwas sein sollte, Sie finden mich unten." Er deutete mit dem Daumen hinter sich. Noch einmal strichen seine Augen über ihr Gesicht. „Na dann, gute Nacht. Schlafen Sie schön." Er verschwand um die Hausecke und Elsa sah ihm einen Moment nach. Außerhalb seiner Gegenwart fühlte sie sich sofort sicherer.

Entschlossen hievte sie ihren Koffer Richtung Eingangstür. Das wäre doch gelacht! Als Rezeptionistin hatte Elsa schon oft mit schweren Gepäckstücken zu tun gehabt. Da würde eine Treppe sie nicht in die Knie zwingen. Sie öffnete die Haustür, betätigte den Lichtschalter und schaute nach oben. Verdammt, die Treppe war wirklich steil und schmal noch dazu. Der Impuls, trotz allem auf das Angebot ihres Mitbewohners zurückzukommen, flammte auf. Elsa hätte nur an der unteren Tür, aus der ein sanfter Lichtschein in den Flur fiel, klopfen müssen. Doch das kam aus ihrer Sicht einer Kapitulation gleich. Zuerst würde sie es allein versuchen. Energisch packte sie den Griff ihres Koffers, umklammerte mit der anderen Hand seine Unterseite und stellte ihren Fuß auf die erste Stufe. Im Schneckentempo stieg sie Tritt für Tritt nach oben. Ihre Schritte wurden immer wieder von kleinen Wacklern unterbrochen, und jedes Mal fiel sie fast nach hinten über. Eine gefühlte Ewigkeit später erreichte Elsa endlich die obere Etage und setzte sich einen Moment auf den Treppenabsatz. Ihre Lungen brannten, der kiloschwere Stein auf ihrer Brust war trotz der wohltuenden Luft zurück. Sie war kraftlos, fühlte sich wie erschlagen. Dabei lag der größere und somit schwerere Koffer noch in ihrem Auto.

Elsa stieg die Treppe hinab und musterte einen Moment die untere Tür. Es war töricht, einen Asthmaanfall zu riskieren und am Morgen vollkommen neben der Spur zu sein. Immerhin war dieser Tag wichtig, sogar einer der wichtigsten Tage ihres Lebens. Das Beste war es, den eigenen Stolz zu überwinden.

Entschlossen klingelte sie, wartete und versuchte ihren immer noch holprigen Atemrhythmus unter Kontrolle zu bekommen. Doch die Tür blieb zu. Behutsam legte Elsa ihren Kopf an die Scheibe und lauschte – nichts, Totenstille. Unsicher klingelte sie noch einmal. Es verging eine geraume Zeit und als sie schon kurz davor war, die Sache doch selbst in Angriff zu nehmen, öffnete sich plötzlich die Tür.

Elsa schluckte und wusste vor lauter Schreck kaum, wo sie hinschauen sollte. Denn ihr Mitbewohner stand lediglich mit einem um die Hüften geschlungenen Handtuch bekleidet vor ihr. Wasserperlen rannen über seine feuchte Brust.

„Entschuldigung", sagte Elsa mit trockenem Mund und zwang sich, dem Typen ins Gesicht zu schauen. „Ich glaube, ich würde doch gern auf Ihr Angebot wegen des Koffers zurückkommen."

Grinsend sah er sie an und seine Blicke trieben ihr die Röte auf die Wangen. „Kein Thema, ich bin in wenigen Minuten bei Ihnen. Ich würde mir nur gern schnell etwas überziehen."

„Aber natürlich", erwiderte Elsa hastig und trat einen Schritt nach hinten. Dabei stürzte sie beinahe über das Schuhregal, das seitlich an der Wand stand. „Ich warte dann draußen", stammelte sie und verließ fluchtartig das Haus.

Kühle Abendluft legte sich auf ihr Gesicht. Du lieber Gott! Warum musste er auch halb nackt an der Tür erscheinen? Das konnte einen ja nur vollkommen aus der Fassung bringen. Dabei war Elsa sonst eine sehr klar denkende Person. Besonders wenn es um das Thema Männer ging. Dank einer herben Enttäuschung vor einigen Jahren hatte sie die Entscheidung getroffen, bestens allein klarzukommen und sich keinesfalls mehr auf etwas Festes einzulassen. Elsa brauchte keinen Mann. Und falls ihr doch einmal der Sinn nach einer stürmischen Nacht stand, gab es dafür andere Möglichkeiten. Ein kleiner Flirt, ein unverbindliches Treffen, aber auf keinen Fall ein Frühstück am nächsten Morgen. Damit war sie all die Jahre wunderbar gefahren und wollte nicht das Geringste daran ändern.

„So, dann wollen wir mal", erklang in diesem Moment eine Stimme hinter ihr.

Elsa fuhr herum. Inzwischen war ihr Mitbewohner wieder vollständig bekleidet und trug eine lässige Jogginghose und einen Wollpullover. Nur seine dunklen Haare glänzten noch feucht. Kritisch musterte er den im Auto liegenden Koffer. „Du meine Güte, wie lange wollen Sie denn hierbleiben? Haben Sie Ihren gesamten Hausstand eingepackt?"

„Nein, ein bisschen was steht noch in meiner Wohnung", gab sie zurück.

„Sind Sie sicher?"

Obwohl Elsa sofort weitere schnippische Antworten auf der Zunge lagen, schluckte sie sie hinunter. Immerhin war sie auf die Hilfe dieses Typen angewiesen. Zumindest wenn sie nicht die nächsten Wochen den Koffer in ihrem Auto lassen wollte. „Na, man weiß ja nie, wie das Wetter hier oben am Meer so wird."

Er schaute auf ihr Kennzeichen. „Stuttgart also. Stimmt, für uns Südländer ist der hohe Norden manchmal ein Rätsel." Statt ihren Koffer zu ergreifen, streckte er plötzlich seine Hand aus. „Ich glaube, es wäre nun an der Zeit, uns einander vorzustellen. Immerhin werden wir die kommenden Nächte unter einem Dach leben, in einem einsamen Haus, am Bodden, ohne

Nachbarn. Die anderen Häuser sind alle leer. Vorsaison", sagte er mit einem rauen Unterton.

Elsa starrte auf seinen Mund und nickte leicht. „Vorstellen? Das ist eine gute Idee. Aber ich würde diese Gegend nicht unbedingt als einsam bezeichnen. Immerhin sind es nur wenige Meter bis zur Hauptstraße."

„Auf der nur ein paar vereinzelte Fahrzeuge unterwegs sind. So habe ich es zumindest vorhin beobachtet." Er grinste unverhohlen.

„Dennoch, wir sind hier ja nicht am Ende der Welt, sondern in Ahrenshoop. Was soll da schon passieren."

Er hob die Schultern. „Wer weiß? Sie sind übrigens ziemlich rational, kann das sein?" Immer noch schwebte seine Hand zwischen ihnen. „Manuel Zachert", sagte er schließlich.

Elsa erwiderte seinen Handschlag. „Elsa Torberg."

„Freut mich. Wollen Sie auf dem Darß Urlaub machen? Ich frage nur, weil man ja meist zu zweit ans Meer reist, aber Sie scheinen allein zu sein."

„Tut man das? Ich habe Ihre Begleitung auch noch nicht kennenlernen dürfen." Mit einer gewissen Belustigung wartete Elsa auf die Antwort.

„Punkt für Sie." Er hob anerkennend den Daumen. „Sie haben recht, ich bin auch allein und dienstlich hier." Noch einmal sah Manuel Zachert sie abschätzend an und wandte sich dann schließlich ihrem Koffer zu. „Auf gehts. Nicht, dass wir um Mitternacht immer noch im Freien stehen und miteinander plaudern. Wobei ich zugeben muss, das Gespräch mit Ihnen sehr genossen zu haben." Er hob den Koffer an, als hätte er praktisch kein Gewicht und beförderte ihn die schmale Treppe hinauf.

Elsa eilte ihm mit ihrer Kühltasche, so schnell sie konnte, hinterher.

„Soll ich Ihnen die Sachen noch hinein tragen?" Fragend deutete er auf die Eingangstür.

„Nein, danke. Ich will Ihre Zeit nicht überstrapazieren."

„Wie kommen Sie darauf? Ich hatte eigentlich angenommen, einige Tage ganz allein in diesem Ferienhaus leben zu müssen, und nun habe ich reizende Gesellschaft. Das ist alles andere als eine Strapaze."

„Dennoch, ab jetzt komme ich klar", erwiderte Elsa. „Der Koffer hat Rollen, das geht schon."

„Selbst ist die Frau, oder? Lieber nicht helfen lassen. Na dann, einen schönen Abend, Elsa. Schlafen Sie gut." Langsam stieg er die Stufen wieder hinab.

„Danke, Sie auch. Und vielen Dank für die Hilfe."

Unten fiel eine Tür ins Schloss und Elsa war allein. Erschöpft schob sie die Koffer zur Seite, zog den Schlüssel aus ihrer Tasche und öffnete die Tür zu ihrer Ferienwohnung. Als Erstes fand sie sich im Flur wieder. Gleich vorn lag das kleine Badezimmer. Es gab eine Dusche, eine Toilette, einen Waschtisch und einige Regale. Dahinter befand sich das Wohnzimmer, von dem die Küchenzeile mit einem Tresen abgetrennt war. Eine Tür führte zu einem winzigen Balkon, der Richtung Bodden zeigte. Auf der anderen Seite lag das Schlafzimmer, das mit dicken Teppichen ausgelegt war, die jeden Schritt dämpften. Da die Wohnung direkt unter dem Dach lag, hatte sie größtenteils schräge Wände. Das gab ihr ein gemütliches Flair.

Helle, moderne Möbel waren in der Wohnung verteilt. Überall stand maritime Dekoration. Da waren Möwen, Segelboote und Muscheln. Die Tischdecke und die Kissen waren in Blau und Weiß gehalten. Direkt unter der Schräge im Wohnzimmer befand sich die Couch, auf der eine flauschige Decke lag. Der bunte Willkommensstrauß aus Tulpen auf dem Küchentisch war ein perfekter Farbtupfer. Zusammen mit kleinen Süßigkeiten auf den Kopfkissen und vor der Kaffeemaschine stellte sich ein Gefühl von Heimat ein, obwohl Elsa hier noch nie gewesen war. Zufrieden sah sie sich um und bereute keine Minute, sich für die obere Etage entschieden zu haben.

Da begann ihr Handy zu klingeln und zeigte eine ihr unbekannte Nummer. „Torberg", meldete sie sich.

„Frau Torberg, entschuldigen Sie. Hier ist Rezeptionistin Rita aus dem *Godewind*. Nicht das Sie denken, ich hätte Sie vergessen, aber leider habe ich gerade eben erst einen Kollegen erreicht der …"

„Schon gut", beruhigte Elsa die aufgeregte Frau. „Der Schlüssel ist inzwischen aufgetaucht. Ich bin in meiner Wohnung."

„Oh, da bin ich beruhigt. Wo war er denn?"

Einen Moment dachte Elsa nach. „Das ist eine ziemlich lange Geschichte."

„Na, wenn das so ist, kommen Sie erst mal gut an und eine schöne erste Nacht an der Ostsee."

Inzwischen war es fast neun. Elsa begann ihre Koffer auszupacken, legte die mitgebrachten Lebensmittel in den Kühlschrank und holte eine kleine Flasche Rotwein aus ihrer Tasche. Sie goss sich ein Glas ein und trat damit auf den Balkon. Sie atmete tief durch. Aus der unteren Wohnung fiel Licht in den Garten. Elsa nippte an ihrem Wein und lehnte sich an die Hauswand. Der Himmel war schwarz, die Sterne leuchteten. Sie waren hier viel heller und schienen näher zu sein als bei ihr daheim.

Konnte sie sich vorstellen, hier zu leben? Für immer? Elsa seufzte. Für solche Fragen war es noch zu früh. Sie ging wieder hinein, streifte ihre Kleidung ab und stellte sich dann unter den warmen Strahl der Dusche. All die Anspannung der langen Fahrt, all die Sorgen der letzten Tage fielen auf einmal von ihr ab. Dann rubbelte sie sich mit einem der duftenden Badetücher trocken, öffnete das Fenster des Schlafzimmers bis zum Anschlag und ließ die kühle Abendluft hinein. Sie kuschelte sich unter die Bettdecke und schloss die Augen. Der Wind strich ums Haus, sanft, zart, beruhigend. Und ehe sie es sich versah, war sie tief und fest eingeschlafen.

Kapitel 8

Der zwitschernde Weckton ihres Handys riss Elsa aus ihren Träumen. Katze Minnie, die sich sonst immer an ihren Bauch schmiegte, fehlte ihr. Einen Moment schaute sie sich verständnislos um und erinnerte sich schließlich daran, dass sie nicht daheim in ihrem Bett lag.

Sie fühlte sich wunderbar. Sie hatte tief und traumlos geschlafen, war nicht einmal aufgewacht und die Uhr zeigte schon halb acht. Elsa konnte sich kaum erinnern, wann sie daheim das letzte Mal so lange geschlafen hatte. Sie gönnte sich noch einen Moment, drehte sie sich auf den Rücken und schaute die schräge Wand über ihr an. In ihrem Bauch grummelte es leicht. Das war die Aufregung, vor dem heutigen Tag. Elsa hatte es am liebsten, wenn sie alles planen konnte und genau wusste, was auf sie zukam. Der vor ihr liegende Tag erinnerte sie an die Ungewissheit ihrer Führerscheinprüfung. Damals war der Druck schrecklich gewesen. Und auch jetzt noch, als gestandene Frau, glaubte sie, den kalten Schweiß spüren zu können, der damals ihren ganzen Körper überzogen hatte. Am Ende war alles gut gegangen. Bestanden beim ersten Versuch. Genau wie bei vielen anderen Prüfungen, die das Leben ihr in den letzten Jahren auferlegt hatte. Vielleicht war es wirklich Zeit für ein bisschen positives Denken, wie Ben immer sagte.

Elsa schwang ihre Beine aus dem Bett, trat ans geöffnete Fenster und streckte ihre Arme auseinander. Dunst lag über der Landschaft. Im Gras des Gartens glänzte Tau und schimmerte in den ersten zaghaften Strahlen der Sonne. Sie beugte sich weiter nach vorn, zuckte aber direkt wieder zurück.

Genau unter ihrem Fenster stand Manuel Zachert und machte Stretchübungen. Er umfasste seinen Fuß und zog ihn hinter dem Körper nach oben. Anscheinend war er schon wieder joggen gewesen. Elsa hörte ihn schnaufen und riskierte einen weiteren verstohlenen Blick. Tatsächlich, er trug Sportschuhe und einen Laufdress. Inzwischen streckte er seine Arme hoch über den Kopf, beugte seinen Oberkörper nach vorn und pendelte leicht hin und her. Doch mit einem Ruck kam er nach oben und schaute genau in ihre Richtung.

Elsa fuhr ertappt zurück. Zu spät, denn schon schallte ein fröhliches „Guten Morgen" zu ihr hinauf.

„Verdammt", flüsterte sie. Auf ihrem Beobachtungsposten wirkte sie wie eine Spannerin. Doch ein Ignorieren des Grußes wäre so richtig blöd gekommen. Also beugte sie sich wieder nach vorn. „Guten Morgen", rief sie hinunter. „Sie machen mir echt ein schlechtes Gewissen."

„Wegen des Laufens? Ich bin Frühaufsteher. Um sechs hält mich nichts mehr im Bett, auch nicht am Wochenende. Ich wünschte, ich könnte länger schlafen."

„Und ich wünschte, ich könnte mich zu ein wenig Sport aufraffen", erwiderte sie lächelnd. „Vor allem am Morgen."

„Morgensport ist herrlich. Die Luft ist frisch, es ist kaum ein Mensch unterwegs und auf der Wiese dort hinten hab ich doch tatsächlich zwei Rehe stehen sehen. Ich war sogar schon unten am Strand. Niemand zu sehen und die Ostsee glatt wie der Gehweg vorm Haus. Hach, ich liebe das Meer, die Weite, die salzige Luft. Wenn Sie mögen, können wir ja mal zusammen laufen gehen."

Elsa hob abwehrend die Hände. „Lieber nicht. Laufen ist so gar nicht meins. Ich fahre lieber Fahrrad."

„Ach, ehrlich? Es gibt hier oben tolle Strecken. Ich hab mich vor meiner Reise ein wenig kundig gemacht und Karten und Routen studiert. Wenn Sie einen Begleiter brauchen, ich steh zur Verfügung."

„Na, schauen wir mal", schränkte Elsa ein. „Ich bin ja nicht nur zum Vergnügen hier."

„Ich auch nicht", erwiderte Manuel Zachert. „Und dennoch sollte man sich ab und zu ein wenig Vergnügen gönnen. Denken Sie nicht?"

Elsa zuckte mit den Schultern. „Stimmt. Aber nun muss ich. Ich hab gleich einen Termin."

„Ich auch. Ich wünsche Ihnen einen schönen Tag."

„Gleichfalls."

Sie trat zurück, warf in der Küche die Kaffeemaschine an und hüpfte unter die Dusche. Eiskaltes Wasser vertrieb die letzten Schlafreste aus ihrem Kopf. Während Elsa ihren Körper mit duftendem Schaumbad einrieb, fragte sie sich, was Manuel Zachert wohl Dienstliches in diese Gegend getrieben hatte. Vor allem zur gleichen Zeit wie sie? Doch da es dafür tausend Gründe geben konnte, schob sie die Grübeleien beiseite und widmete sich stattdessen ihrem Äußeren.

Schon daheim hatte Elsa überlegt, was sie zu ihrem ersten Besuch im Hotel anziehen sollte. Dafür hatte sie ausgiebig die Homepage des *Godewinds* studiert und sich schließlich für ein relativ schlichtes orangefarbenes Kleid entschieden, welches ihren Hautton wunderbar betonte. Dazu kombinierte sie ein paar bequeme Schuhe mit nicht klappernden Absätzen und ein paar große Ohrringe mit roten Kugeln. Ein wenig Make-up, nicht zu viel, die Haare hochgesteckt und fertig. Sie sah gut aus, wie eine Hotelchefin, doch zugleich nicht wie von einem anderen Stern. Zufrieden drehte Elsa sich vor dem großen Spiegel im Flur und fühlte sich gerüstet für den heutigen Tag.

Mit einem Pott Kaffee in der Hand setzte sie sich noch einen Moment auf den Balkon und achtete dabei darauf, ihr Kleid nicht zu zerknittern. Das Frühstück musste heute ausfallen – ihr Magen war wie zugeschnürt.

Inzwischen war auch der letzte Dunst verschwunden, die Strahlen der Sonne schienen ungehindert vom Himmel und zauberten Lichtspiele auf den Bodden. Erste Spaziergänger führten ihre Hunde aus und einen Moment wünschte Elsa sich, heute einen freien Tag zu haben, um das Meer genießen zu können.

Da klingelte ihr Handy und sie erkannte Bens Nummer. „Na, wie hast du die erste Nacht in einem fremden Bett geschlafen? Meine Oma sagte immer …"

„… was man in der ersten Nacht in einem fremden Bett träumt, geht in Erfüllung. Das scheint ein Spruch zu sein, den alle Omas der Welt sagen", entgegnete Elsa leise. Vorsichtig schaute sie nach unten, doch Manuel Zachert war verschwunden. In Zeitlupe, um keinen Kaffee zu verschütten, legte sie ihre Beine auf die hölzerne Brüstung und lehnte sich zurück. „Aber ich muss dich enttäuschen. Ich habe tief und traumlos geschlafen."

„Na, das ist doch immerhin schon mal was. Da bist du wenigstens frisch und munter und kannst deine Schokoladenseite zeigen. Aufgeregt?"

„Ein bisschen", gestand Elsa. Dann lachte sie auf. „Nein, schrecklich aufgeregt und ich weiß, dass du das weißt. Immerhin kennst du mich in- und auswendig."

„Du schaffst das. Sei einfach so wie du bist und mach den Sack zu. Wie gefällt dir denn die Gegend? Kannst du dir vorstellen, dort für immer zu leben?"

Elsa seufzte. „Dafür ist es noch ein wenig zu früh. Ich hab nicht viel von der Gegend gesehen, weil ich zuerst nicht in meine Wohnung kam. Mein Mitbewohner hatte gleich beide Schlüssel an sich genommen", flüsterte sie.

„Du hast einen Mitbewohner? Gutaussehend, sexy?", fragte Ben.

„Keine Ahnung", meinte Elsa widerstrebend. „Da hab ich nicht drauf geachtet."

„Lügnerin", rief Ben durch den Hörer.

„Ja, Herrgott, er sieht ganz gut aus", raunte sie noch eine Spur leiser.

„Und er ist auch allein verreist?"

„Anscheinend. Zumindest habe ich niemanden außer ihm gesehen." Elsa schaute auf ihre Uhr. „Aber nun muss ich wirklich los. Nicht, dass ich gleich am ersten Tag zu spät komme."

„Das wäre blöd. Also, meine Elsa, toi, toi, toi. Und gib mir heute Abend Bescheid, wie es gelaufen ist. Auch David ist schon ganz neugierig."

„Mach ich. Danke für deine Wünsche und bis später." Sie legte auf, goss den restlichen Kaffee in die Spüle, denn ihr Herz klopfte bereits schnell genug, und schnappte sich dann ihre Tasche. Noch einmal blickte Elsa in den Spiegel, erneuerte ihren Lippenstift und zwinkerte sich selbst Mut zu. Was sollte schon schief gehen? Wenn alle Stricke rissen, ging sie einfach wieder zurück nach Stuttgart und würde weiter nach einem Job an der See suchen.

Vor dem Haus stand ihr Auto verlassen auf dem Stellplatz. Manuel Zachert war also schon aufgebrochen. Elsa tuckerte den schmalen Weg zur Hauptstraße und fuhr Richtung Ahrenshoop. Zunächst sah sie Wiesen, hinter denen die glatte Wasserfläche des Boddens immer näher zu rücken schien. Schließlich tauchte ein weiteres Ortseingangsschild auf und Elsa hatte das Zentrum von Ahrenshoop erreicht. Wenn man es denn so bezeichnen wollte. Alles wirkte beschaulich, ungewohnt klein im Vergleich zu ihrer Heimat. Es gab einige Hotels und Restaurants sowie einen großen Supermarkt an der Straße. Erste Urlauber waren Richtung Strand unterwegs. Sie zerrten Bollerwagen mit Strandmuscheln und Picknicktaschen hinter sich her, obwohl erst Anfang April war und die Temperaturen reichlich kühl ausfielen. Aber das herrliche Wetter lockte die Menschen nach draußen und vor allem ans Meer.

Ihr Navi leitete Elsa in eine schmale Straße, die in einem langen Bogen hinunter zum Bodden zu führen schien. Links und rechts lagen schmucke Reetdachhäuser mit gepflegten Gärten. Wer hier wohnte, hatte es im Leben weit gebracht.

Oder geerbt, wie ihr Vater immer sagte. Denn manche Grundstücke konnte man auch in Stuttgart nicht kaufen, sondern nur erben. Der Weg wurde schmaler und an seinem Ende tauchte ein einzelnes größeres Gebäude auf. Einen Moment blieb Elsa am geöffneten Tor stehen, das links und rechts von einer flachen Mauer aus groben Steinen begrenzt wurde. Auf einem Schild, das von einem kleinen Reetdach beschirmt wurde, stand *Hotel Godewind*.

Sie war da. Und wieder klopfte ihr Herz schneller. Elsa hatte einen guten Blick für Hotels und deren Lage. Diese Lage hier war unverkennbar erste Sahne, wie ihr Chef zu sagen pflegte. Dahinter kamen nur noch Schilf und Bodden. Was wollte man als Besitzer mehr als einen unverbaubaren Blick für seine Gäste? Langsam fuhr sie die breite Einfahrt entlang und sah sich prüfend um. Der Garten war überaus gepflegt. Überall in den Beeten zeigten sich erste Frühblüher, die hier oben im Norden ein wenig später ihre Köpfe aus der Erde steckten als in ihrer Heimat. Die Wege waren ordentlich gefegt, nirgends lag altes Laub herum. Am Ende gabelte sich die Zufahrt. Ein Schild verwies auf den Parkplatz für die Hotelgäste, das andere auf die Rezeption. Elsa wählte den Weg Richtung Parkplatz und musterte die Reihen der geparkten Autos. Das Hotel schien gut besucht zu sein, denn fast alle Lücken waren belegt. In der hintersten Ecke ergatterte Elsa einen Platz für ihren Wagen.

Kurz bevor sie aussteigen wollte, fiel ihr Blick in den Rückspiegel. Sie drehte sich mit einem Ruck um und starrte durch die Heckscheibe. Auf der anderen Seite, gleich neben der Hecke, stand ein silberfarbener Mercedes mit Berliner Kennzeichen. Elsa schluckte. Sicher gab es unzählige solcher Fahrzeuge. Allein in ihrem Kollegenkreis waren ähnliche Modelle verbreitet. Dennoch war sie überzeugt, dass dieses Auto nur einem gehören konnte – Manuel Zachert. Ihr Zusammentreffen hier an diesem Ort konnte kein Zufall sein. Sie stieg aus und sah sich suchend um. Niemand war zu sehen.

Dann trat Elsa an den anderen Wagen und spähte durch die Seitenscheibe. Leere, keine Taschentücher, keine Kaugummipackung, kein Zweifel, hier parkte der Mann, der unter ihr wohnte.

Und da traf sie die Erkenntnis wie ein Blitz. Ihr war schlagartig klar, warum sie beide im selben Haus wohnten und am selben Tag angereist waren. Was hatte er noch einmal gesagt? Er sei dienstlich auf dem Darß. Bei allem, was sie bisher gesehen hatte, gab es hier kaum andere Firmen und das ließ nur einen Schluss zu: Manuel Zachert schien sich ebenfalls auf eine Stelle im *Godewind* beworben zu haben. Die Frage war nur, auf welche? Seinem Auftreten nach zu urteilen, würde es wohl kaum die Stelle des Gärtners sein. Und außer der allgegenwärtigen Suche nach Zimmermädchen hatte sie keine freien Stellen auf der Seite des *Godewinds* gesehen. Das bedeutete, Elsa hatte einen Mitbewerber. Und als wäre das nicht schon genug, nächtigte sie auch noch mit diesem unter einem Dach.

Kapitel 9

Peter, der Rezeptionist, schob seine Brille nach hinten und musterte die vor ihm liegenden Listen. Mit einem Kuli hakte er die einzelnen Punkte ab. „Vor dem Hotel Laub gefegt?"

„Welches Laub?", fragte der alte Hans und zwinkerte seinen Kolleginnen zu.

Peter stockte kurz, spitzte die Lippen und fuhr fort. „Wäschekammer aufgeräumt?"

„Erledigt", sagte Babsi.

„In der Bibliothek alles gecheckt?"

„Ich hab gerade noch einmal nach dem Rechten gesehen." Sophie warf ihrer Kollegin einen verschmitzten Blick hinter Peters Rücken zu. „Alles ist blitzsauber."

„Wer übernimmt heute die erste Etage?"

Babsi hob die Hand.

„Gut, also kümmerst du dich um die anderen Zimmer und die Suiten?", fragte Peter an Sophie gewandt. Sie nickte zustimmend. „Ist in der Sauna alles in Ordnung?"

„Alles super", antwortete Sophie und seufzte. „Das war es übrigens auch schon vorher. Du tust ja gerade so, als wäre das Hotel ein absoluter Dreckstall."

Peter räusperte sich. „Natürlich ist das *Godewind* kein Dreckstall. Wir wollen uns aber perfekt präsentieren. Der Chefin ist das ausnehmend wichtig." Fahrig strich er sich über das schüttere Haar.

Sophie schwieg, da sie wusste, wie sehr Peter am Hotel und seinem Job hing. Das *Godewind* war sein Leben und für Veronika Gutter würde er durchs Feuer gehen.

„Eine der Suiten ist frei. Ich werde sie heute den Bewerbern zeigen. Die anderen Zimmer sind zum großen Teil belegt. Vielleicht könntest du also …"

„Ich gehe gleich noch einmal in die Suite und sehe nach dem Rechten", sagte Sophie beruhigend. „Mach dir keine Gedanken."

„Mach ich mir doch gar nicht. Und ich weiß, dass ihr das Haus picobello in Schuss haltet. Ich glaube, die Aufregung der Chefin hat auf mich abgefärbt."

Babsi strich ihre Schürze glatt. „Ich kann mir Veronika gar nicht aufgeregt vorstellen. Sie wirkt immer so souverän und scheint jede Situation meistern zu können. Zumindest war das früher so", fügte sie leise an. „Aber nach dem Theater mit Denise …" Babsi biss sich auf die Unterlippe. Peter warf ihr einen scharfen Blick zu.

„Apropos Denise, die Chefin hat mich noch einmal gebeten, gegenüber den Bewerbern kein Wort über ihre Tochter zu verlieren. Und schon gar nicht über ihren plötzlichen Weggang. Das sind Dinge, die niemanden etwas angehen. Ich hoffe, Barbara, dass du das verinnerlichst."

„Es ist mir doch nur rausgerutscht", erwiderte Babsi genervt. „Ich achte darauf."

„Gut." Peter sah sie streng an. Dann wurde sein Gesichtsausdruck wieder mild und er beugte sich zu ihnen über den Tresen. „Ich hab mich übrigens gestern Abend mal kundig gemacht, wer sich da so bei uns vorstellt", flüsterte er.

„Und?", fragte Babsi neugierig und blies sich eine Haarsträhne aus dem Gesicht. „Nun sag schon, wen können wir erwarten?"

„Na ja, also dieser Manuel Zachert ist momentan als stellvertretender Leiter eines Hotels am Scharmützelsee tätig. Mitte dreißig, hat eine recht steile Karriere hingelegt. Er ist ganz schön rumgekommen und hat in verschiedenen Hotels weltweit gearbeitet."

„Ist er gut aussehend?" Babsi stieß Sophie den Ellenbogen in die Rippen und kicherte leise. „Gab es Bilder zu sehen?"

„Danach hab ich nicht geschaut", erwiderte Peter mit blasierter Miene. „Das spielt ja wohl bei einer solchen Entscheidung keine Rolle."

„Ich finde schon. Stellt euch doch mal vor, wir bekommen einen Chef, der hässlich wie die Nacht ist? Wie soll man denn mit dem arbeiten?" Babsi schüttelte den Kopf.

„Das könnte dir eigentlich egal sein. Immerhin hast du deinen Fred", sagte Sophie grinsend. Augenblicklich wurden Babsis Lippen schmal und sie verstummte. „Und die Frau? Diese Elsa Torberg?"

„Sie arbeitet in einem Stuttgarter Hotel als Chefin der Rezeption. Wie Frau Gutter schon sagte. Mehr war über sie nicht zu finden. Das bedeutet also, sie hat noch nie ein ganzes Haus geführt. Scheint auch nicht sonderlich viel Berufserfahrung zu haben." Dann hob Peter den Kopf und schaute Richtung Einfahrt. „Ich glaube, der erste Kandidat ist im Anmarsch."

Tatsächlich lief ein Mann in einem hellgrauen Anzug auf den Eingang des Hotels zu. Er trug eine schmale Aktenmappe unter seinem Arm und federte bei jedem Schritt, was ihm ein energisches Auftreten verlieh.

Babsi pfiff durch ihre Zähne. „Also, sollte er das wirklich sein, können wir nur hoffen, dass unsere Chefin sich für ihn entscheidet. Was für ein Schnittchen."

„Ziemlich attraktiv", murmelte Sophie.

Der alte Hans winkte ab. „Ach, ihr jungen Dinger. Aus einer schönen Schüssel kann man nicht essen. Auf die inneren Werte kommt es an." Kopfschüttelnd schob er seine Schiebermütze in den Nacken.

„So was kann nur ein Mann sagen", erwiderte Babsi und ließ den Neuankömmling nicht aus ihren Augen.

Der betrat in diesem Moment die Hotellobby und durchquerte sie, bis er direkt an der Rezeption stand. „Guten

Morgen, Manuel Zachert. Ich habe einen Termin bei Veronika Gutter."

„Herzlich willkommen, Herr Zachert", sagte Peter und umrundete bereits den Tresen. „Willkommen auf dem Darß. Haben Sie gut zu uns gefunden?"

„Alles wunderbar." Manuel Zachert musterte die beiden Frauen unauffällig und ein kleines Lächeln umspielte seinen Mund. Anscheinend war ihm die Neugierde von Babsi und Sophie nicht entgangen.

„Das freut mich. Wenn ich Sie kurz bitten dürfte, in der Bibliothek Platz zu nehmen." Peter deutete auf den gegenüberliegenden Raum. „Ich informiere Frau Gutter, dass Sie da sind. Dürfen wir Ihnen in der Zwischenzeit etwas bringen? Einen Kaffee vielleicht? Oder ein Wasser?"

Manuel Zachert hob abwehrend die Hand. „Nein, danke. Erst mal nicht." Er setzte sich in Bewegung und schlenderte langsam auf die Bibliothek zu. Dabei sah er sich aufmerksam um, als würde er jetzt schon das Hotel nach eventuellen Schwachstellen absuchen.

Peter griff zum Hörer und rief nebenan im Wohnhaus der Familie an. „Der erste Kandidat ist da, Frau Gutter." Er lauschte kurz und nickte. „Gut, das mache ich."

Der Rezeptionist wollte gerade etwas zu seinen Kollegen sagen, als Sophie Richtung Eingang deutete. „Ich glaube, dort kommt die zweite Kandidatin."

Wieder glitt die gläserne Eingangstür des *Godewinds* auseinander. Eine junge Frau in einem orangefarbenen Kleid kam herein und steuerte zielgerichtet die Rezeption an. Eher zufällig schien ihr Blick auf die Bibliothek samt dem wartenden Manuel Zachert zu fallen und ihre rot geschminkten Lippen wurden zu einem schmalen Strich. Es waren nur Sekunden, denn gleich darauf hatte sie sich wieder unter Kontrolle und straffte ihre Schultern. Selbstbewusst trat sie an den Tresen. Dennoch entging Sophie das leichte Zittern ihrer Hände nicht.

„Guten Tag, Elsa Torberg, ich habe einen Termin bei Frau Gutter", sagte die Frau mit wohlklingender Stimme.

„Herzlich willkommen auf dem Darß, Frau Torberg", begann Peter erneut seinen Spruch aufzusagen, verstummte aber, weil Manuel Zachert mit schnellen Schritten die Bibliothek verließ und zu ihnen eilte.

Beinahe bedrohlich baute er sich vor Elsa Torberg auf und schaute auf sie hinab. „Sie?", fragte er und musterte die Frau im orangefarbenen Kleid verblüfft von oben bis unten. „Was machen Sie denn hier?"

„Nun, ich habe einen Termin bei Frau Gutter und ich nehme an, Sie ebenfalls", erwiderte sie. Ihr Gesicht wies keine Regung auf. Es schien Sophie, als hätte sie geahnt, hier auf Manuel Zachert zu treffen. „Oder täusche ich mich da?"

Zachert nickte unsicher. „Ja, aber ich dachte …"

„… dass Sie der einzige Kandidat sind, der eingeladen worden ist?", sagte Elsa Torberg trocken. „Das dachte ich auch. Bis ich Ihr Auto draußen auf dem Parkplatz sah. Wir beide, im selben Ferienhaus, gestern angereist – das wären dann wohl doch ein wenig zu viele Zufälle."

„Dennoch, ich muss sagen …"

„Wenn Sie vielleicht drüben in der Bibliothek warten würden?", mischte Peter sich ein, da in diesem Moment Gäste nach unten gekommen waren, die auschecken wollten und die Unterhaltung neugierig verfolgten. „Frau Gutter ist über Ihre Ankunft schon informiert worden."

Elsa Torberg lächelte. „Natürlich, entschuldigen Sie bitte."

„Möchten Sie jetzt vielleicht einen Kaffee oder ein Wasser?", fragte Sophie, um die Stimmung ein wenig zu lockern. Beide Kandidaten lehnten ab und verschwanden in der Bibliothek, wo sie mit einigem Abstand auf den Sesseln Platz nahmen.

Während Peter die Rechnung der abreisenden Gäste fertig machte, lugten Babsi und Sophie vorsichtig um die Ecke.

„Puh, das sah nach reichlich dicker Luft aus", meinte Babsi. „Anscheinend haben beide gedacht, sie wären der jeweils einzige Bewerber."

„Definitiv, wenn mich nicht alles täuscht, werden die nächsten Tage durchaus unterhaltsam. Fragt sich nur, für wen."

Elsa saß auf der vorderen Kante des bequemen Ledersessels und musterte die Regale der Bibliothek. Sie waren außerordentlich gut bestückt. Für jeden Geschmack war etwas dabei. Hauptsächlich standen dort Bücher, die die meisten Menschen im Urlaub gern lesen, vor allem Krimis und Liebesromane. Sie konnte nur wenig schwere Lektüre entdecken. In Stuttgart sorgte sie auch immer dafür, das der hauseigene Bücherschrank stets gut und abwechslungsreich gefüllt war. Aber ein separater Raum mit mehreren Sesseln, vielen kleinen Lesenischen und entsprechend dezenten Lampen, das hatte schon etwas.

Das ganze Hotel war ausnehmend geschmackvoll eingerichtet und man spürte die Liebe der Besitzer zu ihrem Haus und den Gästen. Es waren die winzigen Details, die dafür sorgten, dass man sich augenblicklich wohlfühlte. Da lag eine warme Decke, hier ein kuscheliges Kissen für den Rücken, dort stand ein kleiner Hocker, auf dem man die Füße ablegen konnte. Das Personal wirkte freundlich und zuvorkommend. Natürlich spürte sie auch eine gewisse Neugier, aber die war normal, wenn sich eine neue Führungskraft vorstellte. Elsas Vorfreude auf die nächsten Tage wuchs. Wäre da nicht der eine Wermutstropfen gewesen, der in einem Sessel ein Stück von ihr entfernt saß und angespannt seinen Fuß kreisen ließ – Manuel Zachert.

Elsa schielte zu ihm herüber und bemerkte dabei, dass er sie beobachtet hatte. Hastig blickte sie wieder weg. Sie kam sich naiv vor, weil sie angenommen hatte, Veronika Gutter habe nur sie allein eingeladen. Das würde kein Arbeitgeber der Welt tun. Hoffentlich kamen in den nächsten Minuten nicht noch weitere

Bewerber zur Tür herein. Wer wusste schon, welche Ferienhäuser die Hotelbesitzerin noch zur Unterbringung der Kandidaten angemietet hatte. Sie wünschte nur, Veronika hätte ihr dies im Vorfeld mitgeteilt. Doch wer weiß, vielleicht hätte Elsa sich dann gar nicht auf den Weg gemacht.

Sie nahm das Handy aus ihrer Tasche und checkte ihre Nachrichten, ohne wirklich bei der Sache zu sein. Dafür war sie viel zu aufgeregt, aber sie wollte den Anschein einer gewissen Geschäftigkeit erwecken. Beobachtet fühlte sie sich dennoch.

„Also wussten Sie ebenfalls nicht, dass es noch weitere Bewerber gibt?", richtete Manuel Zachert in diesem Moment das Wort an sie.

Elsa sammelte sich kurz und schaute ihm dann ins Gesicht. Er wirkte angespannt und reichlich verärgert, so als hätte sie ihm mit ihrer Anwesenheit die Suppe versalzen. Trotzdem – in seinem grauen Anzug sah er verdammt gut aus und wirkte unglaublich souverän. Wie ein Mann, der bekam, was er wollte – immer. Und das nicht nur in beruflicher Hinsicht. „Nein, das wusste ich nicht. Aber wenn ich ehrlich bin, habe ich damit gerechnet. Das ist doch die übliche Vorgehensweise. Man will vergleichen und sich den besten Kandidaten herauspicken." Das war eine glatte Lüge. Und wenn schon, manchmal waren kleine Flunkereien erlaubt. „Ich hatte nur nicht gedacht, dass *Sie*, also ich meine …" Elsa verstummte.

„Sie dachten nicht, dass ich es bin. Da bin ich wenigstens nicht der Einzige, der ordentlich überrascht wurde." Manuel Zachert lachte auf. „Und nun?"

„Wie, und nun?"

„Na, wie gehen wir mit der Situation um?"

Elsa war schleierhaft, was der Typ von ihr wollte. Möglichst elegant schlug sie ein Bein über das andere und schaute Zachert fragend an. „Keine Ahnung, was Sie meinen. Wir haben uns beide für einen Job beworben und werden ein Auswahlverfahren durchlaufen. Am Ende wird es ein Ergebnis geben. Vielleicht bekommt einer von uns beiden die Stelle, vielleicht auch nicht."

„So sehen Sie das also", erwiderte er leise. „Reichlich tough."

„Tough? Eher realistisch. Wie sehen Sie es denn?"

Manuel Zachert winkte ab. „Ach, egal, vergessen Sie es. Wo arbeiten Sie eigentlich im Moment, also wenn Sie sich nicht gerade um einen neuen Posten bewerben?"

„In einem großen Hotel in Stuttgart." Ihre wahre Aufgabe behielt sie lieber für sich. Das ging ihn nichts an. Oder schämte sie sich, weil sie nur Chefin der Rezeption war? Manuel Zachert schien ihre Antwort jedenfalls zu akzeptieren und nickte. Sollte sie ihn auch fragen? Elsa zögerte, doch alles andere würde sie unprofessionell wirken lassen. Außerdem war sie neugierig. „Und Sie?"

„Ich bin stellvertretender Leiter eines Hauses am Rande von Berlin", fiel seine knappe Antwort aus.

„Aha." Stellvertretender Leiter – verdammt, das klang nach viel Erfahrung mit der Leitung eines Hotels. Erfahrung, die sie nicht hatte. Elsa sah ihre Chancen auf die Stelle augenblicklich schwinden. Wie kleine Rauchwolken verpufften sie im Ostseehimmel.

Unruhig schielte sie Richtung Rezeption. Noch war niemand zu sehen. Veronika Gutter ließ sich Zeit.

An der Wand tickte eine Uhr. Von nebenan klangen die üblichen Geräusche eines Frühstücksraumes. Ein Kind weinte und eine beruhigende Stimme tröstete es. Geschirr klapperte. Die Fahrstuhltüren öffneten und schlossen sich, leises Gemurmel wehte von der Rezeption herüber. Ein Gast lachte lauthals.

Alles in allem der normale Hotelbetrieb, aber Elsa fühlte sich, als würde sie auf Kohlen sitzen und das mulmige Gefühl, ganz umsonst bis ans Meer gefahren zu sein, verstärkte sich mit jeder vergehenden Minute.

Da sah sie durch eines der Fenster, wie sich ein Mann und eine Frau näherten. Sie schienen von nebenan zu kommen, wo das Wohnhaus der Familie liegen musste. Veronika Gutter hatte in einem Telefonat mal so etwas erwähnt. Die Frau hatte graue Haare und stützte sich auf einen Rollator. Der Mann hielt sorgsam ihren Arm und leitete sie.

Auch Manuel Zachert schien die beiden bemerkt zu haben, denn er richtete sich auf, strich seinen Anzug glatt und ordnete seine Krawatte. Sein Gesichtsausdruck wandelte sich und leichte Verärgerung wich freudiger Erwartung.

Schauspieler, dachte Elsa.

Auch im Foyer kam Bewegung auf, denn der etwas penibel wirkende Rezeptionist, verließ den Tresen und ging seiner Chefin entgegen. Das restliche Personal war inzwischen verschwunden und hatte vermutlich den Reinigungsdienst in den Zimmern der Gäste begonnen.

Wenig später betrat das Paar die Bibliothek und sowohl Elsa als auch Manuel Zachert erhoben sich von ihren Sitzen. Frau Gutter stellte den Rollator ab und machte einige unsichere Schritte an der Seite ihres Mannes, bis sie direkt vor ihnen stand. Sie bemühte sich um Fassung, straffte ihren Rücken, konnte aber einen schmerzhaften Zug auf ihrem Gesicht nicht verbergen. Dann lächelte sie warm.

„Frau Torberg, Herr Zachert, ich freue mich, dass Sie den langen Weg bis ans Meer auf sich genommen haben."

Ihr Händedruck war kühl und etwas lasch, so als würde ihr für mehr die Kraft fehlen.

„Ihr Weg, Frau Torberg, war ja noch ein Stück weiter. Schön, dass Sie gut angekommen sind. Aber nehmen Sie doch bitte wieder Platz." Veronika Gutter selbst sank in den Sessel auf der anderen Seite und deutete auf ihren Begleiter. „Mein Mann Ferdinand. Er war mir in den letzten Wochen und Monaten eine große Stütze und ist mein engster Vertrauter." Sie ließ kurz die Blicke zwischen ihnen schweifen. „Sie beide haben sich schon kennengelernt?"

Während Elsa zustimmend nickte, holte Manuel Zachert tief Luft. „Haben wir, obwohl ich ehrlich gesagt nicht damit gerechnet hatte, noch auf eine weitere Kandidatin zu treffen", sagte er mit einer gewissen Schärfe. „In den Gesprächen, die wir geführt haben, trafen Sie eine andere Aussage. Ich bin zugegeben reichlich überrascht."

Veronika Gutter verschlang ihre Hände und sah Zachert offen an. „Stimmt, wir haben einige Male miteinander gesprochen. Doch ich kann mich nicht erinnern, Ihnen gesagt zu haben, Sie seien der einzige in Frage kommende Kandidat. Korrigieren Sie mich, wenn ich da falschliege." Sie machte eine kurze Pause, als wartete sie auf eine Erwiderung von Zachert. Da der schwieg, fuhr sie fort: „Sie müssen verstehen, das Hotel ist mein Baby. Ich habe in dieses Haus all meine Kraft und Energie gesteckt und sehr viel meiner Lebenszeit. Das können Sie mir glauben und mein Mann kann ein Lied davon singen. Umso mehr ist mir daran gelegen, dass das Haus in gute Hände kommt und ganz in meinem Sinne fortgeführt wird. Ich suche einen Menschen, dem ich mein *Godewind* anvertrauen kann. Doch ich bin nicht naiv. In der Hotelbranche gibt es offene Stellen wie Sand am Meer. Gute Kandidaten können sich ihre Jobs aussuchen." Veronika zögerte und sah ihren Mann beinahe hilfesuchend an. „Ich habe befürchtet, dass, wenn ich mit offenen Karten spiele, keiner von Ihnen beiden den Weg auf sich nimmt, verstehen Sie? Einfach, weil da so viele Stellenangebote sind und es viele nicht mehr als nötig erachten, in eine Art Wettstreit zu gehen. Das soll es aber gar nicht sein. Ich möchte einfach nur mein Hotel in guten Händen wissen." Sie schluckte und rang einen Moment um Fassung.

Manuel warf Elsa einen knappen Blick zu. „Nun ja, es war sicher nicht die fairste Variante …"

„Aber wir verstehen Ihre Beweggründe", vollendete Elsa den Satz.

„Ich danke Ihnen. Also, ich heiße Sie noch einmal willkommen. Ich werde Sie gleich in die vertrauensvollen

Hände meines Rezeptionisten Peter Brand übergeben. Er wird mit Ihnen eine Hausführung machen und Ihnen alle Bereiche zeigen. Später erwarte ich sie beide zum Mittagessen in meinem Haus und werde mit Ihnen einzeln weitere Gespräche führen. Für die nächsten Tage würde ich vorschlagen, dass Sie einfach ganz normal am Hotelbetrieb teilnehmen. Jeder natürlich für sich. Ich bin der Ansicht, dass Sie auf diese Art die internen Abläufe am besten kennenlernen und auch merken werden, worauf wir hier im *Godewind* besonderen Wert legen. Ich habe mit meinen Angestellten bereits darüber gesprochen. Sie werden Sie in alles einweisen. Sollten Ihnen Schwachstellen auffallen oder Dinge, die verbessert werden können, machen Sie sich bitte Notizen. Scheuen Sie sich nicht. Gesunde Kritik ist der Motor für jedes Unternehmen."

Elsa entging nicht, dass Manuel Zachert verärgert eine Augenbraue hob. Anscheinend war es unter seinem Niveau, sich mit alltäglichen Aufgaben abgeben zu müssen. Sie selbst fand Veronikas Vorgehen durchaus einleuchtend und freute sich schon auf die nächsten Tage. Betten machen oder Frühstücksdienst waren für sie keine Fremdworte, obwohl sie inzwischen die Arbeit an der Rezeption sehr schätzte. Dennoch, in anderen Abteilungen einzuspringen, ließ sich in Hotels oft nicht vermeiden. Ein klitzekleiner Pluspunkt auf ihrem Konto, wie ihr schien.

„Sie entschuldigen mich, ich habe noch einige Telefonate zu führen, bis später."

„Ich habe noch eine Frage." Dieser Ausruf von Manuel Zachert ließ Frau Gutter zurück in den Sessel sinken.

Mit einer gewissen Ungeduld schaute sie den männlichen Kandidaten an. „Ja, bitte."

„Werden wir alle Abteilungen durchlaufen, also auch gärtnern müssen? Ich habe nicht unbedingt den grünsten Daumen."

Sie war verärgert. Elsa sah es sofort, denn mit ihrer linken Hand umklammerte Veronika Gutter einen Holzknauf, der an der Armlehne angebracht war. „Natürlich nicht. Es sei denn, es ist Not am Mann und die Blumenkästen stehen kurz vor dem Vertrocknen. Unter Umständen wird es ein heißer Sommer. Da sollte man als Hotelchef auch solche Dinge im Blick haben."

Die Hotelchefin ergriff den von ihrem Mann bereitgestellten Rollator und verließ ohne ein weiteres Wort die Bibliothek. Kaum waren sie allein, lehnte Manuel Zachert sich zurück. „Verdammt", stieß er leise aus und presste die Fingerknöchel gegen seinen Mund. Dann sah er sie an.

Elsa blickte hastig in die andere Richtung und verließ ebenfalls den Raum. Mitten im Foyer kam ihr Peter Brand entgegen. Seinen Platz an der Rezeption hatte eine ältere Frau eingenommen, die sie neugierig musterte.

„Frau Torberg, die Chefin hat vorgeschlagen, dass ich mit Ihnen eine kleine Hausführung mache. Wäre das in Ordnung?"

„Aber ja, ich freue mich schon", erwiderte Elsa.

Peter schielte an ihr vorbei auf Manuel Zachert. „Gab es Ärger?", fragte er flüsternd. Dann besann er sich und biss sich auf die Unterlippe. „Du meine Güte, es geht mich ja nichts an."

„Kein Problem", gab Elsa ebenso leise zurück. „Herr Zachert war wohl davon ausgegangen, nur Dienst an der Rezeption und im Büro schieben zu müssen."

Die Augen des Rezeptionisten wurden groß. „Oh, ich verstehe. Ich hoffe, Frau Gutter hat sich nicht aufgeregt?" Er zögerte. „Wegen ihrer Gesundheit, wissen Sie?"

„Nur ein klein wenig. Aus meiner Sicht hatte sie die ganze Situation bestens im Griff."

„Gut", erwiderte Peter Brand eine Spur beruhigter. „Dann werde ich Herrn Zachert mal holen gehen. Wenn Sie bitte hier warten würden."

Manuel Zachert saß noch immer in seinem Sessel und tippte in rasender Geschwindigkeit Nachrichten in sein Handy. Bei Peter Brands Eintreten schaute er kurz hoch und sagte etwas.

Sie mussten etwa fünf Minuten warten, bis er sich endlich bequemte, zu ihnen zu stoßen. Fast schon lässig kam er angeschlendert, selbstbewusst, überheblich. Elsa fühlte, wie ihr Puls stieg.

„Können wir oder haben Sie noch ein Telefonat zu führen?", fragte Peter Brand, der sich über Zacherts Auftreten ebenfalls zu ärgern schien.

„Wir können, verzeihen Sie bitte. Es war eine dringende Anfrage."

Die eigentliche Hausführung verlief zum Glück ohne weitere Zwischenfälle. Angefangen bei der unteren Etage, wo die Wirtschaftsräume, die kleine Frühstücksküche und Pausengelegenheiten für das Personal lagen, bis ganz nach oben unter das Dach, wo sich die Sauna und die Suiten befanden, zeigte der Rezeptionist ihnen alles, was zum *Godewind* gehörte. Er erzählte einige kleine Anekdoten über Gäste, das Personal oder Vorfälle, wie sie in einem solchen Haus gang und gäbe waren.

Sicher, das Hotel war nicht mehr das jüngste. An einigen Stellen hätte man dem *Godewind* ein wenig mehr Moderne einhauchen können, aber Elsa fühlte sich wohl und konnte sich immer mehr vorstellen, hier zu arbeiten. Natürlich war das Haus kein Vergleich zu ihrer jetzigen Arbeitsstelle. Es war viel kleiner, beinahe schon familiär. Und doch hatte sie im Stillen immer nach einer solchen Tätigkeit gesucht. Hier kannte ein Kollege den anderen und wusste vermutlich morgens sofort, wenn es irgendwo daheim Probleme gab.

Während des Rundgangs stießen sie nach und nach auf das zum *Godewind* gehörende Personal. Da waren Ute, die Frühstückskellnerin, die die Tische säuberte, und Sophie und Barbara, die Zimmermädchen, die gerade dabei waren, Betten zu machen und die Räume der Gäste zu reinigen. Besonders bei der Begegnung mit den beiden jungen Frauen blühte Manuel Zachert auf und zeigte seine charmante Seite. Ansonsten war er sehr zurückhaltend und schweigsam, sah sich aber immer wieder prüfend um. Einige Male machte er sich sogar Notizen und Elsa überlegte, ob sie das auch hätte tun sollen. Doch dann verwarf sie den Gedanken als ziemlich albern und gab sich ganz dem ersten Kennenlernen mit dem *Godewind* hin. Für Notizen würde später noch genug Zeit sein.

Zuletzt steuerte Peter Brand den großzügigen Garten an. Sie verließen das Hotel durch den seitlich gelegenen Personaleingang.

„Hier ist die überdachte Raucherecke für das Personal", erklärte Brand und lief über die mit Kies bestreuten Wege voraus. Er steuerte einige Pavillons an, von denen man einen wunderbaren Blick auf den im Sonnenschein glänzenden Bodden hatte. „Das sind die Loungeecken für unsere Gäste. Sie sind natürlich besonders an lauen Sommerabenden sehr beliebt. Dort drüben auf der Wiese stellen wir dann auch noch Strandkörbe auf. Genau wie auf der großen Terrasse vor dem Frühstücksraum. Aber dafür müssen die Temperaturen noch ein wenig steigen." Er lachte auf. Elsa lachte mit, doch Manuel Zachert verzog keine Miene. Dann lief er über die Wiese zu zwei Männern, die sich in einer Rabatte zu schaffen machten. „Und hier haben wir die Perlen unseres Hotels, die Hausmeister. Ralf und Hans, wobei Letzterer schon lange im Ruhestand ist. Aber niemand hier will auf seine stimmungsvollen Darbietungen mit Schifferklavier und Seemannsliedern verzichten."

Beide Männer schauten ihnen neugierig entgegen. Ihre Verwandtschaft war unleugbar. Hausmeister Ralf wirkte wie die einige Jahre jüngere Ausgabe seines Vaters Hans. Der trug zu seinem weißen Vollbart eine Schiebermütze und musterte Elsa ungeniert. Anscheinend schien ihn zufriedenzustellen, was er sah, denn er streckte ihr seine Hand entgegen und drückte fest zu. „Na denn, herzlich willkommen hier bei uns auf dem Darß." Sein Sohn tat es ihm gleich und wiederholte dasselbe bei Manuel Zachert.

Danach wandten sich beide ab und harkten weiter Unkraut und altes Laub aus den Beeten.

„Sie sind nicht die Gesprächigsten", meinte Peter Brand verstohlen, während sie weiterliefen, „aber wahre Perlen mit goldenen Händen. Ralf kann einfach alles reparieren."

„Das ist das Wichtigste", sagte Elsa und lächelte. Manuel Zachert schwieg.

„Nun sind wir mit unserer Führung eigentlich am Ende. Dort unten gibt es nur noch einen schmalen Weg, der zum Bodden und unserem kleinen Hotelsteg führt. Möchten Sie ihn sehen?"

Elsa sah aus dem Augenwinkel, wie Manuel Zachert begann seinen Kopf zu schütteln. So schnell es ging, richtete sie das Wort an Peter Brand: „Unbedingt! Ich möchte wirklich alles sehen, was es zu sehen gibt", platzte sie heraus und ignorierte Zacherts säuerliche Miene tapfer.

Peter Brand strahlte. „Sehr gerne, folgen Sie mir."

Durch ein kleines Holztor, das in einer Mauer aus rundgeschliffenen Steinen, auf denen die hier typischen Rosen wuchsen, eingelassen war, kam man auf einen Weg, der dem ähnelte, der an Elsas Ferienhaus vorbeiführte. Nach wenigen Schritten war der Steg erreicht, der einige Meter weit in den Bodden führte. Leise klapperten die hölzernen Bohlen unter ihren Füßen, das Schilf rauschte und wiegte sich raschelnd. Das Wasser gluckste an die in den sumpfigen Boden gerammten Pfähle.

Elsa stützte ihre Arme auf das vordere Geländer und schaute auf den Bodden. Kleine Wellen tanzten auf seiner Oberfläche. Das andere Ufer hüllte sich noch immer in einen leichten Dunst. Über allem lag der blaue Himmel. Mal abgesehen von ihrem Atem, war es still. Ewig hätte sie hier stehen und schauen können.

Peter Brand trat neben sie und schaute Elsa fragend an.

„Schön", sagte sie zu ihm und er nickte zustimmend. Dann drehte Elsa sich um und musterte das Hotel, welches durch einige Bäume und Büsche zum Teil verdeckt wurde. Sie sah das Reetdach, die vielen blank geputzten Fenster, den gepflegten

Garten. Das *Godewind* hatte Charme, eben weil es so unaufgeregt und an manchen Stellen ein bisschen aus der Zeit gefallen wirkte.

„Das Hotel ist wirklich ein Kleinod", wandte Elsa sich erneut Peter Brand zu. „Der Garten, das Haus, alles ist wunderschön und ich kann mir vorstellen, dass Sie Stammgäste haben, die immer wiederkommen."

„Manche schon viele Jahre", ergänzte er stolz. „Es gibt Gäste, die besuchen uns, seit ich in diesem Hotel arbeite und das ist schon eine ganze Weile. Manchmal kommen sogar schon deren Kinder oder Enkel." Peter Brand seufzte versonnen. „All das ist Frau Gutters Verdienst. Und wir hoffen sehr, dass dies auch in der Zukunft so bleiben wird. Haben Sie noch irgendwelche Fragen an mich?" Der Rezeptionist erhob beim letzten Satz seine Stimme und bezog damit auch Manuel Zachert, der immer noch abseits stand, in das Gespräch mit ein.

Elsa schüttelte den Kopf. „Danke, ich habe alles gesehen. Der Rest ergibt sich dann bestimmt in den nächsten Tagen ganz von allein, wenn wir die Abläufe kennenlernen."

„Ich hätte noch eine Frage." Zachert trat einige Schritte auf sie zu, verschränkte die Arme und lehnte sich seitlich an das Geländer.

„Wie ich in der Zeitung las, hatte Frau Gutter Ende letzten Jahres einen schweren Unfall." Peter nickte zustimmend. „Sie scheint noch immer nicht richtig wiederhergestellt zu sein. Ich würde gern wissen, wer das Haus in den letzten Monaten geführt hat. Speziell, als Ihre Chefin im Krankenhaus lag, denn das waren ja einige Wochen." Manuel Zacherts Augen blitzten.

Peter Brand zögerte, schien nach den passenden Worten zu suchen. Schließlich meinte er: „Das Personal hat sich um vieles gekümmert. Und die Tochter von Frau Gutter, Denise, ist kurzfristig eingesprungen."

„Ich verstehe", erwiderte Manuel Zachert gedehnt. „Also habe ich im Internet doch richtig gelesen, dass Frau Gutter eine

Tochter hat. Bleibt die Frage, warum diese, wenn sie sich doch in letzter Zeit schon um das Hotel gekümmert hat, nicht die Leitung übernimmt? So würde alles in der Familie bleiben."

Peter Brand starrte den Mann im grauen Anzug an und leckte sich kurz über die Lippen. „Dazu kann ich Ihnen nichts sagen. Ich glaube, für derartige Fragen bin ich der falsche Ansprechpartner." Der Rezeptionist wandte sich zum Gehen und läutete damit das Ende des Gespräches ein.

Elsa und Manuel Zachert blieben allein auf dem Steg zurück. In ihr brodelte es. Zachert vermittelte ihr das Gefühl, nur eine Kandidatin zweiter Klasse zu sein. „Stellen Sie eigentlich absichtlich solch unangebrachte Fragen oder benehmen sich immer so überheblich?", brach es aus Elsa heraus. „Ich würde es nur gern wissen, damit ich mich in den nächsten Tagen auf Ihr Verhalten einstellen kann."

Manuel Zachert zog überrascht eine Augenbraue hoch und näherte sich ihr. „Sie finden mich überheblich?"

„Nun, umgänglich, nett und freundlich waren Sie jedenfalls nicht – im Gegenteil."

„Nehmen Sie mir etwa immer noch übel, dass ich Ihren Schlüssel an mich genommen habe?" Er ging noch ein Stück auf sie zu und stand nun so nah, dass ihre Körper sich beinahe berührten. „Nein, das ist es nicht. Sie ärgert meine selbstbewusste Art, mit den Leuten hier umzugehen."

Elsa lachte auf und wollte einen Schritt nach hinten treten, Distanz zwischen ihre Körper bringen, doch ihr Rücken stieß an das Geländer der Brücke. „Selbstbewusst? Das soll wohl ein Witz sein. Sie waren arrogant und unverschämt."

„Aber ich habe Eindruck hinterlassen." Er beugte sich so weit nach vorn, bis seine Nasenspitze beinahe an ihre stieß. „Und das zählt."

„Fragt sich nur, welchen." Elsa ärgerte sich über ihre Reaktion. Sie hätte nichts sagen und stattdessen ein Pokerface aufsetzen sollen. Nun wusste er, dass sie sich mit ihm beschäftigt hatte, mehr als ihr lieb war.

„Wenn Sie wüssten, was ich weiß, dann würden Sie auch solche Fragen stellen. Glauben Sie mir." Manuel Zachert drehte sich um und schlenderte Richtung Hotel. Er ließ sie einfach stehen. Elsa starrte ihm nach. Sie musste zugeben, nun noch verwirrter zu sein. Wusste Manuel Zachert tatsächlich Dinge, die ihr unbekannt waren? Welche sollten das sein?

Noch einmal drehte sie sich um und schaute aufs Wasser. Hier war Weite, Stille, Frieden. Aber dennoch schien es Dinge zu geben, die man im Hotel lieber unter den Tisch kehrte. Und Elsa fragte sich, warum das so war.

Kapitel 10

Das Mittagessen verlief erstaunlicherweise recht entspannt. Es schien, als ob alle Beteiligten versuchten, sich von ihrer umgänglichsten Seite zu zeigen. Vor allem Manuel Zachert präsentierte sich als Charmebolzen und füllte diese Rolle perfekt aus. Er war ein Mann mit vielen Gesichtern und Talenten und, wie Elsa nun feststellte, ein guter Schauspieler. Veronika Gutter schien er damit jedenfalls um den Finger wickeln zu können. Sie lauschte angeregt seinen Erzählungen über Jobs, die ihn schon auf dem halben Erdball hatten arbeiten und allerlei Dinge erleben lassen.

Elsa, die zu solchen Themen nicht allzu viel beitragen konnte, hörte mehr oder weniger zu und genoss den köstlichen Fisch, der aus einem nahe gelegenen Restaurant geliefert worden war. Fangfrisch zubereitet, wie Ferdinand ihnen vorher gesagt hatte. Ferdinand war es auch, der in einer Gesprächspause das Wort schließlich an Elsa richtete.

„Und Sie, Frau Torberg? Sind Sie auch schon viel in der Welt herumgekommen?"

„Ich bedaure, leider nein. Zu den Geschichten von Herrn Zachert kann ich nicht viel beitragen. Außer einem Jahr als Au-pair-Mädchen in den USA und einigen Reisen in ferne Länder, gibt es nicht viel zu berichten. Ich habe in Stuttgart meine Ausbildung gemacht, alles von der Pike auf gelernt und in Stuttgart bin ich noch immer."

„Kein schlechter Weg, im Gegenteil", sagte Veronika. „Sie scheinen das Hotel in- und auswendig zu kennen. Ihr Chef jedenfalls hat Sie und Ihre Arbeitsweise über alles gelobt."

Elsa spürte, wie Hitze in ihre Wangen stieg. Hastig legte sie das Besteck zur Seite. „Sie haben mit meinem Chef gesprochen?"

„Natürlich, und mit dem Chef von Herrn Zachert ebenfalls. Der Zufall will es, dass ich mit dem guten Dietmar Burk schon einige Vorträge und Seminare besucht habe. Wir kennen uns daher und ich lege viel Wert auf seine Meinung."

Nun wurde Elsa klar, warum ihr Stuttgarter Chef so vorbereitet gewirkt und keinerlei Überraschung gezeigt hatte. Er hatte gewusst, dass Elsa früher oder später in seinem Büro aufkreuzen und um eine Freistellung bitten würde.

„Das dürfte ja dann ein Pluspunkt für Frau Torberg sein", warf Manuel Zachert ein und zerteilte ein Stück Fisch derart akkurat, als würde er gerade an einem OP-Tisch stehen. „Meinen Chef dürften Sie nicht von früher kennen, dafür ist er zu jung."

„Wir haben uns dennoch angeregt unterhalten. Ihr Chef hat viele neue Ideen, das finde ich wunderbar." Veronika nippte an ihrem Wasserglas.

„Außerdem geht es hier nicht um Pluspunkte, sondern um den optimalen Nachfolger. Wir befinden uns ja nicht auf einer Treibjagd." Ferdinand Gutter schaute in die Runde und selbst seine Frau fügte dieser Aussage nichts hinzu.

Während des restlichen Essens plätscherten die Gespräche belanglos dahin und es war mehr als offenkundig, dass sie alle vermieden, auf die Wahl des richtigen Kandidaten zu sprechen zu kommen.

Veronika Gutter stützte schließlich ihre Ellbogen auf den Tisch und schaute Elsa an. „Ich würde gern mit Herrn Zachert als Erstes sprechen. Ich hoffe, Sie haben nichts dagegen. Vielleicht nutzen Sie die Gelegenheit und schauen sich ein wenig in Ahrenshoop um. Wir sehen uns dann gegen drei."

„Kein Problem." Elsa schob ihren Stuhl nach hinten und verließ das Zimmer. Ferdinand folgte ihr in den Flur und nahm ihre Jacke von der Garderobe. Galant hielt er sie ihr hin.

„Ich bringe Sie noch bis vor die Tür", sagte er leise und schlüpfte in eine etwas unförmig aussehende Strickjacke. „Wie ich hörte, war Ihre Ankunft ein wenig holprig, man berichtete mir von einem verschwundenen Schlüssel?"

„Es hat sich alles geklärt", erwiderte Elsa.

„Gut, das freut mich." Draußen ergriff Ferdinand ihren Arm und zog sie um die nächste Hausecke. Im Schatten eines alten, knorrigen Apfelbaumes sah er sich kurz um und beugte sich dann verschwörerisch zu ihr. „Frau Torberg, ich würde mich wirklich freuen, Sie als neue Mitarbeiterin gewinnen zu können. Ich finde Sie sehr sympathisch und könnte mir vorstellen, dass sie gut ins *Godewind* passen würden."

Elsa fühlte sich überrumpelt. „Wirklich? Das freut mich sehr. Ich weiß gar nicht, was ich sagen soll."

„Lassen Sie sich einfach nicht von diesem Herrn Zachert verunsichern. Der kocht auch nur mit Wasser, glauben Sie mir. Seien Sie einfach Sie selbst und machen Sie Ihre Arbeit mit ganz viel Herz. So, wie in Stuttgart. Dann haben Sie gute Chancen, die Stelle zu bekommen. Also, Brust raus, wie man hier oben zu sagen pflegt." Ferdinand Gutter zwinkerte ihr verstohlen zu und verschwand.

Elsa war verwirrt und erfreut zugleich. Langsam lief sie zum Hotel und schlug dann den Weg Richtung Strand ein. Auf einer Karte hatte sie gesehen, dass das Meer auf der gegensätzlichen Seite zum Bodden lag. Schnell erreichte sie die Hauptstraße, auf der inzwischen reichlich Fahrzeuge in beiden Richtungen unterwegs waren. Elsa schaute nach links und rechts und suchte nach dem nächsten Strandübergang. Da erklangen hinter ihr schnelle Schritte.

„Frau Torberg?" Eine blonde Frau stand hinter ihr. Elsa beschirmte ihre Augen zum Schutz gegen die Sonne und erkannte Sophie, das Zimmermädchen aus dem *Godewind*. „Wollen Sie einen Spaziergang machen?"

„Ja, ich wollte eine kleine Pause nutzen, um zum Meer zu laufen. Und jetzt weiß ich nicht so recht, ob ich rechts oder links gehen sollte."

Sophie lachte. „Das ist im Grunde egal. Auf beiden Seiten geht es zum Meer, man kann der Ostsee sozusagen nicht ausweichen. Ich will auch zum Strand. Das mache ich eigentlich jeden Tag, selbst wenn es wie aus Kübeln schüttet. Immer in meiner Mittagspause werfe ich einen Blick auf die Ostsee. Das ist wie ein winziger Urlaub und gut für die Seele. Wenn Sie mögen, können Sie sich mir anschließen."

„Das wäre super." Elsa nickte begeistert. „Ich habe noch nicht viel von Ahrenshoop gesehen, weil ich gestern Abend erst angekommen bin. Dann hatte Herr Zachert auch noch die Schlüssel beider Wohnungen an sich genommen und ich konnte nicht ins Haus."

„Ich hörte es schon. Das ist echt blöd gelaufen", erwiderte Sophie und schüttelte den Kopf. „Dann wird es nun aber höchste Zeit, dass Sie sich die Wellen ansehen. Ich glaube, wir haben Glück, der Wind steht günstig. Die Ostsee dürfte also zumindest ein bisschen rauschen und toben, so wie ich es gerne mag."

Die beiden Frauen überquerten die Straße und nach wenigen Metern führte ein Weg hinunter zum Strand. Zunächst konnte Elsa die Ostsee nur ahnen, aber sie glaubte schon, ein brodelndes Rauschen zu vernehmen. Dann ging der gepflasterte Weg in Sand über und führte nach oben. Links und rechts wuchs flaches Dünengras, das sich in den Wind stemmte und mit ihm zu tanzen schien. Hinter einem kleinen Dünenhügel lag endlich das Meer vor ihr.

Elsa hielt einen Moment die Luft an und genoss den Ausblick. Sophie hatte recht gehabt, hohe Wellen rauschten an Land. Ihre weißen Kämme bäumten sich auf, als wollten sie den Himmel erreichen und fielen dann zusammen, nur um gleich darauf dasselbe Spiel von vorn zu beginnen. Wind, der in teils heftigen Böen wehte, schlug ihr entgegen. Er ließ ihre

Augen tränen, prickelte auf ihren Wangen, hielt sie aber nicht davon ab, bis ganz hinunter ans Wasser zu gehen. Begeistert marschierte Elsa immer weiter und bemerkte, dass Sophie neben ihr lächelte. Sie erreichten den nassen Sand, der von angeschwemmtem Seetang, Steinen und Muscheln bedeckt war. Es roch würzig, salzig, nach Fisch, Meer und Weite. Wasser schwappte heran, drohte an ihren Schuhen zu lecken. Hastig hüpfte sie einen halben Meter zurück, aber sie konnte es nicht sein lassen und ging in der nächsten Wellenpause wieder nach vorn, um der Ostsee ganz nah zu sein.

„Und?", schrie Sophie, um das Donnern der Wellen zu übertönen.

„Schön", antwortete Elsa und atmete tief ein. Der schwere Brocken, der daheim immer auf ihrer Brust lag und sie manchmal schier zu Boden drückte, war verschwunden. Leicht füllten sich ihre Lungen mit Luft. Leicht fühlte sich ihr ganzer Körper an. In diesem Moment wusste sie, dass der Ratschlag ihres Arztes goldrichtig gewesen war. Hier oben würde sie gesund werden können. Hier konnte sie endlich das Leben führen, nachdem sie sich schon so lange sehnte. Ihre Wangen färbten sich vom heftigen Wind rot, die Augen tränten, doch Elsa wendete ihr Gesicht nicht ab. Tiefer und tiefer sog sie die Luft in ihren Körper, als könne sie die ganze Schwere der letzten Monate damit auslöschen.

„Ich kann mich auch nicht sattsehen, und das immer wieder. Fragen Sie nicht, wie oft ich hier schon gestanden und auf die Ostsee geschaut habe", erwiderte Sophie und drehte dem Meer einen Moment den Rücken zu. „Und es ist jedes Mal wieder faszinierend."

„Weil es jedes Mal anders ist, neu. In jeder einzelnen Sekunde ändern sich die Farben und die Wellen. Hach, ich wünschte, ich würde die Stelle bekommen und könnte hierbleiben." Nun war es ausgesprochen. Elsa warf Sophie einen kurzen Blick zu und schaute hastig zu Boden. War sie zu weit gegangen? Doch irgendwie fühlte sie zu dieser Frau, die sie nicht kannte, eine große Verbundenheit.

„Ich glaube, Sie würden gut ins *Godewind* passen", sagte Sophie bestimmt.

„Wirklich? Aber Sie kennen mich doch gar nicht."

„Stimmt, aber ich habe eine gute Menschenkenntnis. Die bekommt man, wenn man in einem Hotel arbeitet. Meist weiß ich schon, wenn ich ein Zimmer betrete und die Sachen des Gastes sehe, wie der Mensch so tickt, der in diesem Raum lebt."

„Sie haben recht." Elsa wusste genau, was sie meinte. „Früher, als ich noch selbst in den Zimmern unterwegs war, ging es mir auch so. Aber leider kommt vor der Kür noch die Pflicht. Ich bin nicht die einzige Bewerberin. Ihre Chefin spricht gerade mit Herrn Zachert und ich frage mich, ob es ein schlechtes Zeichen ist, dass er als Erster drangekommen ist."

Sophie grinste verschmitzt. „Man könnte es auch so deuten: Das Beste kommt zum Schluss. Ich bin sicher, Frau Gutter wird die richtige Entscheidung treffen. Und falls es im *Godewind* nicht klappen sollte, es gibt noch reichlich andere Hotels am Meer, die alle Personal suchen. Glauben Sie mir, ich weiß das aus eigener Erfahrung."

„Ja, aber das *Godewind* …", erwiderte Elsa nachdenklich. „Würden Sie lachen, wenn ich Ihnen sage, dass ich mich ein bisschen verliebt habe, in dieses ältere Haus am Bodden. Es hat Charme, es hat …" Sie zögerte. „Es hat einfach was."

„Warum sollte ich lachen? Ich bin jeden Tag dankbar, mich für das *Godewind* entschieden zu haben, damals, vor einigen Jahren. Im vorigen Jahr war ich kurz davor, mir eine neue Stelle zu suchen, weil es Probleme gab. Fragen Sie nicht, wie schwer ich mir diese Entscheidung gemacht habe. Zum Glück bin ich immer noch da und habe nicht gekündigt. Ich konnte mir einfach nicht vorstellen, woanders zu arbeiten." In diesem Moment biss Sophie sich auf die Lippe. „Das hätte ich jetzt nicht sagen sollen."

„Das mit der anderen Stelle oder dass es Probleme gab?"

„Beides. Es ist mir einfach so rausgerutscht."

Elsa legte einen Finger an ihre Lippen. „Ich verrate Sie nicht." Langsam liefen die beiden Frauen ein paar Schritte. „Ich nehme mal an, das die Schwierigkeiten mit dem Unfall Ihrer Chefin zusammenhingen?" Sie hatte einfach noch einmal nachhaken müssen.

„Sie wissen davon?"

„Nichts Genaues, sie erwähnte es nur bei einem Telefonat", antwortete Elsa. „Mein Mitbewerber dagegen scheint bestens informiert zu sein, was mich ein wenig verwirrt, wenn ich ehrlich bin. Denn ich weiß gar nichts. Könnte das von Nachteil sein?"

„Ich denke nicht. Frau Gutter hatte einen schweren Unfall und ihre Tochter Denise hat in der Abwesenheit den Hotelbetrieb geführt. Das ist alles." Sophie kickte eine Muschel zur Seite.

„Aha." Elsa spürte, wie ihre Neugier wuchs, und sie bemerkte, dass Sophie unter Umständen noch mehr erzählt hätte. Doch dann wurde ihr der Zwiespalt bewusst, in dem das Zimmermädchen stecken musste. Sicher war das Personal zu Stillschweigen verdonnert worden. Es war nicht richtig, Nachfragen zu stellen und sie damit in die Enge zu treiben. „Wissen Sie was, Sophie? Wir lassen dieses Thema jetzt beiseite und genießen dafür noch ein wenig das Rauschen des Meeres. Alles andere wird sich finden. Das sagt mein bester Freund Ben immer."

„Ein schlauer Mann", erwiderte Sophie lachend. Ihre weißen Zähne blitzten.

„Sagen Sie das lieber nicht. Sie müssten ihn mal erleben, er ist alles andere als schlau, eher altklug. Aber er ist dennoch mein bester Freund."

„Und das allein zählt." Sophie schaute auf ihre Uhr. „Ich befürchte aber, ich muss Sie jetzt allein lassen. Meine

Mittagspause ist gleich vorbei. Finden Sie allein zum Hotel zurück?"

„Kein Problem, wenn ich einen Weg einmal gegangen bin, komme ich bestens zurecht", erwiderte Elsa.

„Na dann, genießen Sie noch ein bisschen die Ostsee. Ich wünsche Ihnen für Ihr Gespräch mit Frau Gutter alles Gute. Seien sie einfach Sie selbst. Das ist das Beste und der Rest wird sich eben finden. Da bin ich ganz sicher." Sophie hob die Hand und stapfte durch den Sand davon. Elsa schaute ihr nach, bis sie um die Ecke des Strandübergangs verschwunden war. Dann schlenderte sie noch ein wenig hin und her und bückte sich ab und zu, um eine besonders schöne Muschel aufzuheben. Ferdinand Gutter hatte dasselbe gesagt, genau wie ihr Vater. Sie sollte einfach so sein, wie sie war. Aber wie war das? Da waren oft Zweifel, Unsicherheiten, gleichzeitig auch Stärke und viele Ideen in ihr. Die Ostsee rauschte unverdrossen weiter und konnte ihr keine Antworten auf ihre Grübeleien liefern.

Stattdessen wurde es für Elsa allmählich Zeit, sich auf den Rückweg zu machen. Denn sie wollte auf keinen Fall zu spät zu ihrem Gespräch kommen. Auf mittlerweile schon ein wenig vertrauteren Wegen lief sie zurück zum *Godewind* und betrat das Foyer. Suchend schaute sie sich um und trat an den Tresen. Augenblicklich kam Peter aus dem Büro geeilt.

„Frau Torberg, was kann ich für Sie tun?"

„Ich war gerade unten am Strand. Wo waren noch mal die Toiletten, damit ich mich ein wenig frisch machen kann?"

„Da drüben." Er wies auf eine Tür, zögerte dann aber und holte einen Schlüssel unter dem Tisch hervor. „Nehmen Sie einfach die linke Tür. Die ist für das Personal und Sie sind ja in den nächsten Tagen eine von uns."

Dankbar sah Elsa ihn an. „Das ist sehr freundlich von Ihnen, danke."

„Gerne."

Sie band den Knoten in ihrem Nacken neu, denn es hatten sich einige Strähnen daraus gelöst, und begann ihre Stirn mit einem Hauch Puder abzutupfen. Sorgsam tuschte sie ihre Wimpern und zog als Letztes den kräftigen Lippenstift nach. Als sie fertig war, betrachtete sie lächelnd ihr Angesicht im Spiegel. Nun galt es einen guten ersten Eindruck zu hinterlassen.

Minuten später klingelte sie am Wohnhaus von Familie Gutter. Ferdinand öffnete ihr die Tür und bat sie herein. Nachdem er ihr die Jacke abgenommen hatte, führte er sie in den Wintergarten. Dieser bot, weil das Haus ein wenig erhöht lag, einen wunderbaren Blick auf den Bodden. An den Seiten wuchsen hohe Gräser, die die Privatsphäre der Familie wahrten und sie vor neugierigen Blicken aus dem Hotel schützten.

Veronika Gutter saß in einem Korbsessel und hatte die Füße auf einen Hocker gebettet. Sie wirkte müde und erschöpft. Ihre Hände waren unter einer weichen Decke, die auf ihrem Schoß lag, versteckt. Überall standen Grünpflanzen, die den Raum beinahe dschungelartig wirken ließen.

„Die Pflanzen sind mein Hobby", sagte Frau Gutter, die anscheinend Elsas neugierige Blicke bemerkt hatte. „Man könnte auch sagen, dass ich durchaus einen grünen Daumen habe."

Elsa dachte an die kümmerlichen Pflanzen auf ihrer heimischen Fensterbank. Einzig Kakteen hatten bei ihr ein längeres Leben. „Ich leider nicht. Entweder vergesse ich meine Pflanzen zu gießen oder überflute sie regelrecht."

„So hat jeder seine ganz eigenen Talente. Aber nehmen Sie doch bitte Platz, Frau Torberg." Veronika Gutter deutete auf den gegenüberliegenden Sessel. „Mein Mann macht uns gerade einen frischen Tee. Ich nehme an, Sie möchten bestimmt auch einen mittrinken."

„Sehr gern. Ich war gerade am Strand und habe mich vom Wind ordentlich durchpusten lassen."

„Tatsächlich?" Veronika spähte aus dem Fenster. „Und wie war es?"

„Herrlich! Die Wellen haben gerauscht und die Luft ist so leicht, wie sie bei mir daheim wohl niemals sein wird."

„Das klingt verlockend. Also gefällt es Ihnen bei uns?"

„Soweit ich das nach so kurzer Zeit beurteilen kann, auf jeden Fall. Ich mag diesen Ort und ich mag das Hotel." War das zu dick aufgetragen, obwohl es der reinen Wahrheit entsprach? Elsa spürte Veronika Gutters Blicke prüfend auf sich ruhen.

„Und was mögen Sie am Hotel? Immerhin arbeiten Sie auch in einem sehr renommierten Haus. Wie Ihr Chef, Herr Burk, mir sagte, bieten sich Ihnen dort sogar Aufstiegschancen. Warum diese Bewerbung?"

Zum Glück kam in diesem Moment Ferdinand Gutter zur Tür herein, der einen altmodischen Servierwagen vor sich herschob. Die entstehende Pause gab Elsa die Möglichkeit, ihre Gedanken zu sortieren. War es wirklich klug, die volle Wahrheit zu sagen? Sie entschied, die Geschichte mit Ben für sich zu behalten.

Ferdinand goss Tee in die zierlichen Tassen, platzierte sie auf dem Tisch und nahm dann neben seiner Frau Platz.

„Also, Frau Torberg, was zieht Sie nach Ahrenshoop?"

„In erster Linie meine Gesundheit. Ich leide an chronischem Asthma, habe daheim permanent Husten und bekomme immer schlechter Luft. Mein Arzt riet mir zu einem Wohnortwechsel. Nicht nur vorübergehend, sondern für längere Zeit. Er stellte mir die Berge oder das Meer zur Auswahl. Das war eine leichte Entscheidung, denn ich war noch nie eine Freundin der Berge, sondern ziehe das Meer vor. So habe ich mich bei Ihnen beworben."

„Sie sind sehr ehrlich", meinte Frau Gutter und nippte an ihrem Tee. „Und das Hotel? Sie sagten, Sie würden es mögen."

„Es ist ein Haus mit Geschichte, hat seinen ganz eigenen Charme. Die Lage ist ein Traum, der Blick unbezahlbar. Wenn man durch die Räume geht, versteht man, warum viele Gäste wieder und wieder kommen."

Herr und Frau Gutter warfen sich einen Blick zu. „Würden Sie etwas verändern?"

Elsa überlegte. Das konnte eine Fangfrage sein. Wiederum brachte es nichts, die Unwahrheit zu sagen. Frau Gutter würde es sicherlich durchschauen. „Es gibt immer Sachen, die man verbessern kann. Kleinigkeiten, denn das Konzept des Hauses sollte beibehalten werden, da es funktioniert. Um konkreter zu werden, müsste ich mich in den nächsten Tagen gründlicher umschauen und mir ein paar Gedanken machen. Schnellschüsse sind hier nicht angebracht." Täuschte sie sich oder hatte Ferdinand Gutter ihr hinter dem Rücken seiner Frau kurz zugenickt?

„Was halten Sie von Manuel Zachert?", fragte Veronika.

Nun war es Elsa, die nach ihrer Teetasse griff und trank. Was war das denn für eine Frage? „Tut mir leid. Ich kenne ihn ja kaum", erwiderte sie dementsprechend einsilbig.

„Nun, man sah Ihrem Gesicht heute Morgen ein gewisses Mienenspiel an", sagte Frau Gutter und lächelte sanft.

„Er schien überrascht zu sein, dass es noch einen weiteren Kandidaten gibt. Mir ging es ebenso, aber er zeigte es etwas deutlicher." Elsa fuhr sich mit ihrer Zunge kurz über die Lippen. „Über seine Qualifikation kann ich nichts sagen. Doch wenn Sie ihn in die engere Wahl gezogen haben, scheinen Sie ihn als geeignet zu betrachten."

Ferdinand Guter legte einen Finger an seinen Mund und verbarg dahinter ein leichtes Grinsen. Ihm schienen Elsas Antworten zu gefallen.

„Und Sie? Sehen Sie sich qualifiziert, ein solches Haus zu leiten, Frau Torberg? Immerhin sind Sie momentan nur Chefin der Rezeption. Verstehen Sie mich bitte nicht falsch, aber zur Leitung eines Hotels sind es von da noch einige Meter. Da gilt es viele Dinge im Blick zu haben, Entscheidungen zu treffen, Verantwortung zu übernehmen." Die Augen von Frau Gutter wurden schmal.

Elsa schluckte. Es kam ihr vor, als würde die Frau auf der anderen Seite des Tisches, direkt in ihren Kopf schauen. „Ich will ehrlich sein, ich weiß es nicht."

„Dennoch haben Sie sich auf die Stelle beworben? Mit einer zugegeben sehr überzeugenden Bewerbung, denn sonst wären Sie nicht hier. Ich will von Ihnen wissen, ob Sie sich zutrauen, Kapitän im *Godewind* zu werden?"

Nun hockte sie in einer Sackgasse, in die sie sich selbst manövriert hatte. Fieberhaft suchte Elsa nach einer schlüssigen Erklärung. Aber es wollte ihr einfach keine einfallen. Da waren belanglose Floskeln, die man einfach so sagen konnte, doch die wollte Frau Gutter nicht hören. „Es ist so, dass ich mich eigentlich gar nicht beworben habe. Die Bewerbung hat mein bester Freund geschrieben." Hatte sie das wirklich gerade gesagt? Anscheinend, denn Frau Gutter sah sie mit einer gewissen Überraschung an. „Ich habe nach einem Arztbesuch reichlich deprimiert auf meinem Balkon gesessen. Dann kam mein bester Freund Ben zu mir und ich hab ihm erzählt, was mein Doktor mir geraten hat, nämlich, dass ich dringend eine Luftveränderung brauche. Spontan hat mein Freund seinen Computer geholt und angefangen in Stellenbörsen zu suchen. Dabei stieß er auf ihr Angebot. Ich fand mich viel zu unterqualifiziert für die Stelle und sagte ihm das auch. Dennoch hat er hinter meinem Rücken eine Bewerbung verfasst und Sie haben mich eingeladen." Elsa fühlte sich auf der einen Seite schrecklich erleichtert, spürte aber auf der anderen Seite, wie ihr die Tränen kamen. Das war es also. Gleich am ersten Tag hatte sie sich selbst aus dem Rennen geworfen. Manuel Zachert würde jubeln.

Veronika Gutter verschränkte ihre Hände und schwieg. Dann musterte sie ihren Mann, der unverhohlen lachte. „Wieder eine ziemlich ehrliche Antwort, oder meine Liebe?" Zart legte er seiner Frau die Hand auf ihr Bein.

Sie schwieg noch immer. Nach einer ganzen Weile holte sie tief Luft. „Mein Mann hat recht, Sie waren sehr ehrlich, Frau

Torberg. Ich muss sagen, das imponiert mir. Es wäre wohl ein Leichtes gewesen, diese Geschichte für sich zu behalten. Aber das haben Sie nicht getan, Chapeau. Und weil Sie so ehrlich waren, will ich auch ehrlich sein. Ich habe mir Ihre Bewerbung lange und immer wieder angeschaut, dann zum Hörer gegriffen und Ihren Chef angerufen. Dietmar meinte, ich wäre dumm, wenn ich Ihnen nicht wenigstens die Chance zum Probearbeiten einräumen würde. Er schwärmte geradezu von Ihnen. Sie seien sehr ehrgeizig, würden nicht so schnell aufgeben und hätten ein gutes Händchen für Personalbelange und andere organisatorische Dinge. Sie könnten sich einfühlen in ein Hotel, seine Energie spüren und die Dinge so richten, das jeder Gast sich wohlfühlt."

Elsa schluckte. Sie musste zugeben, sie war gerührt. Dass ihr Chef eine so hohe Meinung von ihr hatte, war ihr nicht bewusst gewesen.

„Genau das brauche ich. Ich benötige keine Mitarbeiter, die zig Qualifikationen haben, die aber mit Menschen nicht umgehen können. Ich brauche jemanden, der zupacken kann und sich auch nicht zu schade ist, mal den Frühstücksdienst zu übernehmen oder mitten in der Nacht ins Hotel zu fahren, weil irgendein Gast einen Sonderwunsch hat." Frau Gutter verstummte erschöpft. „Ich könnte mir vorstellen, dass Sie genau so ein Mensch sind."

Elsa nickte. „Danke, dass Sie mich eingeladen haben. Es stimmt, ich kann sehr gut mit Menschen umgehen."

„Ich weiß, mein Rezeptionist Peter bestätigte mir dieses Gefühl heute schon."

„Und ich bin sicher, die anderen Dinge lernen zu können."

Frau Gutter klopfte auf die Lehnen ihres Sessels. „Davon bin ich überzeugt, sonst wären Sie nicht hier. Also gut, Frau Torberg. Lassen Sie es uns die nächsten vier Wochen miteinander versuchen. Ich räume Ihnen dieselben Chancen ein, wie Herrn Zachert. Ich möchte Sie nur um eines bitten: Sollten Sie irgendwelche Zweifel haben oder merken, dass das

Leben hier im Norden doch nichts für Sie ist, seien Sie bitte ehrlich und kommen Sie zu mir oder zu meinem Mann."

„Ich darf also bleiben?"

„Unbedingt, ich will doch vor dem guten Dietmar nicht als dumm dastehen. Nun müssen Sie nur noch eine Entscheidung treffen. Und da ich mit Herrn Zachert zuerst gesprochen habe, liegt in diesem Fall die erste Wahl bei Ihnen. In welcher Abteilung möchten Sie ab morgen arbeiten?"

„Im Service, also der Zimmerreinigung", platzte Elsa spontan heraus.

„Seltsam, ich wusste, dass Sie genau diese Antwort geben würden. Einverstanden, ab morgen bilden Sie ein Team mit Sophie. Ich glaube, Sie haben sich schon ein wenig kennengelernt." Frau Gutter stemmte sich hoch und streckte ihre Hand aus. „Willkommen am Meer, willkommen im *Godewind*."

Kapitel 11

Nach dem Gespräch mit Frau Gutter fuhr Elsa beschwingt Richtung Ferienhaus. Sie hielt noch kurz am Supermarkt und kaufte ein paar Lebensmittel für die nächsten Tage ein. Als sie am Grundstück angelangt war, sah sie Manuel Zacherts Auto bereits auf dem Stellplatz stehen – diesmal richtig positioniert, sodass sie ohne Probleme daneben passte.

Elsa schloss die Tür auf und lauschte kurz, doch aus der unteren Wohnung drang kein Geräusch. Vermutlich war ihr Konkurrent wieder eine Runde joggen. Sie stieg die Treppe nach oben, räumte die Einkäufe in die Schränke und schlüpfte in bequemere Sachen. Dann kochte sie sich eine Tasse Kaffee und setzte sich damit und einem frischen Plunderteilchen vom Bäcker auf ihren Balkon in die Sonne.

Das wohlige Gefühl in ihr verstärkte sich. Elsa hatte den Eindruck, alles richtig gemacht zu haben. Ehrlichkeit war eben doch der beste Weg. Ab morgen bildete sie ein Team mit Sophie. Da sie sich heute bei ihrem kleinen Strandlauf so wunderbar verstanden hatten, würde es wohl keine Probleme geben. Doch wie würde es Manuel Zachert ergehen? Sie versuchte, ihn sich beim Beziehen der Betten oder der Reinigung der Toilette vorzustellen, und ein Grinsen stahl sich auf ihr Gesicht.

Elsa schloss die Augen und reckte sich der Sonne entgegen. Heute war ihr letzter arbeitsfreier Tag. Hatte sie sich nicht vorgenommen, ihr neues Zuhause zu erkunden und einige Fotos für daheim zu schießen? Also schlüpfte sie in eine bequeme Jeans, ein Shirt und Turnschuhe und machte sich auf den Weg. Sie schlug den schmalen Pfad ein, der direkt am

Schilfgürtel entlang nach Althagen führte, wie ein Schild verkündete, und spazierte los. Nur wenige Menschen waren unterwegs. Immer wieder gab es Lücken im Schilf, die einen Ausblick auf den Bodden gestatteten.

Nach einer kleinen Biegung tauchte am Wegesrand ein schmaler Steg auf. Schilfbüschel verdeckten ihn teilweise und so mancher Spaziergänger hätte ihn vermutlich übersehen. Er schien mitten ins dichte Schilf zu führen, machte aber nach einigen Metern eine leichte Kurve, sodass sein Ende nicht zu sehen war. Irgendwie wirkte er verwunschen, als könnte man über ihn eine andere Welt betreten.

Elsa musterte kritisch die hölzernen Planken. Sie sahen alt aus, bemoost, schienen aber dennoch gut in Schuss zu sein. Behutsam setzte sie ihren Fuß auf das Holz. Es knackte, doch nichts geschah. Auch bei den nächsten Schritten ging alles gut, der Steg trug sie. Meter um Meter tastete Elsa sich nach vorn. Inzwischen rahmte sie auf beiden Seiten das Schilf ein, das sanft raschelte. Durch einige Spalten zwischen den Planken konnte sie das brackige Wasser erkennen, das leise unter ihr gluckste. Schnell war die Biegung erreicht. Sie sah wiegende Schilfhalme, nichts sonst. Elsa marschierte weiter. Inzwischen kam sie sich tatsächlich wie in einer anderen Welt vor. Es schien, als würde der Schilfgürtel alles hinter ihr abschirmen und sie sanft einhüllen. Der Steg führte schnurgerade bis zum Wasser. An seinem Ende stand eine Bank. Schon jetzt wusste Elsa, dass dies einer ihrer Lieblingsplätze in Ahrenshoop werden würde.

Sie mochte Lieblingsplätze und immer, wenn sie an einem neuen Ort war, suchte sie nach genau solchen Stellen. Das musste gar nichts Besonderes sein. Es reichte, wenn sie eine bestimmte Energie spürte, in der sie sich wohlfühlte. Dort konnte Elsa dann Kraft tanken, manchmal Selbstgespräche führen, einfach die Gedanken kommen und gehen lassen oder ein gutes Buch lesen.

Sie setzte sich auf die Bank, schlug die Beine übereinander und zog das Handy aus ihrer Tasche. Elsa wählte die Nummer ihres Vaters. „Hallo Papa", sagte sie, als er sich meldete.

„Na, wie ist es gelaufen?"

„Super." Elsa erstattete Bericht.

Joachim war begeistert, vor allem, dass sie die Wahrheit gesagt hatte, was ihr Bewerbungsschreiben anging. „Du wirst sehen, damit hast du einen ersten Stein im Brett."

„Vielleicht, aber Manuel Zachert ist ein starker Konkurrent."

„Und wenn schon, ich bin sicher, du steckst den Typen locker in die Tasche. Überleg doch nur mal, was du in deinem Hotel alles schon gewuppt hast."

Elsa ließ das Handy ein wenig sinken und lauschte. Täuschte sie sich oder erklangen hinter ihr Schritte? Da kam auch schon ein Mann um die Ecke und steuerte direkt auf ihre Bank zu. Er war groß, bestimmt an die zwei Meter, trug einen Blaumann und darüber einen roten Pullover. Sein Bart war nordisch blond, genau wie sein Haupthaar. Er wirkte mit der gesunden Gesichtsfarbe wie ein Typ von hier, eben ein richtiger Fischkopp. Doch sein Mienenspiel sah wenig begeistert aus, im Gegenteil. „He, Sie da. Sagen Sie mal, was machen Sie denn hier?", schrie er ihr schon von Weitem zu und fuchtelte hektisch mit den Händen herum.

„Ich muss Schluss machen, es kommt jemand", flüsterte Elsa hastig und legte auf. Zur Sicherheit behielt sie ihr Handy aber in der Hand. Schließlich wusste man nie.

Der Mann stürmte wie ein wütender Stier auf sie zu, erreichte die Bank und stützte sich auf die Lehne hinter ihr. Seine Augen strahlten so blau wie das Meer an einem Sommertag. Und gleichzeitig wirkten sie wie ein Eisregen, der alles um sich herum erstarren ließ. Elsa zuckte ein Stück zurück, blieb aber sitzen und schaute nach oben.

„Kann es sein, dass Sie blind sind oder nicht lesen können? Oder setzen Sie sich immer über Hinweisschilder hinweg?", fauchte der Typ sie an.

Elsa zog eine Augenbraue nach oben und erhob sich schließlich. Das glich den Größenunterschied zumindest etwas aus. „Ich habe keine Ahnung, was Sie meinen", erwiderte sie sachlich. „Und selbstverständlich kann ich lesen und würde mich niemals über Hinweisschilder hinwegsetzen. Welches Schild meinen Sie denn?"

Der Mann verschränkte seine Arme und musterte sie abschätzend von oben bis unten. „Also blind, wusste ich es doch."

„Würden Sie mir bitte mal erklären, worum es überhaupt geht?", fragte Elsa verständnislos.

„Erklären, pah! Ich werde es Ihnen zeigen. Kommen Sie mal mit." Er streckte seine Hand aus und forderte sie zum Mitkommen auf.

Nun war es Elsa, die ihre Arme verschränkte und trotzig stehen blieb. „Ich denke nicht daran. Und überhaupt, was fällt Ihnen ein, mich derart anzuschnauzen?"

„Ich schnauze jeden an, der sich unrechtmäßig auf meinen Steg aufhält", blaffte er zurück. „Das ist Privatbesitz. Sie haben hier nicht das Geringste zu suchen."

Elsa fühlte einen Hauch von Verunsicherung. Eigentlich war sie überzeugt, kein Schild gesehen zu haben. Oder hatte ihr die Begeisterung für den verwunschenen Steg den Blick getrübt? „Also gut, dann zeigen Sie mir das Schild", entgegnete sie tapfer und versuchte, einen möglichst toughen Eindruck zu machen.

Der Typ eilte mit großen Schritten voraus, was bei seiner Beinlänge kein Problem war. Elsa hastete hinterher und merkte, wie ihr bereits nach wenigen Schritten die Luft knapp wurde. Doch aufgeben galt nicht und schon gar nicht jetzt und vor ihm. Also blieb sie eisern dran und stürmte über die klappernden Bretter. Schweratmend erreichte sie schließlich das vordere Ende des Steges und presste die Hand auf ihre Brust. Der Stein, der ihr das Atmen erschwerte, war zurück, zumindest in kleinerer Ausführung.

Der Mann schaute sich suchend um und war plötzlich auffallend still. Elsa folgte seinen Blicken, konnte aber beim besten Willen nirgends ein Schild erkennen.

„Das ist doch …“, fluchte er leise und sprang mit seinen mit Gummistiefeln bekleideten Füßen nach unten in den morastigen Untergrund. Mit beiden Händen zerteilte er die Schilfbüschel und zerrte schließlich ein Schild mit einem hölzernen Stiel heraus. Schlick und Pflanzen verdeckten teilweise die Aufschrift. „Diese verdammten Bengels, wenn ich die erwische.“ Dann glitt sein Blick zu Elsa, die immer noch nach Atem rang. „Gehts Ihnen nicht gut?“, fragte er auf einmal besorgt.

„Asthma“, stieß Elsa aus und atmete konzentriert weiter. *Nur nicht in Panik verfallen,* sagte sie sich leise. *Weiteratmen, ein und aus, denn dein Spray liegt in der Ferienwohnung.* Sie hatte gedacht, es aufgrund der guten Luft hier nicht zu benötigen.

„Oh, verdammt! Tut mir leid. Kann ich irgendwas tun?“ Der Typ kletterte flugs zurück auf den Steg und sah sie betroffen an.

„Mich vielleicht beim nächsten Mal nicht durch die Gegend hetzen“, stieß Elsa abgehackt aus. Allmählich beruhigte sich ihr Atem, das Herz schlug langsamer. Die Panik, keine Luft zu bekommen, wich.

„Ich glaube, jetzt ist eine dicke, fette Entschuldigung fällig. Tut mir wirklich leid. Anscheinend haben die Bengels aus dem Ort mal wieder das Schild herausgerissen. Ich bin inzwischen reichlich betriebsblind und habe nicht darauf geachtet. Es war nicht Ihre Schuld. Bitte verzeihen Sie.“

Elsa winkte ab. „Jaja, schon gut. Nun brechen Sie sich mal keinen ab. Ich bin ja kein Zuckerpüppchen.“

„Trotzdem war es nicht richtig. Ich hörte Ihre Stimme und irgendwie brannten bei mir die Sicherungen durch. Sie müssen nämlich wissen, dass dort vorn im Schilf jedes Jahr mehrere Entenpärchen Nester bauen. Oftmals werden sie dabei gestört. Sie können sich gar nicht vorstellen, auf was für blöde Ideen Leute kommen, wenn sie Bilder von Tieren machen wollen. Deswegen habe ich den Steg abgesperrt."

„Ich bin im Gastgewerbe, ich kann Ihnen auch so einige Geschichten erzählen über blöde Ideen."

„Das glaube ich." Er lächelte und seine gerade noch so strengen Gesichtszüge hellten sich auf. „Soll ich Ihnen eines der Nester zeigen?", fragte er versöhnlich.

Elsa sah ihn an und nickte. „Warum nicht? Gerne."

Gemeinsam liefen sie den Steg nach vorn bis ganz zur vorderen Kante. Diesmal in ganz entspanntem Tempo. Der Mann trat an die Seite, ging in die Hocke und winkte Elsa zu sich. Flüsternd zeigte er auf eine bestimmte Stelle. „Da, sehen Sie das Weibchen dort sitzen?"

Sie starrte auf die bezeichnete Stelle und sah zunächst nur Schilfhalme, sonst nichts. Doch dann erkannte Elsa einen Schnabel und einen Kopf, der wachsam in ihre Richtung schaute.

„Alles gut, meine Schöne. Keine Angst, ich bins nur. Ich hab Besuch mitgebracht, aber wir werden dich und deine Eier nicht stören", sagte der Mann beruhigend. Seine Stimme klang weich und zart, so als würde er mit einem kleinen Kind sprechen.

Tatsächlich wendete die Ente ihren Kopf wieder ab und blickte konzentriert Richtung Bodden. Dahin, wo vermutlich gerade ihr Mann auf der Suche nach Futter unterwegs war.

„Ich rede immer mit den Enten. Mancher findet das vermutlich lächerlich, aber ich habe das Gefühl, die Tiere kennen mich inzwischen gut und wissen, dass von mir keine Gefahr ausgeht." Dann deutete er auf die Bank. „Wollen wir uns setzen?"

Elsa nahm Platz. „Wie lange brüten sie?"

„Etwa vier Wochen. Dann verlassen die Kleinen das Nest und drehen erste Runden auf dem Bodden." Einen Moment zögerte er. „Darf ich mich vorstellen? Ich bin Fiete Oltkamps." Er streckte seine Hand aus und Elsa ergriff sie.

„Elsa Torberg", sagte sie.

Eine Falte bildete sich in der Mitte seiner Stirn. „Elsa, wie, wie …" Er überlegte kurz. „Wie die Eiskönigin? Aus den Büchern muss ich meiner Nichte immer vorlesen, wenn sie zu Besuch kommt."

Sie musste lachen. „Ja, genau. Nur, dass noch kein Mensch etwas von einer Eiskönigin wusste, als ich diesen Namen bekommen habe."

„Da hast du recht." Einen Moment sah Elsa ihn erstaunt an, weil er so flüssig zum Du übergegangen war. Aber irgendwie passte das zu ihm. Entspannt legte er seine Beine übereinander und blickte aufs Wasser. „Und Elsa, machst du bei uns auf dem Darß Urlaub?"

Sie dachte einen Moment nach, aber warum sollte sie ihm nicht erzählen, warum sie hier war. „Nicht direkt, ich bin zum Probearbeiten eingeladen worden, ins *Godewind*."

„Zu Veronika? Stimmt, ich hörte, dass sie einen Nachfolger für die Leitung Ihres Hotels sucht, nachdem Denise …" Er verstummte. Gleich darauf umspielte ein Lächeln seinen Mund. „Dann wohnst du wahrscheinlich gleich hier vorn in Veronikas Ferienhaus."

„Stimmt." Erstaunt sah sie ihn an.

„Du fragst dich, woher ich das weiß? Wir sind in Ahrenshoop und noch ist keine Hochsaison. Da kennt man sich untereinander, das ist hier so. Und der Typ, der immer joggen geht, ist dein Mann?"

Elsa lachte auf. „Mein Mann? Du lieber Himmel, nein, wie kommst du darauf? Das ist der zweite Kandidat für die Stelle, wir treten sozusagen gegeneinander an."

„Na, da hoffe ich mal, dass Veronika die richtige Entscheidung trifft. Der Typ ist nämlich ein Arsch."

„Ach, tatsächlich?" Elsa musste innerlich schmunzeln.

„Mhm, wir hatten eine kleine Auseinandersetzung. Aber ich will dir nicht zu nahetreten. Immerhin isser ein Kollege von dir."

Ein kurzes Schweigen senkte sich über die Bank. Schließlich siegte Elsas Neugierde. „Und du? Was machst du so, wenn du nicht gerade vermeintliche Eindringlinge von deinem Steg vertreibst."

„Ich bin Haustechniker in einem großen Hotel in Ahrenshoop. Nebenbei fische ich noch ein bisschen und kümmere mich um die Ferienwohnungen, die meiner Familie gehören. Dann hab ich noch ein Boot, gehe gerne wandern oder Radfahren und führe im Herbst Vogelbeobachter an den Pramort."

„Hui, das klingt nach einer Menge Arbeit", stellte Elsa fest.

„Ja, es gibt immer etwas zu tun und das ist gut so. Wer rastet, der rostet – sagte meine Oma immer. Und wer nichts zu tun hat, denkt zu viel nach, über alle möglichen Dinge, die nicht zu ändern sind." Ein Schatten huschte über sein Gesicht. „Umso mehr genieße ich solche kleinen Auszeiten wie jetzt gerade, besonders, wenn ich sie nicht allein verbringen muss." Fiete warf einen kleinen Blick auf seine Uhr. „Dennoch muss ich dich jetzt im wahrsten Sinne des Wortes sitzen lassen. Heute Abend reisen neue Gäste an und ich muss in der Ferienwohnung noch mal nach dem Rechten schauen."

„Lass dich nicht aufhalten."

Elsa wollte sich ebenfalls erheben, um mit ihm mitzugehen, doch Fiete legte ihr die Hand auf den Arm. „Bleib ruhig sitzen und genieße diesen Platz. Du erhältst von mir die Erlaubnis, meinen Steg, wann immer du willst, zu betreten. Ich bin sicher, die Enten haben von dir nichts Böses zu erwarten." Warm und offen ruhte sein Blick auf ihr. „Bestimmt sehen wir uns bald mal wieder, Elsa. Der Darß ist nämlich kleiner, als man denkt."

Er entfernte sich und Elsa ertappte sich dabei, wie sie ihm hinterherschaute. In ihrem Geist verglich sie Manuel Zachert und den sympathischen Fiete und musste ganz klar feststellen, dass sich die Waagschale in Fietes Richtung neigte. Dann schüttelte sie den Kopf und musste über sich selbst lachen. Schließlich war sie nicht hier, um sich auf irgendwelche Männer einzulassen, sondern um gesund zu werden und einen neuen Job zu finden.

Kapitel 12

Der nächste Morgen begann für Sophie in aller Herrgottsfrühe. Eigentlich hätte sie noch liegen bleiben können, doch Lars brach heute zu einer Dienstreise nach Köln auf und musste zum Rostocker Flughafen. Es war zwischen ihnen, trotz der Kürze ihrer Beziehung, zu einem festen Ritual geworden, gemeinsam zu frühstücken, egal um welche Zeit.

Während der Kaffee in die Kanne tropfte und Lars sich im Bad fertig machte, deckte Sophie liebevoll den Tisch. Sie zündete eine Kerze an und holte dann die aufgebackenen Brötchen aus dem Ofen. Ihr verlockender Duft zog durchs ganze Haus und verbreitete eine herrlich heimelige Stimmung, die sogar Kater Fridolin aus seinem Schlafkörbchen neben dem Kaminofen lockte. Schmeichelnd strich er um Sophies Waden, bis sie sich erbarmte und ihm ein kleines Leckerli reichte. „Oller Bettler, du", sagte sie zärtlich und streichelte das glänzende Fell des Katers.

Da erklang das leise Knarren der Treppe und Lars kam herunter. Wie immer, wenn Sophie ihn sah, ging ihr Herz auf und es kribbelte in ihrem Bauch. Lars war ihr Fels in der Brandung, ihre große Liebe. Ein Leben ohne ihn war inzwischen unvorstellbar für sie geworden. Jede Trennung glich einer kleinen Katastrophe und die Wiedersehen waren grenzenlos schön. Sie sorgten jedes Mal aufs Neue für Schmetterlinge in ihrem Bauch. Natürlich waren sie noch nicht lange ein Paar und irgendwann würde auch sie der Alltag einholen, doch im Moment genoss Sophie jede einzelne Sekunde mit ihrem Traummann.

Lars musterte den Tisch, umfasste ihren Körper und zog sie an sich. Dann trafen sich ihre Lippen. Verführerisch tanzten ihre Zungen miteinander, bis er sie schließlich energisch von sich schob. „Sophie Borgel, ich werde wegen dir noch meinen Flieger verpassen."

Mit großen Augen sah sie ihn an. „Soll das etwa meine Schuld sein?"

Lars gab ihr einen zarten Klaps auf den Hintern. „Das weißt du ganz genau. Ein Blick von dir reicht und ich werde schwach." Seufzend setzte er sich an den Tisch. „Hach, ich wünschte wirklich, ich könnte bei euch bleiben."

„Es sind doch nur fünf Tage", erwiderte Sophie. Im Stillen graute ihr jetzt schon vor jeder einzelnen Minute ohne ihn. Besonders in den Nächten vermisste sie Lars schrecklich und seinen Atem, der normalerweise beruhigend neben ihr erklang. Aber das musste sie nicht extra betonen, er wusste es auch so. „Du wirst sehen, eins, zwei, drei, bist du wieder da."

„Das hat Fine gestern Abend auch gesagt, als ich sie ins Bett gebracht habe."

„Na, dann wird es wohl stimmen."

„Und? Was machst du so mit deiner kinderfreien Zeit?", fragte Lars und teilte energisch ein Brötchen in zwei Hälften.

Ab morgen waren die Kinder bei ihrem Ex Tobias. Sophie hatte an dem Termin nicht rütteln wollen, denn sie wusste, dass Tobias vor Kurzem einen neuen Auftrag bekommen und deswegen sehr wenig Zeit hatte.

„Heute das übliche Programm und morgen schaue ich mal. Tobias will die Kinder gleich von der Schule abholen und ich wollte mich eigentlich mit Josie treffen, aber die bekommt leider nicht frei. Also werde ich mir ein Bad einlassen, mir ein Glas Wein oder ein bisschen Schokolade –"

„Oder beides", warf Lars dazwischen und lachte.

Sophie deutete zustimmend mit dem Finger auf ihn. „Genau, oder beides gönnen. Ich werde mich im Wasser aalen und danach einen schrecklich kitschigen Film schauen oder endlich mal wieder lesen. Neulich habe ich mir einen neuen Krimi besorgt, der leise nach mir ruft. So kriege ich die Tage bis Sonntag bestimmt bestens rum."

„Und vermissen tust du mich gar nicht?"

Sie beugte sich über den Tisch und gab Lars einen Kuss auf die Nase. „Ich vermisse dich schon, wenn du mit deinem Auto den Hof verlassen hast."

„Puh, jetzt bin ich aber erleichtert."

Eine Viertelstunde später standen beide im Flur und verabschiedeten sich voneinander.

„Ich bleib im Haus", sagte Sophie leise, während sie sich an Lars' Wange schmiegte.

„Mach das, ich weiß ja, wie sehr du Abschiede hasst." Er umarmte sie noch einmal, ging zu seinem Wagen und ließ den Motor an. Dann öffnete Lars das Fenster und winkte, bis das Auto in der Dunkelheit verschwunden war.

Sophie wickelte ihre Strickjacke eng um ihren Körper und ging hinein. Mit einem Pott Kaffee setzte sie sich auf die Couch und kuschelte sich unter die Decke. Bis sie die Kinder wecken musste, blieb ihr noch eine Stunde Zeit. Da bemerkte sie plötzlich eine dicke Mappe, die auf dem Tisch lag. Lars hatte in den letzten Tagen damit gearbeitet. Sie enthielt einen Teil der Präsentation, die er in Köln vortragen musste.

Eilig stürzte Sophie in die Küche und wählte seine Nummer, doch es meldete sich nur die Mailbox. Unsicher sah sie sich um. Was tun? Ohne diese Mappe war die Arbeit der letzten Tage umsonst und die Chance, den Auftrag zu bekommen, bewegte sich gen null.

Da fiel ihr Blick hinüber auf Gundels Haus. Wie immer brannte dort trotz dieser frühen Stunde schon Licht. Hastig lief Sophie nach oben und zog sich an. Ein Schwall kaltes Wasser ins Gesicht musste reichen. Das Zähneputzen sparte sie sich heute. Dann rannte sie über den schmalen Weg, der ihre Häuser verband und klopfte an Gundels Küchenfenster.

Sekunden später öffnete diese mit Lockenwicklern im Haar die Tür.

„Kannst du die Kinder gleich wecken und in die Schule schicken?", fragte Sophie atemlos.

Gundel nickte. „Kann ich. Aber was ist denn los? Ist was passiert?"

„Lars hat einen Teil seiner Unterlagen vergessen und geht nicht ans Handy. Ich will ihm zum Flughafen hinterherfahren", rief Sophie über die Schulter und machte sich bereits auf den Heimweg.

„Mach dir keine Sorgen", erwiderte Gundel. „Ich kümmere mich um alles."

Sophie rannte zurück und schrieb in aller Eile für ihre Kinder einen Zettel, den sie auf dem Küchentisch deponierte. Anschließend schlich sie noch einmal die Treppe hoch, betrat nacheinander leise die Kinderzimmer und gab Fine und Nils einen Kuss auf die Stirn. Dann schnappte sie sich Lars' Mappe, scherte sich nicht um das Licht in der Küche und sprintete zu ihrem Auto. Nebenbei gab sie die Adresse des Flughafens in ihr Navi ein und fuhr los. In halsbrecherischer Geschwindigkeit jagte sie den schmalen Weg nach vorn und bog auf die Hauptstraße. Während die Landschaft an ihr vorbeihuschte, wählte sie wieder und wieder Lars' Nummer, doch stets meldete sich nur die Mailbox.

„Ich verstehe das nicht", murmelte sie. „Du hast doch sonst immer dein Handy an."

Allmählich wurde der Verkehr dichter, denn sie näherte sich Rostock. Der Flughafen lag ein Stück außerhalb. Sie folgte den Ausschilderungen und sah schließlich das Gebäude mit dem geschwungenen Dach und der riesigen Glasfassade auftauchen. Sophie stellte ihr Auto auf den erstbesten Parkplatz, ignorierte den Parkautomaten und rannte zum Eingang des Airports.

Suchend sah sie sich in der großen Eingangshalle um und erspähte schließlich eine Ansammlung wartender Passagiere. Da der Rostocker Flughafen eher klein war und nicht allzu häufig frequentiert wurde, musste Lars dort zu finden sein. Sophie lief los, blieb aber nach wenigen Schritten mit einem Ruck stehen.

Ihr Blick war auf eine Person gefallen, eigentlich auf zwei. Da waren eine Frau und ein Mann, die in einem Bistro saßen und sich angeregt unterhielten. Sophie hielt den Atem an. Konnte es sein, dass sie sich getäuscht hatte? Vorsichtig trat sie im Schatten anderer Reisender näher und ließ das Pärchen dabei nicht aus den Augen. Als Sophie etwa zwanzig Meter entfernt stand, gab es keine Zweifel mehr.

Ein eiskalter Schauer rann über ihren Rücken. In diesem Moment legte die Frau auch noch die Hand auf den Arm des Mannes, neigte sich vertraulich zu ihm. Blondes Haar streifte seine Jacke. Aber wie, als würde sie ahnen, dass jemand sie beobachtete, musterte die Frau plötzlich prüfend die Flughafenhalle. Hastig stolperte Sophie einige Schritte zurück und huschte in den Schatten einer Säule.

Zumindest war das der Plan, denn sie prallte gegen einen hinter ihr stehenden Körper. Zwei Hände hielten sie fest. Mit einer Entschuldigung auf den Lippen drehte sie sich um und schaute direkt in Lars' Gesicht.

„Sophie? Ich dachte, ich würde vor lauter Liebe bereits fantasieren und überall, wo ich bin, dich sehen. Aber du bist es wirklich", rief Lars lachend aus. „Gerade komme ich dort drüben aus der Toilette und …"

„Pscht", zischte Sophie, legte ihm den Zeigefinger auf den Mund und schob ihn ein Stück zurück. Dann spähte sie vorsichtig um die Säule herum. Doch die Frau hatte sich bereits wieder ihrem Gesprächspartner zugewandt.

„Was ist denn?", fragte Lars verwirrt und sah ebenfalls in die entsprechende Richtung. „Du siehst aus, als hättest du den Teufel persönlich gesehen."

„Kein schlechter Vergleich. Siehst du den Tisch da drüben? In dem Café ganz am Rand?"

Lars musterte die Gäste. „Du meinst den mit dem Pärchen?"

„Genau den."

Lars sah genauer hin und holte plötzlich tief Luft. „Moment mal, ist das nicht Denise?"

Sophie nickte. „Richtig, das ist Denise. Und soll ich dir verraten, wer der Typ ist, an den sie sich so vertraulich kuschelt? Das ist Manuel Zachert, der sich um den Posten des Hoteldirektors im *Godewind* bewirbt."

Lars pfiff leise durch die Zähne. „Das ist ja ein Ding."

„Du sagst es."

„Die beiden scheinen sich zu kennen."

„Der Schluss liegt nahe, so vertraulich wie sie miteinander umgehen."

„Du meinst wegen Denises Annäherungen?", fragte Lars. „Solche kleinen Berührungen sind vermutlich ihre übliche Masche. Das hat sie bei mir damals auch gemacht. Als Mann kann man da nur tapfer Abstand halten oder kapitulieren." In diesem Moment ergriff Manuel Zachert die Hände von Denise und redete beschwörend auf sie ein. „Okay, ich nehme alles zurück. Nun scheint er sich ihr auch annähern zu wollen. Na ja, sie ist eine attraktive Person."

Sophie verdrehte die Augen. „Verstehst du denn nicht? Sie treffen sich hier, heimlich."

„So heimlich nun auch wieder nicht, immerhin ist das ein Flughafen. Da gibt es durchaus abgelegenere Orte."

„Im Grunde kann das nur eines bedeuten", sagte Sophie nachdenklich und ignorierte Lars' Erwiderung. „Manuel Zachert will Leiter des *Godewinds* werden, weil Denise die Segel gestrichen hat. Er nimmt ihre Stelle ein. Vielleicht soll er Unfrieden ins Hotel bringen oder was weiß ich."

„Mutmaßungen." Lars wiegte seinen Kopf hin und her. „Es könnte auch eine ganz andere Erklärung geben. Irgendwie scheinen die beiden ja gerade ein Problem miteinander zu haben. Es wirkt, als würden sie streiten." Immer noch hielt

Zachert Denises Hände umschlungen und redete beschwörend auf sie ein. Doch die schüttelte abwehrend den Kopf und riss sich schließlich von ihm los. Fast schon trotzig schob sie ihren Stuhl nach hinten und erreichte damit eine gewisse Distanz.

„Eine andere Erklärung?", fragte Sophie. „Ich bitte dich. Da wäre ich ja mal gespannt, welche das sein soll."

„Keine Ahnung", erwiderte Lars. „Die beiden haben sich hier vielleicht zufällig getroffen und trinken nun einen Kaffee miteinander. Und dann hat ein Wort das andere ergeben, man redet über dies und jenes, diskutiert, streitet."

Sophie sah demonstrativ auf ihre Uhr. „Kurz vor sechs auf dem Rostocker Flughafen? Zachert muss gleich seinen Dienst an der Rezeption antreten. Nein, sein Hiersein muss einen Grund haben und der sitzt ihm am Tisch gegenüber."

„Ach, keine Ahnung." Lars beugte sich nach vorn und gab ihr einen Kuss auf die Nasenspitze. „Du wirkst wie eine Hobbydetektivin, das finde ich süß. Eigentlich interessiert mich viel mehr, was du hier machst. Sag bloß, du hast Denise oder diesen Zachert verfolgt."

Sophie zog die Mappe aus ihrer Tasche. „Quatsch, du hast das daheim auf dem Tisch vergessen."

„Meine Präsentation", stieß Lars aus. „Du meine Güte! Das wäre was geworden. Was würde ich nur ohne dich machen." Er zog Sophie an sich und näherte seine Lippen ihrem Mund.

Doch sie ignorierte ihn und schielte immer noch auf die beiden Personen im Café. „Was will sie hier?", murmelte Sophie nachdenklich. „Oder besser gesagt, was soll ich nun machen?"

Lars seufzte. „Da gibt es doch gar keinen Zweifel. Du musst natürlich berichten, dass du die beiden hier gesehen hast. Erinnere dich an letztes Jahr. Hättest du eher mit Ferdinand über die Situation im *Godewind* gesprochen, wäre uns und dem Hotel so einiges erspart geblieben."

„Aber mit wem spreche ich darüber?"

In dem Moment hallte eine Durchsage durch die Lautsprecher. Lars lauschte und hob die Schultern. „Das ist mein Flug. Und ich glaube, nicht nur meiner. Würde mich nicht wundern, wenn Denise auch nach Köln fliegt. Denn schau, sie steht gerade auf und schnappt sich eine Tasche." Noch einmal spitzte er seine Lippen und näherte sich Sophies Mund. Diesmal erwiderte sie seinen Kuss. „Ich bin sicher, du wirst genau das Richtige tun. Im Zweifel halte dich einfach an Ferdinand, das kann kein Fehler sein. Also dann, danke, dass du gekommen bist. Ich liebe dich."

Für einen Moment verdrängte Sophie ihre Grübeleien und legte die Hände um Lars Nacken. „Ich liebe dich auch. Komm ganz schnell wieder." Sie sah ihm noch eine Weile hinterher, bis er im Check-in verschwunden war und machte sich dann auf den Heimweg. Dabei achtete sie darauf, nicht auf Manuel Zachert zu stoßen. Doch der schien, wie vom Erdboden verschluckt zu sein.

Heute Morgen konnte die vorbeifliegende Landschaft sie nicht erreichen. Nur am Rande nahm sie den hohen Turm wahr, das Markenzeichen von *Karl's Erdbeerhof*, wo sie am Wochenende manchmal Zeit mit ihren Kindern verbrachte. Jetzt herrschte auf den riesigen Parkplätzen noch gähnende Leere. Doch in einigen Stunden würde Auto um Auto hier abbiegen, um die bunte Erlebniswelt zu genießen. Sophie fuhr weiter. Erst in letzter Sekunde trat sie heftig auf die Bremse, denn fast hätte sie ein Blitzerfoto kassiert, obwohl die schwarze Box hier immer stand und ihr bestens bekannt war.

Sophie strich sich über das Gesicht und ließ die Fensterscheibe ein Stück nach unten. Kühler Fahrtwind zog ins Auto. „Komm schon, konzentriere dich, niemandem ist gedient, wenn du an einem Baum klebst." Allmählich entspannte sich ihr Körper und Klarheit breitete sich in ihrem Kopf aus. Lars hatte recht. Sie musste ihre Beobachtungen weitergeben, was auch immer sie am Ende für eine Bedeutung hatten. Schweigen brachte niemanden etwas.

Am *Godewind* angekommen, parkte sie auf dem Platz für die Angestellten. Peters Auto stand bereits da. Jeden Morgen kam der Rezeptionist früher als alle anderen. Eine Ausnahme war die Frühstückskellnerin Ute. Peter lebte allein. Manchmal fragte sich Sophie, was er sonst so machte. Sie wusste kaum etwas über das Privatleben ihres Kollegen.

Rasch lief sie zur kleinen Treppe, die zum Seiteneingang führte und warf einen kurzen Blick Richtung Bodden. Bleigrau wirkte das Wasser. Das Schilf stand wie vom Donner gerührt, erstarrt und unbeweglich. Der Sonnenschein des gestrigen Tages war verschwunden. Fast lautlos öffnete sie die Tür und betrat den Aufenthaltsraum. Verführerischer Kaffeeduft schlug ihr entgegen und das leise Rascheln der Tageszeitung. Wie immer saß Peter auf seinem Platz am Kopfende des Tisches, hatte einen Kaffee vor sich stehen und studierte die Neuigkeiten in der Presse. Bei ihrem Eintreten sah er erstaunt auf die Uhr. „Moin, du bist früh", stellte er sachlich fest. „Es ist noch nicht mal sieben."

Sophie streifte ihre Jacke ab und hing sie über den Stuhl. „Moin, ja, ich war gerade auf dem Flughafen und habe Lars eine Mappe gebracht, die er daheim vergessen hatte." Sie goss sich ebenfalls einen Kaffee ein und setzte sich dann auf die andere Seite des Tisches.

Peter brummte etwas Unverständliches und las weiter. Sophie griff sich den Plan mit der heutigen Arbeitseinteilung und überflog ihn. Elsa Torbergs Name stand neben ihrem.

„Frau Gutter hat entschieden, dass Frau Torberg die nächsten Tage mit dir mitläuft", meinte Peter erklärend und sah sie über den Rand seiner Brille kurz an. „Es soll wohl ihr Wunsch gewesen sein, im Zimmerservice anzufangen."

„Ich weiß, Frau Gutter hat gestern bereits mit mir darüber gesprochen." Sophie spitzte die Lippen. „Ich freue mich, mit Frau Torberg zu arbeiten. Sie scheint nett zu sein und es liegt ihr etwas am *Godewind*. Das spürt man."

„Barbara schien ihr für diese Einweisung nicht geeignet zu sein und ich sehe das genauso."

„Hm", murmelte Sophie, schnappte sich den ersten Teil der Tageszeitung und überflog die Schlagzeilen.

„Sie ist verändert, noch mehr als sonst."

„Wer?"

„Na, Barbara. Sie hatte ja immer schon eine burschikose Art, aber inzwischen ist es mit ihr kaum noch auszuhalten. Bei der kleinsten Kritik geht sie an die Decke."

„Vielleicht hat sie wieder Probleme mit ihrem Fred", erwiderte Sophie.

„Möglich, aber das muss sie nicht unbedingt an uns auslassen. Na, wie auch immer, ich habe die Ehre mit Herrn Zachert zusammenzuarbeiten. Von Freude kann bei mir keine Rede sein. Du hättest ihn gestern mal bei der Hausführung erleben sollen. Arrogant bis zum geht nicht mehr. Und er hat nach Denise gefragt und warum sie das Hotel nicht weiterführt."

„Ach." Interessiert sah Sophie ihren Kollegen an. „Was hast du geantwortet?" Ihr Herz schlug schneller und sie fragte sich, ob das nicht ein guter Einstieg war, um Peter in das eben Erlebte einzuweihen.

„Ich bin ausgewichen, so gut es ging. Dieser Zachert ist hochmütig und neugierig." Der Rezeptionist nahm einen Schluck Kaffee und lehnte sich dann zurück. „Nun, wir werden sehen, wie es wird."

„Neugierig? Wie meinst du das denn?", fragte Sophie vorsichtig. Im Kopf legte sie sich schon ihre nächsten Worte zurecht.

„Er hat sich alles angesehen, genau angesehen. Ich meine, das hat Frau Torberg auch getan, aber irgendwie anders. Ich kann es nicht erklären. Sein Blick war so prüfend." Peter schüttelte sich.

„Ach, wirklich? Ja, ich glaube, ich müsste dir auch –"

In diesem Moment klingelte das Telefon, das der Rezeptionist vor sich auf dem Tisch abgelegt hatte. Oben schob noch Nachtportier Jonas seinen Dienst. Sicher würde er ebenfalls zum Telefon eilen, aber Peter war schneller. „*Hotel Godewind*, Peter Brand am Apparat. Was kann ich für Sie tun?", meldete er sich.

„Herr Gutter", stammelte er gleich darauf. Sophie schaute ihren Kollegen an und bemerkte, dass dieser blass wurde, während er seinem Gesprächspartner lauschte. Peter nickte mehrfach, griff nach einem Schreibblock und machte sich einige Notizen. „Natürlich, machen Sie sich keine Gedanken. Wir kümmern uns darum. Wir haben es das letzte Mal hinbekommen und werden es auch jetzt schaffen. Alles Gute für Ihre Frau und liebe Grüße." Er legte auf und atmete tief durch. „Schlechte Nachrichten, Frau Gutter ist im Krankenhaus. Sie ist wohl gestern Abend gestürzt und hatte starke Schmerzen in der Hüfte. In der Nacht hat Herr Gutter den Notarzt gerufen."

Sophie schnappte nach Luft. „Das klingt nicht gut."

„Wahrlich nicht. Bestimmt war der gestrige Tag zu viel für Sie. Die neuen Mitarbeiter, die Sache mit Denise – es ist einiges zusammengekommen." Besorgt schüttelte er den Kopf. „Und Jonas hat mal wieder nichts davon mitbekommen. Einen Notarztwagen, das muss man doch sehen."

„Wenn er seine Abendrunde dreht, hat Jonas die Einfahrt nicht im Blick", brachte Sophie zur Entschuldigung ihres jungen Kollegen vor.

„Ach von wegen." Peter winkte ab. „Er wird geschlafen haben, so wie meistens. Lernen, Studium, das ich nicht lache. Bestimmt packt er sich, kaum dass der Spätdienst das Haus verlassen hat, auf die Liege im Büro und schließt seine Augen."

„Das ändert so oder so an der Situation mit Veronika nichts."

„Stimmt", gab Peter zu und trank seinen Kaffeepott leer. „Aber wir werden es dennoch hinbekommen, so wie beim letzten Mal."

„Und das ganze Rechnungswesen?", fragte Sophie. „Immerhin war dafür Denise zuständig."

Peter stützte sein Kinn auf die Hände. „Erst mal abwarten, was bei den Untersuchungen rauskommt. Zur Not haben wir Frau Torberg und Herrn Zachert, die sich mit solchen Sachen sicherlich gut auskennen. Wobei ich eher auf Frau Torberg setzen würde."

Sophie nickte und drehte ihren Kaffeepott zwischen den Fingern. Jetzt oder nie, sie musste es Peter sagen. „Apropos Herr Zachert. Ich hab da heute Morgen eine Beobachtung gemacht. Und ich glaube, es wäre besser, mit dir darüber zu reden."

Er seufzte. „Noch mehr schlechte Nachrichten?"

„Keine Ahnung, ich will nur, dass du Bescheid weißt und wir gemeinsam entscheiden, was zu tun ist. Heute Morgen auf dem Flughafen saßen in einem Café ein Mann und eine Frau. Der Mann war Manuel Zachert und die Frau Denise."

Das Gesicht ihres Kollegen wurde noch eine Nuance blasser. Er beugte sich ein Stück über den Tisch und fragte leise: „Denise ist noch hier? Du bist ganz sicher, keine Zweifel?"

Sophie nickte. „Keine Zweifel."

„Könnte es eine unverfängliche Erklärung geben?"

Sophie hob die Schultern. „Das hat Lars mich auch gefragt. Fakt ist, dass die beiden sich kennen. Sie waren sehr vertraut miteinander."

Peter strich sich über den mittlerweile reichlich kahlen Schädel. Nur noch ein schmaler Haarkranz schmückte sein Haupt. „Willst du mit Ferdinand sprechen?"

„Wäre das nicht das Beste? Wenn ich an letzte Weihnachten denke ... Ein Gespräch mit Ferdinand hätte uns viel erspart. Was würdest du denn machen?"

Er starrte auf den Tisch. „Ja, wahrscheinlich hast du recht. Vielleicht nicht gleich heute. Soll er erst mal Gewissheit haben, was mit seiner Frau ist. Oder was denkst du?"

Sophie nickte. „Einverstanden. Immerhin ist Manuel Zachert an der Rezeption, wo du ihn gut unter Kontrolle hast."

„Ich werde wachsam sein, da kannst du Gift drauf nehmen. Dieses Bürschchen macht mir nichts vor." Peter senkte seine Stimme. „Aber sonst zu niemandem ein Wort, auch nicht zu Babsi."

„Ja, so sehe ich es auch. Obwohl es mir schwerfällt. Wir haben uns immer so gut verstanden."

„Dennoch, wir schweigen." Peter schaute aus dem unter der Decke liegenden Fenster. „Komisch ist es schon, dass Denise noch hier ist. Ich dachte, sie wäre längst wieder Richtung Süden, also nach Bayern aufgebrochen. Ob sie mit Zachert irgendeinen Plan verfolgt?"

„Und welcher sollte das sein?"

Er kam noch ein Stück näher. „Dem *Godewind* schaden, aus Rache, weil ihre Mutter sie abserviert hat?"

Sophie schüttelte den Kopf. „Ehrlich gesagt, traue ich Denise so manches zu, aber das nun auch wieder nicht."

„Soll ich ehrlich sein? Ich auch nicht. Ja, da waren diese Buchungsfehler, aber sie hat immer bestritten, dass sie ihre Schuld waren. Und irgendwie habe ich ihr sogar ein bisschen geglaubt. Du musst zugeben, sie hat sich bemüht, auf ihre ganz eigene Art und Weise." Peter lauschte, auf der Treppe ertönten Schritte. „Still, da kommt jemand. Also, Sophie, wir sind uns einig und halten Augen und Ohren offen."

Kapitel 13

Auf Elsas Nachttisch vibrierte ihr Handy. Verschlafen schaute sie Richtung Fenster. Es war noch düster im Zimmer. Die Uhrzeit stimmte, nur der Sonnenschein des gestrigen Tages fehlte.

Sie trat an die Balkontür und spähte vorsichtig über die Brüstung in den Garten. Er war leer, kein Manuel Zachert in Sicht, der seine morgendlichen Dehnungsübungen absolvierte.

Als Erstes brauchte sie jetzt eine heiße Dusche. Sie genoss das warme Wasser und blieb einen Moment länger als nötig darunter stehen. Als sie fertig war, inspizierte Elsa ihren Kleiderschrank und entschied sich für eine lässige Kombination aus Jeans und T-Shirt. Schließlich würde sie heute das Hotel nicht an der Rezeption repräsentieren, sondern im Service mitarbeiten.

Sie band ihre blonden Haare zu einem Zopf, schnappte sich angesichts des Wetters die dickere Jacke vom Haken und schlang ein Tuch um ihren Hals. Dann schlich sie möglichst leise die Treppe hinunter. Doch vor dem Haus musste sie feststellen, dass Zacherts Auto wieder einmal verschwunden war. Vielleicht hatte er sich für den Frühstücksdienst entschieden.

Elsa setzte sich in ihren Wagen und ließ den Motor an. Kurz bevor sie losfahren wollte, fiel ihr Blick auf einen Zettel, der unter dem Scheibenwischer klemmte. Neugierig stieg sie noch einmal aus und entfaltete ein Papier, das durch den morgendlichen Nebel ein wenig feucht geworden war.

Danke für das schöne Gespräch und falls du mal Lust darauf hast, dass dir jemand die versteckten Schönheiten des Darßes zeigt, dann melde dich. Liebe Grüße Fiete

Darunter stand eine Handynummer. Elsa musste lächeln und ließ den Zettel in ihrer Tasche verschwinden. Dann fuhr sie zum *Godewind* und parkte diesmal auf dem Platz der Angestellten. Tatsächlich stand auch Manuel Zacherts Auto bereits dort.

Schnell lief sie zum Haupteingang des Foyers und betrat es. Dezentes Gemurmel aus dem Frühstücksraum empfing sie und sie sah Peter, der hinter dem Tresen der Rezeption stand und Daten in den Computer eingab. Bei ihrem Eintreten schaute er hoch und lächelte.

„Moin, na? Gut geschlafen?"

Elsa ging das „Moin" noch ein wenig unbeholfen über die Lippen, aber daran würde sie sich schon noch gewöhnen. „Ja, wie ein Murmeltier. Es ist so still, kaum ein Geräusch zu hören."

„Na, im Sommer ändert sich das. Aber Ahrenshoop ist im Vergleich zu anderen Orten auf dem Darß immer noch ein verschlafenes Nest. Und das meine ich durchaus positiv." Peter deutete mit dem Kopf auf eine Schwingtür. „Gehen Sie einfach runter. Sophie erwartet sie schon."

Elsa stieg die knarrende Treppe hinab. Sophie schaute aus einem der Räume heraus und lächelte ihr zu.

„Moin", rief das Zimmermädchen fröhlich aus und streckte ihr die Hand entgegen. „Freut mich, dass Sie sich als Erstes für den Service entschieden haben. Hoffentlich nicht, damit Sie das Schlimmste gleich am Anfang weg haben."

Elsa schüttelte Kopf. „Im Gegenteil. Ich hab früher gern im Service gearbeitet. Da hat man ein wenig körperliche Betätigung." Sie musterte den Wagen und die dahinter stehenden Regale, in denen die frische Wäsche fein säuberlich einsortiert lag. „Bin ich zu spät?"

„Gar nicht. Ich war heute Morgen eher ein wenig zu früh."

„Also, was soll ich tun?"

„Nun, als Erstes unsere Dienstkleidung anziehen. Darauf legt die Chefin den größten Wert. Alle Mitarbeiter des *Godewinds* sollen sofort als solche zu erkennen sein. Ich hab da schon mal was vorbereitet." Sophie zwinkerte ihr zu und führte sie in einen Umkleideraum. An einem der Schränke hing ein dunkelblaues Kleid, das gleiche Modell, wie ihre Kollegin es auch trug. „Größe 36, ich glaube, das passt."

Elsa verdrehte die Augen. „Na, Sie sind ja optimistisch. Ich trage meist Größe 38."

„Das Kleid passt trotzdem, glauben Sie mir." Sophie lachte auf. „Unsere Kleidung ist sehr figurfreundlich geschnitten. Das hat besonders nach Weihnachten Vorteile." Sie deutete auf eine Ecke, die mit einem Vorhang vom restlichen Raum abgetrennt war. „Dort können Sie sich umziehen und das da wäre Ihr Schrank. Ich warte draußen."

Ein paar Minuten später kam Elsa zurück und musterte sich im Spiegel, der gleich hinter der Tür hing. Der Anblick war fremd und gleichzeitig vertraut. Schließlich hatte sie von der Pike auf in einem Hotel gelernt und kannte alles, was dazu gehörte. Sie zupfte das Kleid ein wenig zurecht und ließ sich dann von Sophie die beige Schürze reichen.

Zufrieden schaute ihre Kollegin auf Zeit sie an. „Perfekt, ich denke, so können wir beide prima in den Tag starten. Ach ja, bevor wir loslegen, habe ich noch eine schlechte Nachricht für Sie. Der Mann unserer Chefin hat sich gemeldet. Leider ist Frau Gutter letzte Nacht gestürzt und liegt im Krankenhaus."

„Oh", sagte Elsa. „Das tut mir leid. Hoffentlich nichts Schlimmes."

„Wir wissen noch nichts Näheres. Aber wir sollen Sie herzlich grüßen und Ihnen mitteilen, dass sich der geplante Ablauf nicht ändern wird. Nur sind Sie eben in den nächsten Tagen auf uns und unsere Anleitung angewiesen. Keine Angst, wir kennen uns alle bestens im *Godewind* aus."

Elsa spürte dennoch eine gewisse Besorgnis. „Das glaube ich gern. Ich frage mich nur, ob man das Probearbeiten aus diesem Grund nicht eher verschieben sollte. Am besten auf die Zeit, wenn Ihre Chefin wieder da ist, denn Frau Gutter wollte sich ja eigentlich einen Eindruck von uns und unserer Arbeitsweise verschaffen. Und nun …"

„Von einer Verschiebung war keine Rede. Machen Sie sich keine Sorgen." Aufmunternd sah Sophie sie an und legte ihr einen Moment die Hand auf den Arm. „Bestimmt ist unsere Chefin schneller wieder daheim, als wir denken. Sehen Sie es als eine Art Feuertaufe. Ich bin sicher, unser Chef wird sich noch einmal mit Ihnen in Verbindung setzen."

In dem Moment kam das andere Zimmermädchen, Babsi, zur Tür herein. Elsa, die bis jetzt nicht so viel mit ihr zu tun gehabt hatte, kam es vor, als wären ihre Augen gerötet. Sie sah müde und unausgeschlafen aus. Ein leichter Geruch nach Zigarettenrauch umgab sie. Schweigend musterte Babsi Elsa und machte sich dann an ihrem Schrank zu schaffen. „Moin", nuschelte sie über ihre Schulter. „Sag nichts, ich bin zu spät. Hab verschlafen."

„Moin, ich wollte auch gar nichts sagen." Sophie warf Elsa einen kurzen Blick zu und räusperte sich verstohlen. „Ich habe unseren Servicewagen schon mal fertig beladen, Frau Torberg. Vielleicht könnten Sie ihn ins Erdgeschoss fahren. Wir beginnen mit der Reinigung in der Bibliothek. Ich komme gleich nach."

Elsa tat wie ihr geheißen, verließ den Raum und drückte auf die Fahrstuhltaste. Hinter sich hörte sie die beiden Frauen gedämpft tuscheln. Sie war sich sicher, dass es nicht um ihre Person ging. Da ertönte ein leises *Kling*, die Türen des Fahrstuhls öffneten sich und Elsa schob den schweren Wagen mühevoll hinein. Das war komplizierter, als sie angenommen hatte, denn die Kabine war relativ eng. Doch mit einigen kleineren Rangiermanövern schaffte sie es schließlich.

Wenig später erreichte sie das Erdgeschoss und zerrte den Wagen in die Bibliothek. Da Sophie noch nicht da war, schritt Elsa langsam die Bücherregale ab und studierte die Titel. Das *Godewind* war wirklich mit einer guten Auswahl an Büchern ausgestattet. Auch einen Schrank mit Gesellschaftsspielen und Kinderbüchern gab es. Hier hatte man an alle Gäste gedacht.

„Frau Gutter legt großen Wert auf eine breite Auswahl an Büchern", erklang Sophies Stimme auf einmal direkt neben ihr.

Elsa nickte. „Ich sehe es schon. Ein wunderschöner Raum. Es muss herrlich sein, hier zu lesen."

„Vor allem wenn draußen die Winterstürme toben. Dann gibt es zwei ganz besondere Orte hier im Haus, die Sauna und die Bibliothek. Aber nun wird es erst einmal Frühling, zumindest hoffen wir das. Ich weiß, das Wetter sieht heute eher herbstlich aus", fügte Sophie lachend an. „So, dann wollen wir mal starten. Da es kurz nach acht ist, beginnen wir mit der Bibliothek und dem Foyer. Mit den Zimmern warten wir, bis die ersten Gäste das Hotel verlassen, beziehungsweise auschecken." Sophie stockte einen Moment. „Ach du meine Güte! Sagen Sie es mir, wenn ich zu viel erkläre. Bestimmt kennen Sie die ganzen Abläufe in- und auswendig."

Elsa winkte ab. „Tun Sie einfach so, als wäre ich eine vollkommen neue Kollegin, die von nichts einen Plan hat."

„Das kriege ich hin." Sophie grinste verschmitzt. Dann warf sie einen kurzen Blick auf die Rezeption. Gerade in diesem Moment trat Manuel Zachert aus dem Büro, stellte sich neben Peter Brand und beugte sich zusammen mit ihm über einen Laptop.

Elsa folgte ihren Blicken. „Die Rezeption also", murmelte sie leise. „Das hätte ich mir ja denken können." Dann schielte sie zu Sophie, doch die schien ihr Gemurmel nicht gehört zu haben. Stattdessen musterte sie beinahe schon argwöhnisch die beiden Männer.

Zachert sprach kurz mit dem Rezeptionisten, umrundete dann den Tresen und steuerte die Treppe an, die in die oberen

Etagen führte. Dabei machte er einen kleinen Abstecher zur Bibliothek. Ein überhebliches Grinsen huschte über sein Gesicht, als er Elsa von oben bis unten musterte. „Guten Morgen Frau Torberg", sagte er gedehnt.

„Guten Morgen", erwiderte sie.

Zachert nickte Sophie knapp zu und wandte sich dann erneut Elsa zu. „Schickes Kleid, steht Ihnen irgendwie. Man könnte sagen, es ist wie für Sie gemacht."

Elsa schnappte kurz nach Luft. Das war eine mehr als unverschämte Aussage, denn er schien damit anzudeuten, dass sie im Service besser aufgehoben war als in der Hotelleitung.

Sie trat einige Schritte nach vorn und deutete auf die blaue Weste, die Manuel Zachert trug. Das Monogramm des *Godewinds* war auf seine Brust gestickt. „Schicke Weste, aber ich bin darauf gespannt, wie Sie im Zimmerservice aussehen werden. Im *Godewind* gibt es keine männlichen Angestellten im Housekeeping, also werden Sie wohl ein Kleid tragen müssen. Diese Vorstellung bereitet mir bereits jetzt eine große Freude. Schönen Tag, Herr Zachert." Elsa drehte sich um und wandte sich an die hinter ihr stehende Sophie. In deren Augen blitzte Begeisterung auf. „Also, was ist zu tun?", fragte sie vollkommen sachlich.

Sophie deutete auf die Buchregale. „Staubwischen."

„Sehr gut." Elsa schnappte sich irgendeinen Lappen und rauschte davon. Es war ein guter Abgang und sie verspürte tiefste Zufriedenheit. Von diesem Schnösel würde sie sich die Butter nicht vom Brot nehmen lassen.

Sophie schien die Sache ähnlich zu sehen, trat sie doch an ihre Seite und murmelte: „Punkt für Sie. Nur, dass Sie den falschen Lappen haben, Frau Torberg. Aber egal, dem haben Sie es ordentlich gegeben."

Zufrieden betrachteten die beiden Frauen einige Zeit später den Raum. Die Regale glänzten, genau wie die Sideboards und Fensterbretter. Die auf den Sofas und Sitzecken liegenden

Kissen waren ordentlich aufgeschüttelt und die Blumensträuße auf den Beistelltischen hatten frisches Wasser bekommen. „Das war es hier unten", sagte Sophie. „Wir gehen nun an die Rezeption und erkundigen uns, ob schon Gäste der zweiten und oberen Etage ausgecheckt haben. Damit wir mit der Zimmerreinigung beginnen können. Um die anderen Räume kümmert sich Barbara. Wollen Sie vielleicht nachfragen?"

Elsa nickte, trat an den Tresen und brachte ihr Anliegen vor. Peter hielt sich bewusst zurück und ließ Manuel Zachert machen. Der checkte den Computer, notierte die einzelnen Nummern auf einem Zettel und überreichte diesen überfreundlich an Elsa. Weitere Bemerkungen ersparte er sich und sie war froh darüber.

Für die beiden Frauen begann die Arbeit in den Zimmern. Routiniert spulte Sophie ihr Programm ab und Elsa unterstützte sie, so gut es ging. Jeder Handgriff saß, unnötige Wege wurden vermieden und ganz viel Wert auf exaktes Arbeiten und Sauberkeit gelegt. Ganz am Ende drehte Sophie immer noch eine Runde durch das entsprechende Zimmer und vergewisserte sich, auch wirklich an alles gedacht zu haben. Dabei strich sie die Bettdecken noch glatter oder rückte die kleinen Naschereien auf den Kopfkissen, in den exakten Winkel.

„Ich muss schon sagen", meinte Elsa nach dem vierten Raum, „Sie sind sehr versiert in dem, was Sie tun. Aber vor allem schnell. Ich komme kaum hinterher und brauche gefühlt dreimal so lange für einen Bettbezug wie Sie."

Sophie lachte. „Reine Routine, die bekommen Sie schneller wieder als Sie denken. Schnelligkeit ist wichtig, besonders im Sommer. Da haben wir oft unzählige Abreisen an einem Tag. Natürlich gibt es auch Aushilfen, aber nie genug. Doch Schnelligkeit ist nicht alles, Sauberkeit zählt noch mehr. Das hat mir Frau Gutter wieder und wieder eingebläut."

Während sie den Wagen in Richtung des nächsten Zimmers schoben, sagte Elsa: „Sie werden Sie vermissen, Ihre Chefin."

Nachdenklich blieb Sophie einen Moment stehen. „Ja, ganz bestimmt. Ich meine, sie ist ja immer noch da, nur eben nicht so wie früher. Aber das war sie in den letzten Wochen und Monaten auch nicht. Seit ihrem Unfall hat sie sich mehr und mehr zurückgezogen. Und das sie nun wieder in der Klinik ist … Irgendwie haben wir wohl alle damit gerechnet." Sophie klopfte dezent an die nächste Tür, lauschte, wiederholte das Klopfen und zog dann ihre Zimmerkarte heraus, um die Tür zu öffnen. Als Erstes ging sie nach dem Eintreten ans Fenster, öffnete es weit und schaute einen Moment auf den Bodden. „Als Frau Gutter den Unfall hatte, musste es irgendwie weitergehen, auch wenn das zunächst unvorstellbar erschien. Das *Godewind* ohne die Chefin, undenkbar. Das Verrückte aber war, es ging weiter. Jeder ist ersetzbar, das sagt mein Papa immer. Und er hat recht. Nur ob der Nachfolger an die Leistung von Frau Gutter heranreicht, ob der Geist im *Godewind* gleich bleiben wird …" Sie hob die Schultern. Dann bemerkte Sophie ihren Fauxpas und schlug sich die Hand vor den Mund. „Oh, das hätte ich nicht sagen sollen. Immerhin wollen Sie ihre Nachfolgerin werden."

Elsa winkte ab und ergriff bereits den Zipfel der Bettdecke, um den Bezug abzuziehen. „Schon gut. Ich weiß, wie Sie es gemeint haben."

„Sie sind mir nicht böse?"

„Deswegen? Niemals. Ich kann mir gut vorstellen, wie Sie alle sich fühlen, glauben Sie mir. Ich habe von meinem Chef auch alles gelernt, was ich jetzt weiß. Er ist der gute Geist, der über allem schwebt, auch wenn er schon lange nicht mehr im Service oder an der Rezeption arbeitet. Es ist die Energie, die er verbreitet, wenn er einfach nur durch einen Raum geht oder einem am Morgen zunickt."

„Ganz genau", erwiderte Sophie lächelnd. Einen Moment sah sie Elsa nachdenklich an und deutete dann auf das Bett. „Machen wir weiter."

Die nächsten Stunden arbeiteten die beiden Frauen konzentriert miteinander und konnten endlich die letzte Zimmernummer auf der zweiten Etage abhaken. Verstohlen rieb Elsa sich ihren Rücken und ließ das Becken leicht kreisen.

„Schmerzen?", fragte Sophie.

„Ein wenig, die ungewohnte Arbeit vermutlich."

„Da hilft am besten eine Mittagsrunde am Strand", schlug Sophie vor. „Na, was sagen Sie? Die haben wir beide uns richtig verdient. Dank Ihrer Hilfe liegen wir super im Zeitplan und haben dann nur noch die Suiten und die Sauna vor uns. Das Wetter ist heute zwar eher suboptimal, aber Meergucken ist immer toll."

Nach wie vor war der Himmel bleigrau und düstere Wolken jagten dahin. Dazu pfiff ein kalter Wind, der Elsa beim Verlassen des Hotels frösteln ließ. Es schien, als hätte der Winter den Frühling noch einmal vertrieben. Mit großen Schritten marschierte sie neben ihrer Kollegin her und wickelte dabei ihr wollenes Tuch fester um ihren Hals.

Da klingelte Sophies Handy. „Hallo Schatz", meldete sie sich und ihre Augen leuchteten, als würde der schönste Sonnenschein herrschen. „Na? Gut gelandet und angekommen?" Sie lauschte. „Das freut mich." Der Anrufer am anderen Ende sprach weiter und Elsa merkte, dass ihre Kollegin plötzlich ziemlich einsilbig wurde. „Ach, wirklich? Du hattest also recht und sie ist auch nach Köln geflogen?" Wieder lauschte Sophie. Elsa ließ sich einige Schritte zurückfallen und tat so, als würde sie ein besonders schönes Reetdachhaus bewundern. „Wie bitte? Sie hat was? Und was hast du, ich meine …? Ach, verstehe. Nein, es gab schlechte Nachrichten, Frau Gutter ist im Krankenhaus. Mhm, gestürzt. Aber ich habe mit Peter gesprochen."

Noch immer starrte Elsa in den Garten und folgte Sophie im Schneckentempo.

„Ja, es ist gerade ein wenig schlecht. Ich hab Mittagspause und gehe mit Frau Torberg zum Strand. Du weißt schon, eine der beiden Bewerberinnen." Pause. „Genau, lass uns einfach heute Abend telefonieren. Ich liebe dich und ganz viel Glück für die heutigen Gespräche." Sophie hauchte einen Kuss in ihr Telefon und ließ es dann in ihre Tasche gleiten. Schuldbewusst schaute sie Elsa an. „Entschuldigen Sie, das war Lars, mein Lebensgefährte. Er ist heute Morgen nach Köln geflogen und wollte sich nur melden, um mich wissen zu lassen, dass er gut gelandet ist. Ich mache mir immer Sorgen."

Elsa winkte ab. „Alles in Ordnung. Ist Ihr Lebensgefährte beruflich in Köln?"

„Ja, er ist Regisseur. Letztes Jahr hat er unsere Ostsee-Weihnachtsshow gestaltet. Dabei haben wir uns kennengelernt – und lieben. Seitdem sind wir ein Paar."

„Also noch eine ganz frische Liebe?"

„Kann man so sagen. Eigentlich Liebe auf den ersten Blick. Obwohl ich immer geglaubt habe, die gibt es gar nicht."

Elsa lachte auf. „Da kann ich leider nicht mitreden. In Beziehungsdingen bin ich eine vollkommene Niete."

„Ach, das kann sich schneller ändern, als man denkt. Glauben Sie mir. Hätte mir jemand vor einem halben Jahr gesagt, dass ich eine neue Liebe finde …" Sophie tippte an ihre Stirn. „Dem hätte ich einen Vogel gezeigt. Manchmal findet man sein Glück, gerade dann, wenn man nicht danach sucht."

Elsa hob die Schultern. „Und nun leben sie zusammen? Sozusagen ein Sprung ins neue Glück."

„Ja, wir haben es einfach gewagt, nach ganz kurzer Zeit und allen Unkenrufen zum Trotz. Warum soll man nicht mal ganz viel Glück haben. Lars hat viel für mich aufgegeben. Das kann ich manchmal noch immer nicht fassen. Seitdem arbeitet er am Rostocker Theater und erstellt Konzepte für neue Shows. Deswegen die Reise nach Köln."

„Das klingt nach einem sehr spannenden Job", erwiderte Elsa und überquerte zusammen mit Sophie die Hauptstraße. Unangenehme Windböen wehten ihr entgegen und ein leichter

Nieselregen fiel vom Himmel. Elsa zog die Kapuze über ihren Kopf und zurrte die Kordeln fester.

„Ist es auch. Lars liebt seine Arbeit sehr."

„Und er scheint Sie zu lieben. Hätte er sich sonst für ein Leben am Meer, hier bei Ihnen entschieden? Wobei", schränkte Elsa ein und lächelte. „Es gibt schlimmere Gegenden."

Ein großer Pick-up kam ihnen entgegen. Der Fahrer hupte laut und Sophie hob lachend die Hand. „So ist das hier, jeder kennt jeden", erklärte sie Elsa. „Das hat viele Vorteile, aber auch Nachteile." Sie zwinkerte verschmitzt. „Es fällt schwer, kleine Heimlichkeiten vor den anderen zu verbergen."

Bevor sie zum Strand abbogen, erklang erneut das tuckernde Motorengeräusch und der Pick-up schlich in ihrem Lauftempo neben ihnen her. Schließlich ließ der Fahrer die Scheibe herunter.

„Fiete, moin, was liegt an?", fragte Sophie und blieb stehen. Das Auto stoppte.

Der Name ließ Elsa aufhorchen. Neugierig schaute sie nach links und erblickte ihre Bekanntschaft vom gestrigen Tag. Mit einem breiten Lachen sah Fiete sie an.

„Moin Sophie. Nix liegt an. Ich wollte eigentlich nur Elsa begrüßen."

Diese fühlte sich von Sophie neugierig gemustert und lachte zurück. „Hallo Fiete."

Der beugte sich ein Stück über den Beifahrersitz. „Hast du meine Nachricht bekommen?"

Sophies Augen wurden noch größer, doch sie schwieg.

„Hab ich", antwortete Elsa und trat ebenfalls näher. „Danke für das Angebot."

„Da nich für. Es wäre mir wirklich eine Freude. Glaub mir."

„Ich glaub dir sofort."

„Und du? Erster Arbeitstag."

„Ja", antwortete Elsa.

„Wie schlägt sie sich?", wandte Fiete sich an Sophie.

„Sehr gut, wenn es so weitergeht, kann ich bald ein paar Tage Urlaub machen."

„Ich wusste es." Fiete machte eine kurze Pause. „Wie gehts Veronika? Ich hab gehört, der Notarzt war da und hat sie mitgenommen."

Sophie nickte. „Wir wissen noch nichts Näheres."

„Ich drück ihr alle Daumen."

Ein kurzer Moment des Schweigens entstand.

„Na ja, ich muss dann wieder", sagte Fiete und schaute Elsa noch einmal in die Augen.

„Wir auch. Wir haben nur kurz Mittagspause und wollen mal runter zum Strand."

„Gehst du freiwillig mit, Elsa, oder hat Sophie dich gezwungen? Die rennt nämlich bei jedem Wetter ans Meer. Selbst wenn es junge Hunde regnet."

„Vollkommen freiwillig", sagte Elsa lachend.

„Wir sind eben echte Mädels und keine Weicheier", erwiderte Sophie. „Aber nun müssen wir wirklich. Sonst ist die Pause vorbei und wir haben noch keine Welle gesehen. Bis dann mal, Fiete."

„Jo, bis dann mal." Fiete hob die Hand und machte das typische Zeichen des Telefonierens. Mit nochmaligem Hupen fuhr er los, wendete in einer Einfahrt und entfernte sich dann in die andere Richtung.

Amüsiert schaute Sophie sie an. „Donnerwetter, Sie kennen Fiete schon?"

„Ich habe mich unbefugt auf seinem Steg aufgehalten und dafür erst mal einen kräftigen Anschiss kassiert. Nach einer kurzen Klärung der Tatsachen habe ich nun lebenslanges Zugangsrecht und darf seinen Steg betreten, wann immer ich will", berichtete Elsa lachend.

„Hört, hört!" Sophie zog eine Augenbraue nach oben. „Das will bei Fiete schon etwas heißen. Er ist nämlich ziemlich eigensinnig und stur. Eben so, wie wir Fischköppe nun mal sind – oder angeblich sein sollen."

Während sie weiterliefen, fragte Elsa: „Sie kennen Fiete wohl schon länger?"

Sophie grinste. „Das könnte man so sagen. Wir sind zusammen zur Schule gegangen. Fiete war zwei Klassen über mir und der Schwarm aller Mädchen. Aber ich glaube, das ahnte er selbst gar nicht. Alle waren in ihn verliebt und er ziemlich schüchtern."

„Sie auch?", hakte Elsa kichernd nach.

„Logisch, zumindest anfangs. Dann kam ein neuer Junge in unsere Klasse – Tobias. Vom ersten Moment an war es um mich geschehen und Fiete vergessen."

„Eine Jugendliebe also", meinte Elsa.

„Wie aus dem Bilderbuch, nur leider ohne Happy End. Auf durchaus glückliche Jahre folgte ein bitteres Ende." Sophie, die in diesem Moment den Dünenkamm erreichte, blieb stehen und atmete tief durch. „In der nächsten Zeit werden wir geschieden. Nicht alle Jugendlieben enden wie in Liedern oder Romanen. So ist das Leben." Sie stopfte die Hände in die Taschen ihrer Jacke und schluckte krampfhaft.

Elsa musterte ebenfalls das Meer. Da heute ein ablandiger Wind wehte, wie Sophie ihr erklärte, waren die Wellen nicht so tosend, wie bei ihrem ersten Besuch. Sie plätscherten mehr an den Strand. Am Horizont glänzten die Leiber großer Schiffe. Ein einsames Segelboot zog seine Bahn.

„Und bei Ihnen? Wie steht es mit der Liebe? Ich meine, wenn ich das fragen darf."

Elsa hatte noch nie viel davon gehalten, sich als Vorgesetzte dem Personal gegenüber in Schweigen zu hüllen. Ein wenig von der eigenen Geschichte preiszugeben, hatte sich immer als gut erwiesen und das Miteinander gefestigt. „In Beziehungsdingen bin ich ein hoffnungsloser Fall und sehe mich als ziemlich komplizierte Person, die lieber allein bleiben sollte."

„Und dennoch hat das Leben manchmal seinen eigenen Plan." Sophie deutete nach vorn und fragte: „Noch ein paar Schritte laufen?"

„Unbedingt. Einmal bis ganz nach vorn und dann zurück an die Arbeit."

Wieder am Hotel angekommen, zogen beide Frauen ihre Jacken aus und hingen sie an die Garderobenschränke. Sie stiegen die Treppe nach oben, um ihre Arbeit mit der Reinigung der Suiten und der Sauna fortzusetzen. Elsas Blick streifte ganz automatisch die Rezeption, die verlassen dalag. Dafür ertönten aus dem dahinterliegenden Büro Geräusche. Schubladen wurden geöffnet und zugeschoben, eine Schranktür knarrte. Die Tür, die sonst immer weit offen stand, war nun angelehnt.

Sophie blieb wie angewurzelt neben Elsa stehen und näherte sich leise dem Tresen. Dort verharrte sie einen Moment, lauschte und schlich dann zur Bürotür. Doch kurz bevor sie diese erreichte, trat Manuel Zachert nach draußen, strich sich eine Haarsträhne aus der Stirn und schaute Sophie an. Er wirkte fahrig und nervös und sein Atem ging eindeutig schneller.

Wie aus dem Nichts zauberte er ein Lächeln auf sein Gesicht und fragte: „Na, wie war das Meerläufchen?"

Sophie schwieg, schob stattdessen die Bürotür auf und betrat den Raum. Sekunden später kam sie wieder heraus und baute sich vor Zachert auf. „Wo ist Herr Brand?"

Manuel Zachert deutete auf die oberen Etagen. „Ein Gast hatte ein Problem mit seinem Zimmer. Herr Brand bat mich, die Rezeption zu bewachen, während er sich um die Angelegenheit kümmert."

Sophies Augen wurden zu schmalen Schlitzen. „Aber Sie haben sich stattdessen um das Büro gekümmert? Oder warum waren Sie da drin?"

Es wurde still. Zachert bedachte Sophie mit einem undeutbaren Blick und hob nach einer kleinen Pause verblüfft die Schultern. „Nichts, ich habe nichts gemacht. Eigentlich wollte ich mir nur einen Zettel für einige Notizen holen", erwiderte er gedehnt.

Sophie griff an Manuel Zachert vorbei und ergriff einen Schreibblock, der direkt auf dem Tresen lag. „Wie wäre es denn damit?"

Zachert gab sich erstaunt. „Du meine Güte, da sieht man es mal wieder. Den Wald vor lauter Bäumen nicht sehen." Kopfschüttelnd wandte er sich Elsa zu. „Und? Wie läuft der Zimmerdienst?"

„Alles bestens", antwortete sie. Ihr war die vorherrschende Anspannung nicht entgangen.

„Na, das klingt doch gut." Manuel Zachert schob einige Prospekte hin und her. Da öffnete sich die Tür des Treppenhauses und Peter Brand kam heraus.

„Alles klar gegangen?" Fragend sah er Zachert an.

Der nickte. „Keine besonderen Vorkommnisse."

„Gut." Der Rezeptionist tauschte einen langen Blick mit Sophie aus.

Die löste sich aus ihrer Starre und klatschte in die Hände. „Wir werden uns jetzt die Suiten und die Sauna vornehmen. Bis später, Peter." Vielsagend schaute sie ihren Kollegen an und öffnete die Tür zum Treppenhaus. Sophie stürmte so schnell nach oben, dass Elsa ihr nur mühevoll folgen konnte. Schweratmend gelangte sie in der obersten Etage an und rang nach Luft. Doch Sophie war bereits abgebogen und hatte die Sauna betreten, die ganz am Ende des Ganges lag. Nun checkte sie die Regale, in denen die Badetücher für die Saunagäste lagen. Sie drehte ihr den Rücken zu, doch Elsa spürte, dass etwas nicht stimmte. Unsicher sah sie sich um, öffnete schließlich die Tür zur Kabine und begann, die hölzernen Sitzgelegenheiten mit einem Tuch abzuwischen. Von Zeit zu Zeit streifte ihr Blick das große Fenster, das direkt in die Wand der Sauna eingelassen war und eine beeindruckende Aussicht auf den Bodden zuließ. Der hatte immer noch die Farbe von Beton. Das Schilf bog sich heftig hin und her und erste Regenschauer prasselten gegen die Scheibe. Aprilwetter, dachte Elsa.

Ein Räuspern ließ sie sich umdrehen. Sophie stand in der Tür und schien sie schon eine Weile zu beobachten. „Schöne Aussicht, nicht wahr?"

Elsa stimmte ihr zu. „Selbst bei Regenwetter." Sie deutete auf die Sitzbänke. „Ich hab mal damit angefangen."

„Wunderbar." Sophie nickte zerstreut, griff sich den Wischeimer und begann den Boden zu säubern.

Anscheinend waren Elsas folgende Handgriffe die genau richtigen, denn Sophie korrigierte sie nicht. Auch in den beiden Suiten sprachen sie kaum miteinander, machten die Betten, legten frische Handtücher bereit und reinigten Bäder und Zimmer.

Elsa musterte Sophie immer wieder und fragte sich, ob der Fehler bei ihr lag. Doch angefangen hatte alles mit Manuel Zachert, der sich offenbar unbefugt im Büro aufgehalten hatte.

Gegen eins schloss Sophie schließlich die letzte Tür und warf den schmutzigen Putzlappen in den entsprechenden Behälter auf ihrem Wagen. „Geschafft. Wir waren ein Dream-Team und ich muss Ihnen danken."

Elsa hob protestierend die Hände. „Ich danke Ihnen für Ihre unendliche Geduld. Ohne mich wären sie vermutlich zehnmal schneller fertig gewesen."

„Sagen Sie das nicht. Sie waren super und man hatte den Eindruck, Sie würden den ganzen Tag nichts anderes machen als Zimmerservice." Sophie dachte kurz nach. „Hätten Sie eventuell noch ein bisschen Zeit und würden mir beim Heraussuchen des Osterschmucks helfen?"

Elsa stimmte sofort zu. „Gerne."

„Dann räumen wir zuerst den Wagen aus und gehen danach ins Lager."

Das Lager entpuppte sich als kleiner Raum, der voller Regale stand und direkt neben der Wäschekammer lag.

Sophie sah sich kurz um, stieg dann auf eine kleine Trittleiter und begann, die Deckel diverser Kartons zu öffnen.

„Wieder nichts", sagte sie nach geraumer Zeit des Suchens. Sie hatten beinahe den kompletten Raum durchforstet, aber das Gesuchte noch nicht entdeckt. „Irgendwo müssen die Hasen und Ostereier doch sein."

„Vielleicht dort drüben?" Elsa deutete auf die hintere Wand. „Da haben wir noch nicht nachgesehen."

Sophie stieg herunter und musterte mit in die Hüften gestemmten Händen das Regal. „Letzter Versuch. Ich verstehe das nicht. Normalerweise sind alle Kartons ordentlich beschriftet und stehen in diesem Fach. Wenn die Sachen dort hinten nicht sind, weiß ich auch nicht mehr, wo ich suchen soll. Wobei zu Ostern das Suchen ja eigentlich dazu gehört." Sie kicherte.

„Keine Eier in Sicht?", erklang in diesem Moment eine spöttische Stimme. Babsi schob sich langsam in den Raum. „Suchst du die Deko?"

„Ja, hast du eine Idee, wo sie sein könnte?"

Babsi hob gelangweilt die Schultern. „Keine Ahnung, Veronika hat sich immer darum gekümmert."

„Es hätte ja sein können." In Sophies Stimme lag ein Hauch Gereiztheit.

„Tja, zaubern kann ich auch nicht. Vielleicht steckt hinter dem Verschwinden jemand …"

Sophie drehte sich um und sah Babsi fragend an. „Und wer?"

„Na, wer wohl?" Babsi verdrehte die Augen und schielte zu Elsa. Die studierte konzentriert die Aufschrift auf einem Karton.

„Du meinst … Ähm, aber sie ist doch gar nicht hier."

„Als ob das was zu bedeuten hätte. Tja, wie auch immer. Ich mach Feierabend, bis übermorgen."

„Ach ja, du hast morgen frei."

„Hab ich, und da du eine so starke Kraft an deiner Seite hast, dürfte das ja kein Problem sein. Tschüss!" Babsi warf Elsa ein knappes Lächeln zu und verließ den Raum.

„Tschüss!" Sophie schaute ihrer Kollegin einen Moment hinterher. Dann zerrte sie energisch den nächsten Karton hervor, um den Deckel zu öffnen.

Nach weiteren Minuten des Suchens stand fest, dass die Osterdekoration hier nicht zu finden war.

„Ich befürchte, ich muss mit Peter sprechen. Vielleicht hat er noch eine Idee."

„Sie werden schon noch auftauchen, die Hasen", sagte Elsa.

„Ganz sicher." Sophie streifte die Schürze ab und hing sie an ihren Schrank. „Was halten Sie davon, wenn wir beide zum Abschluss noch einen Kaffee in unserem Aufenthaltsraum trinken? Dann kann ich Ihnen auch verraten, was wir in den nächsten Tagen geplant haben und warum das Auffinden des Osterschmucks so wichtig ist. Oder haben Sie etwas anderes vor?"

„Kaffee klingt gut. Auf mich wartet nur eine leere Ferienwohnung", antwortete Elsa.

„Na dann los."

Kapitel 14

Sophie warf die Kaffeemaschine an und Elsa holte die Tassen aus dem Schrank. Während der Kaffee in die Kanne tropfte, stieg sie auf einen Schemel und ergriff eine runde Büchse, die im obersten Regalbrett stand. „Die sind von Bäcker Hagedorn vorn an der Hauptstraße. Ich sage nur, die leckersten Kuchen und Brötchen der Welt. Wir müssen die Kekse immer verstecken, weil wir haufenweise verfressene Kollegen haben. Es gibt sie nur zu besonderen Anlässen."

Elsa lachte und stützte ihr Kinn auf die Handflächen. „Und heute ist so ein besonderer Tag?"

„Na, immerhin haben Sie heute Ihre erste Schicht im *Godewind* absolviert und vielleicht den entscheidenden Grundstein für Ihre Zukunft gelegt."

„Ja, vielleicht. Nun, wir werden sehen."

Als der Kaffee fertig war, schenkte Sophie ihnen ein und setzte sich auf ihren Stammplatz neben der Heizung.

„Und was hat es nun mit dieser Osteiersuche auf sich?", fragte Elsa.

„Also, im *Godewind* gibt es seit einigen Jahren kleine Events, die wir zur Freude aller Ahrenshooper immer wieder durchführen. Da wäre zum Beispiel das traditionelle Anzünden der Kerzen am Weihnachtsbaum. Es gibt Glühwein und Lieder werden gesungen. So läuten wir die Adventszeit ein. Oder unsere Sommernachtsparty. Die Wiesen hinter dem Hotel werden dann mit vielen Laternen und Lampions geschmückt, es spielt eine Liveband und natürlich darf getanzt werden. Alles sehr romantisch." Sophie grinste. „Falls einen nicht gerade die Mücken auffressen. Aber nun ist erst mal Ostern und deswegen brauchen wir die entsprechende Deko. Wir schmücken das Hotel und den Garten, fertigen für die Kinder der Hotelgäste und im Grunde auch für die Erwachsenen kleine Osternester und verstecken sie. Manchmal lässt sich sogar der echte Osterhase sehen." Verstohlen schaute Sophie sich um. „Der wird verkörpert von Hausmeister Ralf. Aber verraten Sie es keinem. Sie merken also, es gibt einiges zu tun und ich frage mich, ob Sie mir bei den Bastelarbeiten helfen würden."

Elsa nickte sofort. „Ich bin zwar, was Basteln betrifft, reichlich aus der Übung, aber ich gebe mein Bestes."

Sophie winkte ab. „Ach, das ist wirklich nichts weiter. Ein bisschen buntes Papier, ein bisschen Leim und jede Menge Ostergras. Das Wichtigste sind eh die Schokoladenhasen und Ostereier."

„Dann bin ich dabei."

„Das ist super."

Beide umklammerten ihre Kaffeepötte, griffen ab und zu in die Keksdose und schwiegen. Zum Glück dudelte das kleine Radio in der Ecke, auf dem der alte Hans immer irgendwelche Schlagerkanäle einstellte.

„Darf ich Sie mal was fragen?"

Fast schon erschrocken fuhr Sophie auf. Ihre Gedanken waren in die Zukunft gewandert, hin zu den freien Nachmittagen, die vor ihr lagen.

„Sie sind so verändert, seit der Sache vorhin mit dem Büro." Elsa Torberg musterte ihr Gesicht. „Sie müssen mit mir nicht darüber sprechen, aber …"

Sophie suchte nach den passenden Worten. Sie wollte Frau Torberg nicht vor den Kopf stoßen, aber auch nicht zu viel sagen. Vielleicht war sie schon bald ihre neue Chefin. Unsicher drehte sie den vor ihr stehenden Kaffeepott zwischen ihren Fingern. „Ich war tatsächlich etwas erstaunt, Herrn Zachert allein in unserem Büro anzutreffen, und das an seinem ersten Arbeitstag. Vor allem, weil er diverse Schubladen und Schränke geöffnet und geschlossen hat." Nun war es heraus. „Aber vermutlich hat das alles gar keine großartige Bedeutung."

Elsa lächelte. „Vermutlich ist das so. Ich kenne Herrn Zachert ja nicht. Aber er hat mich gestern ebenfalls mit einigen komischen Bemerkungen und seinem seltsamen Verhalten verunsichert."

„Hat er das?", fragte Sophie gedehnt.

„Das hat er. Vielleicht geht es ihm darum, sein Umfeld zu verunsichern." Elsa sah nachdenklich auf die Tischplatte. „So sind manche Menschen."

Sophie sah vor ihrem inneren Auge Denise und Manuel Zachert zusammen im Café des Flughafens sitzen. Doch das konnte sie Elsa schlecht erzählen.

„Ja, das wäre möglich. Vielleicht sollten wir Herrn Zachert und seinem Benehmen keine so große Bedeutung einräumen", sagte Sophie vorsichtig, „und ihn dennoch ein bisschen im Auge behalten. Was denken Sie?"

Elsa sah sie an und grinste dann. „Das klingt nach einem guten Plan."

Sophie hob ihren Kaffeepott an und streckte ihn über den Tisch. „Ein Grund, anzustoßen. Auf das *Godewind*!"

„Auf das *Godewind*!"

Sophie trank ihren Kaffee aus und hatte das unbestimmte Gefühl, genau das Richtige getan zu haben.

„Sie können dann Feierabend machen. Ich geh noch mal kurz nach oben, um ein paar Dinge mit Peter zu besprechen. Wir sehen uns morgen." Sophie lachte und reichte ihr die Hand. „Um das schmutzige Geschirr kümmere ich mich."

„Bis morgen", erwiderte Elsa und lächelte.

Sophie wartete, bis Elsa zur Tür hinaus verschwunden war, dann betrat sie noch einmal das Lager und musterte die Regale. Alle waren prall gefüllt, mit ordentlich beschrifteten Kartons. Ganz so, wie man es von Veronika erwartete. Nur in einem der Fächer gähnte diese Lücke und sie war sicher, dass haargenau dort die Osterkartons gestanden hatten. Nachdenklich stieg sie die Treppe hinauf und traf auf Peter, der allein hinter dem Rezeptionstresen stand.

„Wo ist denn dein Schatten?", fragte Sophie.

Peter deutete schweigend auf die gegenüberliegende Toilettentür.

„Und? Wie lief es so?"

„Keine Ahnung, er ist ein undurchsichtiger Typ."

„Dem kann ich nur zustimmen." Sophie stellte sich direkt neben Peter und senkte ihre Stimme. „Zachert war heute im Büro und ich glaube, er hat sich in deiner Abwesenheit ein wenig umgesehen, wenn du weißt, was ich meine."

Peter holte Luft. „Bist du sicher?" Er drehte sich um, verschwand nach hinten und begann alle Schubladen und Schränke im Büro zu checken. Ganz am Ende holte er sogar einen Schlüssel aus seiner Tasche, um die Ablagefächer zu öffnen, die verschlossen waren. „Auf den ersten Blick ist nichts zu sehen."

„Aber er war hier drin und die Geräusche waren eindeutig", gab Sophie flüsternd zurück und musterte prüfend die leere Eingangshalle. „Frau Torberg hat es auch mitbekommen. Zachert muss etwas gesucht haben."

Hilflos hob Peter die Schultern. „Ich wüsste nicht, was."

„Keine Ahnung, Abrechnungen, Buchungslisten, da gibt es tausend Möglichkeiten."

„Und was will er damit?"

Sophie hockte sich auf die Schreibtischkante und kaute auf ihrer Unterlippe. „Was weiß ich denn? Wenn Zachert und Denise wirklich unter einer Decke stecken …" Sie verstummte. „Er kommt zurück."

Peter legte ein krampfhaftes Lachen auf und musterte die Uhr. „Und schon ist der Feierabend da."

„Tatsächlich. Ich muss sagen, der Tag verging wie im Flug", erwiderte Manuel Zachert.

Peter nickte leicht. „Schön. Wir sehen uns morgen um die gleiche Zeit."

„Ich freue mich, wieder viele neue Dinge von Ihnen zu lernen."

Der Rezeptionist lächelte säuerlich und schwieg.

„Ist Frau Torberg schon weg?", fragte Manuel Zachert und wandte sich an Sophie.

„Ja", erwiderte diese. „Sie müsste vor wenigen Minuten gegangen sein."

„Nun, dann werde ich wohl auch aufbrechen." Zachert reichte Peter die Hand und verbeugte sich vor Sophie, als würde er ihr einen Handkuss geben wollen. „Schönen Feierabend." Er verschwand durch die Schwingtür und stieg die Treppe herunter. Die einzelnen Stufen knarrten, dann herrschte Stille.

Dennoch warf Peter nach kurzer Wartezeit vorsichtshalber einen Blick über das Geländer. „Er ist weg."

Sophie schüttelte den Kopf. „Ein wirklich undurchsichtiger Typ, einmal charmant, dann wieder unverschämt."

„Er passt zu Denise. Genauso ein Windhund wie sie. Aber unsere weiblichen Gäste stehen auf ihn. Er hat einen Blick drauf, der die Frauen schwach werden lässt."

Sophie schmunzelte. Zu einem solchen Blick war der überkorrekte Peter vermutlich nicht in der Lage. „Was Neues von der Chefin?"

„Funkstille." Peter ordnete die Papiere auf dem Tresen. „Übrigens haben sich die Gäste aus Zimmer hundertdrei beschwert. Eines der Kopfkissen war schmutzig und Barbara hat es nicht getauscht."

Sophie seufzte. „Soll ich mich drum kümmern?"

„Hab ich schon erledigt. Ich hoffe, sie kriegt sich bald wieder ein."

„Ich hab heute Morgen schon mit ihr gesprochen. Am Wochenende wollen wir uns vielleicht mal auf einen Kaffee treffen. Die Kinder sind bei Tobias und Lars ist in Köln. Aber vorher muss ich diese verdammte Osterdekoration finden. Die Kartons sind unauffindbar."

„Auch das noch. Seit die Anwärter auf den Chefposten da sind, geht alles drunter und drüber", sagte Peter deprimiert.

„Mag sein, aber die verschwundenen Hasen können wir Manuel Zachert nun wirklich nicht anlasten. Dafür meinte Babsi, dass Denise vermutlich ihre Finger im Spiel haben könnte."

„Glaubst du das auch?"

Sophie schüttelte den Kopf. „Eher nicht, ich könnte schwören, die Kisten vor einigen Tagen noch gesehen zu haben. Zumindest stand da irgendwas mit Ostern. Zu diesem Zeitpunkt war Denise schon abgehauen. Wobei, sie war zumindest noch in der Nähe. Sonst wäre sie heute Morgen nicht auf dem Flughafen gewesen."

„Und dann war sie heimlich hier und hat die Osterdeko geklaut? Ohne, dass es jemand von uns bemerkt hat? Ich weiß nicht. Wir suchen morgen noch mal zusammen", schlug Peter vor. „Und ansonsten rufe ich Ferdinand an."

Seltsam erschöpft machte Sophie sich auf den Heimweg. Im gut gefüllten Supermarkt musste sie Ewigkeiten an der Kasse warten und übte sich in Geduld, während Urlauber drei Äpfel, ein Stück Butter oder die für den Abend geplante, obligatorische Flasche Wein auf das Band legten. Schließlich war auch sie an der Reihe, belud nach dem Bezahlen ihr Auto und düste nach Hause an den Rand von Zingst.

Schon von der Straße erkannte sie die kleine Siedlung mitten im Feld, die aus drei Häusern mit Nebengelassen bestand, die sich zum Schutz gegen die oft heftig wehenden Winde aneinanderschmiegten.

Sophie bog auf den schmalen Fahrweg ein, dessen Schlaglöcher ihr Auto und sie selbst kräftig durchschüttelten. Endlich erreichte sie den Hof und entdeckte dort zu ihrem Erstaunen das Auto ihres Noch-Ehemannes Tobias. Immer öfter bezeichnete sie ihn in ihrem Inneren als Ex-Mann, obwohl die Scheidung noch gar nicht vollzogen war. Eigentlich hatte er erst morgen die Kinder von der Schule abholen und mit nach Rostock nehmen wollen. Dort hatte er sich nach ihrer Trennung eine Wohnung genommen, in der auch seine neue Freundin Alexandra lebte. Zumindest sporadisch. Denn Alexandra war viel unterwegs, besonders dann, wenn Tobias die Kinder hatte. Ob sie mit ihnen nicht klarkam oder allgemein etwas gegen Kinder hatte, erschloss sich Sophie nicht. Anfangs hatte sie sich darüber geärgert, doch irgendwann eingesehen, dass Tobias sein eigenes Leben lebte, genau wie sie.

Während sie den Schlüssel ins Schloss steckte und mit dem anderen Arm die Einkaufskiste balancierte, wurde die Tür von innen geöffnet und Tobias sah ihr lachend entgegen.

„Warte, ich helfe dir."

Ehe Sophie sich versah, entriss er ihr die Klappkiste und schaffte sie hinein. Dort saßen die Kinder um den Küchentisch, tranken Kakao und machten ihre Hausaufgaben. Zusammen mit Tobias, der ihre Einkäufe bereits in Kühlschrank und Schränken verstaute, bot sich Sophie ein Bild der Idylle, das aus einem längst abgelaufenen Film stammte. An dem Platz, den er schon früher meist eingenommen hatte, stand ein Pott Kaffee, ganz so, als würde er hier noch immer wohnen.

Sie schluckte hart, schwieg aber und ließ Tobias gewähren. Er schien sich, trotzdem sie nach seinem Auszug ein wenig umgeräumt hatte, in ihrem Zuhause nach wie vor bestens auszukennen. Sophie begrüßte in der Zwischenzeit ihre Kinder, hörte sich an, wie deren Tag verlaufen war, checkte die auf dem Sideboard liegende Post und wartete, bis Tobias fertig war.

„Ich bin erstaunt, dich heute schon hier zu sehen. Es ist doch erst Mittwoch."

Tobias nickte und schloss die letzte Schranktür. „Ich weiß, aber ich habe morgen Früh einen Termin in Prerow und da wollte ich fragen, ob ich die Kinder schon ab heute nehmen kann. Ich hab sie doch so selten und in der nächsten Zeit muss ich einige Male auf Dienstreise."

Bettelnd schaute Fine sie an. „Dürfen wir, Mama? Wir haben auch schon unsere Taschen gepackt und die Schulranzen für die nächsten beiden Tage."

„Soso, habt ihr das?", erwiderte sie leise. Sophie warf einen Blick auf ihren Sohn Nils, der konzentriert in sein Heft schrieb. „Und du, Nils? Auch schon gepackt?"

Nils' Reaktion fiel etwas verhaltener aus als die seiner Schwester. Es hatte eine Zeit gegeben, in der er sich gar nicht mit seinem Vater verstanden hatte, aber zuletzt war es besser geworden und Sophie freute sich darüber. Immerhin würde Tobias, was immer auch geschehen würde, Nils' Vater bleiben.

„Ja, alles fertig."

„Na gut, meinetwegen fahrt ihr eben heute schon mit nach Rostock", erwiderte sie schließlich. Es brachte nichts, sich wegen eines Tages zu streiten, auch wenn alles mal wieder vollkommen anders vereinbart gewesen war.

„Wunderbar!" Tobias rieb sich zufrieden die Hände.

Sophie warf ihrem Ex einen Blick zu und deutete dann mit dem Kopf Richtung Tür. „Kommst du mal?"

Sie verließ das Haus und steuerte den Stall an, in dem ihre Großeltern früher Schafe und Schweine gehalten hatten. Obwohl diese Zeiten längst vorbei waren, hing der alte, vertraute Geruch noch immer in dem betagten Gemäuer und ließ bei Sophie so manches Mal Kindheitserinnerungen aufflackern. Da war das alte Plumpsklo gewesen, zu dem man nur kam, wenn man direkt an den Gehegen der Tiere vorbeigegangen war. Als kleines Mädchen hatte ihr das manchmal Angst gemacht, dieses freudige Gegrunze, wenn jemand den Stall betrat. Oder die Atemwölkchen, die an kalten Tagen in der Luft hingen, an denen es im Stall genauso eisig wie vor der Tür war. Hin und wieder hatte sich eine rosige Schnauze durch die alten Bretter gedrängt und sie hatte diese dann sanft mit einem Finger berührt. Irgendwann hatte Sophie sich an die Tiere gewöhnt. Doch schon damals war klar gewesen, dass aus ihr nie eine Bäuerin werden würde. Die schwere Arbeit, der Dreck, das Gefühl niemals Feierabend zu haben, waren nicht ihres gewesen. Zum Glück hatte Tobias das genauso gesehen und nach ihrem Einzug ins Haus nicht auch noch irgendwelche Viecher angeschafft.

Behutsam schloss sie die hölzerne Stalltür, lehnte sich an eines der Gehege und schaute Tobias an. Seine Gesichtszüge waren ihr immer noch vertraut und gleichzeitig war er ihr fremd geworden.

„Kannst du mir bitte mal verraten, was das bedeuten sollte? Ich meine diese kleine Familienszene in meiner Küche?"

Tobias holte Luft, öffnete den Mund und klappte ihn dann wieder zu. Reichlich verunsichert sah er sie an.

„Hat es dir die Sprache verschlagen, oder was?"

„Natürlich nicht. Hätte ich gewusst, dass du etwas dagegen hast, dass ich die Kinder heute schon hole, hätte ich …"

Sophie zog scharf die Luft ein und unterbrach Tobias damit. „Es geht doch nicht um die Kinder. Eher darum, dass du in deinem ehemaligen Heim werkelst, als würdest du hier immer noch wohnen. Du kochst dir Kaffee, weißt anscheinend, wo alles steht, und kennst dich in meinen Schränken bestens aus. Du kommst einfach vorbei und schaffst Tatsachen. Ich bin während meiner Arbeit nicht auf dem Mond. Du hättest mir eine kurze Nachricht schicken und mich fragen können."

„Das hätte ich tun können. Tut mir leid. Und wenn es dich stört, dass ich deinen Kaffee trinke, lasse ich das zukünftig."

Sophie lehnte sich an die Stallwand. „Herrgott, es geht auch nicht um Kaffee, sondern die Art und Weise, wie du agierst."

Tobias seufzte und begann, mit seiner Schuhspitze auf dem Boden herumzuscharren. In diesem Moment wirkte er wie ein kleiner Junge, der irgendetwas ausgefressen hatte und nun eine Standpauke erhielt, aber nicht wie der erfolgreiche Geschäftsmann, der mit Millionenaufträgen jonglierte und wichtige Entscheidungen treffen musste. „Ich hab es verstanden", erwiderte er leise.

„Gut, dann hätten wir das für die Zukunft geklärt." Sie zögerte kurz. „Wird Alexandra auch da sein?"

„Warum fragst du?"

Sophie zögerte. „Die Kinder sprachen bei ihren letzten Besuchen nicht mehr von ihr."

„Nein, sie ist nicht da, hat ein Seminar am anderen Ende Deutschlands. Alexandra kommt mit den Kindern noch nicht so richtig klar. Aber es wird schon werden."

„Das wird es, ich hoffe es zumindest sehr, denn sie ist die Frau an deiner Seite."

Tobias lachte nervös. „Sie ist halt ein wenig jünger und setzt andere Prioritäten. Alexandra ist nicht wie du, nicht so der Muttertyp."

Tausend Erwiderungen fielen ihr ein. Doch Sophie spürte, dass dieses Thema wie der Gang über eine sehr dünne Eisfläche war. Deswegen öffnete sie die Stalltür wieder und trat hinaus. „Die Kinder werden schon warten."

Nachdem das gesamte Gepäck im Auto verstaut war, gab sie Nils und Fine noch einen Kuss auf die Stirn. „Seid brav. Viel Spaß mit Papa und bis Sonntagabend."

Dann winkte sie dem Wagen hinterher, bis er vorn auf der Hauptstraße verschwunden war. Es war seltsam. Nach allem, was geschehen war und allem, was er ihr angetan hatte, tat Tobias ihr mittlerweile fast ein bisschen leid.

Kapitel 15

Elsa schlüpfte gleich nach der Ankunft in der Ferienwohnung in bequeme Leggins und einen Wollpullover. Dann kochte sie sich eine Kanne Früchtetee, kuschelte sich auf die Couch und schnappte sich ihren Laptop. Immer noch war der Himmel über dem Darß grau und lud nicht zu einem Strandspaziergang ein. Der Regen war stärker geworden und die Bäume vor ihrem Fenster bogen sich heftig. Es war beinahe schon ein Sturm, der übers Dach pfiff und die alten Balken ächzen ließ. Kurz schloss sie die Augen, ignorierte den leichten Schmerz in ihrem unteren Rücken und versuchte, sich zu entspannen. Nach einer Weile schaltete sie ihren Laptop an, um all die Nachrichten der letzten Tage zu lesen und zu beantworten. Es war still im Ferienhaus. Manuel Zachert schien unterwegs zu sein, denn der zweite Stellplatz war bei ihrer Heimkehr leer gewesen. Elsa genoss das Gefühl, das Haus ganz für sich allein zu haben.

Sie hatte kaum mit der Arbeit begonnen, da knallte draußen eine Autotür. Kurz darauf erklangen Schritte im unteren Flur und erstarben schließlich. Elsa spähte Richtung Fenster, über das Regenrinnsale liefen. Ob ihr Mitbewohner auch bei diesem Wetter eine Joggingrunde drehen würde? Doch es blieb still im Treppenhaus. Anscheinend zog es Manuel Zachert ebenfalls nicht nach draußen.

Die nächsten zwei Stunden arbeitete Elsa konzentriert durch. Es waren eine Menge Nachfragen der Kollegin eingegangen, die ihren Posten in Stuttgart übernommen hatte. Die Übergabe war wegen der Kurzfristigkeit von Elsas Aufbruch etwas überhastet geschehen und so gab es viele Dinge zu klären.

Als alle Nachrichten beantwortet waren, schaltete sie den Laptop aus und griff nach einem Schreibblock. Nach und nach begann Elsa sich Notizen zu machen über die heute gesammelten Erfahrungen. Viel zu kritisieren gab es nicht, im Gegenteil. Die Angestellten im *Godewind* arbeiteten mit einem hohen Maß an Selbstverantwortung und das schien sich zu bewähren. Da waren nur ein paar Kleinigkeiten, die sie natürlich erst zu einem späteren Zeitpunkt ansprechen würde.

Ein Klopfen an der Tür ließ Elsa aufschrecken. Da die Haustür immer verschlossen war, konnte nur eine Person draußen stehen – Manuel Zachert. Der gehörte zu den Menschen, die sie momentan am wenigsten sehen wollte. Doch nicht zu öffnen, wäre genauso albern gewesen. Also schob Elsa die Kuscheldecke zurück und durchquerte den Flur.

Ihr Konkurrent war inzwischen ebenfalls legerer gekleidet, hatte den grauen Anzug von heute Morgen abgelegt und gegen eine dunkle Jogginghose mit passendem Pullover getauscht. Seine Haare wirkten verwuschelt, so als hätte er gerade auf der Couch gelegen, genau wie sie. Trotz aller Konkurrenz blieb eine Feststellung – Manuel Zachert war ein attraktiver Mann.

„Entschuldigung, dass ich störe." Er lächelte und lehnte sich in den Türrahmen. „Hätten Sie mal ein paar Minuten für mich? Ich würde gern was mit Ihnen besprechen." Manuel Zachert spähte an ihr vorbei ins Innere der Wohnung.

Elsa hob abwehrend die Schultern. „Ich arbeite eigentlich gerade einige Mails auf, also …"

„Ach so, ich verstehe." Zerknirscht schaute er zu Boden und ließ einen Moment verstreichen.

Sie verfluchte sich, als sie sich selbst auf einmal sagen hörte: „Egal, kommen Sie rein."

„Das ist nett. Ich verspreche auch, mich möglichst kurz zu fassen."

Manuel Zachert lief Richtung Wohnzimmer und ließ sich dann in einen der Sessel fallen. „Sehr gemütlich hier oben, nicht wahr?" Neugierig schaute er sich um und musterte ihre Notizen auf dem Tisch. Elsa raffte sie hastig zusammen und schob sie in eine Mappe, die sie vorsichtshalber neben sich auf der Couch ablegte. „Besonders bei dem Mistwetter draußen. Ich habe beschlossen, meine Sportrunde ausfallen zu lassen." Er hob die Nase. „Ist das Früchtetee, den ich rieche?"

Elsa nickte knapp. „Wollen Sie einen?", fragte sie mehr aus Höflichkeit. Natürlich wollte er einen Tee, was für eine blöde Frage. Also holte sie eine weitere Tasse und schenkte ihm ein. „Was liegt denn nun an?"

Manuel Zachert schlug seine Beine übereinander, wippte mit dem Fuß und musterte sie prüfend. „Wie fanden Sie Ihren ersten Tag im Hotel?"

„Wunderbar, ich habe mich sehr wohlgefühlt und die Arbeit hat richtig Freude gemacht."

„Tatsächlich?" Er griff zur Tasse, nippte kurz und stellte sie dann wieder auf den Tisch. „Mmh, der ist wirklich lecker und sehr aromatisch."

„Sind Sie gekommen, um meinen Tee zu loben oder sich nach meinem Tag zu erkundigen?", fragte Elsa spöttisch.

„Natürlich nicht. Das heute Mittag, also ich meine, dass Sie mich im Büro angetroffen haben, war das später noch Thema?"

Ah, daher wehte der Wind. Elsa hob ahnungslos die Schultern. „Thema?"

Das verunsicherte Zachert endgültig. „Na ja, ich hatte das Gefühl, dass diese Sophie mich angesehen hat, als hätte ich gerade ein Verbrechen begangen", stammelte er. „Dabei wollte ich mir tatsächlich nur einen Schmierzettel holen, um einige Notizen zu machen. Dafür musste ich ein wenig suchen. Mehr war da nicht."

„Aha", erwiderte Elsa. Er log und ein leichter Schweißfilm trat auf seine Oberlippe. Das war unübersehbar.

Auf einmal beugte Manuel Zachert sich nach vorn und sah sie beschwörend an. „Ich habe das Gefühl, dass die Dinge zwischen uns beiden nicht optimal laufen. Wir sind Konkurrenten, das ist mir bewusst. Aber deswegen müssen wir doch nicht gegeneinander arbeiten. Wir könnten an einem Strang ziehen." Er zwinkerte verschmitzt.

„Ich habe nicht den Eindruck, dass wir gegeneinander arbeiten."

„Nicht? Okay." Er lehnte sich wieder nach hinten und legte seine Finger aneinander. „Ich hatte das Gefühl, als bestände zwischen Ihnen und mir eine Unstimmigkeit. Deswegen kam mir folgende Idee: Was halten Sie davon, wenn wir beide heute Abend zusammen Essen gehen. Ich lade Sie ein. Wir machen einfach einen Cut und beginnen noch einmal von vorn."

Elsa griff nach ihrem Teepott und leerte ihn langsam. Am liebsten hätte sie Zachert auf der Stelle einen Korb gegeben. Aber war das wirklich klug? Und wenn sie ihm wirklich eine Absage erteilte, musste eine möglichst plausible Ausrede her.

Da klingelte ihr Handy und auf dem Display tauchte eine unbekannte Nummer auf. Der Anruf erschien Elsa wie die Rettung in höchster Not und obwohl sie sich, normalerweise während Unterhaltungen nicht stören ließ, drückte sie diesmal erleichtert auf den grünen Hörer. „Elsa Torberg."

„Elsa? Hier ist Fiete, Fiete Oltkamps. Du weißt schon, der Stegbesitzer."

„Fiete", antwortete sie lächelnd. „Natürlich, toll, dass du anrufst!" Sie merkte selbst, dass es etwas übertrieben klang, doch Elsa war jedes Mittel recht, um Zeit zu gewinnen.

„Ich hoffe, ich störe nicht", fügte Fiete zögernd an.

„Nein, ganz und gar nicht", plauderte Elsa munter weiter, lehnte sich zurück und beobachtete Manuel Zachert aus den Augenwinkeln. „Geht es um heute Abend?" Da war auf einmal diese spontane Eingebung gewesen und Elsa setzte sie auf der Stelle um. Natürlich würde sie Fiete später aufklären müssen, aber das dürfte kein Problem sein.

„Um heute Abend?", fragte der sichtlich verwirrt. „Ähm."

„Ach wirklich?" Schnell sprach Elsa weiter, bevor Zachert Lunte roch. „Du kommst mich also gegen sieben abholen? Das ist perfekt. Ich freue mich sehr, dass es klappt."

„Tue ich das?" Fiete wirkte reichlich unsicher. „Nun, wenn du meinst, sieben ist in Ordnung. Das schaffe ich. Aber woher weißt du, dass ich dich …"

„Das entscheiden wir einfach spontan", erwiderte Elsa gelassen, wippte mit ihrem Fuß und beobachtete, wie Zacherts Mund zu einem schmalen Strich wurde. „Ich vertraue da ganz deinen Empfehlungen. Immerhin bist du ein Ahrenshooper und kennst dich aus."

„Okay. Dann bis später."

„Ja, bis später. Und Fiete, ich freue mich, dich zu sehen." War das zu dick aufgetragen? Ach egal, Fiete würde es verkraften. Mit einem kleinen Lächeln auf den Lippen legte Elsa auf und schaute Manuel Zachert an. „Entschuldigung, aber wo waren wir stehen geblieben?" Sie krauste kurz ihre Stirn. „Ach ja, jetzt fällt es mir wieder ein. Sie wollten mich zum Essen einladen. Tut mir leid, aber wie Sie sicher hörten, bin ich schon verabredet."

„Ich hörte es." Zachert räusperte sich. „Fiete, das klingt irgendwie norddeutsch. Sagen Sie bloß, Sie haben schon erste Bekanntschaften in Ahrenshoop geschlossen?"

„Es hat sich so ergeben. Die Leute hier sind wirklich sehr nett und aufgeschlossen."

„Finden Sie?" Auf seiner Stirn bildete sich eine steile Falte. „Ich halte sie eher für verschlossen und muffelig." Unschlüssig sah Zachert sie an, erhob sich schließlich und deutete Richtung Tür. „Na, da will ich Sie wirklich nicht länger aufhalten."

„Kein Problem." Elsa winkte ab. „War sonst noch etwas? Ich meine, außer Ihrer Einladung? Sie meinten, wir sollten uns zusammentun?"

„Ach das, das hat sich erledigt", sagte er schnell. „Na, dann wünsche ich Ihnen einen schönen Abend und viel Spaß mit Fiete."

„Danke, den werde ich haben." Elsa brachte ihren Mitbewohner zur Tür und schloss sie hinter ihm mit einem leichten Knall. Einen Moment lehnte sie sich an die Wand und rang nach Luft. Hätte sie sich nichts anderes einfallen lassen können? Es gab doch nun wirklich tausend Ausreden, um eine Essenseinladung abzulehnen, und sie spannte ausgerechnet Fiete Oltkamps vor ihren Karren. Nun musste sie das Missverständnis so schnell wie möglich aufklären.

Elsa schnappte sich ihr Handy und wählte die unbekannte Nummer. Gleich nach dem ersten Klingeln ging Fiete ran.

„Hallo Fiete, hier ist noch mal Elsa."

„Elsa, ja."

„Wegen unseres Telefonats gerade, ich, also … Es tut mir leid, ich hatte Besuch, der mich zum Essen einladen wollte. Und irgendwie fiel mir keine Ausrede ein, und dann riefst du an und auf einmal haben sich die Dinge verselbstständigt."

„Haben sie das?" Fiete lachte auf. „Dann war ich also nur eine Ausrede?"

„O Gott, nein!", erwiderte Elsa. „So hab ich das doch nicht gemeint."

„Du willst mir doch hoffentlich keinen Korb für heute Abend geben? Denn Punkt sieben stehe ich vor deiner Tür und hole dich ab."

„Was? Aber das war doch nur einfach so gesagt. Das musst du nicht, wirklich. Ich kann doch von dir nicht erwarten, dass du …"

„Es gibt Schlimmeres, als mit dir essen zu gehen." Erneut lachte Fiete durchs Telefon. „Es wird mir eine Freude sein. Lass mich raten: Bestimmt wollte dich dein überheblicher Mitbewohner einladen."

„Stimmt", gab sie zu.

„Dann haben wir erst recht heute Abend eine Verabredung. Dieser Zachert wird nämlich garantiert auf der Lauer liegen, um zu kontrollieren, ob du die Wahrheit gesagt hast."

Das hatte Elsa noch gar nicht bedacht. „Bedeutet das, du willst wirklich mit mir essen gehen?"

„Unbedingt."

Elsas Herz klopfte ein wenig schneller. „Aber du musst nicht, ich meine, wenn du etwas anderes vorhast."

„Mach dir darüber keine Gedanken. Bis später. Und Elsa, ich freue mich wirklich auf den Abend."

„Ich mich auch", gab sie zu. Gerade noch rechtzeitig, bevor in der Leitung ein Tuten ertönte. Erst dann fiel Elsa ein, dass sie Fiete gar nicht nach dem eigentlichen Grund seines Anrufes gefragt hatte und woher er ihre Nummer hatte. Doch in einer knappen Stunde würde sie es erfahren.

Hastig begutachtete Elsa den Inhalt ihres Kleiderschrankes. Auf Verabredungen war sie nicht eingestellt. Aber dafür gab es ja auch keine spezielle Kleiderordnung. Und so entschied sie sich angesichts des regnerischen Wetters für eine lange Hose und einen etwas wärmeren dunkelblauen Pullover, der ihre blonden Haare perfekt betonte. Sie legte ein wenig Make-up auf und zauberte einen Hauch Rot auf ihre Lippen. Dann wand sie ihre Haare schnell zu einem lockeren Knoten und schon war sie fertig. Keine Sekunde zu früh, denn in diesem Moment vernahm sie vor dem Haus ein Motorengeräusch. Gleich darauf schellte die Klingel in ihrem Flur.

„Ich komme", rief Elsa in die Sprechanlage, schlüpfte in bequeme Schuhe, griff Tuch und Jacke und eilte die Treppe herunter.

Fiete wartete unter dem kleinen Vordach vor der Haustür. Er trug einen schmalen Mantel aus Filz, dunkelgraue Hosen und einen blauen Pullover. Er wirkte verändert im Vergleich zum letzten Mal. Doch noch ehe Elsa weiter darüber nachdenken konnte, beugte er sich vor und küsste sie auf die Wange. Es war eine freundschaftliche Geste, so wie sich Menschen auf der ganzen Welt nun einmal begrüßten. Und trotzdem ließen die Berührung und das leichte Kitzeln seines Bartes ihr Herz schneller schlagen. War das ein Rendezvous? Elsa schob diesen Gedanken auf der Stelle wieder von sich. Fiete war einfach nur freundlich und ließ ihre kleine Notlüge damit zur Wahrheit werden.

„Wir werden beobachtet", raunte Fiete ihr zu, ergriff ihre Hand und zog sie zu seinem Geländewagen. Zuvorkommend öffnete er ihr die Tür und Elsa schlüpfte ins Innere des Autos. Sekunden später schob Fiete sich auf den Fahrersitz und grinste verschmitzt. „Schau mal, unten am Küchenfenster." Möglichst unauffällig schielte sie in die entsprechende Richtung und sah tatsächlich einen dunklen Schatten hinter der Scheibe stehen. „Ich glaube, das haben wir gut hinbekommen. Diesem Zachert sind bestimmt die Augen rausgefallen."

„Das glaub ich auch", erwiderte Elsa und allmählich beruhigte sich ihr Herz wieder. „Danke, dass du mich gerettet hast. Als Dankeschön werde ich das heutige Abendessen bezahlen. Immerhin hab ich uns die Sache eingebrockt."

Fiete stützte sich einen Moment auf seinem Lenkrad ab und schüttelte dann den Kopf. „Ich glaube, du hast eine vollkommen falsche Vorstellung, was die kommenden Stunden für mich bedeuten. Ich gehe mit einer sehr attraktiven Frau essen und werde vermutlich schrecklich unbeholfen sein, weil ich aus der Übung bin und mir die Gesprächsthemen für lockere Plaudereien fehlen. Es ist also kein Zahnarzttermin, der vor mir liegt. Du darfst übrigens dreimal raten, warum ich dich angerufen habe: Ich wollte dir vorschlagen, dass wir beiden mal zusammen essen gehen. Deswegen hab ich sogar Sophie um deine Nummer gebeten. Unter einem falschen Vorwand, also verpetz mich nicht."

Nun war Elsa es, die lachen musste. „Ich verpetz dich nicht. Und ich freue mich sehr auf heute Abend."

„Na also." Er ließ den Motor an. „Dann wäre das ja geklärt."

Sie fuhren nicht weit, gerade mal fünf Minuten. Dann parkte Fiete das Auto schon wieder und sie standen gegenüber eines großen Hotels und im Schatten der Dünen. Der Regen hatte inzwischen aufgehört und es erschien Elsa, als würde sich draußen über dem Meer ein Hauch von Abendsonne zeigen. Fasziniert betrachtete sie den Himmel.

„Das ist der Darß, da weiß man nie, was einen erwartet. Auf Sonnenschein folgt Regen und so manch trüber Tag wird am Abend noch wunderschön", sagte Fiete.

Regentropfen schimmerten an den Halmen des Dünengrases und Wolken spiegelten sich in den Pfützen des Gehwegs. Die Natur wirkte wie blank geputzt und die Luft war wunderbar frisch. Langsam schlenderten sie die Hauptstraße entlang, die dem natürlichen Verlauf der Küste folgte. Nach wenigen Metern erreichten sie ein Haus, in dem Lampen in den Fenstern standen und einen warmen Schein auf die Straße warfen.

„Ich hoffe, du stehst auf deftiges Essen. Hier gibt es hervorragende Matjes und die allerbeste Currywurst der ganzen Welt. Vielleicht auch gute Salate, aber die hab ich noch nie gegessen", gestand Fiete.

„Matjes und Currywurst klingen ganz wunderbar", erwiderte Elsa. Sie hatte schon immer ein Faible für gute Hausmannskost gehabt, auch wenn sie ab und zu gerne einen Salat aß. *Haus Nordlicht* stand über der Tür und ihr gefiel der Name. Der eigentliche Gastraum war winzig. Zum Glück gab es draußen eine große Terrasse, die in den Sommermonaten bestimmt immer gut gefüllt war. Heute Abend lag sie verwaist da und die Tische und Stühle waren zusammengeschoben und von Regentropfen überzogen.

Trotz oder gerade wegen der wenigen Tische war *Haus Nordlicht* gut besucht und Stimmengewirr schallte ihnen entgegen. Elsa fühlte sich auf der Stelle wohl. Die Einrichtung war rustikal und maritim. Essensgerüche erfüllten den Raum. Eine blonde Frau mit Pferdeschwanz stand hinter dem Tresen und kam auf sie zu, als sie Fiete erspähte.

„Fiete! Ich hab mich riesig gefreut, als du vorhin angerufen hast."

„Tina." Er umarmte die Frau herzlich. „Und ich mich, dass du noch einen Tisch für uns hast. Das ist übrigens Elsa. Sie arbeitet gerade auf Probe im *Godewind* und vielleicht wird Ahrenshoop ihr neues Zuhause."

Die beiden Frauen gaben sich die Hand und Elsa entging nicht, dass sie gemustert wurde. Dann deutete Tina auf einen schmalen Tisch, der eigentlich mehr ein Teil des lang gezogenen Tresens war. „Ein anderes Plätzchen hab ich leider nicht mehr."

Fiete winkte ab. „Kein Thema." Er half Elsa aus der Jacke und zusammen quetschten sie sich auf die schmale Bank. „Ist das okay für dich?"

Sie nickte. „Mehr als okay. Eine richtig urige Gaststätte." Neugierig sah sie sich um und begegnete irgendwann Fietes Blick.

„Ich glaube, wenn Veronika die richtige Entscheidung trifft und dich engagiert, dass du binnen kurzer Zeit eine von uns wirst."

„Wie kommst du denn darauf?"

„Keine Ahnung, es ist so ein Gefühl und wenn ich mich auf etwas verlassen kann, dann auf mein Inneres. Das sagt mir zum Beispiel, wann es sich lohnt, mit dem Boot zum Fischen rauszufahren und wann ich lieber im Hafen bleiben soll." Fietes Augen zwinkerten.

„Das klingt mir jetzt aber nach reichlich Seemannsgarn", erwiderte sie lachend.

„Ich schwöre", sagte Fiete und hob zwei Finger. Dann wurde er wieder ernst. „Ich glaube dennoch, dass du gut hierher passt."

Elsa wiegte ihren Kopf. „Ja, vielleicht. Aber vorher muss ich die Stelle erst mal kriegen."

„Ich könnte bei Veronika ein gutes Wort für dich einlegen. Also, wenn sie wieder daheim ist, natürlich. Wir kennen uns schon viele Jahre."

Abwehrend hob Elsa die Hände. „Bitte nicht. Ich will durch Leistung überzeugen und nicht durch gute Worte." Dann wandte sie sich der Speisekarte zu, die Tina ihnen gerade über den Tisch geschoben hatte. War sie zu hart zu Fiete gewesen?

Doch er nickte zustimmend und meinte: „Finde ich gut, deine Einstellung. Du wirst dir eh den Job holen." Seine Augen leuchteten.

„Ich weiß schon, dein Bauchgefühl." Elsa blätterte auf die nächste Seite. „Was ist eigentlich geschehen zwischen dir und Manuel Zachert. Du hast nicht die beste Meinung von ihm."

Fiete schenkte der Speisekarte keine Beachtung. Vermutlich wusste er bereits, was er essen wollte. „Wir sind aneinandergeraten und hatten eine kleine Diskussion. Ich hasse es, wenn Menschen sich benehmen, als wären sie etwas Besseres, nur weil das Gegenüber einen Arbeitsanzug trägt." Damit schien das Thema für ihn erledigt zu sein. „Hast du dir schon ein Gericht ausgesucht?"

Elsa seufzte. „Es klingt alles verführerisch und für Currywurst könnte ich nach so manchen Arbeitstagen töten. Aber wenn ich schon mal am Meer bin, entscheide ich mich für Fisch und esse die Matjes."

„Sehr gute Wahl. Außerdem bist du noch eine ganze Weile in Ahrenshoop. Wir können also noch einige Male essen gehen und die ganze Speisekarte durchprobieren." Fiete hielt inne und lächelte. „Also, natürlich nur, wenn du willst."

„Schauen wir mal", erwiderte Elsa, die sich in der Gegenwart ihres norddeutschen Begleiters sehr wohl fühlte. Fiete war ein bodenständiger Typ. In vielen seiner Worte schwang ein unterschwelliger Humor mit, einer der etwas trockenen Art. Das mochte Elsa.

In den nächsten zwei Stunden schwelgten Elsa und Fiete in leckerem Essen, kombiniert mit nordisch herbem Bier. Er trank ausschließlich die alkoholfreie Variante. Die Matjes waren absolut köstlich und zergingen praktisch auf der Zunge und die Bratkartoffeln schmeckten wie bei Elsas Großmutter, die schon lange nicht mehr lebte. Zu späterer Stunde verabschiedeten sich beide von Tina, die mit Elsa zwar gesprochen, sie aber auch immer wieder verstohlen beobachtet hatte. Elsa amüsierte das ein bisschen, schien doch bewertet worden zu sein, ob sie für Fiete die geeignete Begleitung war.

Vor der Tür empfing sie kühle Abendluft und vertrieb den leichten Schwips, der sich nach zwei Gläsern Bier in Elsas Kopf geschlichen hatte. Sie schlenderten zum Strandübergang, der nur wenige Schritte vom Lokal entfernt lag.

„Wollen wir noch einen kleinen Blick aufs Meer riskieren?", fragte Fiete, dessen Gesicht von einer Straßenlampe spärlich erhellt wurde.

„Gerne."

Sie erklommen den Hang, stapften durch den losen Sand und erreichten schließlich den Dünenkamm. Fiete blieb stehen und seufzte. „Meine Heimat. Unvorstellbar für mich, woanders zu leben."

Elsa schluckte. „Das hab ich auch immer gedacht", erwiderte sie leise. „Aber manchmal hat das Leben einen anderen Plan."

Hastig ergriff Fiete ihre Hand. „Entschuldige, das hätte ich nicht sagen dürfen. Das war wirklich dumm. Natürlich weiß man nie, wo einen der Wind hin weht. Und wenn es an einen anderen Ort ist, dann sollte man das Beste draus machen."

„Das hab ich mir vorgenommen." Elsa musterte den Horizont. Kleine Lichter von vorbeifahrenden Schiffen blinkten auf und verschwanden wieder. Als Kind hatte sie immer gedacht, am Horizont wäre die Erde zu Ende und die Schiffe würden einfach in einen Abgrund stürzen. „Ein schöner Platz. Der kommt auf meine Liste der Lieblingsplätze."

„Du hast eine Liste mit Lieblingsplätzen?" Überrascht schaute Fiete sie an. „Die hab ich auch."

„Wirklich? Immer wenn ich an einem neuen Ort bin, und sei es auch nur für einige Tage Urlaub, versuche ich Lieblingsplätze zu finden. Die können besonders schön sein oder eine ganz besondere Energie haben."

Sie sah Fiete zustimmend nicken. „Genauso mache ich es auch. Dann komme ich immer wieder dorthin und manchmal reichen nur wenige Sekunden, um wieder neue Kraft oder Hoffnung zu finden. Und dann gibt es noch einen ganz besonderen Platz, der über allem steht."

Konnte er in ihr Inneres sehen? Elsa fühlte sich von seinen Worten berührt, tief in ihrem Herzen. „Das stimmt. Ich hab meinen hier in Ahrenshoop übrigens schon gefunden, also diesen besonderen Platz."

„Ehrlich? Das ging ja schnell."

„Ja", stimmte sie ihm lachend zu. „Er ist auf deinem Steg. Diese Bank, das Schilf, der Bodden – einfach magisch."

„Ich muss schon sagen, du hast einen guten Geschmack."

„Und dein Lieblingsplatz?", fragte Elsa. Augenblicklich merkte sie, wie Fiete sich versteifte. Er ließ sogar ihre Hand los und trat einen Schritt zur Seite. „Entschuldige, ich wollte nicht neugierig sein. Lieblingsplätze sind dafür da, dass man sie für sich behält."

Mit einer dummen Bemerkung hatte sie diesen schönen Moment zerstört. So kam es ihr zumindest vor.

Fiete schwieg. Seine Gestalt zeichnete sich nur schemenhaft vor dem nachtschwarzen Himmel ab. Doch auf einmal wandte er sich ihr wieder zu. „Alles gut. Ja, ich habe auch einen besonderen Platz. Aber er liegt nicht am Meer. So mancher wäre vermutlich erschrocken, über die Stelle, die mir besonders am Herzen liegt." Schmerz schwang in seinen Worten mit.

„Es tut mir leid …", unterbrach Elsa ihn noch einmal.

„Das muss es nicht. Es war eine ganz normale Frage." Er stöhnte und vergrub die Hände in seinen Manteltaschen. „Weißt du, was total verrückt ist? Ich würde dir meinen Lieblingsplatz gerne zeigen. Doch ich hab Angst davor, was danach geschieht, was du dann von mir denkst."

Elsa schluckte. Ihr Atem ging schwer und das lag nicht an ihrer üblichen Luftnot. „Und was wäre, wenn du es einfach versuchst? Natürlich nur, wenn du magst. Und dann schauen wir, was geschieht."

Nach einer kleinen Ewigkeit nickte Fiete zustimmend. „Klingt nach einem guten Plan. Also komm, jetzt sofort. Sonst verlässt mich bestimmt wieder mein Mut."

Erneut ergriff er ihre Hand und zog sie mit sich. Elsa stolperte ein wenig unbeholfen durch den losen Sand, bis ihre Schritte sich aneinander anpassten. Dann erreichten ihre Füße festen Boden und es lief sich leichter. Gemeinsam überquerten sie die Hauptstraße, die inzwischen menschen- und autoleer war. Nur in einigen wenigen Fenstern leuchteten Lampen. Fiete schlug einen schmalen Weg ein, der von Büschen begrenzt war. An einer Abzweigung ging es weiter geradeaus. Da tauchte ein großes, dunkles Gebäude vor ihnen auf. Elsa konnte es zunächst nicht erkennen. Erst nach und nach erfasste sie, wo sie sich befanden. Auf der vorderen Spitze des Daches sah sie ein Kreuz, das sich in den Himmel reckte. Vor ihnen lag die Kirche von Ahrenshoop.

Kapitel 16

Nachdem Sophie die Küche aufgeräumt hatte, ging sie nach oben in die Zimmer der Kinder und kontrollierte noch einmal, ob sie wirklich alles eingepackt hatten. Dann nutzte sie die Gelegenheit, um auch hier ein wenig Ordnung zu schaffen – ganz ohne Drama. Besonders Fine wehrte sich nämlich immer strikt dagegen, ihre Spielsachen auszusortieren oder den Stapel mit den selbst gemalten Bildern etwas zu reduzieren. Auch ihr selbst fiel das nicht leicht, denn sie hätte am liebsten alles behalten, was Fine und Nils anfertigten, weil sie so das Gefühl hatte, ihre Kindheit noch ein bisschen festhalten zu können. Beide wuchsen so schrecklich schnell und sie musste oft an die Worte ihrer Oma denken, die das auch immer gesagt hatte. „Mensch Lütte, hör doch mal auf, größer zu werden. Bald bist du nicht mehr meine kleine Lütte." Sophie hatte dann gelacht, war es ihr doch mit dem Wachsen nie schnell genug gegangen.

Als sie im Obergeschoss fertig war, holte sie sich eine dicke Jacke aus der winzigen Kammer gleich neben dem Eingang, schlüpfte in ihre alten Gummistiefel und ging zum Schuppen, in dem sie ihre Gartengeräte aufbewahrte. Sie marschierte durch ihren Garten bis ganz ans hintere Ende, wo einige Birken wuchsen. Es gab kleinere und größere Exemplare. Sophie wandte sich denen zu, deren Zweige sie gut erreichen konnte und suchte die Passenden für ihren Osterstrauß aus. Stark mussten sie sein und nicht zu biegsam. Regentropfen schimmerten an den Ästen und dazwischen lugten bereits die ersten grünen Spitzen hervor. Der Frühling kam mit aller Macht, der Jahreslauf ließ sich nicht aufhalten.

Auf dem Weg zurück schüttelte Sophie die Zweige behutsam, um die Nässe zu entfernen, und legte sie dann auf den rustikalen Tisch, der auf ihrer Terrasse stand. In aller Ruhe drapierte sie die Zweige in ihre Bodenvase, schaffte diese ins Innere des Hauses und stellte sie im Wohnzimmer neben dem Kamin auf. Die zwei großen Pappschachteln mit bunten Eiern und Hasen hatte sie schon bereitgelegt.

Sichtlich zufrieden trat sie eine Viertelstunde später ein paar Schritte zurück und betrachtete ihr Werk. Da klingelte ihr Handy und Lars' Gesicht leuchtete ihr auf dem Display entgegen. Sophie drückte die grüne Taste und ließ sich auf den Sessel neben dem Fenster sinken.

„Na?", erklang seine Stimme. „Was machst du gerade?"

„Tobias hat die Kinder heute schon geholt und ich bin allein."

„Heute schon? War das nicht eigentlich für morgen geplant?"

„Ja, doch er saß in meiner Küche und Fine hat gebettelt und da hab ich zugestimmt."

Lars lachte. „Wenn die Kinder sich freuen und er sich auch, warum nicht. Auf den einen Tag kommt es nicht an. Also liegst du faul auf der Couch und verzehrst dich voller Sehnsucht nach mir."

„Von wegen, ich habe einige Zweige geholt und sie mit Ostersachen geschmückt. Und du? Was machst du gerade?"

„Wir haben eine kleine Pause und ich hab sie genutzt, um mal vor die Tür zu gehen und dich anzurufen. Wie war dein Tag?"

„Erst du. Erzähl! Wie läuft es? Ist dein Auftraggeber zufrieden?"

„Womit wir gleich beim Thema wären", sagte Lars kleinlaut. „Ich wünschte, es wäre so. Ich hab nämlich eine schlechte Nachricht für dich. Ich musste meinen Flug verschieben, es wird nichts mit unserem Wiedersehen am Sonntag. Vermutlich komme ich erst am Dienstag nach Hause. Es stehen noch weitere Termine an und es ist besser, mit allen Beteiligten persönlich zu sprechen."

Er klang dermaßen deprimiert, dass Sophie ihren eigenen Kummer hinunterschluckte. Tapfer sagte sie: „Ach, nun lass den Kopf nicht hängen. Was ist denn los?"

„Mein Auftraggeber wünscht weitere Änderungen. Er ist ein ziemlich penibler Typ. Aber wenn er mit meiner Arbeit zufrieden ist, und die Tendenz ist durchaus gegeben, entstehen Folgeaufträge bis Ende des nächsten Jahres und vielleicht noch weiter."

„Das sind doch gute Nachrichten."

„Ich vermiss dich dennoch schrecklich."

Sophie ging es ebenso. Wie konnte man einen Menschen nur so lieben? War das normal oder lag es doch daran, dass sie sich erst ein paar Monate kannten. „Ich dich auch", flüsterte sie.

„Aber nun du. Was machen die Arbeit und das Hotel?"

„Ich hatte heute die Ehre, mit einer der beiden Kandidaten für den Chefposten zusammenzuarbeiten, Elsa Torberg. Sie wollte zuerst in den Service."

„Und? Wie ist sie so?", fragte Lars.

„Sehr sympathisch. Ich glaube, sie würde perfekt ins *Godewind* passen. Auf jeden Fall besser als dieser Zachert", erwiderte Sophie.

„Du meinst den, der heute Morgen mit Denise auf dem Flughafen gesprochen hat?"

„Genau den."

„Denise saß im Flieger übrigens zwei Reihen vor mir. Sie tat erst so, als hätte sie mich nicht gesehen und ich hab natürlich keine Anstalten gemacht, das zu ändern. Aber als wir dann gemeinsam in Köln auf unser Gepäck gewartet haben, sind wir doch ins Gespräch gekommen. Alles andere wäre auch albern gewesen, immerhin kennen wir uns."

Sophie richtete sich auf. „Und was hat sie gesagt? Etwas über ihre Pläne? Wo wollte sie hin?" Die Anspannung war ihr anzuhören.

„Nein, nichts Konkretes. Sie war sehr zurückhaltend, hielt sich bedeckt. Denise sprach von einem Termin, den sie mit einer Firma habe wegen einer neuen Stelle. Und dann sagte sie noch, wie sehr sie es bedauere, den Darß verlassen zu müssen. Ganz ehrlich? Du weißt, ich bin kein Fan von ihr, doch ich glaube, das entsprach der Wahrheit. Da war sogar eine Träne in ihrem Auge."

„Sie hat sich sehr bemüht, zumindest anfangs und dann stark nachgelassen. Da waren so viele kleine Fehler. Das konnte Veronika auf Dauer nicht ignorieren. Und dass sie sich mit Zachert getroffen hat, ist für mich ebenfalls kein gutes Zeichen."

„Dazu hat sie auch noch etwas gesagt, also zu den Fehlern. Denise meinte, man habe sie für etwas verdächtigt, womit sie nichts zu tun hatte. Nicht mal ihre eigene Mutter habe ihr geglaubt. Ich habe nachgefragt, doch dann machte sie dicht." Lars machte eine kurze Pause. „Wie ist er denn so, dieser Manuel Zachert?"

Sophie musterte ihren bunten Strauß eine ganze Weile und dachte nach. „Ich weiß nicht. Ich traue ihm nicht über den Weg. Er führt etwas im Schilde, da bin ich mir sicher, und das kann nichts Gutes sein."

Kapitel 17

Mit einem Ruck blieb Elsa stehen. Immer noch starrte sie das dunkle Gebäude vor sich an.

„Denkst du, wir wollen in die Kirche gehen?" Sanft wehte Fietes Stimme an ihr Ohr. „Die ist um diese Zeit verschlossen. Unsere Pastorin ist da sehr pingelig."

Verwirrt sah sie ihn an.

„Ich befürchte, es ist noch ein bisschen schlimmer als die Kirche. Vertraust du mir?"

Was war das für eine Frage? Vertraute sie ihm? Sie kannten sich nicht. Doch die Antwort war schlagartig da – ja, sie vertraute Fiete, und zwar auf ganzer Linie. Elsa wurde auf einmal klar, dass sie mit ihm überall hingegangen wäre, so seltsam es im ersten Moment auch wirken würde.

„Ich vertraue dir." Ihre Stimme war nur ein Hauch.

„Dann komm."

Sie passierten die Kirche und liefen auf einem schmalen Pfad weiter. Nasses Gras durchweichte die Spitzen von Elsas Sneakers. Schließlich erreichten sie ein schemenhaft erkennbares Tor. Fiete schob einen Riegel nach oben und es quietschte leise. Er schien diesen Ort wie seine Westentasche zu kennen. Auf Elsa dagegen wirkte es, als würde die Nacht um sie herum mit jeder Sekunde schwärzer werden.

„Das Beste ist, du nimmst meine Hand. Die Wege hier sind etwas schmal und es gibt Steine und Wurzeln."

Schmale Wege – während sie ihm folgte, versuchte sie die Dunkelheit zu durchdringen. Was war das hier? *Komm schon Elsa, du weißt genau, wo du bist.* Da sah sie auch schon den ersten

Grabstein ein wenig schief unter einem Baum stehen. Allmählich gewöhnten sich ihre Augen an die Lichtverhältnisse.

Du meine Güte! Es gab keinen Zweifel – Fiete lief mit ihr über einen Friedhof. Warum machte er das? Er wollte ihr seinen Lieblingsplatz zeigen. Und der sollte hier sein?

Es ging einen kleinen Hügel hinauf. Elsa stolperte über eine Wurzel, doch Fiete hielt sie sicher an seiner Hand. Er schien jeden einzelnen Schritt exakt zu setzen, so als wäre er hier schon hunderte Male in der Dunkelheit entlanggegangen. Schließlich erreichten sie eine Art Lichtung, in deren Mitte eine Grabstelle lag. Auch hier in Ahrenshoop gähnten zwischen den Gräbern viele Lücken, wie wohl auf den meisten kleineren Friedhöfen in Deutschland.

Manchmal besuchte Elsa auch die Grabstätte ihrer Familie in Stuttgart. Sie lag inzwischen reichlich verloren an der Friedhofsmauer. Zu beiden Seiten waren Grabstellen verschwunden, an die sie sich gut erinnern konnte, denn in ihrer Kindheit waren sie noch da gewesen. Nun wuchs dort Gras, das ab und zu gemäht wurde. Nur einige sehr alte Steine hatte man stehen lassen. Versonnen las Elsa dann immer die Inschriften und betrachtete den Engel, den ihr Vater vor einigen Jahren hatte errichten lassen und der die Züge ihrer Mutter tragen sollte. In Elsas Erinnerungen sah ihre Mutter vollkommen anders aus, aber das behielt sie für sich. Sie ließ ihrem Vater seine eigene Trauer.

Auch auf dem vor ihr liegenden Grab stand ein Engel. Er war aus hellem Marmor und streckte eine Hand flehend nach vorn, als würde er die vorbeikommenden Besucher einladen, näher zu treten. Fiete ging darauf zu und ließ dafür ihre Hand los. Augenblicklich fühlte Elsa sich seltsam verlassen, obwohl er doch direkt neben ihr stand.

Stumm musterte Fiete die Grabstätte, bückte sich dann und rückte einen Blumenstrauß gerade, der in einer Vase vor dem Stein stand. „Ich vermute, du hast einen anderen Lieblingsplatz erwartet", sagte er mit heiserer Stimme und stopfte die Hände in seine Jackentasche. „Ich kann es dir nicht verdenken."

Elsa suchte nach der passenden Erwiderung, doch da waren keine Worte. Instinktiv wusste sie, dass es auch keine brauchte. Manchmal musste man einfach nur zuhören.

„Ich komme oft hierher." Fiete zögerte kurz. „Nein, das stimmt nicht. In letzter Zeit wird es weniger. Anfangs bin ich jeden Tag hergekommen, mehrfach, auch nachts. Ich dachte, ich finde hier Antworten oder Trost. Aber es gibt keinen Trost und schon gar nicht an diesem Grab."

Elsa räusperte sich. „Wer …"

„Du meinst, wer hier begraben liegt? Meine Frau Marit. Sie starb vor sechs Jahren bei einem Autounfall." Fiete stockte kurz und strich sich durch die Haare. „Ein betrunkener Fahrer verlor die Kontrolle und stieß frontal mit ihrem Wagen zusammen. Sie war auf der Stelle tot. Einfach so, von jetzt auf gleich. Das hab ich anfangs nicht verstanden. Sie wollte nur mal schnell auf einen Sprung zu einer Freundin, aber sie kam nie mehr zurück. Stattdessen waren da Leere, Trauer und Kummer." Er schaute Richtung Himmel. „Dennoch ist dies mein Lieblingsplatz. Ich sitze dann auf dieser Bank dort drüben und erzähle Marit von meinem Tag. Das hab ich früher oft gemacht, am Abendbrottisch. Es war unser kleines Ritual."

Elsa fühlte seinen Schmerz beinahe körperlich. Locker hing seine Hand herab und sie musste sie einfach ergreifen und drücken.

„Bevor ich dich abgeholt habe, war ich auch hier und hab Marit kurz erzählt, dass ich mit einer Frau essen gehen werde. Also eigentlich mit einer Frau, die mich nur als Ausrede benutzt hat, um sich vor einer anderen Verabredung zu drücken. Aber Essen bleibt Essen."

Sie spürte, wie der Druck seiner Hand fester wurde. „Und? Was hat Marit gemeint?" Was für eine doofe Frage. Das hätte sie nicht sagen sollen.

Doch Fiete lächelte. „Sie hat nicht geantwortet, logisch irgendwie. Sie ist nämlich nicht hier." Er zeigte auf das Grab. Dann legte er die Hand auf seine Brust. „Sie ist hier."

Elsa sah ihm ins Gesicht. „Und dort wird sie für immer bleiben."

„Ich weiß. Dieses Abendessen, das ist die erste Verabredung seit damals. Ich bin zum Eigenbrötler geworden. Deswegen liebe ich auch mein altes Boot. Damit kann ich allein auf den Bodden fahren und muss mit niemandem sprechen. Ich hoffe trotzdem, ich hab mich gut geschlagen heute Abend."

„Ich hab mich wohlgefühlt. So wohl, wie schon lange nicht mehr", erwiderte Elsa.

Fiete wandte ihr sein Gesicht zu. Dann hob er die Hand, als wolle er sie an der Wange berühren, doch einen Moment später senkte er sie wieder. „Ist dir kalt?"

„Ein wenig."

Fiete schüttelte den Kopf. „Da siehst du mal, wie sehr ich aus der Übung bin. Renne mit dir mitten in der Nacht in eisiger Kälte auf dem Friedhof rum und klage dir die ganze Zeit nur mein Leid."

Elsa legte ihren Finger auf seine Lippen. „Pscht, alles ist gut und genau richtig, so wie es ist."

Dann standen sie nebeneinander vor Marits Grab und betrachteten den Engel, der im Licht des Mondes schwach leuchtete. Etwas flog durch die Baumwipfel und gleich darauf erklang der klagende Ruf eines Käuzchens. Eigentlich eine gespenstige Szenerie. Doch Elsa fühlte sich sicher und geborgen, während Fiete immer noch ihre Hand umschloss und ihr so Wärme spendete.

Am nächsten Morgen erreichte Elsa das *Godewind* noch vor Sophie. In aller Herrgottsfrühe hatte es sie aus dem Bett getrieben. Sie hatte einfach keine Ruhe mehr finden können und fühlte sich trotzdem ausgeschlafen und voller Energie.

Der Personalaufenthaltsraum war verlassen und still. Elsa bestückte die Kaffeemaschine und schaltete sie an, woraufhin sie rhythmisch gurgelte. Dann hing sie ihre Sachen in den Schrank, nahm sich ein frisches Kleid und schlüpfte hinter dem Vorhang hinein. Die Schürze für die Hausmädchen vervollständigte ihr Outfit. Prüfend betrachtete sie ihr Aussehen im Spiegel und strich zart über die dunklen Schatten unter ihren Augen, die auch das leichte Make-up nicht gänzlich verschwinden ließ.

Es war spät geworden, am gestrigen Abend. Nachdem Fiete sie daheim abgeliefert hatte, war es Elsa zunächst nicht gelungen, Schlaf zu finden. Immer wieder hatte sie an die letzten Stunden denken müssen, an den Besuch auf dem Friedhof, ihre Verabschiedung. Gegen Mitternacht war sie noch einmal aufgestanden, hatte sich einen Tee gekocht und sich damit auf die Couch gesetzt. Wahllos hatte Elsa durch die zahlreichen Programme des Fernsehers gezappt und war bei einem alten Liebesfilm hängen geblieben. Ohne richtig wahrzunehmen, was dort lief, hatte sie die Mattscheibe angestarrt.

Fiete – sein Schicksal berührte Elsa. Im ersten Moment hatte er so fröhlich und lebenslustig auf sie gewirkt. Und dann diese Geschichte, die von unendlicher Trauer erzählte. Bei ihrer Verabschiedung hatte er sich entschuldigt.

„Ich hoffe, ich hab dich nicht restlos deprimiert. Da siehst du mal, wie sehr ich aus der Übung bin, einen locker leichten Abend zu verleben."

„Es war ein toller Abend", hatte Elsa geantwortet. „Ich danke dir dafür."

Zweifelnd hatte Fiete sie angesehen und am liebsten hätte Elsa ihn in den Arm genommen. Sie sah den Friedhofsbesuch als ein Zeichen gegenseitigen Vertrauens und vielleicht auch als Beginn einer wunderbaren Freundschaft. Fiete war ein weiterer Pluspunkt für Ahrenshoop. Einen Minuspunkt hatte sie hier noch nicht gefunden.

„Na? Reichlich spät ins Bett gekommen?"

Erschrocken fuhr Elsa zusammen. Ein Gesicht war urplötzlich direkt neben dem ihren im Spiegel aufgetaucht. So nah, dass ihre Körper sich fast berührten, stand Manuel Zachert an ihrer Seite. Sie roch sein Aftershave, spürte die Aura, die ihn umgab. Ein spöttisches Grinsen umspielte seine Lippen.

„Ich dachte schon, Sie schlafen gleich auswärts und kommen gar nicht mehr heim."

Elsa streckte ihren Rücken und hob das Kinn. „Sagen Sie bloß, Sie haben die halbe Nacht auf der Lauer gelegen", erwiderte sie spitz. Obwohl Elsa befürchtet hatte, ihre Stimme würde zittern, tat sie das nicht. „Ich weiß gar nicht, ob ich solch eine große Ehre überhaupt verdient habe."

Manuels Augen wurden schmal. „Ich hab mir Sorgen gemacht. Kaum in Ahrenshoop angekommen und schon die erste Verabredung. Bei diesen Nordmännern weiß man ja nie. Und bei diesem Fiete erst recht nicht."

Elsa hob eine Augenbraue. „Sie kennen Fiete?", fragte sie scheinheilig. „Das wusste ich ja gar nicht."

„Ich hatte bei meiner Ankunft die Ehre. Nur weil sein Transporter angeblich wesentlich größer sei als mein Auto, weigerte er sich, zurückzufahren. Dabei kennt er sich hier doch viel besser aus als ich."

Also da lag der Hase im Pfeffer begraben, dachte Elsa. Macho-Spielchen zwischen erwachsenen Männern. „Tja, Rückwärtsfahren will gelernt sein. Wer hat denn am Ende nachgegeben? Ich hoffe, der Klügere."

Manuel verschränkte seine Arme und musterte sie von oben bis unten. „Natürlich der Klügere." Er schluckte kurz. „Und? Sonst noch niemand da?"

„Anscheinend nicht, es ist ja auch noch reichlich früh."

„Stimmt", gab er zu. „Ich konnte nicht mehr schlafen."

„Gehen Sie da nicht eigentlich sonst immer joggen?" Irgendwie hatte Elsa das unbestimmte Gefühl, dass Manuel

Zachert aus einem guten Grund so zeitig ins Hotel gekommen war und nicht mit ihrer Anwesenheit gerechnet hatte.

„Heute nicht. Man muss seinem Körper auch mal Ruhe gönnen."

Schritte erklangen, dann wurde die Seitentür geöffnet und ein sichtlich verdutzter Peter betrat den Gang. Unsicher musterte er seine Uhr. „Sie sind aber beide früh dran."

„Wir konnten nicht mehr schlafen. Irgendetwas muss uns mitten in der Nacht aus den Federn getrieben haben", erwiderte Manuel grinsend. „Und Frau Torberg war sogar schon fleißig und hat für alle Kollegen Kaffee gekocht. Noch ein Pluspunkt auf ihrer Liste." Spöttisch drängte er sich an Peter vorbei. „Ich geh noch mal runter zum Bodden. Immerhin hab ich ja erst in einer Stunde Arbeitsbeginn."

Elsa sah ihm nach und der Impuls, ihm irgendeinen Gegenstand hinterherzuwerfen, war so stark, dass sie ihre Hände zu Fäusten ballte.

„Kommen Sie", sagte Peter in diesem Moment mit erstaunlich weicher und einfühlsamer Stimme. „Trinken wir einen Kaffee und ärgern wir uns nicht."

Doch sie hatten kaum Platz genommen, als erneut polternde Schritte erklangen. Das konnte unmöglich Sophie sein und tatsächlich betrat der alte Hans die Küche. „Moin", grummelte er und schob seine Mütze in den Nacken. „Gut, dass du schon da bist, ich hab da draußen was gefunden, das du dir ansehen solltest." Hans wirkte angespannt, was bei seiner sonst so gelassenen Art durchaus ungewöhnlich war.

„Jetzt gleich?", fragte Peter.

„Besser wäre es." Hans schielte zu Elsa. „Sie können übrigens auch mitkommen. Ist kein Geheimnis, nich, was ich gefunden habe."

Er hinkte voraus und Elsa und Peter folgten ihm auf dem Fuße. Er führte sie zu einer Ecke des Hotelgartens, in dem die großen Müllbehälter hinter einem Sichtzaun standen. Dann schaltete er eine Lampe ein und deutete neben eine der Tonnen.

„Da isses", sagte Hans.

Elsa erkannte mehrere Kartons und trat schließlich ein Stück näher. Unverkennbar stand auf einem von ihnen *Osterdeko*.

Peter ging bereits in die Hocke und klappte den Deckel auf. „Aber da sind ja unsere Osterhasen und die Eier. Die Sachen, die Sophie gestern noch gesucht hat. Wie kommen die denn hierher?"

„Gute Frage", antwortete Hans knapp. Er kratzte sich im Nacken. „Vor allem, weil hier die Dinge liegen, die auf den Sperrmüll sollen."

„Auf den Sperrmüll?", fragte Elsa. „Aber die Sachen sind doch noch gut."

„Das finde ich auch. Hab nur zufällig in die Ecke gesehen. Es hat gestern ja geregnet, doch die Kartons sind trocken."

„Das bedeutet, jemand hat sie erst in der letzten Nacht hier draußen abgestellt."

Hans nickte Elsa zu. „Genau. Oder sagen wir eher, erst vor kurzer Zeit, denn sonst wäre Morgentau zu spüren, aber die Oberfläche ist trocken." Er strich mit der Hand darüber.

„Dann bleiben zwei Fragen: Wer würde so etwas tun? Und wo waren die Sachen in der Zwischenzeit?", sagte Peter nachdenklich. „Was hat das alles zu bedeuten?"

Elsa schwieg, doch ohne es verhindern zu können, schielte sie Richtung Bodden. Dorthin, wo Manuel Zachert angeblich gerade herumspazierte. Und aus dem Augenwinkel sah sie, dass Peter genau das Gleiche tat.

Kapitel 18

Mit prüfenden Blicken musterte Sophie den Inhalt der geretteten Kartons. „Also, soweit ich sehe, scheint alles da zu sein."

„Und ist etwas zu Schaden gekommen?", fragte Peter.

„Nein, dazu haben die Sachen vermutlich zu kurz draußen gestanden." Gleich nachdem Sophie das Hotel betreten hatte, war Peter mit der Hiobsbotschaft auf sie zugestürmt. Fassungslos hatte sie ihn angesehen und die Kartons dann selbst in Augenschein genommen. „Dennoch ist es mir ein Rätsel, wie die Ostersachen auf den Sperrmüllhaufen gekommen sind. Wäre Hans nicht gewesen …"

Peter hob die Schultern. „Sag nichts. Ich werde das Lager ab sofort verschließen und den Schlüssel an mich nehmen. Die Dekosachen lassen wir gleich hier im Büro stehen, da kann ich ein Auge darauf werfen."

„Gute Idee. Was ist bloß los? Ich verstehe das alles nicht."

„Frag mich mal", erwiderte Peter. „Und Jonas hat natürlich nichts bemerkt, mal wieder. Alles andere hätte mich auch gewundert."

„Ich habe Ute kurz befragt. Die schwört, dass bei ihrer Ankunft heute Morgen die Kartons noch nicht an der Müllecke standen. Sie musste wohl wie immer bei den Frühstücksvorbereitungen einiges an Müll rausbringen." Sophie klappte den vor ihr stehenden Karton zu und schob ihn in die Ecke. „Wir können Jonas keinen Vorwurf machen. Er ist Nachtportier und kann nicht jeden Quadratzentimeter des Hotels überwachen." Sophie musterte Peter. „Du siehst schrecklich aus", stellte sie sachlich fest.

„Ich weiß, hab wenig Schlaf gekriegt, zu viel gegrübelt und bis weit nach Mitternacht gelesen."

„Gibts Neuigkeiten von der Chefin?"

Peter nickte. „Ach ja, das hatte ich in der ganzen Aufregung ganz vergessen. Ferdinand hat mich gestern Abend angerufen. Sie hat sich die Hüfte gestaucht, also kein Bruch. Aber es gibt Probleme mit einem Nerv, der sich verklemmt hat und ihr ziemliche Schmerzen bereitet. Die Ärzte heben die Hände, weil ihre Gesundheit ja schon vorher nicht die stabilste war. Sie braucht Schonung und vor allem Ruhe."

„Na, hier bekommt sie die garantiert nicht", meinte Sophie sarkastisch. „Klingt nicht, als würde sie heute oder morgen wieder vor der Tür stehen. Wie soll es denn jetzt weitergehen?"

„Ferdinand bat mich darum, dass wir uns weiterhin um Frau Torberg und Herrn Zachert kümmern. Von einem Abbruch des Probearbeitens wollte er nichts wissen. Er meinte, wir würden das schon machen."

„Das schon. Aber wie will denn Veronika feststellen, wer der geeignete Kandidat ist?", gab Sophie zu bedenken.

„Ich weiß es nicht." Peter ließ seinen Blick durch das menschenleere Foyer streifen und schloss dann behutsam die Tür. „Ich habe mir übrigens erlaubt, deine am Flughafen gemachte Beobachtung an Ferdinand weiterzugeben. Ich hoffe, es war dir recht."

Sophie schluckte und trat einen Schritt näher. „Und? Was hat er gesagt?", flüsterte sie. „Ist er aus allen Wolken gefallen?"

„Ehrlicherweise hatte ich genau das erwartet, aber er hat vollkommen anders reagiert. Ferdinand wusste, dass Denise und Manuel Zachert sich kennen. Sie scheinen eine Zeit lang zusammen ihre Ausbildung gemacht zu haben."

„Wie bitte?" Sophie plumpste auf den Schreibtischstuhl. „Und dass sie sich in aller Herrgottsfrühe heimlich am Flughafen getroffen haben, hat auch keine Bedeutung für ihn?"

Peter hob die Schultern. „Nicht wirklich. Ferdinand wusste sogar, dass Denise noch auf dem Darß war. Sie wollte wohl noch einige Freunde besuchen und sich erst dann auf die Suche nach einen neuen Job machen. Das hat sie ihm wohl persönlich gesagt. Diesem Gespräch am Flughafen schenkte er jedenfalls keine große Bedeutung."

„Bist du sicher, mit Ferdinand gesprochen zu haben?"

„Ganz sicher. Verstehst du nun, warum ich eine schlaflose Nacht hatte? In meinem Kopf kreisen die Gedanken wie verrückt. Ich begreife gar nichts mehr."

Ein leises Rascheln erklang vor der Tür. Sophie legte einen Finger an ihre Lippen, stand auf und schlich Richtung Tür. Dann riss sie sie mit einem Ruck auf und starrte ins sichtlich erschrockene Gesicht ihrer Kollegin Babsi. „Babsi! Was willst du denn hier? Heute ist doch dein freier Tag."

Babsi rang kurz nach Luft. „Na und? Musst du deswegen die Tür so aufreißen und mich zu Tode erschrecken?"

„Sagen wir mal so, wir hatten jemand anderen erwartet." Sophie schaute ihr Gegenüber forschend an. Babsi schien abgenommen zu haben. Das war ihr bisher noch gar nicht aufgefallen. Die für gewöhnlich so fraulichen Rundungen waren weniger geworden. Nicht, dass ihr das nicht gut stand, doch auch die platinblonden Haare wirkten stumpf, sie trug ganz gegen ihre Gewohnheit eine Jeans und nicht wie sonst einen Rock mit einem weit ausgestellten Petticoat. Erneut umgab sie der Geruch, nach frisch gerauchter Zigarette und das, wo sie eigentlich mit dem Rauchen aufgehört hatte. „Du siehst blass aus. Ist alles in Ordnung bei dir?"

„Alles bestens", erwiderte Babsi und zwang sich zu einem Lächeln, das ihr allerdings misslang. „Ich hatte nur was im Hotel vergessen." Sie wedelte mit einer kleinen Tasche.

Sophie nickte und schaute hinüber zu Elsa, die mit dem Servicewagen soeben den Fahrstuhl verließ und mit der Reinigung der Bibliothek beginnen wollte. „Warte mal bitte", sagte sie zu Babsi und lief auf die andere Seite des Foyers, ehe ihre Kollegin Protest anmelden konnte.

„Würde es Ihnen was ausmachen, schon mal ohne mich anzufangen?", fragte Sophie Elsa.

Die hielt bereits einen Lappen in der Hand und nickte zustimmend. „Natürlich nicht, kein Problem."

Sophie deutete mit dem Daumen hinter sich. „Ich müsste mal kurz mit Barbara etwas besprechen."

„Lassen Sie sich Zeit. Ich weiß, was zu tun ist." Elsa lächelte und bewegte ihre Hand ganz leicht, so als würde sie Sophie wegscheuchen.

Babsi hatte in der Zwischenzeit am Tresen gewartet und dabei auf ihr Handy gesehen. Genervt schaute sie Sophie entgegen. „Was ist denn noch?"

„Komm mit." Sie ergriff Babsis Hand und zog sie die Treppe herunter. Aus dem Augenwinkel bemerkte sie, dass Peter ihnen einen langen Blick hinterherschickte. Sophie wusste, dass er noch nie viel von Babsi gehalten hatte. Sie war ihm einfach zu laut und zu schrill. Einfach gänzlich anders, als er sich eine seriöse Hotelangestellte vorstellte.

„Lass uns einen Kaffee trinken." Im Pausenraum nahm Sophie zwei Tassen aus dem Schrank und füllte sie.

„Aber ich will keinen Kaffee trinken", erwiderte Babsi.

„Dann eben einen Tee."

„Ich will auch keinen Tee."

„Dann trinkst du eben gar nichts. Doch wir beide reden jetzt miteinander, ob du willst oder nicht."

„Und worüber wollen wir reden?", fragte Babsi und verschränkte die Arme vor ihrem Körper.

Sophie seufzte. „Herrgott, nun mach es mir doch nicht so schwer. Bitte, wir haben doch früher auch manchmal miteinander gesprochen, einfach so."

„Du meinst, bevor du Mitarbeiterin des Monats wurdest und mit unseren Neuen deine Tage verbringst?", stieß Babsi aus.

„Was? Das ärgert dich? Jemand musste sich um Frau Torberg kümmern und die Chefin hat sich für mich entschieden. Ich hab mich nicht darum gerissen. Vielleicht darfst du dann mit Herrn Zachert arbeiten. Den fandest du ja eh geeigneter, aber vor allem attraktiver."

Babsi schwieg trotzig.

„Also, wollen wir nun draußen einen Kaffee trinken oder nicht? Ich mach mir nämlich Sorgen um dich."

„Nur, wenn ich eine rauchen kann."

„Dann rauch doch eine."

„Meine Schachtel ist leer", sagte Babsi.

Sophie verdrehte die Augen, holte dann einen Schlüssel aus ihrer Tasche und betrat das Lager. In einem der Regale wurden Fundstücke aufbewahrt, die Gäste hinterlassen hatten. Keine wirklichen Wertgegenstände, denn auf deren Vergessen, machten sie die Abreisenden natürlich aufmerksam. Da gab es zum Beispiel Weinflaschen oder Pralinenschachteln, die sich an den seltsamsten Stellen im Haus fanden und die sich im verschlossenen Originalzustand befanden. Auch Zigarettenpackungen waren darunter. Sophie griff sich eine, wedelte damit und marschierte samt Kippenschachtel und ihrem Kaffeepott nach draußen.

Gleich neben dem Personaleingang lag die Raucherecke, die Ralf und Hans vor einigen Jahren mit einem Dach und drei Wänden versehen hatten. Das hielt die ärgsten Winde vom Bodden ab. Dort setzte sie sich auf die obere Lehne der Holzbank und wartete.

Babsi folgte Minuten später mit einem Gesicht, als wäre sie in ein Glas Zitronensaft gefallen. Doch sie nahm Platz. Natürlich erst, nachdem sie sich eine Zigarette angesteckt und die ersten Rauchwolken in die Luft geblasen hatte.

Sophie nippte an ihrem Kaffee und schwieg.

„Und? Was willst du nun mit mir besprechen?", fragte Babsi nach einiger Zeit des Schweigens.

„Ich möchte wissen, was mit dir los ist."

Babsi hob unschuldig die Schultern. „Was soll denn mit mir los sein? Ich bin wie immer."

„Ach, tatsächlich? Wenn du magst, können wir uns ja mal zusammen vor den Spiegel im Umkleideraum stellen und dann frage ich dich noch einmal", erwiderte Sophie eindringlich. Dann beugte sie sich nach vorn. „Babsi, du siehst blass aus, als hättest du seit vielen Nächten kein Auge zugemacht. Ich vermisse deine derben Späße, dein Lachen. Du wirkst so abwesend."

Babsi führte mit zitternden Fingern die Zigarette zum Mund und zog daran. Asche fiel herunter, beschmutzte ihre Jeans, doch sie schien es gar nicht zu bemerken.

„Ich meine, wir können uns auch anschweigen, aber …"

„Es gibt nichts zu erzählen und Punkt. Du hättest dir den Weg nach draußen sparen können."

Sophie seufzte. „Ist mit Fred alles in Ordnung?" Es war ein Schuss ins Blaue. Doch sie glaubte, an Babsis Reaktion zu sehen, dass er getroffen hatte, denn sie zuckte zusammen, heftig.

„Alles bestens."

„Wirklich?"

„Hör auf, dich wie meine Mutter zu benehmen, so nervtötend und neugierig. Ich bin weder Fine noch Nils. Kümmere dich um deinen eigenen Kram. Ich glaube, da gibt es mehr zu erledigen, als du denkst." Babsi steckte sich die nächste Kippe an und blies den Rauch in den Himmel.

Sophie zögerte einen Moment. Noch nie hatte ihre Kollegin so mit ihr gesprochen. „In Ordnung, ich habe es nur gut gemeint." Sie rutschte vom Geländer und strich ihr Kleid glatt. „Doch wenn wirklich alles bestens sein sollte, dann achte besser darauf, wie du deine Arbeit erledigst."

„Ach, hat Peter wieder gepetzt?"

„Er hat nicht gepetzt, sondern nur die Beschwerden der Gäste an mich weitergegeben. Wenn wir eines im Moment nicht gebrauchen können, dann das, Babsi. Ich dachte eigentlich, dass dir auch etwas am *Godewind* liegt. Und jetzt wo

Veronika …" Sophie verstummte. Dann lief sie Richtung Seiteneingang.

„Sophie?", rief Babsi ihr hinterher. „Mir liegt etwas am *Godewind*. Aber es ist wirklich alles in Ordnung. Ich weiß, du hast es nur gut gemeint."

„Schon gut", erwiderte sie über ihre Schulter. „Und wenn ich helfen kann, melde dich, immer, jederzeit."

„Mach ich."

Sophie schaute sich, kurz bevor sie das Hotel betrat, noch einmal um. Babsi hockte noch immer wie ein gerupfter Spatz auf der Bank und starrte vor sich hin.

Kapitel 19

Für Elsa verging der Tag wie im Flug. Anstelle von Barbara arbeitete heute eine stille junge Frau auf der ersten Etage. Sie war eine der Aushilfen, wie Sophie ihr erzählt hatte. Damit auch alles ordnungsgemäß erledigt wurde, kam Sophie einige Male nach unten geeilt, um nach dem Rechten zu sehen. Elsa arbeitete in der Zwischenzeit allein weiter und spulte das gestern gelernte Programm ab. In Rekordgeschwindigkeit tauschte sie die Bettwäsche oder polierte die große Duschabtrennung im Bad. Sophie hatte bei ihrem abschließenden Kontrollgang praktisch nichts mehr zu bemängeln und lächelte zufrieden.

„Man könnte meinen, Sie hätten nie etwas anderes gemacht."

Elsa lachte. „Gelernt ist gelernt. Ich freue mich, dass die alten Routinen noch irgendwo im Hinterkopf sind." Dann gähnte sie verstohlen. „Entschuldigung."

„Müde?"

„Eine etwas kurze Nacht."

„Schlecht geschlafen?" Neugierig sah Sophie sie an.

Elsa schüttelte den Kopf. „Spät ins Bett gekommen. Ich war mit Fiete Abendessen."

Sophie pfiff durch die Zähne. „Wirklich? Na, herzlichen Glückwunsch, das ging ja schnell mit dem Anschluss an die heimische Bevölkerung", sagte sie schelmisch.

„Es war ein wenig anders geplant." Elsa gähnte erneut.

„Ich würde vorschlagen, bevor wir uns an die Bastelarbeiten machen, schnappen wir ein bisschen frische Luft. Sonst schlafen Sie mir noch am Tisch ein."

Nach ihrer Rückkehr von der obligatorischen Strandrunde half Elsa Sophie drei Pappkisten mit buntem Papier, grünem Ostergras und Schokoladeneiern in den Pausenraum zu schaffen. Den Inhalt verteilten die beiden Frauen auf dem großen Tisch.

„Zum Glück waren die nicht auch noch verschwunden. Die Chefin hatte sie oben im Büro deponiert. Na, mal schauen, was sie Gutes eingekauft hat." Sophie deutete auf die Ostereier. Mit der Schere öffnete das Zimmermädchen die einzelnen Schokoladenpackungen und studierte die Aufschriften. „Was haben wir denn hier? Da wäre zunächst Vollmilch."

„Mmh, lecker", sagte Elsa.

„Und Nugat."

Elsa stöhnte leise. „Nugat, noch besser."

„Finde ich auch." Sophie grinste verschmitzt. „Und zu guter Letzt Nuss."

„Ist nicht so meins."

„Ehrlich? Meins auch nicht. Also bitte. Hier wäre je ein Schokoladenei für Sophie und eins für Frau Torberg." Sophie öffnete bereits die bunte Verpackung und ließ die erste Süßigkeit in ihrem Mund verschwinden.

Elsa machte es ihr nach und schloss einen Moment die Augen. „O Gott, ich liebe Schokolade", stieß sie aus und ließ die Köstlichkeit ganz langsam auf ihrer Zunge zergehen.

„Wenn nur Schokolade nicht immer auf direktem Weg auf den Hüften landen würde." Sophie seufzte, verschlang aber wenig später das zweite Schokoladenei. „Aber irgendjemand muss sich opfern. Immerhin müssen wir ja wissen, was wir in die Osternester legen. Und wir brauchen einen kleinen Ansporn für das, was vor uns liegt."

Elsa nickte energisch. „Auf jeden Fall. Als Fazit können wir sagen: Die Schokoladeneier werden für gut befunden."

„Bleiben noch die Osterhasen", meinte Sophie nachdenklich.

„Die lassen wir lieber für die Kinder und sparen uns die Verkostung." Elsa klopfte auf ihren Bauch und stützte dann die Ellbogen auf den Tisch. „Also, was ist zu tun?"

„Osternester basteln. Hier, das ist die Vorlage", erläuterte Sophie und schob ein bedrucktes Blatt Papier in die Mitte des Tisches. Darauf waren die einzelnen Schritte erläutert. Reichlich verworren, aus Elsas Sicht.

„Puh, wer hat sich das denn ausgedacht?" Sie stöhnte leise. „Wenn ich ehrlich bin, hab ich noch nie das allergrößte Talent zum Basteln besessen."

Sophie winkte ab. „Ach, das sieht komplizierter aus, als es in Wirklichkeit ist. So ein Osternest ist ruckzuck fertig. Na ja, ich bin vermutlich dank meiner zwei Kinder ein bisschen mehr in Übung, denn gebastelt wird bei uns eigentlich das ganze Jahr über. Und dann waren da ja noch der Kindergarten und jetzt die Schule. Aber ich bin sicher, Sie kriegen das hervorragend hin. Wer eine Rezeption schmeißen kann und auf Gästewünsche aller Art eine so souveräne Antwort hat, schafft auch das."

„Na, Sie sehen mich ja in einem positiven Licht", entgegnete Elsa und wischte sich gespielt über die Stirn. Sie griff nach einem roten Blatt Papier und schielte auf Sophies Hände. Routiniert teilte die das Blatt mit Lineal und Bleistift in schmale Streifen ein und nahm dann die Schere. Elsa tat einfach dasselbe. Da konnte sie nichts falsch machen. „Ich wusste gar nicht, dass Sie zwei Kinder haben", sagte sie nach einer Weile.

„Ja, einen Jungen und ein Mädchen, Nils und Fine. Dazu ein altes Haus mitten im Nirgendwo. Da, wo im Winter die Stürme pfeifen und die Fensterläden klappern und im Sommer die Sonne brennt und keine Ostsee in Sicht ist. Es hat meinen Großeltern gehört und teilweise sieht es aus, als würden sie noch immer dort leben. Aber wir sind auf einem guten Weg, mein neuer Partner und ich. So nach und nach machen wir es uns schön." Sophie warf einen Blick auf Elsas Bemühungen:

„Na also, das geht doch wunderbar. Und wie leben Sie so in Stuttgart?"

„In einer Altbauwohnung mit kleinem Balkon zum Innenhof. In lauen Sommernächten kann man lange draußensitzen und den Geräuschen der Großstadt lauschen."

„Vermissen Sie Stuttgart, die Großstadt, das pralle Leben?"

Elsa ließ einen Moment die Schere sinken. „Eigentlich nicht. Komisch. Nur meinen Papa und natürlich meine besten Freunde Ben und David. Aber ansonsten fühle ich mich hier schrecklich wohl. Manchmal denke ich, ich wäre schon mal hier gewesen. Es ist alles so vertraut und fühlt sich wie Heimkommen an, besonders wenn ich aufs Meer schaue."

„Im Herzen Küstenkind, so sagt man hier bei uns. Es gibt die echten Küstenkinder, so wie ich, die hier geboren wurden. Und die Menschen, die eine unglaublich tiefe Verbindung zum Meer spüren."

Im Herzen Küstenkind – das gefiel Elsa. Genauso fühlte es sich in ihrem Inneren an.

Da brachen Schritte auf der Treppe die Stille im Raum.

Kurz darauf kam Peter herein, marschierte zur Kaffeemaschine und füllte sich seinen Pott. Dann setzte er sich auf seinen Stammplatz am Kopfende des Tisches und musterte missmutig die Bastelutensilien.

„Ist dir eine Laus über die Leber gelaufen? Ärger mit den Gästen, zum Beispiel denen in Zimmer Nummer zwölf?", fragte Sophie und warf Elsa einen verschmitzten Blick zu.

Während der morgendlichen Reinigung hatten beide Frauen schon Bekanntschaft mit dem Pärchen gemacht, das gestern Abend angereist war und dem man es einfach nicht recht machen konnte. Erst war das Kissen zu weich, dann die Decke zu dick und am Ende war der Bademantel nicht weich genug gewesen.

Mit stoischer Ruhe und einem gelassenen Lächeln auf den Lippen hatte Elsa sich alle Klagen und Beschwerden angehört und die Wünsche der beiden Gäste so gut es ging erfüllt. Sogar einen neuen Bademantel hatte sie von unten aus der Wäschekammer geholt. Dass der sich in seiner Weichheit vom Vorgängermodell nicht im Geringsten unterschied, war unerheblich. Am Ende waren alle zufrieden gewesen.

„Ach nein, die sind zu einer Wanderung Richtung Prerow aufgebrochen. Natürlich erst, nachdem ich ihnen den Weg hundertmal erklärt habe. Es geht eher um …" Peter verstummte und schaute kurz zu Elsa. Die tat, als höre sie nur mit einem Ohr hin und schnitt konzentriert Streifen um Streifen zurecht. „Es geht um Herrn Zachert", sagte der Rezeptionist schließlich und nahm einen Schluck Kaffee. „Was immer ich auch sage, er hat ein Beispiel aus der Praxis, wie man es besser machen könnte. Als ob wir hier die letzten Jahre mit einer Trommel ums Lagerfeuer gerannt sind. Ich war früher in den größten Häusern weltweit tätig und weiß, wie man eine Rezeption führt und mit Gästen umgeht. Geschichten könnte ich erzählen." Peter winkte ab. „Leute von auswärts, die alles besser wissen. Das kann ich leiden", stieß er aus. Doch dann schaute er erschrocken zu Elsa. „Entschuldigung, Frau Torberg, das geht natürlich nicht gegen Sie, also ich meine mit dem auswärts."

Elsa hob nur gelassen die Hände.

„Aber wenn jemand so viel kritisiert, das geht mir einfach gegen den Strich." Peter trank einen Schluck Kaffee und zuckte heftig zusammen. „Verdammt, jetzt hab ich mich auch noch verbrannt." Er stellte die Tasse mit einem Knall auf den Tisch. „Und dann ist da noch ein Problem mit dem Buchungsprogramm."

Sophie schaute erschrocken hoch. „Schon wieder?"

„Ja."

„Ist eine Buchung verschwunden?"

„Leider, zum Glück hatten wir ein Zimmer frei. In diesem Fall muss ich Herrn Zachert sogar mal loben. Er hat die ganze Sache mit viel Charme und Geschick gelöst und den Leuten ist nicht mal aufgefallen, dass wir nichts vorbereitet hatten. Ich werde wohl wieder mein Buch benutzen, du weißt schon. Keine Ahnung, wie ich das Herrn Zachert verklickern soll, arbeiten mit einem Reservierungsbuch, wie im Mittelalter."

Elsa verfolgte den Wortwechsel mit einer gewissen Neugierde.

„Ich habe die dämliche Software schon zigmal neu gestartet, aber es haut einfach nicht hin. Natürlich bräuchte ich nur Herrn Zachert zu fragen, das mache ich allerdings nur über meine Leiche. Noch mehr schlaue Belehrungen kann ich nicht gebrauchen."

„Oder Sie fragen einfach mich", warf Elsa dazwischen. „Ich weiß zwar nicht, welches Programm Sie benutzen, doch normalerweise ähneln die sich alle."

„Das würden Sie tun?"

„Na, logisch."

„Herr Zachert will in einer halben Stunde Pause machen", erwiderte Peter hoffnungsvoll. „Dann rufe ich Sie einfach. Er muss von dieser Geschichte ja nichts wissen."

Sophie stieß ein unterdrücktes Lachen aus und verdrehte leicht die Augen.

„Genauso machen wir das", stimmte Elsa ihm zu.

Sichtlich erleichtert schob der Rezeptionist seinen Stuhl zurück und verließ eilig den Raum. Elsa sah ihm nach.

„Ach, unser Peter." Sophie lächelte. „Er ist eigentlich ein sehr loyaler Kollege und legt unheimlich viel Wert darauf, dass im Hotel nicht getratscht wird. Und er ist wirklich sehr erfahren und hat praktisch schon alles erlebt, früher bei seinen anderen Jobs. Aber was Herrn Zachert betrifft, scheint er rot zu sehen und seine Contenance zu verlieren."

Elsa lächelte. „Alles gut. Machen Sie sich keine Gedanken."

„Ich wollte es bloß sagen. Nicht, dass Sie einen falschen Eindruck von Peter bekommen."

„Ich bilde mir meine eigene Meinung und ich glaube, ich kann Herrn Brand ganz gut einschätzen. Aber was meinten Sie denn mit schon wieder? Gab es bereits früher Probleme mit dem Programm?"

Sophie schwieg einen Moment. „Sagen wir so, es hat einige Male in der Vergangenheit nicht richtig funktioniert. Ich verstehe ja nichts davon, weil die Rezeption nun mal nicht mein Bereich ist, aber es sind wohl Buchungen verschwunden, die ganz sicher eingepflegt worden waren."

Nachdenklich sah Elsa sie an. „Das klingt ein wenig ungewöhnlich. Und was wurde unternommen?"

„Nicht viel. Außer dass Herr Brand wieder sein Reservierungsbuch per Hand geführt hat. In den letzten Tagen ging es und da dachten wir alle, die Probleme wären nun gebannt, aber anscheinend war das ein Irrtum." Sophie wand sich – wieder einmal. Elsa wurde das Gefühl nicht los, dass sich alle hier bemühten, etwas vor ihr geheim zu halten.

Bevor sie weiter grübeln konnte, legte Sophie ihre Schere beiseite und stützte das Kinn auf die Hände. „Ich finde es übrigens super, dass Sie sich bereit erklärt haben, nach Feierabend mit mir zu basteln."

„Immerhin hat Frau Gutter zu mir gesagt, ich solle in alle Bereiche des *Godewinds* hineinschnuppern. Und da diese Feste eine so lange Tradition haben, ist es nur richtig, dass ich mich mit der Schere abquäle und mein Bestes gebe. Außerdem würde ich nur allein in meiner Ferienwohnung hocken. Und Sie? Wo sind Ihre Kinder?"

„Bei ihrem Vater, vorgezogenes Papa-Wochenende. Daheim würde ich nur aufräumen, putzen und Dinge tun, zu denen man sonst nicht kommt. Da ziehe ich kleine Bastelarbeiten definitiv vor. Außerdem macht die Sache zu zweit doch viel mehr Spaß. Ich bin froh, ein Opfer gefunden zu haben, das mir hilft. Babsi ist nicht der Typ für solche Sachen und Peter, na ja …" Sophie grinste.

Elsa zwinkerte leicht. „Ich eigentlich auch nicht."

„Aber Sie schlagen sich prima. Und ich danke Ihnen wirklich sehr. Vor allem, da Sie anscheinend eine sehr kurze Nacht hatten."

„So kurz war die Nacht nun auch nicht", erwiderte Elsa und schnippelte konzentriert weiter. „Gegen elf war ich wieder daheim. Fiete hat mich ordnungsgemäß vor Mitternacht abgeliefert. Doch dann konnte ich nicht einschlafen. So viele Dinge gingen mir durch den Kopf."

„Wegen Fiete?"

Elsa spürte, wie ihre Wangen begannen zu glühen. Bestimmt sah sie so rot aus, wie das Papier, das sie in Streifen schnitt. „Ach nein, nicht wegen Fiete. Wegen des Hotels und so."

Sophie nickte. „Und falls es doch wegen Fiete war, das macht nichts. Er ist ein toller Mann. Ich freue mich sehr, dass er Sie zum Essen eingeladen hat. Ich glaube, das tut Ihnen beiden gut."

„Es war wirklich ein schöner Abend. Auch wenn er ein wenig anders abgelaufen ist, als ich erwartet hatte."

„Inwiefern?" Sophie hatte wieder zur Schere gegriffen, schlug jedoch nun erschrocken ihre Hand vor den Mund. „Du meine Güte! Ich will nicht neugierig oder indiskret sein."

„Ach, es war im Grunde gar nichts weiter. Wir waren essen und dann hat Fiete mir seinen Lieblingsplatz gezeigt", sagte Elsa.

Sophie warf ihr einen langen Blick zu. „Sie waren also an Marits Grab." Sie seufzte tief. „Keine Angst, jeder hier weiß, dass Fiete viele Monate öfter auf dem Friedhof war als im normalen Leben. Es war eine schreckliche Geschichte damals. Ich glaube, der ganze Darß stand unter Schock. Marit war sehr beliebt bei allen hier. Unten, in der Nähe des Hafens, hatte sie in einem kleinen Häuschen ein Atelier. Sie hat Bilder der Gegend gefertigt. Ich erinnere mich noch, dass man egal, wann man bei ihr vorbeikam, immer einen Tee oder eine Saftschorle bekam. Ich sehe noch die Farbkleckse auf ihren Händen."

Sophie schluckte. „Sie war talentiert und hat viel verkauft. Im Sommer gab sie oft Zeichenkurse am Strand und die Menschen kamen von überall her. Vor allem aber war Marit ein Herzensmensch. Sie hatte immer ein offenes Ohr, war hilfsbereit, patent. Und dann das." Sophie rang sichtlich um Fassung.

Auch Elsa spürte, wie ihr die Augen feucht wurden.

„Als ich die Nachricht vom Unfall hörte, war ich wie erstarrt. Ich konnte es nicht glauben, es war einfach unmöglich. Und dann die Beerdigung. Noch nie habe ich etwas so Trauriges erlebt. Fiete stand vollkommen neben sich, so als wäre er gar nicht anwesend. Danach hat er sich in seine Arbeit vergraben und fast alle Kontakte zu Freunden und Bekannten abgebrochen. Er ist den Menschen aus dem Weg gegangen, wurde ein Eigenbrötler. Fiete hat Marits Atelier verschlossen und seitdem wohl nicht mehr betreten. Da gab es natürlich Leute, die das Häuschen kaufen wollten. Aber Fiete hat alles abgeblockt. Ich kannte ihn ja von unserer Schulzeit und wir sind uns manchmal begegnet, beim Einkaufen oder Tanken. Wie das nun mal so ist, hier auf dem Darß. Es gab einfach keine Worte und wir haben nur geschwiegen oder uns in den Arm genommen. In den letzten Monaten hat Fiete langsam zurück ins Leben gefunden. Als ein alter Kumpel vor einigen Wochen geheiratet hat, ist er sogar beim Polterabend erschienen, nur kurz, aber er war da. Wir alle freuten uns sehr, das können Sie glauben." Sophie schaute nach oben zu dem kleinen Fenster. „Irgendwann muss man wieder leben, lachen, lieben, nach vorn schauen, so schwer es auch zunächst erscheinen mag."

Elsa griff nach dem nächsten Blatt Papier, hielt dann aber mit Lineal und Bleistift in der Hand inne. „Das muss schrecklich gewesen sein. Es tut mir furchtbar leid, was Fiete durchmachen musste. Einen geliebten Menschen zu verlieren, noch dazu so plötzlich …"

„Dennoch, das Leben geht weiter, einfach so. Ein neuer Tag beginnt, die Vögel zwitschern, es wird Sommer, Herbst, Winter." Traurigkeit lag in Sophies Worten, so als hätte sie selbst auch schon schwere Zeiten erlebt. „Doch nun genug Kummer verbreitet. Immerhin basteln wir gerade Osternester, es ist Frühling, die Natur erwacht. Die ideale Zeit für einen Neuanfang. Sie hätten es nicht besser treffen können, Frau Torberg."

Elsa musterte vielsagend die Regentropfen, die in diesem Moment mal wieder gegen die Scheibe prallten.

Sophie lachte. „Vielleicht scheint in einer halben Stunde schon wieder die Sonne."

„Das hat Fiete gestern auch gesagt."

„Weil es so ist." Sophie zögerte kurz. „Sie mögen ihn, nicht wahr? Das spürt man. Sonst wären Sie vermutlich auch nicht mit ihm essen gewesen."

„Ja, ich mag ihn. Dabei war Fiete nur ein Notnagel", erwiderte Elsa leise und erzählte Sophie die ganze Geschichte.

Die grinste wieder verschmitzt. „Tztztz, haben Sie also Herrn Zachert einen Korb gegeben." Sie dämpfte ihre Stimme, weil erneut Schritte auf der alten knarrenden Treppe des *Godewinds* erklangen. „Sie sollten es sich trotzdem nicht komplett mit ihrem Konkurrenten verscherzen", fügte sie leise an.

Elsa machte große Augen. „Meinen Sie?"

Sophie hob die Schultern. „Es ist immer gut, zu wissen, welche Pläne die Konkurrenz hat." Dann legte sie einen Finger an ihre Lippen und verstummte.

Nebenan betrat jemand den Umkleideraum und gleich darauf schaute wie aufs Stichwort Manuel Zachert um die Ecke. Er streifte sich seine Jacke über und musterte dabei amüsiert Papier und Schokoladeneier. „Was soll das denn werden?" Spott lag in seiner Stimme.

„Osternester", erwiderte Elsa. „Also, falls Ihnen das etwas sagen sollte."

Zachert wickelte einen Schal um seinen Hals. „Sie kämpfen anscheinend mit allen Mitteln, liebe Elsa."

„Nun, Sie können sich uns gerne anschließen, um die Situation auszugleichen", meinte Sophie. „Wir haben noch eine Schere."

„Keine Zeit, ich muss eine Besorgung in Wustrow machen, dienstlich natürlich. Bis später dann." Er hob die Hand und verschwand.

Elsa starrte die Tür an, durch die ihr Konkurrent verschwunden war. Anscheinend minutenlang, denn Sophie sagte mit Nachdruck: „Ich glaube, Sie können jetzt nach oben gehen. Frau Torberg?"

„Ach ja, natürlich."

Kurze Zeit später beugte Elsa sich im kleinen Büro über den Laptop und studierte den Bildschirm. Peter stand aufgeregt neben ihr und rang seine Hände.

„Es hat sich aufgehängt. Sagt man nicht so?"

„Keine Panik", sagte Elsa und ließ bereits ihre Finger über die Tastatur tanzen. „Jemand hat die Einstellungen verändert, hier oben, sehen Sie? Dadurch sind die einzelnen Posten und Spalten verrutscht und nichts passt mehr zusammen. Vermutlich ist dabei auch Ihre Buchung verschwunden."

„Das heißt, Sie kriegen das wieder hin?"

Elsa spitzte ihre Lippen und schaute den Rezeptionisten amüsiert an. „Denken Sie, nur ein Mann kennt sich mit Computerprogrammen aus?"

Auf Peters Stirn trat Schweiß. „Natürlich nicht, auf keinen Fall", erwiderte er schnell.

Es vergingen etwa fünf Minuten, dann lehnte Elsa sich zurück. „So, nun dürfte alles wieder funktionieren."

Peter eilte nach vorn und betätigte einen der Rechner am Rezeptionstresen. Elsa trat hinter ihn.

„Tatsächlich, alle Daten sind wieder dort, wo sie hingehören." Die Überraschung in seiner Stimme war nicht zu überhören. „Bei Gelegenheit müssen Sie mir zeigen, was Sie gemacht haben."

„Kein Thema, ich gebe Ihnen gern eine kleine Extraschulung." Nachdenklich musterte Elsa den Bildschirm. „Eines frage ich mich aber: Die Einstellungen können unmöglich von allein durcheinandergeraten sein. Es gibt Hänger in diesem Programm, sicher, aber so ein Chaos habe ich noch nie gesehen. Zumindest nicht von allein."

„Nicht von allein?"

„Ich hörte, dass es früher schon Probleme gegeben hat?"

Peter starrte den Bildschirm an und nickte schließlich. „Ja, ein paar Mal."

„Und wurde versucht, der Ursache auf den Grund zu gehen?"

„Nicht direkt. Ich habe mein altes Reservierungsbuch hervorgeholt und damit gearbeitet."

„Sozusagen als Auffangnetz, wenn alle Stricke reißen", erwiderte Elsa lächelnd.

„So in der Art", gab Peter zu.

„Ich verstehe. Und Sie sagten, es seien Buchungen verschwunden, obwohl sie vorher im System waren?"

Erneutes Kopfnicken war die Antwort.

„Im Normalfall geschehen solche Dinge nicht von allein." Elsa zögerte. „Diesmal zum Beispiel wurden Grundeinstellungen verändert, und zwar heute Morgen. Das sieht man im Verlauf. Hier schauen Sie, da ist das Protokoll." Sie deutete auf eine lange Tabelle. „Hat sich jemand diese Protokolle angesehen, die anderen Male?"

Peter befeuchtete seine Lippen mit der Zunge. „Die Tochter von Frau Gutter hat sich darum gekümmert", sagte er nach einer kleinen Ewigkeit. „Ich bin ehrlich gesagt froh, wenn alles funktioniert, verstehen Sie?"

„Natürlich verstehe ich das."

„Und Sie sagen, dass heute Morgen etwas am Programm gemacht wurde?" Peter starrte auf den Bildschirm. „Aber wer sollte …" Der Rezeptionist verstummte und plumpste auf seinen Hocker. Mit großen Augen sah er sie an.

In diesem Moment glitt die automatische Eingangstür auf und Manuel Zachert betrat das Foyer. Er blieb kurz stehen und musterte sie. Dann trat er näher, umrundete den Tresen und griff nach seinem Handy, das neben dem Telefon lag.

„Das hab ich liegen lassen", sagte er gedehnt, warf einen Blick auf den Bildschirm und verschwand wieder zur Tür hinaus.

Kapitel 20

Mit immer noch leicht klebrigen Fingern erreichte Elsa am frühen Abend das Ferienhaus. In den letzten Stunden hatten sie und Sophie alle Osternester zusammengeklebt. Nur das Befüllen musste noch warten, bis der Kleber endgültig getrocknet war und die Basteleien stabil genug waren. Sie waren gut vorangekommen. Eigentlich ein Grund, zufrieden zu sein. Doch der Zwischenfall mit dem Buchungsprogramm lag wie ein dunkler Schatten auf diesem Tag. Ganz zu schweigen von der erst verschwundenen und dann wieder aufgetauchten Osterdekoration.

Wenn es tatsächlich Manuel Zachert gewesen war, der seine Finger im Spiel gehabt hatte, was war der Sinn dahinter? Warum sollte er das tun? Es verschaffte ihm keinen Vorteil. Es sei denn, er hätte darauf gebaut, das Programm selbst wieder zum Laufen bringen zu dürfen. Dann wäre er der Held gewesen. Doch das war total unsinnig. Wenn sie ehrlich war, traute sie Zachert so manches zu, aber nicht ein solches Spielchen.

Elsa presste die Finger an ihre Schläfen. Ihr Kopf schmerzte. Sie hob das Gesicht und schaute in den Himmel. Weit über ihr kreischte ein Vogelzug. Nur undeutlich sah sie die exakt ausgerichtete Formation, die unter den dunklen Wolken dahinschwebte. Der Regen hatte sich tatsächlich verzogen. Das schien ein sich allabendlich wiederholendes Wetterphänomen hier oben zu sein.

Sie atmete tief durch. Automatisch wanderte ihr Blick Richtung Bodden. Die Dämmerung hatte bereits eingesetzt und die Landschaft sah aus, als wäre sie in bläuliches Licht getaucht.

Regentropfen schimmerten an den Zweigen und wirkten wie Saphire, die Mutter Natur großzügig verteilt hatte.

Jetzt nach oben zu gehen, sich einen Tee zu kochen, die Füße hochzulegen und irgendeine Schnulze im Fernsehen zu schauen, war verlockend. Doch Elsa zog es zum Wasser, sie brauchte frische Luft. Also lief sie schnell in die Wohnung, wusch ihre Hände und zog sich bequeme Sachen an. Dann griff sie sich ihr Handy und eine Decke, die auf der kleinen Sitzbank im Flur lag.

Elsa hatte ein Ziel, sie wollte zu ihrer Bank. Dort würde sie sich hinsetzen, aufs Wasser schauen und all die trüben Gedanken vertreiben. Nach wenigen Minuten erreichte sie die Lücke im Schilf und betrat die ersten Bohlen. Fiete hatte das Verbotsschild wieder aufgestellt, doch sie durfte es getrost ignorieren. Mit einem kleinen Lächeln schlenderte Elsa nach vorn, bog um die Ecke und ließ das Land hinter sich zurück. Das leise raschelnde Schilf hüllte sie ein, wie eine wohltuende Decke, die Sicherheit vermittelte. Schemenhaft erkannte sie das vordere Ende des Steges. Sie wischte mit ihrer Handfläche die Regentropfen auf der Bank beiseite, breitete die Decke aus und kuschelte sich ein. Dann nahm sie Platz.

Zunächst war außer dem Rascheln der Halme nichts zu hören. Doch allmählich erwachten die Bewohner des Schilfs aus ihrer Starre. Von Elsa schien keine Gefahr auszugehen, alles war in Ordnung. Sie hörte die Enten schnattern, leichte Flügelschläge in der Ferne, Schwimmbewegungen und Geräusche, die sie nicht zuordnen konnte. Frieden senkte sich über sie und in ihr Inneres. Elsa schaute einfach nur nach vorn, sah, wie das letzte Licht am Horizont verschwand und Himmel und Wasser zu einer Einheit verschwammen. Allmählich kamen die Sterne heraus, blinkten hell oder wurden von leichten Wolken für einem Moment verborgen.

Schon viele besondere Orte hatte sie in ihrem Leben gefunden, aber dieser hier war einzigartig. Er war magisch. Er vertrieb trübe Gedanken, ließ das Karussell in ihrem Kopf stillstehen.

Da erklangen auf einmal leise Schritte und ließen sie aufhorchen. Schnell drehte sie sich um und musterte den Steg. Eine dunkle Gestalt kam näher, eine große Gestalt. Ihre Augen versuchten, die Finsternis zu durchdringen, doch es war unmöglich, zu erkennen, wer dort kam. Instinktiv tastete Elsa nach ihrem Handy, aber für einen Anruf, der Hilfe bringen könnte, war es längst zu spät. Mit angehaltenem Atem starrte sie die Gestalt an, spürte ihren Herzschlag in den Ohren pochen.

„Irgendwie hatte ich das Gefühl, ich würde dich genau hier an diesem Ort finden", sagte der Besucher und Elsa erkannte erleichtert Fietes Stimme.

„Du bist es", stieß Elsa aus.

„Was dachtest du denn, wer hierher kommt?", fragte er verblüfft.

„Keine Ahnung, wer sich hier in der Dunkelheit so herumtreibt."

Fiete setzte sich neben sie. Ganz sacht berührten sich auf der schmalen Bank ihre Körper. „Du weißt doch, betreten verboten. Hast du nicht gesehen, dass ich das Schild wieder aufgestellt habe?"

Elsa stöhnte. „Hab ich. Aber ob so ein Schild ungebetene Besucher davon abhält hier entlangzumarschieren ..." Allmählich normalisierte sich ihr Herzschlag.

„Ich kann dich beruhigen, hier oben gibt es keine bösen Buben. Doch was machst du hier, ganz allein in der Dunkelheit?", fragte Fiete sachlich.

„Ach, ich brauchte noch mal frische Luft. Wir haben heute im *Godewind* Osternester gebastelt. Und ich durfte feststellen, dass ich doch nicht zwei linke Hände besitze und ein gewisses Talent für kreative Arbeiten habe."

„Stimmt, nächste Woche ist Ostern." Fiete seufzte. „Solche Feiertage gehen an mir immer vorbei. Ich sehe nur am

Buchungskalender, dass alle Wohnungen und Häuser ausgebucht sind und es im Hotel jede Menge zu tun gibt."

„Und wie war dein Tag so?", fragte Elsa nach einer Weile. Es war eine automatische Reaktion gewesen. Doch kaum waren die Worte ausgesprochen, biss sie sich auf die Zunge. So vertraut waren sie und Fiete nun auch nicht miteinander.

Doch er schien sich an ihrer Frage nicht zu stören und zuckte mit den Schultern. „Der übliche Kram", antwortete er vage. „Obwohl, das stimmt nicht", ergänzte er plötzlich. „Ich musste einige Male an dich denken."

Glühende Hitze stieg in Elsas Wangen. Zum Glück war es hier so finster, dass Fiete es nicht sehen konnte. „Ach, tatsächlich?"

„Ja, ich hab mich die ganze Zeit gefragt, ob ich dich mit unserem Friedhofsbesuch nicht vollkommen vor den Kopf gestoßen habe. Die halbe Nacht hab ich deswegen nicht geschlafen und viel gegrübelt." Fiete wandte ihr sein Gesicht zu, doch seine Miene blieb verborgen.

Elsa schaute dennoch hastig aufs Wasser. Es musste an diesem besonderen Ort liegen, dass es in ihrem Bauch kribbelte und ihr Mund so trocken war. Oder lag es an Fiete? „Ich konnte auch nicht schlafen", gestand sie schließlich. „Und ich fand es gut, dass du mir das Grab deiner Frau gezeigt hast. Ich weiß eigentlich nicht mal, warum."

Es wurde still, so still, dass Elsa seinen Atem vernahm. Er ging schneller, genau wie ihrer.

„Marit war meine große Liebe. Ich hab sie gesehen, damals vor vielen Jahren in Prerow an der Seebrücke und es war um mich geschehen. Liebe auf den ersten Blick, so sagt man doch immer. Sie zeichnete das Meer. Ich bin gefühlt hundert Mal an ihr vorbeigelaufen, bis ich sie endlich angesprochen habe. Ab diesem Moment waren wir eins. Und dann …" Fiete verstummte. „Ich habe mir gewünscht, ich würde auch sterben. Ich hab sogar versucht, gegen einen Baum zu fahren. Aber ich konnte es nicht tun. Da war eine Stimme, die mich davon abhielt. Komisch, das habe ich noch niemandem erzählt."

„Ich bin froh, dass du es nicht getan hast", sagte Elsa und sah Fiete an. Er ergriff ihre Hand und hielt sie fest.

„Ich auch. Gestern, als ich nicht einschlafen konnte, dachte ich zum ersten Mal wieder an die Zukunft. Und wie schön es ist, am Leben zu sein."

„Das freut mich."

„Es liegt an dir." Seine Hand war warm, hielt die ihre mit genau dem richtigen Druck fest. „Du bist ..." Fiete zögerte, schien nach den richtigen Worten zu suchen. „Du bist etwas Besonderes", meinte er schließlich schlicht. „Und ich wünsche mir, dass Veronika sich für dich entscheidet." Er ließ ihre Hand los und lachte nervös. „Vielleicht sollte ich doch mal mit ihr reden."

Sein Lachen brach die angespannte Stimmung. „Das tust du nicht", erwiderte sie deswegen gespielt verärgert. „Ich will einen fairen Wettkampf. Wobei ich unsicher bin, ob mein Gegner fair spielt."

Überrascht schaute Fiete sie an. „Wie meinst du das?"

Elsa überlegte kurz. Dann hob sie die Schultern. „Es ist so ein Gefühl. Lächerlich, oder?"

„Gefühle sind unser stärkstes Alarmsignal. Sie geben eine Richtung vor, warnen uns. Du solltest vorsichtig sein und dir genau überlegen, was du tust und sagst. Halte dich Zachert gegenüber zurück. Und geh bloß nicht mit ihm essen. Ich könnte wetten, er lädt dich noch mal ein."

Elsa schmunzelte. „Komisch, Sophie hat mir genau das Gegenteil geraten."

„Tatsächlich?" Fiete schüttelte den Kopf. „Ich glaube, ich muss mal ein ernstes Wort mit ihr reden. Aber Spaß beiseite." Er ergriff erneut ihre Hand. „Sei vorsichtig."

„Bin ich, keine Angst."

„Gut. Und nun gehen wir nach Hause. Deine Finger sind eiskalt. Wenn wir noch länger hier sitzen, liegst du morgen mit einer Erkältung im Bett."

„Das würde mir gerade noch fehlen."

Fiete zog sie nach oben und ein Stück in seine Richtung. „Wobei, ich könnte mich um dich kümmern, dir zum Beispiel Tee kochen oder Stullen schmieren. Oder Geschichten vorlesen, wie bei meiner Nichte."

„Das würdest du tun?", fragte Elsa lachend. „Klingt verlockend."

Er schluckte. „Für dich würde ich so manches tun." Sein Gesicht näherte sich ihrem. Sie sah zu ihm auf. Und obwohl es dunkel war, glaubte sie in seinen Augen lesen zu können. Da berührten Fietes Lippen auch schon ihre Stirn – liebevoll, freundschaftlich und gleichzeitig so, dass es Elsa vorkam, als würde ein Schwarm Schmetterlinge durch ihren Bauch tanzen. Einen Moment wünschte sie sich, er würde sie auf den Mund küssen. Sie verspürte den Drang, ihre Hände um seinen Nacken zu legen und ihn zu sich herunterzuziehen. Doch da trat Fiete einen Schritt nach hinten, ergriff die Decke auf der Bank und klemmte sie unter seinen Arm. Sie liefen zurück, langsam, ohne Eile, als würden sie beide bedauern, das kleine Zauberreich am Bodden verlassen zu müssen.

Fietes Worte gingen Elsa in den nächsten Tagen nicht aus dem Kopf. Doch es schien, als hätte Manuel Zachert heimlich bei ihrem Gespräch gelauscht. Denn er war plötzlich zahm wie ein Schoßhund. Ihr Konkurrent fügte sich in die Mitarbeiterreihen des *Godewinds* ein, gab keine dämlichen Kommentare mehr ab und zeigte sich erstaunlich hilfsbereit. Sogar Peter bemerkte diese Wandlung, auch wenn es ihn verwirrte, wie er Elsa gestand. Alle atmeten auf und sie bekam ein Gefühl dafür, wie es sein musste, hier zu arbeiten, ohne Anspannung, mit ganz viel Freude. Das verstärkte ihren Wunsch, die Stelle zu bekommen, noch um ein Vielfaches. Sie ertappte sich dabei, wie sie bereits Wohnungsangebote studierte. Immerhin konnte sie nicht ewig im Ferienhaus am Bodden wohnen bleiben, selbst wenn Elsa das gerne getan hätte. Die Anzeigen fielen allerdings ziemlich spärlich aus, bezahlbarer Wohnraum war knapp. Doch wenn es sein sollte, dass ihre Zukunft wirklich hier oben am Meer lag, würde sich auch das finden. Außerdem hatte Veronika Gutter viele Kontakte, wie Sophie ihr immer wieder versicherte, und würde die Sache schon regeln.

Dazu kamen endlich auch gute Nachrichten aus der Klinik. Veronika Gutter war an der Hüfte operiert worden und hatte alles gut überstanden. Es war den Ärzten gelungen, den einklemmten Nerv zu entlasten. Sie machte bereits erste Schritte und rechnete damit, bald wieder nach Hause zu dürfen. Das gab den Angestellten noch einmal zusätzlich Elan für die Ostereiersuche am Ostersonntag. Generalstabsmäßig hatte Sophie lange Listen geschrieben mit all den Dingen, die zu tun waren. Dabei orientierte sie sich an den Events in den vorangegangenen Jahren. Alles sollte genauso sein wie früher.

Während Hans und Ralf die Außenanlagen auf Vordermann brachten, obwohl dort kaum noch ein verwelktes Blatt vom Vorjahr zu finden war, kümmerten sich die Zimmermädchen und Elsa um das Innere des Hauses. Da wurden die Fenster geputzt, Gardinen gereinigt, Schränke ausgewaschen und all die Dinge gesäubert, die ansonsten nur wenig Beachtung fanden. Elsa beteiligte sich ganz selbstverständlich an allen anfallenden Arbeiten und erntete dafür viel Zustimmung beim Rest des Personals.

Manuel Zachert turnte auf Leitern herum und entfernte zusammen mit Hans das Laub aus der Dachrinne. Elsa sah ihn sogar, als sie zu ihrer üblichen Mittagsrunde an den Strand aufbrach, mit einem Pinsel in der Hand die Seitenwand des Raucherpavillons streichen. Er mied jeglichen Augenkontakt und sie sparte sich einen spöttischen Blick. Ein fairer Wettkampf, das war es, was sie sich gewünscht hatte. Und nun tat Zachert genau dasselbe wie sie, sich im *Godewind* engagieren.

Mit Fiete hatte Elsa nur noch einmal telefoniert. Er schien beruflich mächtig unter Stress zu stehen, hatte ihr aber einen kleinen Ausflug zu Ostern in Aussicht gestellt. Ein Grund mehr, die Ostertage herbeizusehnen und sich darauf zu freuen, denn sie ertappte sich immer wieder dabei, wie sie an Fiete denken musste und an den Moment, in dem seine Lippen ihre Stirn berührt hatten. Dann schlug ihr Herz schneller und die Luft wurde knapp, was aber nicht am Asthma, sondern ihren Gefühlen lag. Sogar auf dem Friedhof war sie gewesen, hatte einen bunten Blumenstrauß abgelegt und lange vor Marits Grab gestanden. Es war ihr vorgekommen, als hätte sie sich eine Erlaubnis abgeholt, den blonden Hünen auch weiterhin sehen und in ihr Herz schließen zu dürfen. Nachträglich war es ihr beinahe albern erschienen und doch fühlte sie sich danach irgendwie erleichtert.

Es waren ruhige Tage am Meer, die ihr Kraft, Mut und Zuversicht schenkten, bis Elsa am Donnerstag vor Ostern abends auf ihrer Couch lag. So langsam endete die gemeinsame Zeit mit Sophie. Eigentlich wäre das schon viel eher der Fall gewesen, aber sie hatte von sich aus nach dem Frühstücksdienst bei Uta zusätzliche Schichten im Service geschoben. In wenigen Tagen musste sie jedoch an die Rezeption wechseln und damit einen neuen Bereich im *Godewind* erobern.

Wie jeden Abend wollte Elsa ihre Notizen studieren, die sie in den letzten Tagen gemacht hatte. Noch immer gab es wenig an den Abläufen im *Godewind* auszusetzen und noch weniger am Personal. Doch, wie überall, entdeckte sie winzige Kleinigkeiten, die verbessert konnten, und sie hatte die ein oder andere Idee, die dem Personal die Arbeit erleichtern konnte. Diese Dinge festzuhalten und bei passender Gelegenheit anzusprechen, darum ging es ihr. Ob Veronika das von ihr erwartete, wusste sie nicht, aber Elsa war sicher, dass es nicht schaden konnte.

Natürlich waren auch die Vorfälle mit dem Buchungsprogramm in ihren Aufzeichnungen gelandet, allerdings hatte sie dafür noch immer keine Erklärung. Seit damals war nichts mehr geschehen und das Programm lief einwandfrei. Dennoch war es klug, für derartige Fälle in der Zukunft einen Plan B zu haben.

An diesem Abend griff ihre in der Aktentasche herumsuchende Hand jedoch ins Leere. Elsa schaltete die größere Lampe an, suchte erneut und musste feststellen, dass ihr Tablet nicht im vorgesehen Fach steckte. Es war gar nicht da. Einen Moment schloss sie die Augen. Sie hatte mit Babsi und Sophie am Tisch im Aufenthaltsraum gesessen und noch einen Kaffee getrunken. Sie hatte kurz ihre E-Mails gecheckt und dann … Es gab keinen Zweifel, sie hatte ihr Tablet auf dem Tisch im Aufenthaltsraum liegen lassen. Das war an sich nicht weiter tragisch, denn es war passwortgeschützt und niemand würde es stehlen.

Dennoch fühlte Elsa sich seltsam unvollständig und konnte nicht das umsetzen, was sie sich vorgenommen hatte. Sie trat an die Balkontür und sah nach draußen. Die Dämmerung hatte bereits eingesetzt und die Laternen, die entlang des Boddens am Wegesrand standen, leuchteten. Es war kurz vor halb neun. Wenn sie jetzt aufbrach, würde sie in einer Viertelstunde wieder zurück sein und es blieb ihr immer noch genügend Zeit, ihre Notizen zu überarbeiten.

Elsa nahm die Jacke vom Haken, schnappte sich ihren Autoschlüssel und eilte die Treppe nach unten. Als sie hinaustrat, sah sie gleich, dass genau am Zufahrtstor zum Grundstück ein unbekanntes Auto parkte. Es ragte ein ganzes Stück in den Fahrweg, ein Durchkommen war unmöglich. Empört betrachtete Elsa den dunklen Wagen mit Hamburger Kennzeichen. Eigentlich gab es nur eine Möglichkeit, Manuel musste Besuch haben.

Zu ihrem Erstaunen schimmerte aus dessen Wohnung kein Licht. Elsa klingelte dennoch an der unteren Tür. Doch wie erwartet tat sich nichts. Dafür schallte Gelächter aus einem der anderen Häuser zu ihr herüber. Sie spähte vorsichtig durch die Hecke und entdeckte eine Terrasse voller Menschen. Irgendjemand schien seinen Geburtstag zu feiern und der Fahrer des Autos war vermutlich dort zu Gast.

Unschlüssig starrte Elsa den fremden Wagen an, als könne sie ihn allein mit ihrer Empörung von der Stelle bewegen und dachte nach. Natürlich konnte sie nach nebenan gehen und sich beschweren. Das wäre ihr gutes Recht. Aber angesichts der Feierlaune und der ausgelassenen Stimmung, die dort drüben herrschten, widerstrebte ihr dies. Es blieb noch eine andere Möglichkeit.

Elsa öffnete das Vorhängeschloss, das an der Tür des schmalen Schuppens hing, der direkt hinter dem Carport lag. Darin standen zwei Fahrräder, die sie als Gäste des Hauses benutzen durften. Elsa hatte das schon einmal gemacht und damit eine erste kleine Runde durch den Ort gedreht.

Entschlossen zog sie eines der Räder hinaus, schaltete die Lampe an und radelte immer am Ufer des Boddens entlang Richtung Hotel. Die ersten Meter fuhr Elsa etwas unsicher, denn der Weg war schmal und der Lichtschein ihrer Leuchte schwach. Dazu kam der Sand, der sie einige Male ins Trudeln brachte. Doch allmählich wurde sie sicherer und gab Gas.

Rechts von ihr stand das Schilf schwarz und schweigend. Links schimmerte anfangs aus einigen wenigen Häusern das Licht von Lampen in die Gärten, doch dann gab es nur noch Wiesen und vereinzelte Büsche. Elsa kam gut voran, denn niemand war zu sehen und der Wind, der tagsüber meist wehte, war schlafen gegangen.

Sie passierte den Ahrenshooper Hafen, dessen Boote in der Ferne hin und her schaukelten. Einige Positionslichter blinkten und der Mond schien aufs Wasser. Es sah aus, als wäre ein runder Käse in den Bodden gefallen. Die letzten Gäste verließen gerade das Restaurant am Hafen und lachten laut, während sie sich voneinander verabschiedeten. Dann hüllte sie die Stille wieder ein, mal abgesehen von einem leisen Rascheln und Wispern im Schilf.

Elsa trat fest in die Pedale und genoss das wunderbare Gefühl des Fahrtwindes, der ihr durchs Haar und über das Gesicht strich. Es war fantastisch, so unbeschwert Fahrrad fahren zu können, ohne Luftnot, ohne Erstickungsanfälle.

In der Ortsmitte wandte sie sich nach links, radelte Richtung Hauptstraße und bog schließlich in den schmalen Weg ein, der zum *Godewind* führte. Hier leuchteten noch einige Lichter in den Fenstern. Elsa stellte das Rad in den vorgesehenen Ständer und eilte die seitliche Personaltreppe nach unten. Doch als sie die Klinke hinunterdrücken wollte, stellte sie fest, dass die Tür zu dieser späten Stunde verschlossen war. Also musste sie den Haupteingang benutzen.

Erneut umrundete Elsa das Haus. Mit einem leisen Surren glitt die Eingangstür des Hotels auseinander und gab den Blick auf die Rezeption frei. Die lag Verlassen da, doch im dahinter liegenden Büro brannte eine Lampe.

Elsa durchquerte das Foyer, klopfte vorsichtig auf den Tresen und schaute um die Ecke. Das Büro war leer. Vermutlich drehte Jonas, der meist die Nachtschichten übernahm und dabei für sein schon länger andauerndes Studium lernte, eine letzte Runde oder erfüllte einem der Gäste einen Wunsch. Doch gerade als Elsa die Schwingtür öffnen wollte, die in die untere Etage führte, hörte sie hinter sich Schritte.

Jonas trat aus dem Treppenhaus und musterte sie prüfend. Dann erkannte er sie und grinste. „Ach, Frau Torberg, ich dachte schon, ich hätte eine späte Anreise verpasst. War gerade oben, einen Tee in eines der Zimmer bringen. Machen Sie jetzt erst Feierabend oder sind Sie schon wieder da?" Jonas strich seine halblangen blonden Haare hinter die Ohren. Er hatte etwas Verwegenes im Blick und Elsa konnte sich gut vorstellen, dass er als Surflehrer im Sommer auf Sylt die Mädchenherzen reihenweise brach. Sophie hatte ihr erzählt, dass Jonas sich jedes Jahr einige Wochen freinahm und danach braun gebrannt und bestens gelaunt wieder zum Dienst erschien. Er war ein Sunnyboy und besonders bei den jüngeren, weiblichen Gästen sehr beliebt.

„Weder noch", erwiderte Elsa. „Ich hab mein Tablet unten liegen lassen und wollte noch einige Notizen überarbeiten."

Jonas nickte, umrundete den Tresen und hockte sich auf seinen Hocker. „Deswegen kommen Sie zu so später Stunde noch einmal ins Hotel? Das scheinen ja sehr wichtige Notizen zu sein. Und? Wie gefällt es Ihnen bei uns an der Ostsee? Viel los ist ja nicht in Ahrenshoop, aber im Sommer ändert sich das. Da gibt es Konzerte, Strandpartys und so weiter."

„Ach, es gefällt mir jetzt schon sehr gut, schöne Gegend, nette Menschen und –"

„Und tolle Kollegen", ergänzte Jonas.

„Auch das." Elsa lachte. „Nur aus dem Partyalter bin ich mittlerweile ein bisschen heraus."

„Man ist doch niemals zu alt für eine gute Party." Jonas stützte sein Kinn auf die Handflächen. „Also, könnten Sie sich vorstellen, bei uns anzufangen?"

„Ja, schon. Aber das liegt ja nicht allein an mir, sondern vor allem an Ihrer Chefin."

Plötzlich erklang aus der unteren Etage ein Geräusch. Beide starrten sich mit angehaltenem Atem an und lauschten. Doch es war wieder still. Elsa hätte nicht mal sagen können, was es gewesen war, nur, dass es von unten gekommen war und dass Jonas es auch gehört hatte.

Der schob sich von seinem Hocker und öffnete behutsam die Schwingtür. „Hallo? Ist da jemand?", rief er nach unten. Natürlich kam keine Antwort.

Er zuckte unschlüssig mit den Schultern. „Komisch. Ich werd trotzdem mal nachsehen", flüsterte er Elsa zu und legte seinen Mund so nah an ihr Ohr, dass sie seinen Atem deutlich spürte.

Er berührte mit dem Zeigefinger seine Lippen und schlich behutsam die hölzerne Treppe hinab. Elsa sah, dass Jonas jeden einzelnen Schritt bewusst setzte und die am schlimmsten knarrenden Stufen vermied. Etwa auf der Hälfte angekommen, beugte er sich über das Geländer, spähte herunter und ging dann weiter.

Elsa sah ihm unschlüssig hinterher, beschloss aber, dass es das Beste war, abzuwarten. Nach wenigen Minuten kam Jonas die Treppe wieder hoch und schloss behutsam die Tür. Beschwörend schaute er sie an und zog sie mit sich in das kleine Büro.

„Wissen Sie, wen ich dort unten entdeckt habe? Manuel Zachert", raunte er ihr zu.

Elsa machte große Augen. „Und was tut er dort?"

„Er sitzt im alten Büro der Chefin mit einem Berg von Aktenordnern und macht sich irgendwelche Notizen und auch Fotos mit seinem Handy. Was machen wir denn nun?"

„Was ist denn in diesem Büro?"

„Irgendwelcher alter Kram, Papiere, Akten, Abrechnungen, keine Ahnung." Jonas hob die Schultern. „Es scheint zumindest nichts Wichtiges zu sein, denn der Raum ist nie abgeschlossen. Jeder hat praktisch Zugang."

„Hm." Elsa starrte unschlüssig die Tür an. „Ich weiß auch nicht so recht. Was würden Sie denn tun?"

„Na, auf keinen Fall diesen Zachert einfach so rumhantieren lassen", sagte Jonas. „Irgendjemand muss informiert werden."

Elsa zog das Handy aus ihrer Tasche. „Das denke ich auch. Das Beste ist, ich rufe Sophie an und erzähle ihr, was los ist."

Jonas hielt ihre Hand fest. „Jetzt? Um diese Zeit? Keine gute Idee. Sophie geht immer zeitig schlafen."

Elsa musterte die Uhr an der Wand. „Stimmt auch wieder. Dann vielleicht Peter? Immerhin ist er am längsten im *Godewind*."

„Das machen wir." Doch dann zögerte Jonas. „Wobei, gerade fällt mir ein, heute ist Donnerstag. Da hat er seinen Quizabend."

„Seinen was?"

„Quizabend, er trifft sich mit irgendwelchen Typen und die lösen dann Rätsel oder schwierige Fragen. Für meine Begriffe alles ziemlich spooky, aber so ist Peter nun einmal."

„Dann fällt mir auch nichts mehr ein."

„Verschieben wir es einfach. Wir informieren Peter morgen. Was soll schon passieren?"

Elsa ging einen Moment in sich. Vielleicht hatte Jonas recht und sie würden nur unnötig die Pferde scheu machen. Heute Abend könnte eh niemand etwas ausrichten. Dennoch sträubte sich alles in ihr. Wieder ein Vorfall, an dem Manuel Zachert beteiligt war. Wieder gab es irgendwelche Heimlichkeiten. „Ich weiß nicht."

„Ich könnte natürlich runtergehen und Zachert die Leviten lesen", sagte Jonas. „Mit dem werde ich locker fertig."

„Davon bin ich überzeugt, aber das wäre wohl keine gute Idee." Plötzlich kam Elsa ein Gedanke, doch augenblicklich wusste sie, dass Jonas ihm niemals zustimmen würde. „Gut, reden wir morgen mit Peter", meinte sie deswegen. „Dennoch würde ich gerne mein Tablet holen. Wie gesagt, die Notizen."

„Nich ihr Ernst. Sie können doch nicht dort runter. Was, wenn Zachert sie hört?"

„Kann er doch. Man wird sich im *Godewind* schließlich immer noch frei bewegen dürfen, oder nicht?"

„Stimmt, aber soll ich das nicht lieber für Sie übernehmen?", schlug Jonas vor.

„Auf keinen Fall. Ich weiß nicht mal, wo ich das Tablet genau hingelegt habe. Ich geh runter und basta."

„Aber dann passe ich hier oben auf und falls was sein sollte, rufen Sie einfach um Hilfe."

Elsa musste lachen. „Wenn Sie meinen, aber wir sind doch hier nicht in einem Krimi. Immerhin handelt es sich nur um Manuel Zachert und nicht um einen Schwerverbrecher."

„Ich bleibe dennoch auf Posten. Sicher ist sicher."

Elsa öffnete entschlossen die Tür zur Treppe und betrat die Stufen. Sie schlich nicht, sondern setzte bewusst jeden einzelnen Schritt. Zachert sollte sie hören. In ihrem Kopf rasten die Gedanken. Was würde er tun? Würde er sich verstecken? So tun, als wäre er gar nicht da?

Schließlich erreichte sie den kleinen Flur. Die Tür des Büros war inzwischen geschlossen. Also hatte Manuel ganz sicher etwas von ihrer Anwesenheit mitbekommen. Entschlossen lief Elsa bis ans hintere Ende und betrat den Aufenthaltsraum. Deutlich nahm sie dabei den schmalen Lichtschein wahr, der unter der Bürotür nach draußen fiel. Drin blieb alles still. Niemand zeigte sich, Manuel Zachert schien in Deckung gegangen zu sein.

Genau wie Elsa es sich gedacht hatte, lag auf dem Tisch des Aufenthaltsraumes ihr Tablet. Sie griff danach, verstaute es in ihrer Umhängetasche und wandte sich zum Gehen.

Auf einmal war da ein Schatten hinter ihr. Jemand schob sich ins Zimmer und schloss die Tür mit einem leisen Knall – Manuel Zachert.

Kapitel 21

Einen Moment standen sie sich einfach nur gegenüber und schauten sich an. Manuel Zachert betrachtete die Tasche in ihrer Hand.

„Was tust du denn hier um diese Zeit?" Elsa konnte sich zwar nicht erinnern, dass sie schon beim vertraulichen Du gelandet waren, aber das war nun auch egal.

„Dasselbe könnte ich dich fragen. Ich kann mich nicht erinnern, dass du Nachtschicht hast."

Manuels Augen wurden schmal. Er versuchte ein Lächeln, gab es aber angesichts Elsas ernster Miene wieder auf.

An der Außenseite der Tür erklang ein leises Klopfen. „Elsa?", flüsterte eine Stimme.

„Alles in Ordnung, Jonas", antworte sie laut.

„Wirklich?"

„Ja, alles gut. Sie können gehen."

Schritte verklangen auf der Treppe.

„Dein nächster Verehrer?", fragte Manuel spöttisch. „Du scheinst ja nicht viel Zeit zu verlieren, um Bekanntschaften zu knüpfen. Und überhaupt. Was soll das heißen: Alles in Ordnung. Dachte dieser Aushilfsstudent etwa, dass ich dich hier unten umbringe?"

„Jonas hat sich halt Sorgen gemacht. Wir hörten jemanden in der unteren Etage herumschleichen. Und wen fanden wir vor? Dich. Also, was machst du hier um diese Zeit in Frau Gutters Büro?" Sie beugte sich ein Stück zu ihm. „Übrigens, falls es dich interessiert, was ich hier mache, kann ich es dir gerne sagen: Ich hole mein Tablet. Das hab ich heute

Nachmittag nämlich auf dem Tisch vergessen. Nun bist du dran."

„Ich habe mir nur ein paar alte Unterlagen angesehen. Die Tür stand offen und so bin ich reingegangen. Sozusagen pure Neugierde." Manuel lächelte charmant.

„Ein paar alte Unterlagen. Das soll ich dir glauben?"

„Du musst mir glauben, weil es die Wahrheit ist."

Elsa lehnte sich an den Tisch und verschränkte die Arme. „Auf mich wirkt es ein bisschen anders. So als würdest du rumstöbern, in Dingen, die dich nicht das Geringste angehen. Du solltest wissen, dass Jonas morgen Peter informieren wird."

„Nur weil ich in ein paar alten Akten geblättert habe? Wenn er sonst keine Sorgen hat, bitte schön."

Elsa stöhnte auf und verdrehte die Augen. „Manuel, es ist fast zehn, praktisch mitten in der Nacht. Du hast längst Feierabend und hattest das Hotel bereits verlassen. Und dann bist du noch einmal zurückgekommen, um in Akten zu stöbern. Wie würde das für dich aussehen?"

Er hob bedauernd die Hände. „Ich versteh dich, also euch. Aber wenn ich dir nun sagen würde, dass alles ein bisschen anders ist, als es aussieht, wie wäre dann deine Meinung?"

Elsa seufzte. „Es kommt doch überhaupt nicht auf meine Meinung an. Das hier ist nicht mein Hotel und ich bin nicht mal hier angestellt. Aber vermutlich würde ich sagen: Schön, schön. Lassen wir Frau Gutter entscheiden, was sie zu diesem Thema sagt. Immerhin ist es ihr Haus, ihr Büro und es sind ihre Akten." Der Kopfschmerz war zurück und Elsa massierte ihre Schläfen. Ganz kurz ließ sie Manuel aus ihrem Blick.

Auf einmal war er bei ihr, so schnell, dass Elsa nicht reagieren konnte. Er umfasste ihre Arme und zog sie an sich. Sie spürte seine festen Muskeln, seinen heftigen Atem. „Wenn ich dich nun bitte, nicht mit Frau Gutter oder Peter zu sprechen. Oder sagen wir besser, noch nicht."

„Dann wäre da immer noch Jonas, der dich im Büro gesehen hat und als loyaler Mitarbeiter seine Beobachtungen nicht für sich behalten wird." Elsa regte sich nicht, sie leistete keinen Widerstand, machte sich einfach nur steif und so ließ er sie schließlich wieder los. „Außerdem möchte ich dich daran erinnern, dass wir beide in einem Wettbewerb stehen. Wir bewerben uns auf denselben Job, du und ich. Ich bin sicher, du würdest keine Sekunde zögern, zu Peter zu rennen, wenn du mich in einer solchen Situation vorgefunden hättest."

„So schätzt du mich ein?" Seine Stimme war leise. Es lag etwas darin, das Elsa zögern ließ.

Sie sah Manuel in die Augen. „Wie soll ich dich denn einschätzen?"

„Als einen ehrlichen Kerl. Ich versichere dir, ich habe nichts Verbotenes getan oder etwas, dass dem *Godewind* schaden würde, im Gegenteil."

„Schwer zu glauben, wenn du mitten in der Nacht im Hotel herumschleichst und heimlich in Unterlagen wühlst."

Manuel nickte. „Ich verstehe und ja, du hast recht, ich würde vermutlich dasselbe tun und zu Peter rennen. Wobei, ich würde es wohl eher Ferdinand sagen, weil Peter so nervig ist. Also dann, tu, was du nicht lassen kannst." Er drehte sich um und verließ den Raum. Doch dann kam er noch einmal zurück und schaute um die Ecke. „Ach, wie bist du eigentlich hergekommen? Da war ein Auto, das unsere Ausfahrt blockiert hat. Sag bloß, du hast unsere Nachbarn beim Feiern gestört. Die waren alle so gut drauf."

„Das habe ich natürlich nicht. Ich habe mir ein Fahrrad aus dem Schuppen genommen und bin rüber geradelt."

„Tatsächlich? Dann können wir zusammen heimfahren. Ich bin auch mit dem Rad da." Manuel zögerte kurz. „Aber halt, das willst du vermutlich nicht. Ich bin ja ein Verräter oder Verbrecher oder gemeingefährlich, was auch immer."

Elsa warf ihre Haare zurück. „Du benimmst dich absolut lächerlich, weißt du das? Ich sehe dich weder als Verräter noch als gefährlichen Menschen. Ich frage mich einfach nur, was du hier gemacht hast. Ist das so schwer zu verstehen? Ich jedenfalls fahre jetzt nach Hause. Und meinetwegen darfst du mich gern begleiten oder du lässt es bleiben. Wie du willst." Elsa schob die Tür auf und stürmte die Treppe hinauf.

An deren Ende erwartete sie ein unruhiger Jonas. „Keine Sekunde zu früh. Ich habe euch dort unten noch eine Minute gegeben, dann wäre ich runter gekommen und hätte klar Schiff gemacht. Alles in Ordnung?" Er betrachtete sie besorgt.

„Alles gut", antwortete Elsa. „Wir haben uns lediglich unterhalten."

„Aha", erwiderte Jonas ungläubig. „Und was hat er gesagt, der Herr Zachert?"

„Er hat mich gebeten, die Sache vorerst für mich zu behalten. Es sehe anders aus, als es in Wirklichkeit ist. Er habe nur in alten Akten geblättert und sei neugierig gewesen."

„Und das glauben Sie ihm?" Jonas starrte die geschlossene Tür an, denn Manuel war immer noch nicht hinter ihr aufgetaucht. „Soll das ein Witz sein? Wir können das doch nicht für uns behalten. Wollen Sie das etwa?"

„Natürlich nicht und das habe ich Herrn Zachert auch gesagt." Elsa seufzte leise. „Aber jetzt werde ich nach Hause fahren und morgen mit Sophie sprechen, einverstanden?"

Jonas nickte zögernd. Da tauchte Manuel auf. Der Student warf ihm einen vernichtenden Blick zu.

„Bis Morgen dann, Jonas", meinte Elsa gut gelaunt, hob die Hand und verließ das Hotel. Sie lief zu den Fahrradständern und öffnete das Schloss, als hinter ihr Schritte erklangen. Noch ehe Manuel sie erreichte, schwang sie sich in den Sattel und fuhr los. Elsa trat, so fest sie konnte, in die Pedale. Doch ihr war bewusst, dass es nur eine Frage von Minuten war, bis Manuel sie einholen würde.

Als sie zur Hauptstraße gelangte und links abbog, war es so weit. Sein Schatten schob sich an ihre Seite. Ihre beiden Fahrradlampen tanzten nebeneinander auf dem Asphalt der Straße, trafen sich, flackerten übereinander und trennten sich wieder. Unbeirrt starrte Elsa nach vorn. Sollte sie den schmalen

Weg unten am Bodden wählen? Einsam war es dort, fernab von anderen Menschen.

Sie schalt sich selbst. Was für ein Unsinn! Es war unwahrscheinlich, dass Manuel sie um die Ecke bringen würde. Und es machte noch weniger Sinn, den Umweg über die Hauptstraße zu nehmen, denn auch dort konnte er ihr folgen. Also bog Elsa schwungvoll in den schmalen Weg ein, der zum Bodden führte und sah nur anhand des Lichtscheines, dass Manuel ihr mit einigem Abstand folgte.

Als die letzten Häuser hinter ihnen lagen, schob sich sein Fahrrad erneut an ihre Seite. „Du hast ein ganz schönes Tempo drauf."

Elsa schwieg und trat verbissen weiter. So langsam begannen ihre Waden zu brennen und die Luft wurde knapper. Sie bremste ein wenig ab und Manuel passte sich augenblicklich ihrer Geschwindigkeit an.

„Willst du jetzt nie mehr ein Wort mit mir reden? Ist ja auch egal", plauderte er weiter. „Wenn du morgen zu Peter rennst, dürfte sich die Sache eh erledigt haben. Du hast deinen Job am Meer und damit das bekommen, was du die ganze Zeit wolltest."

Elsa fuhr weiter. Da huschte ein schwarzer Schatten über den Weg, streifte kurz ihr Vorderrad und brachte sie ins Schlenkern. Es war eine Katze oder ein Hase gewesen. Auf jeden Fall ein Tier, das lautlos und geschmeidig im Schilf verschwand. Hilflos versuchte Elsa, gegenzusteuern, aber der Boden kam immer näher und schließlich stürzte sie mit voller Wucht auf den Weg. Ein scharfer Schmerz durchzuckte ihren Arm und trieb ihr einen Moment die Tränen in die Augen. Stöhnend probierte sie, sich aufzurichten, doch ihre Beine versagten ihr den Dienst.

Sofort hielt Manuel an, warf sein Fahrrad auf die Seite und eilte zu ihr. „Alles in Ordnung?", fragte er besorgt.

Elsa sog scharf die Luft ein und nickte, bis ihr bewusst wurde, dass er dieses Nicken in der Dunkelheit gar nicht sehen konnte. „Alles in Ordnung", quetschte sie zwischen ihren Zähnen heraus. Noch immer durchzuckte der Schmerz ihren Arm und ließ bunte Lichter vor ihren Augen tanzen.

„Hast du dich verletzt?"

„Alles bestens, nur mein Arm tut ein bisschen weh", gestand sie widerwillig. Das war glatt gelogen, denn ihr Arm schmerzte höllisch. So sehr wie damals, als sie sich als kleines Mädchen beim Rollschuhfahren die Knie fünf Mal in Folge aufgeschlagen hatte.

„Ein bisschen? Na, wenn ich deinen Puls fühle, scheint es mehr als ein bisschen zu schmerzen. Der galoppiert wie bei einem Rennpferd."

„Sag bloß, du kennst dich mit so was aus."

„Das tue ich tatsächlich. Immerhin war ich der Älteste von vier Brüdern, die in ihrer Kindheit keinen Sturz vom Baum oder anderen Erhebungen ausgelassen haben. Welcher Arm ist es?"

„Der rechte."

Manuel ergriff ihren Arm und tastete ihn besorgt, beinahe schon zartfühlend ab.

„Beweg mal die Finger, gut. Und jetzt ganz behutsam das Handgelenk." Elsa stöhnte. „Hm, das tut weh. Nun den Ellbogen, ja, sehr gut. Und nun die Schulter." Seine Hand glitt über ihren Nacken, wanderte bis zum Schultergelenk und verharrte dort kurz. „Es scheint nichts gebrochen zu sein. Vermutlich hast du eine Verstauchung. Die schmerzen oft mehr als ein Bruch. Kannst du aufstehen? Ich meine, wenn ich dir helfe?"

Ich will aber nicht, dass du mir hilfst. Und schon gar nicht nach allem, was vorhin passiert ist, hätte Elsa am liebsten gesagt. Doch der Schmerz ließ ihren Widerstand schmelzen wie Schnee im Frühjahr. Im Grunde war sie froh, dass Manuel an ihrer Seite war. Er half ihr behutsam auf die Beine, hielt aber noch immer ihren unverletzten Arm fest.

Elsa schwankte leicht und schluckte. Der Schreck saß ihr in den Gliedern. Doch allmählich kehrten ihre sieben Sinne zurück und die vom Schmerz hervorgerufene Übelkeit verflog. Die bunten Punkte vor ihren Augen verblassten zusehends. „Danke, es geht schon wieder", sagte sie leise.

„Wirklich? Bist du sicher?"

„Ja, bin ich."

„Gut, dann bleibst du jetzt hier stehen und rührst dich nicht von der Stelle. Zuerst suche ich deine Tasche und dann schaue ich mir dein Fahrrad an. Mal sehen, ob du damit weiterfahren kannst." Die Lampe seines Handys leuchtete auf. Suchend strich sie über den Rand des Weges. Endlich wurde er fündig und winkte mit ihrer Tasche. Dann hockte Manuel sich hin, hob Elsas Fahrrad auf und checkte es durch. Sorgfältig untersuchte er die einzelnen Teile. „Auf den ersten Blick scheint alles in Ordnung zu sein. Du hast das, was immer es auch war, zum Glück nur leicht gestreift."

Manuel machte einen Fahrversuch, radelte einige Meter und kam dann zu ihr zurück. „Ja, das Rad funktioniert. Traust du dir zu, zu fahren, oder sollen wir unsere Räder lieber schieben?"

„Es wird schon gehen", erwiderte Elsa trotzig. Seine besorgte Art war ihr unangenehm, auch wenn sie spürte, dass er es wirklich nur gut meinte.

„Na dann, auf gehts." Manuel hielt ihr das Rad hin und Elsa versuchte, sich abzustoßen und aufzusteigen. Der erste Versuch scheiterte kläglich und beinahe wäre sie erneut gestürzt, doch Manuel war an ihrer Seite und stützte sie. Zum Glück sparte er sich weitere besorgte Kommentare und beim zweiten Mal gelang es.

Elsa fuhr, zwar langsam und leicht schwankend, aber immerhin. Konzentriert musterte sie den Weg, vor allem den Rand zu beiden Seiten. Schließlich tauchten die ersten Lampen auf und dann die Abzweigung, die zu ihrem Ferienhaus führte. Mittlerweile schien die Party bei ihren Nachbarn ein Ende gefunden zu haben, denn die Lichter waren erloschen und das unrechtmäßig geparkte Auto vor ihrer Ausfahrt war verschwunden.

Erleichtert stieg Elsa ab und wollte das Rad in den Schuppen bringen, doch Manuel entriss es ihren Händen. „Ich mach das. Setz dich lieber dort drüben hin." Er deutete auf die kleine Bank, die neben der Haustür stand. Sein Tonfall gestattete keinen Widerspruch. Inzwischen war Elsa alles egal, also ließ sie sich fallen und schloss einen Moment die Augen.

So eine blöde Sache. Ausgerechnet jetzt, wo sie an die Rezeption wechseln sollte. In ihrem Arm puckerte es und es fühlte sich an, als wäre ihr Ellbogen auf das Doppelte angeschwollen. Das hatte sie mal wieder gut hinbekommen, nur wegen einiger Notizen, die nichts Lebenswichtiges enthielten.

Kurze Zeit später flammte das Licht über der Eingangstür auf. Manuel drehte den Schlüssel im Schloss und hakte die Tür fest. Ehe er ihr zu Hilfe kommen konnte, stand Elsa schon auf und legte die wenigen Meter zurück. Zwar fühlten ihre Beine sich an, als wären sie aus Pudding, doch ihre Sturheit war stärker. Dann ergriff sie die Tasche, die Manuel in den Händen hielt und wollte die Treppe hinaufsteigen.

Er hielt sie fest und deutete auf ihren Unterarm. „Du blutest, siehst du?"

Elsa schaute auf ihr Handgelenk, sah die zerrissene Jacke, spürte erneut den Schmerz.

„Das sollten wir uns anschauen."

Sie schüttelte den Kopf. „Es wird nur eine Schürfwunde sein. Kein Grund, so ein Aufheben zu machen."

„Umso schlimmer. Wenn es eine Schürfwunde ist, sollten wir sie reinigen und desinfizieren. Sie wird schmutzig sein, immerhin bist du mitten in den Dreck gefallen." Manuel sah sie an, als wäre sie sechs Jahre alt.

Elsa holte Luft, um zu protestieren, doch er schüttelte nur den Kopf. „Keine Widerrede. Du kommst mit zu mir und ich schaue mir deinen Arm an."

„Nun sag bloß, du hast eine Hausapotheke in deiner Wohnung und kannst mich verarzten."

Manuel öffnete die Tür und sagte über die Schulter: „Du wirst lachen, genau das habe ich. Als Radsportler erleidet man öfter mal kleinere Unfälle und hat deswegen immer ein paar Sachen dabei." Er drückte auf den Lichtschalter und deutete dann auf eine halb geöffnete Tür. „Ich suche das Verbandszeug, geh du schon mal ins Wohnzimmer."

Neugierig betrat Elsa den Raum. Er war praktisch wie der eine Etage höher geschnitten, nur das die Wandschrägen fehlten und dadurch alles größer und lichter wirkte. Große Fenster zeigten Richtung Garten und auf die Terrasse, deren Fliesen im Mondlicht schimmerten. Schnell schaute Elsa sich um.

Eines musste man Manuel Zachert lassen. Er war ein sehr ordentlicher Mensch. Wären da nicht ein paar Bücher, Zeitschriften und der Laptop auf dem Tisch gewesen, hätte die Wohnung fast schon unbewohnt gewirkt. Selbst die Spüle war leer. Vermutlich kochte er sich morgens nicht mal einen Kaffee oder er spülte seine Tasse ab, bevor er das Haus verließ.

In diesem Moment kam er mit einer kleinen Tasche zurück und deutete auf den Esstisch, über dem eine hell strahlende Lampe hing. „Das Beste ist, wir setzen uns dort hin. Da ist das Licht am besten. Versuch, deine Jacke auszuziehen. Falls es nicht geht, kann ich dir helfen."

Es ging schwer, es tat weh. Elsa quälte sich verbissen ab, bis sie den Arm endlich aus dem Ärmel hatte. Bestimmt waren Manuel ihre Bemühungen nicht entgangen, doch er legte ein paar Sachen auf den Tisch und warf keinen Blick in ihre Richtung.

Im Schein der Lampe besah Elsa sich ihren Arm und stöhnte innerlich. Eine breite Schürfwunde zog sich über den halben Unterarm. Dreck und kleine Steine klebten darin. Bei jeder Bewegung schmerzte die Wunde und sonderte winzige Blutstropfen ab, die wie schimmernde Perlen wirkten.

„Kannst du den Arm heben?", fragte Manuel und Elsa nickte. „Gut, stütz ihn am besten auf den Tisch. Wir werden eine kleine Weile brauchen." Er öffnete eine Flasche, gab eine scharf riechende Flüssigkeit auf ein Stück Mull und beugte sich dann vor. „Das wird jetzt unter Umständen ein bisschen wehtun. Ich muss die Wunde reinigen. Immer schön durch die Nase atmen und einen festen Punkt fixieren. Das hilft am besten."

Elsa fixierte ein Bild, das zwischen den Fenstern an der Wand hing. Es zeigte einen Leuchtturm, der vom Meereswogen umspült wurde. Graue Wolken jagten am Himmel dahin. Parallel dazu atmete sie. Ab und zu tränten ihr die Augen, denn es schmerzte höllisch, wenn Manuel ihre Wunde reinigte. Er sagte kein Wort und sie war ihm ausgesprochen dankbar dafür.

Nach einer halben Ewigkeit lehnte er sich zurück. „Fertig, nun noch eine Salbe drauf und die Wunde kann heilen." Er öffnete eine kleine weiße Dose. Kühl strichen seine Finger über ihren Arm und ließen den Schmerz weniger werden. Dann riss er die Folie von einem Verbandspäckchen, umwickelte ihren Arm und klebte zum Schluss die Enden der Binde mit einem Pflaster fest. „Das wars."

Elsa schluckte. „Danke", sagte sie schließlich leise.

Manuel winkte ab. „Schon gut, das war doch selbstverständlich." Er räumte seine Sachen zusammen und schob die Dose mit der Salbe in ihre Richtung. „Hier, am besten morgen früh den Verband abmachen und noch einmal auftragen. Die Salbe ist von meiner Mutter. Keine Ahnung was drin ist, aber bei mir hilft es immer superschnell. Bestimmt irgendwelche Kräuter oder Pflanzen, die andere als Unkraut ansehen und rausreißen. Meine Mutter hat ein Faible für solche Dinge."

Protestierend schob Elsa die Dose zurück. „Aber das kann ich nicht annehmen."

„Warum denn nicht? Weil wir vorhin eine kleine Auseinandersetzung hatten? Weil du mit mir nichts zu tun haben willst? Weil wir uns beide für dieselbe Stelle bewerben? Oder was?" Manuel sah sie an. Seine Augen hielten sie fest und es war Elsa zunächst unmöglich, seinem Blick auszuweichen. Schließlich schaffte sie es doch und starrte erneut auf das Bild an der Wand.

Hilflos hob sie die Schultern. „Ach, ich weiß nicht. Es ist deine Salbe und überhaupt …" Sie verstummte.

Manuel schüttelte den Kopf. „Mach doch die Sache nicht so kompliziert, Elsa." Sie musste ihn einfach wieder ansehen, denn da war ein Flehen in seiner Stimme. „Es ist nur eine Dose mit Salbe und ich will dich mit ihrem Inhalt nicht vergiften, falls du das vermutest. Außerdem hab ich noch ein Exemplar dabei. Meine Mutter stattet mich immer aus, als würde ich eine Weltumrundung machen. Mütter eben." Er lachte und kleine Fältchen zeigten sich neben seinen Augen.

Elsa straffte sich. „Das hab ich niemals behauptet und auch nicht gedacht. Natürlich weiß ich, dass du mich nicht vergiften willst."

„Na, immerhin haben wir wenigstens eine Gemeinsamkeit gefunden." Er klopfte sich erleichtert gegen die Brust.

Elsa verdrehte die Augen. „Es geht doch gar nicht um diese Salbe. Es ist dein ganzes Verhalten und vorhin das im Hotel setzt dem Ganzen die Krone auf. Ich weiß einfach nicht, was ich davon halten soll."

Manuel lehnte sich zurück und schob die Mullverpackung vor sich von links nach rechts. „Das verstehe ich, sehr gut sogar. Aber ich kann dir noch nicht sagen, was dahintersteckt."

„Und warum nicht?", platzte Elsa heraus.

„Weil ich es jemandem versprochen habe. Meine Oma hat früher immer gesagt: Man soll nicht über ungelegte Eier sprechen. Diese Sache ist ein ungelegtes Ei."

„Ich werde dennoch morgen mit jemandem darüber sprechen müssen. Oder Jonas wird es tun."

Manuel hob seine Schultern. „Wie bereits gesagt: Ich kann es dir nicht verdenken."

Sie fühlte sich unzufrieden. Elsa hätte Manuel am liebsten gepackt und geschüttelt, so kräftig es nur ging. Doch stattdessen stand sie mühevoll auf und nickte ihm zu. „Danke für deine Hilfe."

„Gern geschehen. Schlaf gut. Und vergiss die Salbe nicht." Seine Augen deuteten auf die weiße Dose.

Elsa ergriff sie und verließ dann den Raum. Ihr Tablet hatte sie unter den gesunden Arm geklemmt. Manuel brachte sie nicht zur Tür, er blieb einfach am Tisch sitzen. Sie warf noch einen Blick zurück, doch er drehte sich nicht mal um.

Nachdenklich zog Elsa seine Tür hinter sich zu und schlich ihre Treppe nach oben. Mühsam begann sie, sich auszuziehen, und warf ihre Kleidungsstücke einfach auf den Sessel im Schlafzimmer. Am schwersten fiel es ihr, den Pullover abzustreifen. Stöhnend zerrte sie ihn schließlich über ihren Kopf und stellte sich dann vor den Spiegel neben dem Schrank. Ihr weiß umwickelter Arm bildete einen interessanten Kontrast zum Rest ihres Körpers. Auch ihre Knie waren nicht verschont geblieben und verfärbten sich bläulich.

Zwar war der ärgste Schmerz verflogen, doch bei der kleinsten Bewegung schossen Nadelstiche durch ihren Arm. Elsa wusch sich nur kurz das Gesicht und kuschelte sich dann in ihr Bett. Erst als sie lag, fiel ihr auf, dass die das Fenster nicht geöffnet hatte. Doch sie war einfach zu müde, um noch einmal aufzustehen.

In der Wohnung unter sich hörte sie Manuel leise rumoren. Er war ein seltsamer Mensch. Aber er war kein Arsch, wie sie vor Kurzem noch gedacht hatte. Das war Elsas letzter Gedanke, dann sanken ihr endgültig die Augen zu.

Sie erwachte von einem Stich in ihrem Arm und sie fragte sich, warum. Dann fiel ihr der kleine Unfall vom gestrigen Abend ein und wie es dazu gekommen war. Die Dusche ließ sie heute lieber links linken und wusch nur ihr Gesicht mit reichlich kaltem Wasser. Dann setzte sie sich an den Tisch und wickelte den Verband ab, den Manuel ihr gestern angelegt hatte.

Die Wunde sah schon wesentlich besser aus. Mama Zacherts Salbe schien wirklich Wunder zu bewirken. Elsa rieb ihren Arm noch einmal ein und wickelte dann etwas ungeschickt den Verband wieder darum. Schmerzen hatte sie kaum, nur bei bestimmten Bewegungen war ein leichtes Ziehen zu spüren und die konnte sie vermeiden. Sie entschied sich dennoch für eine langärmlige Bluse, um die Blessuren zu verdecken und das, obwohl der Tag heute ausgesprochen freundlich zu werden schien. Schon morgens strahlte die Sonne und warf ihre wärmenden Strahlen bis zu ihr ins Zimmer.

Angespannt verließ Elsa das Haus und versuchte auf der kurzen Fahrt ins Hotel, ihre Gedanken zu sortieren. Das Vernünftigste war es, sich sofort an Peter zu wenden und ihm von dem Vorkommnis mit Manuel zu erzählen. War das nicht ihre Pflicht? Doch etwas ließ Elsa zögern.

Während sie den Wagen parkte, ging ihr natürlich auch die Möglichkeit durch den Kopf, dass Peter schon Bescheid wusste. Einfach, weil Jonas ihn bereits eingeweiht hatte. In diesem Fall galt es eine gute Miene zu machen und ihren Plan als gescheitert anzusehen.

Mit möglichst neutralem Gesichtsausdruck betrat Elsa den Pausenraum. „Guten Morgen." Peter ließ seine Zeitung ein Stück sinken, lächelte ihr zu und erwiderte ihren Gruß. Das war alles und sie war sich sicher, dass er nichts wusste. Elsa wechselte ihre Kleidung, band als Letztes die Schürze um und nahm sich einen Kaffee. Dann setzte sie sich auf die andere Seite des Tisches und versuchte, die Schlagzeilen auf Peters Zeitung zu entziffern. Doch die Buchstaben verschwammen vor ihren Augen. Sie brauchte Gewissheit.

Elsa erhob sich, murmelte etwas und stieg die Treppe hinauf. Wie erwartet fand sie Jonas im kleinen Büro, wo er bereits seine Sachen zusammenpackte.

„Guten Morgen, Frau Torberg", sagte er lächelnd.

„Guten Morgen, Jonas. Wie war die Nacht?"

„Sie meinen sicher, nachdem Sie und Herr Zachert das Hotel verlassen haben?", fragte er mit einem leichten Unterton.

„So könnte man es sagen."

„Alles bestens."

„Gut, sehr gut." Elsa näherte sich dem Studenten. „Ich habe ja gestern Abend mit Herrn Zachert gesprochen und er hat mir eine durchaus sehr plausible Erklärung für seinen Aufenthalt im Hotel gegeben."

Jonas verschränkte die Arme. „Tatsächlich? Und welche wäre das?"

Elsa biss sich auf die Zunge. „Sie haben recht. Er hatte keine Erklärung, im Gegenteil. Dennoch wollte ich Sie fragen, ob wir nicht über den kleinen Vorfall Stillschweigen bewahren wollen?" Sie kannte sich selbst nicht wieder. Doch da war etwas in Manuels Stimme gewesen, das sie hatte aufhorchen lassen. Er hatte von einem Versprechen gesprochen und dem *Godewind* nicht schaden zu wollen. Seltsamerweise glaubte sie ihm oder bildete es sich zumindest ein, dass sie es tat.

„Stillschweigen? Das wäre aber nicht korrekt." Jonas strich mit seinem Finger über die Tischkante. „Sind Sie verschossen in diesen Zachert? Ich meine, er ist gut aussehend, man könnte es Ihnen nicht verdenken."

Elsa lachte und schüttelte den Kopf. „Nein, das bin ich nicht. Es ist nur … Wenn ich Ihnen nun sage, dass ich es nicht erklären kann und Sie bitte, die ganze Sache, sagen wir, für maximal eine Woche für sich zu behalten. Danach können Sie machen, was Sie wollen. Sie dürfen mir auch die Schuld in die Schuhe schieben und ich verspreche Ihnen, mich für Sie einzusetzen. Was würden Sie machen?"

Jonas Blick schweifte zur Tür. Jeden Moment musste Peter nach oben kommen. Dann war es seine Aufgabe, zu berichten, was geschehen war. Er machte einen Schritt auf sie zu und streckte seine Hand aus. „Einverstanden, ich bin dabei."

„Wirklich?" Elsa ergriff überrascht seine Hand.

„Ich hab mir die Sache noch mal überlegt, beziehungsweise, ich hab mir angeschaut, was dieser Zachert sich angesehen hat."

„Und was war es?", fragte sie angespannt.

„Es waren Dienstpläne, alte Dienstpläne vom Anfang des Jahres. Reichlich unspektakulär, oder?"

„Das finde ich auch", sagte Elsa.

„Also haben wir jetzt ein kleines Geheimnis, Frau Torberg." Jonas grinste verschmitzt. „Aber eine Bedingung habe ich dennoch."

„Damit kommen Sie aber reichlich spät um die Ecke, lieber Jonas."

„Besser spät als nie. Im Sommer nehm ich Sie mal mit zum Surfen."

„Du lieber Gott, Sie haben jetzt schon mein Mitgefühl."

„Ich bin sicher, Sie sind ein Naturtalent." Jonas beugte sich vor und gab ihr einen Kuss auf die Wange. „Und damit steht unser Deal, wir gehen surfen."

Einige Stunden später bereute Elsa ihr Vorgehen. Es war nicht richtig gewesen, Jonas mit in die Sache reinzuziehen. Zerstreut hantierte sie in den Zimmern herum und musste sich immer wieder selbst zu mehr Konzentration mahnen.

Beinahe erleichtert verfolgte Elsa die Uhr und entschied sich am Mittag sogar gegen den gemeinsamen Strandlauf mit Sophie. Sie brauchte Ruhe oder eher einen guten Rat. Also schlenderte sie Richtung Bodden, suchte sich eine ruhige, von der Sonne beschiene Stelle und wählte Bens Nummer.

„Bitte, geh ran", flüsterte Elsa mantramäßig und sie hatte Glück.

„Elsa, mein Ostseemädel. Ich dachte schon, du treulose Tomate würdest dich überhaupt nicht mehr melden."

„Entschuldige, aber es war so viel zu tun."

„Kein Thema. Und? Wie stehen die Aktien am Meer? Kann ich schon meinen Sommerurlaub für nächstes Jahr planen?"

Elsa musste lachen, einfach weil Ben so war wie er war. In diesem Moment vermisste sie ihn schrecklich und merkte, wie ihre Augen feucht wurden. Hastig blinzelte sie. „Keine Ahnung, wie die Aktien stehen. Es ist alles nicht so leicht. Ich glaube, ich habe Mist gebaut."

Augenblicklich wurde Ben ernst. „Was ist passiert?"

„Lange oder kurze Version?"

„Lange Version. Ich habe ein schrecklich ödes Kundenprojekt vor mir liegen und du rettest mir meinen Tag."

Also begann Elsa zu erzählen und sie ließ nichts aus. Am Ende atmete sie schwer und die Luft schien knapper zu sein als sonst.

Ben schwieg zunächst.

„Hab ich einen Fehler gemacht?"

„Ach, meine Elsa, ich weiß es nicht. Du hast selber gesagt, dass dieser Zachert ein arroganter Arsch ist, undurchsichtig. Nur weil er dich nach einem Unfall versorgt hat, hast du deine Meinung geändert. Das finde ich reichlich dünn, oder?"

„Ja, vermutlich." Elsa seufzte. „Aber da war so etwas in seiner Stimme und in seinem Blick."

„Bist du in ihn verschossen?"

„Das wurde ich vorhin schon mal gefragt."

„Aha", stieß Ben aus. „Und? Bist du es?"

Elsa schloss einen Moment die Augen. Sie atmete ganz tief. Die Antwort war einfach da. „Nein, bin ich nicht, auf keinen Fall."

„Das kam mit großer Bestimmtheit. Also wird es die Wahrheit sein." Ben klapperte am anderen Ende mit seiner Tasse. „Ich denke, du hast auf dein Bauchgefühl gehört. Wenn etwas untrüglich ist, dann doch unser Bauch. Und dieser Jonas hätte niemals bei der Sache mitgemacht, wenn er nicht zumindest ein halbwegs gutes Gefühl dabei gehabt hätte."

„Es könnte mich die Stelle kosten", gab Elsa zu bedenken.

„Die Stelle, die du niemals wolltest", sagte Ben neckend. „Wenn das geschieht, dann geht eine neue Tür auf, du wirst sehen."

„Ja, vielleicht, aber das *Godewind*, Ahrenshoop …"

„Oder Fiete? Worum geht es eigentlich? Um ein Hotel oder um einen Menschen?"

Elsa zögerte. „Um beides."

„Wenn ich dich nun fragen würde, ob du Fiete liebst, was würdest du sagen?"

Was für eine Frage. Darauf konnte nur Ben kommen. Das lag vermutlich daran, dass er Elsa so gut kannte. Besser als jeder andere Mensch auf der Welt, außer vielleicht ihrem Vater.

„Bist du noch dran?"

„Bin ich", sagte Elsa leise. „Die Antwort auf deine Frage ist nicht so leicht zu finden."

Ben kicherte unterdrückt. „Soll ich dir mal was sagen? Wenn man so lange überlegen muss, dann ist es einem der Mensch, um den es geht, alles andere als gleichgültig. Und der Rest, der ergibt sich von ganz allein. Wie wäre es denn, wenn du das Leben einfach mal fließen lassen würdest? Nicht wie ein Kapitän, der verbissen einen Kurs hält. Sondern wie eine Wellenreiterin, die sich jeder neuen Woge voller Vertrauen hingibt. Und die weiß, dass nach jedem Wellental, auch wieder ein Wellenkamm kommt."

Kapitel 22

Der Wellenberg kam schneller als erwartet, denn als Elsa nach Feierabend das Ferienhaus erreiche, werkelte Manuel Zachert davor an seinem Fahrrad herum. Sie parkte ihren Wagen, nickte ihm knapp zu und wollte dann in ihrer Wohnung verschwinden.

„Was macht der Arm?"

Ruckartig blieb sie stehen. „Danke, es geht wesentlich besser. Die Salbe deiner Mutter scheint wirklich Wunder zu wirken."

„Freut mich. Sonst alles in Ordnung?" Neugierig sah er sie von unten an und richtete sich dann auf. Ein Schmierfleck prangte auf seiner Wange und Elsa bekämpfte den Impuls, ihn mit dem Finger wegzuwischen. Nicht zärtlich, sondern eher so, wie eine Freundin es tun würde.

„Alles in Ordnung, danke."

„Was machst du jetzt noch Schönes?" Seine Stimme hielt sie erneut zurück.

„Ich will noch einige Sachen durcharbeiten."

„Bei dem herrlichen Wetter?"

Elsa schaute zum Himmel. Kleine, weiße Wölkchen segelten Richtung Meer. Es war tatsächlich ein schöner Nachmittag. Viel zu schade, um ihn im Inneren des Hauses zu verbringen.

„Was würdest du denn vorschlagen?" Du meine Güte! Hatte sie das wirklich gerade gefragt?

„Nun, wenn es deinem Arm besser geht, könnten wir an der Steilküste entlang nach Wustrow radeln? Wir könnten den Seewind genießen, ein Fischbrötchen essen und wären in zwei, drei Stunden wieder zurück. Du hättest immer noch genug Zeit, um deinen Papierkram zu machen."

Unschlüssig starrte Elsa das Fahrrad an. Zwei gegensätzliche Stimmen kämpften in ihrem Kopf. Eine davon gehörte Fiete, der ihr von einem näheren Kontakt zu Manuel Zachert dringend abgeraten hatte. Und auf der anderen Seite war da ihr gesunder Menschenverstand. Was war schon dabei, Zeit mit ihrem Kontrahenten zu verbringen und währenddessen vielleicht etwas herauszufinden?

Eine halbe Stunde später radelten sie einträchtig nebeneinanderher. Ihr Weg hatte sie zunächst zurück nach Ahrenshoop geführt. Dann waren sie an mehreren schmucken Reetdachhäusern vorbeigefahren und schließlich zur Steilküste gekommen. Der Ausblick aufs Meer dort war grandios. Tief unter ihnen rollten Wellen an Land. Das weiße Band des Strandes schmiegte sich zwischen den schmalen Streifen Dünengras und das Blau der Ostsee. Möwen vollführten Flugmanöver und stießen wilde Schreie aus.

Elsa verspürte ein unbändiges Glück tief in ihrem Inneren. Nirgendwo anders wollte sie sein, nur hier, wo es sich so leicht leben, so leicht atmen ließ. Anscheinend sah man ihr die guten Gefühle an, denn Manuel lächelte und musterte verstohlen ihr Gesicht.

„Wollen wir?", fragte er schließlich.

Sie fuhren an der Steilküste entlang. Vorbei an Sträuchern, die sich mühevoll in den Sturm stemmten und im Laufe der Jahre eine Schräglage eingenommen hatten. Vorbei an immer wieder neuen Ausblicken auf die in allen möglichen Blautönen schimmernde Ostsee. Es ging mal eine leichte Steigung hinauf, dann wieder einen kleinen Hügel herunter. Elsa hielt ihr Gesicht in den Wind und musterte von Zeit zu Zeit den Horizont, wo Schiffsleiber weiß schimmerten.

Dann tauchten die ersten Häuser auf und sie hatten Wustrow erreicht. Die Fischbrötchenbude lag im Schatten eines

Restaurants gleich neben der Seebrücke. Dort saßen viele Gäste auf der Terrasse, Kellner eilten umher.

„Wir könnten auch …", meinte Manuel und blickte vielsagend auf die andere Seite.

Doch Elsa schüttelte den Kopf. „Ein Fischbrötchen ist gerade richtig."

„Wirklich?" Amüsiert blitzten seine Augen. „Na dann, Hering?"

„Hering", stimmte Elsa ihm zu.

Sie quetschten sich an einen winzigen, selbstgezimmerten Tisch, der neben der Imbissbude aufgebaut war, und ließen es sich schmecken.

„Hm, fast so gut wie in Ahrenshoop."

Manuel zog eine Augenbraue hoch. „Was soll das denn heißen?"

„Sophie hat mich in ihre Insiderkenntnisse Fischbrötchen betreffend eingeweiht", erwiderte sie. „Beim nächsten Mal bringe ich dir ein Brötchen mit."

„Du verstehst dich gut mit ihr, nicht wahr?" Manuel schob den letzten Bissen in seinen Mund und rieb seine Finger an der Serviette ab.

„Ja, Sophie und ich ticken irgendwie gleich."

Einen Moment wurde Manuels Blick stechend. Er musterte einen Punkt irgendwo hinter Elsa. Doch als sie sich suchend umschaute, war niemand zu sehen.

„Das freut mich", erwiderte er. „Peter und ich ticken nicht gleich, im Gegenteil."

„Woran du nicht ganz unschuldig bist."

„Ja, vielleicht." Er hob die Schultern. Dann musterte er sie so intensiv, dass Elsa rot wurde. „Du hast noch nicht mit Peter gesprochen?"

„Noch nicht", gab sie kurz zurück.

„Wirst du es noch tun?"

„Vielleicht."

Elsa verließ kurz den Tisch, um ihre Serviette in den Papierkorb zu werfen.

„Wenn ich ehrlich bin, hatte ich nicht erwartet, dass du meine Einladung zu diesem kleinen Ausflug annimmst."

„Und warum nicht?"

„Was sagt denn dein Verehrer dazu, dass du mit anderen Männern unterwegs bist?" Leichter Spott lag in Manuels Stimme.

„Er ist nicht mein Verehrer."

„Was ist er dann?"

Elsa band ihren Zopf neu. „Ein Freund."

„Gibt es das, Freundschaft zwischen Männern und Frauen? So richtig, ich meine ohne Hintergedanken?"

„Ich glaube schon." Elsa klopfe sich auf die Schenkel. „Warum sollte es das nicht geben?"

„Keine Ahnung. Ich denke dennoch, dass dieser Fiete mehr für dich empfindet als pure Freundschaft. Und das kann man ihm nicht verdenken."

„Soll das jetzt ein Kompliment sein?"

Manuel lächelte. „Warum nicht? Du bist eine tolle Frau."

Immer noch sah er sie so durchdringend an, als würde er ihre Gedanken lesen. „Ich denke, das Beste ist, wir fahren zurück nach Ahrenshoop", meinte Elsa hastig.

„Weil ich dich verunsichere?" Da war es wieder, dieses überhebliche Grinsen in Manuels Gesicht.

„Nein, weil dort hinten dunkle Wolken gezogen kommen, die nichts Gutes verheißen."

Er drehte sich nicht mal um, ließ sie nicht aus den Augen. „Elsa Torberg, du bist eine rätselhafte Frau", sagte Manuel leise. „Ich frage mich, warum du keinen Mann an deiner Seite hast."

„Fragt der Mann, der selbst als Single unterwegs ist."

„Punkt für dich." Er rutschte vom Hocker, zog den Schlüssel aus seiner Tasche und öffnete das Schloss, mit dem er ihre Räder festgebunden hatte. „Also dann, lass uns heimfahren."

Einen Moment ergriff Manuel ganz sanft ihren Arm und strich über die Stelle, an der der Verband unter ihrer Jacke lag. Es wirkte wie ein Annäherungsversuch, der aber misslang. Manuel Zachert war attraktiv, gut für einen kleinen Flirt, aber nicht für mehr. Er war ein gefährlicher Mann und es war besser, sich nicht auf seine Spielchen einzulassen. „Komm schon, wer als Erstes an diesem wunderschönen Haus direkt am Ortseingang ist", rief Elsa ihm zu und schwang sich bereits in den Sattel. Dieser Schnellstart verschaffte ihr einen gehörigen Vorsprung und sie tat alles, um ihn nicht kleiner werden zu lassen.

Elsa fuhr wie der Wind. Und der war auf ihrer Seite. Hatte er auf dem Hinweg noch in ihr Gesicht gepustet, leistete er jetzt kräftig Unterstützung in ihrem Rücken. Sie flog geradezu an der Steilküste entlang. Sie sah sich nur einmal um und erkannte Manuel als einen kleinen Fleck, weit hinter ihr.

Als Erstes erreichte sie das Haus mit dem Reetdach und dem Garten, in dem blühende Rosen standen. Schweratmend blieb Elsa davor stehen und wartete auf ihren Mitbewohner.

Gelassen kam Manuel angeradelt, stieg ab und klatschte kurz in die Hände. „Glückwunsch, wobei der Start nicht ganz fair war."

„Fair? Das du dieses Wort überhaupt kennst", erwiderte sie spitz.

Sein Blick wurde ernst. „Ich glaube, dass du dich noch nie in einem Menschen so getäuscht hast, wie in mir", sagte er abweisend. Dann schwang er sich wieder in den Sattel und fuhr ohne ein weiteres Wort davon.

Elsa blieb zurück. Sie stand wie angewurzelt und starrte ihm hinterher, bis er hinter einer Wegbiegung verschwunden war. Seltsamerweise fühlte sie sich getroffen. Und zum ersten Mal erschien es ihr, als hätte sie gerade eben den echten Manuel erlebt.

Um Punkt zwei am nächsten Tag stürmte Elsa die Treppe herunter, zog sich schnell um und düste mit ihrem Auto nach Hause. Sie ließ sogar den alten Hans stehen, der sie wie immer in einen kleinen Schwatz verwickeln wollte, und winkte ihm nur kurz zu.

Er war da, der Tag ihrer Verabredung mit Fiete. Tagsüber hatte sie immer wieder auf ihre Uhr geschaut, aber der Zeiger schien wie festgeklebt zu sein und die Minuten dehnten sich endlos aus.

In der Ferienwohnung schlüpfte sie in eine bequeme Jeans und einen kuschligen Wollpullover. Für alle Fälle packte sie noch einen dicken Schal ein und streifte ihre Wetterjacke über, denn draußen wehte ein scharfer Wind. Einen Moment wünschte Elsa sich, das Wetter möge heute so sein wie gestern während ihrer Radpartie mit Manuel. Doch Petrus schien andere Pläne zu haben. Im Flur warf sie einen letzten Blick in den großen Spiegel, band ihren Zopf neu und atmete tief durch. Sie konnte zufrieden sein. Ihre Augen strahlten und ihre Wangen schimmerten vor Aufregung leicht rötlich. Natürlich hatte dies nicht die geringste Bedeutung, denn immerhin verband sie mit Fiete nur Freundschaft und nicht mehr. Dennoch war es Elsa seltsamerweise wichtig, dass sie gut aussah.

Als sie das Haus verließ, riss ihr der Wind beinahe die Tür aus der Hand. Trotz des Wetterumschwungs ließ sie ihr Auto stehen und schwang sich stattdessen auf das Fahrrad. Doch die grauen Wolken am Himmel wirkten bedrohlich. Also heftete Elsa ihren Blick fest auf den Weg vor sich und trat kräftiger in die Pedale. Dies ging inzwischen so leicht, als hätte sie die letzten Jahre nichts anderes getan, als pausenlos Fahrrad zu fahren.

Nach einer Viertelstunde war Elsa da. Prüfend schaute sie hinauf. Es schien ihr, als würde in der Ferne ein Stück blauer Himmel zwischen den grauen Wolken hervorlugen. Sie sah es als gutes Zeichen für ihr Treffen mit Fiete. Noch war es zehn Minuten vor ihrer vereinbarten Zeit.

Elsa lehnte ihr Fahrrad an ein Geländer, zog das Telefon aus ihrer Tasche und schickte ihrem Vater einen kurzen Gruß. Bei dem hatte sie sich in den letzten Tagen gar nicht gemeldet. Doch sie wusste, er würde ihr das nicht übel nehmen. Er sagte immer: „Wenn das Kind sich nicht meldet, geht es ihm gut. Nur wenn es pausenlos anruft, liegt etwas im Argen."

Als Elsa mit dem Schreiben und dem Durchsehen der restlichen Nachrichten fertig war, waren die zehn Minuten vorüber. Suchend sah sie sich um, doch von Fiete war noch immer nichts zu sehen. Langsam schlenderte sie auf und ab und stampfte kräftig mit ihren Füßen auf. Eine empfindliche Kühle kam mit dem heftigen Wind gezogen.

Nach weiteren zehn Minuten beschlich Elsa ein seltsames Gefühl. Sie rief noch einmal die letzte Nachricht von Fiete auf. Sie stammte von gestern Abend. Ort und Zeitpunkt stimmten. Sollte ihm etwas dazwischengekommen sein? Allerdings traute sie Fiete nicht zu, dass der sich in einem solchen Fall nicht melden würde.

Elsa ergriff schließlich ihr Fahrrad und schlenderte Richtung Hafen. Zahlreiche Boote lagen auf dem Wasser, das eine Art natürliche Bucht bildete. Ein einzelner älterer Mann werkelte an einem Segelboot in einem wunderschönen Holzton herum.

„Entschuldigen Sie", rief Elsa.

Suchend drehte sich der Mann um und beschirmte seine Stirn. „Ja?"

„Ich suche Fiete Oltkamps beziehungsweise sein Boot."

Der Mann musterte sie prüfend und überlegte wohl, ob Elsa eine Antwort verdient hatte. Irgendwann schien er zu einer Entscheidung gekommen zu sein, denn er fragte: „Sie meinen die *Marit*?"

Elsa hob die Schultern. „Ehrlich gesagt weiß ich nicht genau, wie Fietes Boot heißt." Doch bei dem Namen Marit dämmerte ihr etwas. Es war der Name von Fietes verstorbener

Frau. Deswegen nickte sie. „Jetzt fällt es mir wieder ein, es war die *Marit*."

Der Mann zeigte vage hinter sich. „Das Boot liegt dort hinten. Fiete müsste da sein. Zumindest habe ich ihn vorhin gesehen."

„Danke."

Doch er hatte sich schon wieder weggedreht und werkelte weiter.

Elsa stellte ihr Fahrrad in einem Ständer ab, lief an einigen Booten vorbei und erreichte schließlich eine Reihe von Holzhäuschen, von denen jedes in einer anderen Farbe gestrichen war. Sie standen auf Pfählen im Wasser und hatten jeweils einen Bootsanleger an ihrer Längsseite. Ein Steg führte zu ihnen und diesen betrat Elsa. Bei jedem Schritt schwankte er leicht und das Wasser gluckste unter ihren Füßen. Suchend musterte sie die Häuschen und erspähte schließlich einen Mann – Fiete. Langsam ging sie ein paar Schritte näher. Kein Zweifel, er war es. Und da an der Bordwand des Bootes stand eindeutig *Marit*.

Fiete hielt Schleifpapier in seinen Händen und rieb damit verbissen über die Reling. Zögernd blieb Elsa stehen. Anscheinend hatte er ihre Verabredung vergessen. Auf einmal kam sie sich dumm vor, wie sie hier stand und ihn beobachtete. Wie damals, als Teenager. Da hatte ihr Schwarm sich mit ihr vor der Disco verabredet. Sie hatte Ewigkeiten auf ihn gewartet. Dann war er doch gekommen, allerdings nicht allein. Ein anderes Mädchen hatte in seinem Arm gelegen und, als wäre das nicht schon genug gewesen, hatte er es auch noch geküsst. Elsa war in den Schatten eines Strauches getreten und hatte die Szene so lange beobachtet, bis der Schmerz kaum auszuhalten gewesen war. Dann war sie heimgeschlichen und hatte ihr Kopfkissen nassgeheult. Jetzt, hier auf diesem Steg, fühlte sie sich ähnlich. Wie konnte man denn eine Verabredung vergessen? Wütend musterte sie seinen Rücken und beschloss, dass es vermutlich das Beste war, stillschweigend den Rückzug anzutreten.

Elsa drehte sich um, dabei knarzte der Steg, sodass Fiete aufsah. Er hielt inne, lauschte und sah sie schließlich an. Einen Moment trafen sich ihre Blicke, dann wandte er sich wieder seinem Schleifpapier zu.

Elsa holte Luft. Mit allem hatte sie gerechnet, aber nicht damit.

Entschlossen trat sie ein paar Schritte auf ihn zu. „Hallo Fiete", sagte sie mit möglichst fester Stimme.

Während er weiter mit dem Schleifpapier arbeitete, sagte er: „Hallo Elsa." Gleichgültig klang er oder sogar genervt.

Das wurde ja immer besser. Hätte sie nur nichts gesagt und wäre einfach wieder nach Hause geradelt. Doch jetzt war es für einen Rückzug zu spät.

„Du wirkst ziemlich beschäftigt", meinte Elsa sachlich.

„Ja, ich nutze jede freie Minute, um am Boot zu bauen. Bald kommt der Frühling und ich …"

„Ach so, deswegen hast du vermutlich auch unsere Verabredung vergessen", unterbrach Elsa ihn.

Fiete hielt eine Sekunde inne. Sie sah es ganz genau. Dann hob er die Schultern. „Vergessen hab ich sie nicht. Aber ich dachte, du würdest eh nicht kommen."

Sie machte einen weiteren Schritt auf Fiete zu, bis sie nur noch der schmale Wasserstreifen zwischen Boot und Steg trennte. „Und warum dachtest du so etwas?"

„Na, du scheinst anderweitig beschäftigt zu sein. Zumindest warst du es gestern."

Elsa verschränkte ihre Arme. Am liebsten wäre sie an Bord gesprungen und hätte Fiete mit den Fäusten gegen die Brust getrommelt. „Würdest du bitte aufhören, in solchen Rätseln zu sprechen? Stimmt, ich war gestern anderweitig beschäftigt, unter anderem mit arbeiten."

„Und am Nachmittag dann auf einer kleinen Radpartie mit Manuel Zachert. Fischbrötchen essen in Wustrow. Ihr beiden saht ziemlich vertraut miteinander aus."

„Du hast uns gesehen?"

„Ja, stell dir vor. Ich lebe auch hier. Ich hab mich nur gewundert über eure Vertrautheit."

Erneut schliff Fiete über ein und dieselbe Stelle des Geländers und Elsa war unsicher, ob eine so intensive Holzbehandlung überhaupt notwendig war. Fest stand, er brachte sie mit seinem Verhalten auf die Palme.

„Gewundert? Super. Eigentlich hatte ich mich auf einen schönen Nachmittag gefreut. Aber du musst ja die beleidigte Leberwurst spielen und etwas in Dinge hineininterpretieren, von denen du nicht die geringste Ahnung hast. Wir haben ein Fischbrötchen gegessen, nicht mehr. Aber bitte schön. Lassen wir es an dieser Stelle. Schleif du mal ruhig weiter an deiner Reling herum, aber pass auf, dass heute Abend überhaupt noch etwas vom Geländer steht. Ich bin dann mal weg." Elsa drehte sich um und stürmte den Steg entlang. Der schwankte unter ihr, je schneller sie lief, umso heftiger. Das gestaltete ihren Abgang nicht ganz so elegant, wie sie ihn sich gewünscht hatte. Aber schließlich berührten ihre Füße festes Land.

Sie zog den Schlüssel aus ihrer Tasche und begann das Schloss an ihrem Fahrrad zu öffnen. Das war alles andere als leicht, denn Tränen trübten ihr den Blick. *So ein Arsch* war alles, was sie denken konnte. Von wegen, sie sollte Fiete nicht wehtun, umgekehrt wurde ein Schuh draus.

Da umschloss eine Hand ihre Finger. Es war ein so fester Griff, dass Elsa den Schlüssel ins Gras fallen ließ. „Aua."

„Es tut mir leid."

Sie bückte sich und wollte den Schlüssel aufheben, doch Fiete war schneller und schloss ihn in seiner Faust ein.

„Elsa, es tut mir leid." Er legte behutsam einen Finger unter ihr Kinn und drehte sie zu sich herum. Seine warmen Augen sahen sie an und Elsa erkannte in ihnen das Bedauern, ehrliches

Bedauern. „Was soll ich denn sagen? Aber als ich dich gestern Nachmittag mit Zachert an dieser Imbissbude sah, da brannten bei mir alle Sicherungen durch. Dass du dich ausgerechnet mit diesem Typen abgibst, obwohl ich dich vor ihm gewarnt hatte … Ich versteh dich nicht."

„Er ist ein Kollege, der mich eingeladen hat, nicht mehr. Außerdem hatte ich gewisse Gründe weil ich …" Elsa winkte ab. „Egal."

„Du hast auf ganzer Linie recht und ich kann nur sagen, dass es mir leidtut. Vergibst du mir? Es steht mir nicht zu, über dich und ihn zu urteilen."

„Nein, das tut es wirklich nicht", erwiderte Elsa. Allmählich verflog ihre Wut, so wie vorhin der Nebel über dem Bodden. Dennoch schmollte sie noch einige Sekunden. „Also gut, Schwamm drüber."

Fiete nickte. „Kann ich dich nach alldem überreden, mit zurück zum Boot zu kommen? Oder möchtest du jetzt auf der Stelle nach Hause."

Elsa überlegte einen Moment. Fiete sah ernsthaft zerknirscht aus. Und zeugte seine Verärgerung darüber, dass er sie mit Manuel gesehen hatte, nicht auch davon, dass ihm etwas an ihr lag. Ihre Wut schmolz dahin. „Na ja, ich könnte ja mal ganz kurz mit zurückkommen."

„Das würde mich freuen."

Fiete ergriff ihre Hand, zog sie mit sich und half Elsa dann über die Bordwand. Ein Geruch nach Meer, Weite, Fisch und Holz stieg in ihre Nase. Forschend sah sie sich um. Die *Marit* war nicht groß, kein Vergleich zu den anderen Segelbooten, die ganz vorn im Hafen gelegen hatten. Es gab einen Mast und eine kleine Kabine, zu der eine hölzerne Tür führte. Ansonsten sah es an Deck sehr ordentlich aus, zumindest für Elsas Begriffe, die nichts von Booten und Seefahrt verstand. „Es ist nichts Besonderes."

„Es ist schön, irgendwie passt es zu dir."

„Findest du?" Fiete grinste.

„Hast du das Boot schon lange?"

„Ich hab es von meinem Großvater geerbt, zusammen mit dem Bootshaus", erzählte Fiete. „Als ich noch ein kleiner Junge war, sind wir manchmal gemeinsam raus gefahren. Dann wurde mein Großvater krank und das Boot lag viele Jahre ungenutzt in seinem Garten und verfiel. Nach dem Tod meiner Frau hab ich angefangen, es wieder herzurichten." Er nahm die Strickmütze ab und strich sich über das Haar. Es war eine beinahe verlegene Geste. „Boote stellen keine Fragen, wollen sich nicht unterhalten, akzeptieren Schweigen, schlechte Laune, Wut."

Elsa nickte. „Das verstehe ich."

„Und schon wieder sind wir bei mir und meinen Problemen gelandet. Das muss unbedingt geändert werden." Er musterte sie von oben bis unten. „Lust auf eine kleine Ausfahrt? Zumindest siehst du für meine Begriffe ziemlich seemännisch gekleidet aus."

„Findest du?", fragte Elsa und schaute an sich herab. Dann zwinkerte sie Fiete zu. „Klar hab ich Lust. Du musst mir nur sagen, was ich tun soll."

„Erste Regel: Ich bin der Kapitän an Bord. Allen meinen Anordnungen ist Folge zu leisten. Das ist wichtig." Fiete sah streng aus. Dann begannen die Lachfalten rund um seine Augen zu tanzen. „Aber keine Angst, du bekommst einen Landrattenbonus. Also, pass auf."

Mit klarer Stimme begann Fiete ihr zu sagen, was zu tun war. Elsa beeilte sich, alles möglichst korrekt auszuführen. Dennoch geriet sie einige Male ins Schwitzen.

„Wann werden wir das Segel setzen?", fragte sie atemlos, während sie sich bemühte, ein dickes Seil aufzuwickeln.

„Gar nicht", erwiderte Fiete. „Zum Segeln ist der Wind heute zu schwach."

Elsa, die genau in diesem Moment von einer heftigen Windböe getroffen wurde, die sie ein Stück nach hinten taumeln ließ, starrte ihn sprachlos an. „Zu schwach?"

Fiete nickte ernst. Dann begann er zu lachen. „Lass dich bloß nicht von mir veralbern. Wir müssen heute den Motor benutzen. Ich habe mir ein neues Segel machen lassen, das erst in ein paar Tagen fertig ist. Es wird also noch nicht die richtige Jungfernfahrt, die machen wir später. Ich meine, wenn du überhaupt noch einmal mein Boot betreten wirst." Sein Blick hielt sie fest. Wieder ging ihr Atem schneller, wie gestern bei Manuel. Doch bei Fiete war es anders. Es prickelte in ihrem Bauch, als würde ein wilder Schwarm Schmetterlinge darin tanzen.

„Na, wir werden sehen", sagte Elsa schnell. Mit zitternden Fingern umklammerte sie das Seil.

Als die *Marit* endlich sanft aus dem Hafen glitt, verschwand das Zittern. Elsa stellte sich an die Reling, hielt ihr Gesicht in den leichten Fahrtwind und schloss kurz die Augen. Unter ihr durchschnitt der Bug das Wasser, nicht pfeilschnell, sondern in mäßiger Geschwindigkeit. Fiete hatte den Motor nur auf halber Kraft laufen. Es war trotzdem unvergleichlich schön. Gischt klatschte gegen den Bug und spritzte auf Deck. Sie benetzte ihre Wangen, doch Elsa blieb auf ihrem Posten.

Einen Moment sah sie zu Fiete, der seemännisch breitbeinig am Steuerrad stand und sie beobachtete. Der Hafen hinter ihnen wurde kleiner, die Bootshäuser mit ihren bunten Fassaden wirkten nur noch wie Perlen an einer Schnur. Elsa richtete ihren Blick nach vorn, auf Schilf und Wasser und fragte sich, wie es wohl wäre, wenn sie dort vorn kein Ufer gesehen hätte, sondern nur die Unendlichkeit des Meeres. Wenn sie mit Fiete segeln würde, weiter und immer weiter, ohne ein Ziel zu haben. Wenn sie sich einfach treiben lassen würden, dahin, wohin der Wind sie wehte.

Gegen Abend kamen sie zurück. Es war nur eine kurze Rundfahrt geworden, denn das Wetter hatte sich zunehmend verschlechtert. Leichter Nieselregen hatte eingesetzt und der Wind war noch weiter aufgefrischt. Tropfnass und trotzdem glücklich vertäuten sie das Segelboot am Anlieger. Als alles geschafft war, klatschte Fiete in die Hände. „Nun wird es aber Zeit für einen richtigen Trank. Wir müssen unsere erste Ausfahrt unbedingt begießen. Alter Seemannsbrauch." Er öffnete die Holztür zur kleinen Kabine und Elsa kletterte die steile Treppe hinunter. Eilig, bevor der Sturm eine Regenböe nach unten wehte, schloss Fiete die Luke wieder und folgte ihr.

Überrascht schaute sie sich um. Die Kajüte war größer als gedacht. Es gab eine winzige Kochecke, einen Tisch mit zwei Sitzbänken und im hinteren Teil eine Art Schlafecke, die teilweise von einem Vorhang verdeckt war. Über dem Tisch baumelte eine alte Petroleumlampe. Überall verteilt lagen Kissen und Decken und sorgten für Gemütlichkeit. Hier ließ es sich aushalten. Elsa fühlte sich unglaublich wohl.

Fiete werkelte bereits herum und deutete auf den Tisch. „Setz dich doch. Falls du ein Handtuch brauchst, dort hinten im Wandschrank sind welche."

Elsa nahm sich eines und rubbelte ihre Haare trocken. Dann streifte sie ihre Jacke ab und hing sie an einen Haken. Hier im Bauch des Schiffes war es angenehm warm. Der Bodden schlug an die Bordwand oder prallte gegen die kleinen Bullaugen, die knapp über der Wasserlinie angebracht waren.

In der Zwischenzeit begann der Kessel auf dem Kocher leise zu pfeifen. Fiete goss den Inhalt in zwei Tassen und ein aromatischer Geruch erfüllte die Kabine. Zusammen mit einer Zuckerdose platzierte er sie auf dem Tisch und quetschte sich dann Elsa gegenüber auf die Sitzbank. „Grog, gut und stark und genau das Richtige bei solchem Mistwetter."

Sie schnupperte an der Tasse. „Mmh, riecht gut, aber eigentlich bin ich kein großer Grogfan."

„Und da willst du Ahrenshooperin werden? Im Winter geht ohne einen ordentlichen Grog nichts bei uns Fischköppen, glaub mir. Anders lässt sich die Kälte gar nicht aushalten." Fiete gab einen Löffel Zucker in sein Getränk und begann zu schmunzeln. „Das ist natürlich Quatsch. Ein guter Tee tuts im

Winter auch. Aber koste erst mal. Ich hab den Grog nicht so stark gemacht und der Rum ist eine richtig gute Sorte, die mir immer ein Freund mitbringt."

Elsa gab ebenfalls einen Löffel Zucker in ihre Tasse und nippte vorsichtig daran. Zu ihrem Erstaunen schmeckte ihr der Grog sehr gut, nach einer Spur Vanille, nicht zu scharf und angenehm auf der Zunge. Langsam rann die heiße Flüssigkeit ihre Kehle hinab und von dort, weiter Richtung Magen. Wärme breitete sich in ihrem ganzen Körper aus. „Der ist gut", gab sie zu.

„Sag ich doch. Du kannst mir vertrauen." Fiete stützte seine Ellbogen auf den Tisch und sah sie an. Sein Gesicht wurde vom flackernden Licht der Petroleumlampe erhellt, die durch den Wellengang leicht pendelte. „Darf ich neugierig sein? Warum hast du Herrn Zacherts Einladung angenommen? Du wirktest das letzte Mal nicht begeistert von ihm."

Elsa schüttelte erstaunt den Kopf. „Wo doch Männer eigentlich gar nicht neugierig sind, sondern nur Frauen."

„Es interessiert mich einfach. Du musst es mir natürlich nicht sagen, aber ihr beiden saht so vertraut aus und das hat mich …" Fiete verstummte.

„Gestört?", fragte Elsa und vollendete seinen Satz.

Fiete sah sie einige Sekunden an und nickte schließlich. „Ja, ich gebe zu, es hat mich gestört. Weil du mir am Herzen liegst und er so ein Arsch ist."

„Das dachte ich auch. Doch vielleicht sollte man auf Manuel Zachert eine andere Sichtweise entwickeln."

Fietes Augen wurden schmal. „Tatsächlich? Und welche bitte?"

„Das ist schwer zu erklären, mehr so ein Gefühl." Elsa wurde heiß, was nicht allein am Grog lag.

„Ein Gefühl also", wiederholte Fiete. „In Bezug auf Manuel Zachert hab ich ganz bestimmte Gefühle. Ich wette, du willst nicht hören, welche."

„Vielleicht ist er ganz anders, als wir denken", sagte Elsa.

„Glaubst du?"

„Ich weiß es nicht. Aber wir müssen ja nicht die ganze Zeit über Herrn Zachert sprechen."

Sie umschloss ihre Tasse mit beiden Händen und zuckte zusammen. Das Porzellan war kochend heiß. Schweigen senkte sich über die Kabine, ließ das Ticken der Wanduhr überlaut erscheinen, genau wie das Rauschen von Wind und Regen. Die alten Planken über ihnen ächzten und das Boot schwankte immer stärker, obwohl es im Hafen lag.

„Was für ein Wetter", sagte Elsa, um die Stille zu brechen.

„Ich befürchte, es regnet sich ein. Das Beste wäre vermutlich, wir übernachten an Bord."

„Wir übernachten an Bord?", stammelte Elsa. „Wie meinst du das denn?"

„Schau doch mal nach draußen", meinte Fiete. „Du bist mit dem Fahrrad da und bis wir an meinem Auto sind, bist du nass bis auf die Knochen."

Auf der Stelle begann ihr Herz zu rasen. Unauffällig musterte sie die Kabine. Es war nur die eine Schlafstelle hinter dem Vorhang zu sehen. Wollte Fiete etwa dort mit ihr … Glühende Hitze schoss in Elsas Wangen. „Du meine Güte! Der Alkohol beginnt zu wirken." Mit einem Flyer, der auf dem Tisch lag, fächelte sie sich Luft zu. Dann deutete sie auf eines der Bullaugen. „Es wird bestimmt gleich aufhören."

„Glaub ich nicht, für heute Abend wurden starke Regenfälle gemeldet, die erst mitten in der Nacht nachlassen." Fiete wirkte wie die Ruhe in Person. Er lehnte sich nach hinten und schalte ein kleines Radio ein, das auf einem Wandbord stand. Einen Moment drehte er am Regler und schließlich erklang eine sonore Männerstimme. „Das ist der Seewetterbericht. Wenn man einer Vorhersage trauen kann, dann dieser."

Elsa starrte das Radio an und tatsächlich bestätigte der Mann in diesem Moment Fietes Prognose. Es sollte regnen bis zum nächsten Tag. Das Unwetter sollte sich sogar noch verschlimmern. Sie wusste nicht, ob sie weinen oder lachen sollte.

„Ich kann dir natürlich auch ein Taxi rufen, das ist kein Problem. Du musst es nur sagen. Aber so eine Nacht an Bord hat ihren ganz speziellen Zauber, glaub mir."

Ihre Augen wurden erneut von dem Bett angezogen, das hinter dem Vorhang lag. Es wirkte schmal, es wirkte sogar sehr schmal. Aus Elsas Sicht konnte man darauf nicht nebeneinander, sondern nur übereinander liegen.

Fiete schien ihre Blicke zu bemerken. „Oh, ich verstehe, denkst du etwa, wir beide würden dort drin …" Er verstummte und sah sie bedeutungsvoll an. „Keine Angst, es gibt noch eine zweite Schlafgelegenheit."

Elsa atmete erleichtert auf. Es kam ihr vor, als müssten ihre Wangen inzwischen so rot wie Tomaten sein.

„Nun brauchen wir nur noch was zu essen", meinte Fiete geschäftig und nahm ihr damit ein wenig von der glühenden Verlegenheit. Er klopfte auf seinen Bauch. „Ausfahrten mit dem Boot machen mich immer unglaublich hungrig. Schauen wir doch mal, was wir haben." Er erhob sich, öffnete einen Schrank und musterte seinen Inhalt. „Wir hätten eine Packung Spaghetti, eine Dose Tomaten und eine Büchse Thunfisch. Lässt sich daraus was zaubern?"

Elsa räusperte sich und wollte gerade etwas sagen, als Fiete sich umdrehte und sie prüfend ansah. „Oder doch lieber ein Taxi? Ich will dich nicht überrumpeln."

„Ähm, ja, also ich meine, nein", stotterte sie. „Schon gut." Dann musterte sie die Spaghettipackung. „Daraus lässt sich durchaus was zaubern."

„Sehr gut. Vorhin war ich der Kapitän, nun bist du am Ruder. Was soll ich tun."

„Hast du Zwiebeln?"

„Ich glaub schon." Erneut durchforstete Fiete den Schrank und hielt nach einer Weile des Suchens eine Zwiebel hoch. „Na bitte. Ein paar Reste meiner letzten Touren sind noch übrig."

„Also dann, Zwiebel schälen und schneiden, Wasser in einen Topf füllen und einen zweiten bereitstellen."

Einträchtig arbeiteten sie nebeneinander. Es brauchte nicht viele Worte, sie verstanden sich auch so. Manchmal genügte nur ein kurzer Blick oder eine kleine Geste. In der Enge der Kabine berührten sich ihre Körper immer wieder. Ab und zu kam es ihr so vor, als würde Fiete absichtlich ihre Nähe suchen. Und sie begann sich zu fragen, wie es wohl wäre, mit ihm zu leben. Der Gedanke hatte etwas Schönes.

Am Ende häufte Fiete Spaghetti auf die Teller, während Elsa die Thunfischsoße darüber gab.

„Guten Appetit", wünschte er ihr von der anderen Seite des Tisches.

„Dir auch." Elsa wickelte die Nudeln auf die Gabel und ließ sie in ihrem Mund verschwinden. Es erschien ihr, als hätte sie noch nie etwas so Köstliches gegessen. Lag es an der Umgebung, an Fiete oder an beidem? Wer wusste das schon?

Lange saßen sie sich am Tisch gegenüber und endlich flossen auch die Worte wieder. Sie sprachen über dies und das, nur nicht über das *Godewind* oder Fietes verstorbene Frau. Über ihnen heulte noch immer der Wind und der Regen schien mit jeder weiteren Stunde zuzunehmen.

Gegen zehn erhob Fiete sich schließlich. „Zeit, die Betten herzurichten." Er löste eine Verankerung unter der leer geräumten Tischplatte, klappte diese zusammen und senkte sie ein Stück ab. Dann zog er an beiden Sitzbänken und darunter versteckte Polster kamen zum Vorschein. Binnen kurzer Zeit hatte er eine große Liegefläche aufgebaut. „Ich würde vorschlagen, du schläfst hier und ich dort drinnen. Das Bett da hinten ist etwas schmal. Kissen und Decken findest du drüben in dem Fach. Und falls du dich frisch machen willst, einfach durch die Schiebetür."

Dahinter befand sich ein winziges Bad mit einem kleinen Waschbecken und sogar einer Toilette. Elsa kühlte ihre heißen Wangen und sah in den runden Spiegel, der einige blinde

Flecken hatte. Ihre Augen wirkten unnatürlich groß, wie oft, wenn sie aufgeregt war. *Komm schon*, sagte sie sich, *es ist einfach nur eine Nacht auf einem Boot, nicht mehr*. Während Fiete im Bad war, holte sie Decke und Kissen hervor. Dann zog Elsa in Rekordgeschwindigkeit Pullover und Jeans aus und schlüpfte unter die Decke.

Von dort beobachtete sie, wie Fiete das Bad verließ, Hose und Shirt abstreifte und auf einen Stuhl legte. Einen Moment blieb er vor ihr stehen und sah auf Elsa herab. Er trug Boxershorts mit einem Karomuster und Elsa, die Boxershorts eigentlich immer blöd gefunden hatte, musste zugeben, dass sie Fiete sehr gut standen. Er beugte sich zu ihr hinunter und näherte sich ihrem Gesicht. Elsa konnte sich nicht rühren, seine Lippen zogen sie magisch an. Alles in ihr wünschte sich, er möge sie küssen, nicht auf die Wange, sondern auf den Mund. Und plötzlich, ohne dass sie es verhindern konnte, schlang sie ihre Arme um seinen Nacken und zog ihn zu sich hinab. Fietes Mund schmeckte vertraut, nach Zahnpasta und der Soße von heute Abend. Es war ein stiller Kuss, zumindest zuerst. Denn mit jeder Sekunde spürte sie, wie sie beide die Leidenschaft packte. Nicht nur sie, auch Fiete atmete schneller.

Doch auf einmal löste er sich von ihr und richtete sich auf. Lange sah er sie an und Elsa bemerkte den Schleier, der über seinen Augen lag. „Wir sollten schlafen", sagte er schließlich leise und seine Stimme klang rau.

Elsas Kehle war wie zugeschnürt.

„Träum was Schönes", flüsterte Fiete. Er hob seine Hand und strich ihr sanft über die Wange.

„Du auch", rang sie sich schließlich mit aller Macht ab. Ihre Finger zitterten so sehr, dass Elsa sie unter der Decke verbarg.

„Bis morgen Früh."

Fiete umrundete ihre Liegefläche und verschwand dann in der kleinen Koje am Ende der Kajüte. Er löschte die Lampe und Dunkelheit hüllte sie ein. Nach einer Weile gewöhnten sich Elsas Augen an die Finsternis. Hier waren die Bullaugen, da die

Tür, die zum Deck führte und dort hinten lag Fiete. Sie sah in seine Richtung und es schien ihr so, als würde er genau in diesem Moment das Gleiche tun und ihre Blicke sich treffen. Sie versuchte, seinen Atemzügen zu lauschen, doch das Glucksen des Wassers, das Heulen des Windes und das Rauschen des Regens, waren einfach lauter. So kuschelte Elsa sich in die weiche Decke und schloss die Augen. Und obwohl sie zunächst dachte, keine Minute Ruhe zu finden, schlief sie nach kurzer Zeit tief und fest ein.

Kapitel 23

Eine an die Bordwand schlagende Welle hatte sie geweckt. Elsa schreckte hoch und sah sich unsicher um. Dann erblickten ihre Augen Fiete, der friedlich ein Stück neben ihr schlief. Seine Hand zeigte in ihre Richtung, als hätte er in der Nacht versucht, sie zu berühren. Sie tastete nach ihrem Handy. Kurz vor fünf. Ein bisschen Zeit blieb ihr noch, obwohl sie heute eher anfangen wollte, weil vor dem großen Fest am nächsten Tag noch einiges zu tun war.

Elsa wickelte die Decke um ihren Körper, rutschte ganz nach hinten, bis sie genau neben Fietes Schlafkoje lag. Sie war ihm nah – so nah, dass sie ihn hätte berühren können. Sie hob ihre Hand, zog sie dann aber wieder zurück und betrachtete ihn einfach nur. Fietes Lider zuckten im Schlaf und einen Moment war sie unsicher, ob er wach war. Doch dann hörte sie seine gleichmäßigen Atemzüge. Er schien noch tief im Traumland zu weilen.

Sie erhob sich, spähte durch eines der Bullaugen nach draußen und sah Nebel über dem Bodden liegen. Der Regen hatte aufgehört und der Sturm sich gelegt. Elsa nahm sich ein Glas Wasser und ließ ihre Blicke schweifen. Dabei entdeckte sie ein knallrotes Buch, das in einem der Regale stand. Seine Farbe zog sie magisch an, schien nach ihr zu rufen.

Unsicher schaute sie zu Fiete. Der schlief immer noch. Elsa konnte nicht anders, nahm das Buch und schlug es auf. Es war ein Fotoalbum. Ein junger Fiete lachte in die Kamera und hielt eine blonde Frau im Arm, deren Haare im Wind wehten. Sie trug ein buntes Sommerkleid und sah ihn verliebt an. Einige Seiten weiter sah Elsa dieselbe Frau in einem schlichten weißen

Kleid durch den Sand laufen. Obwohl es ein Foto war, wirkte sie, als würde sie aus dem Bild treten und sich dem neugierigen Betrachter nähern. Es folgten weitere Hochzeitsbilder, lachende Menschen, der Ringtausch, Küsse, pures Glück.

Hastig schlug Elsa das Buch zu und stellte es zurück auf seinen Platz. Ihr Blick wanderte zur Uhr. Es wurde Zeit, sonst würde sie zu spät kommen. Noch einmal setzte sie sich neben Fiete und betrachtete ihn.

Das Album, diese Fotos, diese Gefühle, Marit – konnte man eine solch tiefe Liebe hinter sich lassen? Würde Fiete jemals wieder einen Menschen so lieben können wie seine verstorbene Frau? Würde er nicht jede neue Partnerin mit ihr vergleichen? Machte sie sich Gedanken über Dinge, die nicht zur Debatte standen?

Elsa erhob sich leise und schlüpfte in ihre Sachen. Auf Zehenspitzen schlich sie die steile Treppe nach oben, öffnete in Zeitlupe die knarrende Luke und betrat das Deck.

Es war kühl, aber nicht kalt und unglaublich still. Der Bodden war glatt wie ein Spiegel. Nicht die geringste Welle kräuselte seine Oberfläche. Selbst die Enten schienen noch zu schlafen.

Elsa stieg über die Bordwand und lief zu ihrem Fahrrad. Jeder Meter, den sie zwischen sich und Fiete brachte, schmerzte. Sie öffnete das Schloss und schwang sich in den Sattel. Mit aller Kraft trat sie in die Pedale und der Fahrtwind trieb ihr Tränen in die Augen. Endlich hatte sie das Ferienhaus erreicht. Beide Autos standen auf ihrem Platz. In der unteren Wohnung herrschte Dunkelheit. Elsa lehnte das Fahrrad an die Schuppentür, öffnete leise die Haustür und schlich nach oben.

Sie zog ihre Sachen aus und ließ sie einfach in den Flur fallen. Im Bad drehte sie den Regler der Dusche auf heiß und stellte sich unter den Wasserstrahl. Immer wenn Elsa die Augen schloss, sah sie Fietes schlafendes Gesicht oder glaubte, die Berührung seiner Lippen zu spüren. Sie stützte sich gegen die gläserne Wand der Duschkabine und atmete ganz tief, während das Wasser auf ihren Kopf prasselte.

Und auf einmal war sie da, die Erkenntnis, dass sie Fiete vom ersten Moment an geliebt hatte. Als er auf dem Steg auf sie zugestürmt war. In dieser Sekunde war es um sie geschehen, einfach so, obwohl sie gar nicht nach einer neuen Liebe gesucht hatte.

Elsa war pünktlich. Schlag sieben saß sie im Aufenthaltsraum des *Godewinds* und klammerte sich an einen heißen Becher Kaffee. Noch immer bebte ihr ganzer Körper.

Als Sophie eintraf, warf sie ihr einen prüfenden Blick zu. Die versuchte, ungezwungen zu lächeln, und hoffte, dass die gerade eben erlangte Erkenntnis, nicht dick und fett auf ihrer Stirn geschrieben stand. Doch Sophie war ungewöhnlich schweigsam und hielt sich selbst dann zurück, als Peter mit ihnen zum hundertsten Mal die Listen mit den noch zu erledigenden Sachen durchging.

„Veronika wäre stolz auf uns", sagte er am Ende und schaute in die Runde. „Danke an euch alle. Ohne euren Einsatz in den letzten Tagen …" Fast schon hilflos, wanderte sein Blick zu Sophie. „Den Rest schaffen wir auch noch und morgen geben wir alles, um das Fest unvergesslich zu machen. So wie in all den Jahren zuvor."

„Amen", meinte Babsi und knallte ihren Kaffeebecher auf den Tisch. Dann erhob sie sich und verließ den Pausenraum. „Sagest du nicht gerade, es sei viel zu tun? Also lasst uns anfangen."

Während diesmal Babsi die Bibliothek übernahm, fuhren Elsa und Sophie in die oberste Etage und begannen mit der Reinigung der Sauna. Sophie schwieg weiter, griff sich immer wieder an ihren Bauch, meinte aber auf Elsas Nachfrage, es sei alles in Ordnung. Als sie beinahe über den Hocker vor dem Bett stürzte, wurde es Elsa zu viel. Sie hielt ihre Kollegin am Arm fest und zwang Sophie, sie anzusehen. „Ist wirklich alles in

Ordnung? Ich weiß, ich hab das schon hundertmal gefragt, aber Sie sehen von Minute zu Minute blasser aus."

Sophie stöhnte unterdrückt und verharrte einen Moment. Dann ergriff sie den Zipfel der Tagesdecke und versuchte, sie zusammen mit Elsa schwungvoll über das Fußende des Bettes zu legen. Dabei geriet sie ins Wanken und sank schließlich auf die Bettkante. Nach vorn gekrümmt, hielt Sophie sich ihren Magen.

„Du lieber Gott!" Elsa ließ die Bettdecke fallen und hockte sich vor ihre Kollegin.

„Was ist denn los?"

„Mir ist schlecht, eigentlich seit gestern Abend. Ich habe Tropfen genommen, ekelhaften Tee getrunken, den mir meine Mutter empfohlen hat. Aber nichts hat geholfen", stieß Sophie aus.

„Das Beste wäre, Sie würden nach Hause gehen."

„Unmöglich." Sophie schüttelte abwehrend den Kopf, was anscheinend eine neue Welle der Übelkeit hervorrief. Zumindest presste sie die Hand an ihren Mund und atmete ruckartig. „Die ganzen Zimmer, die noch zu reinigen sind, das Füllen der Osternester …"

„Ich arbeite jetzt seit fast zwei Wochen mit und weiß genau, was zu tun ist. Also verschwinden Sie. Außerdem, liebe Sophie, nehmen Sie es mir nicht übel, aber in Ihrem Zustand sind Sie keine große Hilfe für mich."

Sophie wirkte nicht überzeugt. „Vielleicht könnte ich Babsi fragen", meinte sie nachdenklich.

Elsa seufzte. „Ich will mich ja wirklich nicht aufdrängen. Aber Ihre Kollegin Babsi scheint momentan ihre eigenen Probleme zu haben und braucht nicht noch mehr Arbeit. Gestern haben sich wieder Gäste über die Reinigung ihres Zimmers beklagt."

„Bei Peter?", fragte Sophie erschrocken.

„Nein, ich denke nicht. Aber ich hörte, wie sie sich im Treppenhaus darüber unterhielten. In den Suiten sollte uns so etwas nicht passieren."

„Auf keinen Fall." Sophie seufzte. „Und Sie denken wirklich, ich soll nach Hause gehen?"

„Unbedingt. Eine warme Decke und ein paar Stunden auf der Couch wirken oft Wunder. Also los, dampfen Sie ab." Im Stillen fügte Elsa hinzu, dass ein wenig Arbeit und Ablenkung ihr bestimmt guttun würden. Denn zum einen dachte sie pausenlos über Fiete und ihre Gefühle nach, zum anderen checkte sie immer wieder heimlich ihr Handy. Doch bis jetzt war keine Nachricht von ihm gekommen. Natürlich hätte auch Elsa schreiben können. Immerhin war sie es gewesen, die das Boot verlassen hatte, aber etwas ließ sie zögern.

„Und die restlichen Osternester? Die müssen noch befüllt werden."

Elsa verdrehte die Augen. „Ich mach das schon."

Mühevoll stemmte Sophie sich hoch und hielt sich einen Moment an Elsa fest. „Danke, Frau Torberg, Sie sind die Beste." Sie krümmte sich vor Schmerzen. „Der Schlüssel für das Lager ist in der Dose. Die fertigen Nester einfach in die Kisten packen. Schokolade liegt im Karton. Und dann die Tür wieder gut verschließen und den Schlüssel …"

„Den Schlüssel wieder unauffällig in der Blechbüchse neben der Keksdose deponieren. So wie in den letzten Tagen." Elsa grinste.

„Ja, Gott, entschuldigen Sie. Natürlich, Sie wissen Bescheid." Sie seufzte. „Und ich hab noch nicht mal gefragt, wie Ihr Ausflug mit Fiete war." Sophie drückte ihren Arm.

„Da können wir immer noch morgen darüber reden", wich Elsa aus.

„Also gut. Falls etwas sein sollte, Sie haben meine Nummer."

„Hab ich. Kommen Sie jetzt erst mal gut nach Hause und machen Sie sich keine Gedanken."

„Ich werde Peter informieren." Sophie hob die Hand zum Gruß und verschwand langsam zur Tür hinaus.

Kopfschüttelnd schaute Elsa ihr hinterher. Dann packte sie die Tagesdecke, schwang sie in die Luft und ließ sie an der genau richtigen Stelle auf das Bett sinken. Konzentriert drehte sie noch eine prüfende Runde durch den Raum, warf einen kurzen Blick ins Badezimmer und nickte zufrieden.

Gerade als sie das Zimmer verließ, kam Peter nach oben geeilt. „Sophie hat es mir gerade gesagt. Sie sah schrecklich aus."

Elsa nickte. „Deswegen habe ich Sie auch nach Hause geschickt."

„Ja, das war vermutlich die richtige Entscheidung. Werden Sie alles hinkriegen? Oder sollte ich vielleicht …"

„Das Zimmer reinigen? Gehen Sie mal an die Rezeption und lassen mich meine Arbeit machen. Keine Angst, ich schaffe das. Oder vertrauen Sie mir nicht?" Schelmisch sah sie Peter an.

„Aber Frau Torberg, natürlich vertraue ich Ihnen."

Elsa werkelte allein los. Sie warf ab und zu einen Blick aus dem Fenster, betrachtete den Bodden und dachte an Fiete. Die Arbeit vertrieb schließlich allmählich die düsteren Gedanken. Bei Tageslicht sahen die Dinge oft anders aus als am Morgen oder in der Nacht. Sie setzte sich sogar hin und schrieb eine kurze Nachricht an Fiete:

Danke für den Ausflug, den Abend, die Nacht. Ich musste zum Dienst, sorry!

Elsa

Okay, das klang ein wenig unpersönlich und sie überlegte doch tatsächlich, ein Smiley anzuhängen. Nur welches? Ihre Augen musterten die bunten Bilder. Da ihr eine Entscheidung ziemlich schwerfiel, sendete sie die Nachricht schließlich ohne ab.

Zwei Stunden später war Elsa mit der Reinigung der Zimmer und Suiten fertig, sortierte die schmutzige Wäsche in die entsprechenden Behälter und bestückte den Servicewagen für den morgigen Tag. Einen Moment massierte sie ihren Rücken. Noch immer schmerzte ihr Kreuz, aber nicht mehr so schlimm, wie zu Beginn. Sie checkte ihr Handy, doch das Display war leer. Fiete hatte die Nachricht noch nicht mal angesehen.

Elsa goss sich einen Kaffee ein, legte die Beine auf den neben ihr stehenden Stuhl und genoss die Ruhe. Über ihr erklangen leise Schritte, ab und zu klingelte ein Telefon, ansonsten war es still.

Als die Tasse leer war, stellte sie sie in die Spüle und warf einen Blick auf ihre Uhr. Es war kurz nach zwei. Verlockend leuchtete der blaue Himmel durch das schmale Fenster am oberen Rand des Raumes. Spontan streifte Elsa ihre Jacke über. Ob sie nun eine Stunde eher oder später die Osternester befüllen würde, war einerlei. Niemand wartete daheim auf sie, also konnte sie getrost das schöne Wetter nutzen und den heute Mittag ausgefallenen Strandbesuch nachholen.

Vor dem Hotel traf sie auf den alten Hans, der vom Wind herabgewehte Eier wieder in den Sträuchern platzierte. Bei ihrem Anblick huschte ein Lächeln über sein Gesicht und er schob seine Schiebermütze in den Nacken.

„Na, Seeluft um die Nase wehen lassen?"

„Ich will das schöne Wetter nutzen", sagte Elsa. „Bevor der nächste Schauer kommt."

Hans hob den Kopf und musterte den Himmel. „Da kommt nichts mehr. Morgen scheint den ganzen Tag die Sonne."

„Das wäre ja wunderbar für unser Fest. Sie sind wohl ein Wetterprophet?"

Hans schlug sich auf seine Beine. „Ich merks in den alten Knochen. Die melden jede kleine Veränderung zuverlässig, glauben Sie mir. Ist Sophie schon fort?"

„Ja, ihr ging es nicht so gut."

Hans lächelte in seinen Bart. „Soso. Gut, dass sie gegangen ist, ein bisschen Ruhe tut ihr mal ganz gut. Hat schwere Zeiten durch, das Mädel. Die zehren, auch wenn sie das bestimmt bestreiten würde. Aber in der Seele tuts weh und das ist das Schlimmste. Sophie bleibt sowieso immer länger, als sie eigentlich sollte. Ganz im Gegenteil zu manch anderen hier." Hans langte in die Tasche und holte sein Pfeifchen raus. „Aber es geht mich ja nichts an. Fest steht, Veronika hätte solche Schludereien nicht durchgehen lassen." Er schüttelte verärgert den Kopf.

„Meinen Sie Manuel Zachert?", fragte Elsa, die nur Bahnhof verstand.

„Aber nein." Hans blies eine erste Rauchwolke in den Himmel und drehte sich so, dass Elsa davon nichts abbekam. „Der Manuel, der ist ganz in Ordnung. Den muss man nur richtig einbinden, eine Ansage machen und dann macht der schon mit. Hätte ich nie gedacht, ist aber so. Ich meine die Babsi. Jeden Tag kommt sie später und geht eher."

Elsa schwieg.

„So, als ob sich die Zimmer plötzlich schneller reinigen. Schludereien sind das. Glauben Sie mir, Frau Torberg. Dann heult sie rum, weil alles so teuer geworden ist, will aber umziehen. Das hat sie mir selbst gesagt. Und wissen Sie was?" Hans schaute sich verstohlen um und trat einen Schritt näher. „Sie hat sich eine Wohnung angesehen, drüben in Prerow in bester Lage. Ein Bekannter, der sich dort um den Garten kümmert, hat es mir erzählt. Schnieke Gegend, nix für unsereins. Sie verstehen?" Der alte Mann rieb Daumen und Zeigefinger aneinander und machte die typische Bewegung des Geldzählens. „Wissen Sie, was das kostet?"

Elsa, die ja selbst bereits Immobilienanzeigen studiert hatte, nickte. „Ich glaube, ich kann es mir vorstellen."

„Ich sag Ihnen was: Irgendwas stimmt dort nicht, denn ihren Fred, den können sie auch vergessen. Komm ich heut nich, komm ich morgen oder ich bleib ganz liegen. Und verdienen tut der auch nich viel mit seinen Computerdingens. Nee, nee, Schludereien sind das alles."

Elsa schielte unauffällig auf ihre Uhr. Hans bemerkte es dennoch. „Aber ich will Sie nicht aufhalten. Grüßen Sie mir das Meer und werfen Sie einen Stein für mich ins Wasser. Ich war schon lange nicht mehr unten."

„Wollen Sie mitkommen?", schlug Elsa ein wenig halbherzig vor.

Hans winkte ab. „Lassen Sie mal. Durch den Sand zu waten, ist nix mehr für meine alten Knochen. Außerdem sind unten bestimmt Massen an Leuten, wegen Ostern. Damit hab ichs nicht so."

Wenig später musste Elsa erkennen, dass Hans absolut recht gehabt hatte. Schon das Überqueren der Hauptstraße war nicht so einfach angesichts unzähliger Fahrzeuge, die in beiden Richtungen unterwegs waren. Auf dem schmalen Strandzugang wehten Gesprächsfetzen an ihr Ohr und unterdrückten das Rauschen der Wellen, dass sonst schon immer zu hören war.

Doch dann war der Strand erreicht und das Meer lag vor ihr. Beim Anblick der tosenden Ostsee vergaß Elsa die vielen Menschen. Sie vergrub die Hände in den Taschen ihrer Jacke und lief unbeirrt los. Immer wieder musste sie dem Drang widerstehen, auf ihr Handy zu sehen. Also ermahnte sie sich selbst, das Telefon in ihrer Tasche zu lassen.

Böen mit kleinen Sandkörnern wehten ihr ins Gesicht, ließen ihre Haut prickeln. Die Luft roch wunderbar salzig, manchmal nach Algen, Fisch und Seetang. Muscheln knirschten und sie dachte an Hans. Sie musterte suchend den Sand zu ihren Füßen und entdeckte schließlich einen Stein. Elsa hob ihn auf, legte ihn auf ihre Handfläche und warf ihn, wie versprochen, mit einem inneren Gruß an Hans ins Wasser. Er plumpste in eine heranrollende Welle und verschwand auf dem Meeresgrund.

Elsa folgte der Küstenlinie und erreichte nach einiger Zeit eine kleine Bucht, die von einer steinernen Mole vor den Meereswogen geschützt wurde. Zahlreiche Surfer waren auf dem Wasser unterwegs oder schleppten ihre Surfbretter gerade ins Meer. Andere lagen im Sand und behielten ihre Konkurrenz fest im Blick. Elsa beschirmte ihre Augen zum Schutz gegen die Sonne und schaute einen Moment den bunten Segeln zu, die auf dem Wasser tanzten. Einige der Surfer vollführten tollkühne Sprünge und landeten elegant auf der nächsten Welle. Andere sausten dahin und ließen sich vom Meer tragen. Jonas war nicht zu sehen und auf der Stelle wurde Elsa wieder an den Pakt erinnert, den sie mit ihm geschlossen hatte. Surfen, sie auf einem Brett – unvorstellbar. Und alles nur wegen Manuel Zachert. Sie verstand sich selbst nicht und was sie bewogen hatte, sich auf seine Erklärungen einzulassen.

Kurz bevor sie sich auf den Heimweg machte, konnte Elsa dem Drang nicht mehr widerstehen und zog das Handy aus ihrer Tasche. Enttäuscht musterte sie das leere Display. Immer noch hatte Fiete ihre Nachricht nicht geöffnet. Sie spürte Enttäuschung und erneut dieses beschissene Gefühl, wie damals vor der Disco.

Energisch zurrte Elsa ihre Kapuze fest und stapfte los. Absichtlich durch den losen Sand. Die Anstrengung beschäftigte Körper und Geist. Und nach einigen Schritten erschien ihr der Gedanke von heute Morgen nur noch wie der Teil eines wirren Traumes von letzter Nacht. Sicher waren ihre Gefühle für Fiete nur Einbildung gewesen, eine Duselei, durch die Enge der Kabine und diese besondere Atmosphäre entstanden. Niemand konnte sich so schnell verlieben und schon gar nicht sie. Fast so etwas wie Erleichterung machte sich breit und ihr Kopf trug den Sieg über ihr Herz davon. Ein gutes Gefühl, das Sicherheit gab.

Mit zerzausten Haaren und salzigen Lippen betrat Elsa wenig später das Hotel, legte ihre Jacke ab und holte die restlichen, noch zu befüllenden Osternester aus dem

Lagerraum. Sie kochte sich einen frischen Früchtetee und machte sich dann an die Arbeit. Leise dudelte das Radio auf dem Fensterbrett Schlagermelodien und Elsa ertappte sich dabei, wie sie einige Male mitsang. Sie war selbst unsicher, ob diese gute Laune nur gespielt oder wirklich echt war.

Akribisch verteilte Elsa Osterhasen und bunte Eier im grünen Gras. Sie war so konzentriert, dass ihr das Knarren der Treppe vollkommen entging.

„Schon wieder im Osterfieber", erklang eine Stimme in der Tür.

Elsa schaute nach oben und erblickte Manuel. „Immer noch", erwiderte sie. „Aber bald ist es geschafft."

„Darf ich?" Er deutete fragend auf die Teekanne und sie nickte.

„Du bist letzte Nacht nicht nach Hause gekommen", sagte Manuel, während er sich einen Tee einschenkte. „Ich war zu späterer Stunde sogar noch einmal bei dir klingeln, aber niemand öffnete …"

Mit gefurchter Stirn schaute Elsa zu ihrem Kollegen empor. „Sag bloß, du hast dir Sorgen um mich gemacht."

„Wundert dich das? Die ganze Nacht nicht nach Hause kommen, da kann man sich doch nur Sorgen machen."

„Nun klingst du wie mein Vater. Wobei – eigentlich kann ich mich nicht erinnern, dass er jemals solche Worte zu mir gesagt hat." Elsa schob das nächste fertige Osternest zur Seite.

„War es denn wenigstens schön?"

Elsa schielte zu Manuel und spürte, wie ihr Hitze in die Wangen schoss. „Du möchtest jetzt aber keine Details, oder?"

„Natürlich nicht. Ich gehe davon aus, dass Fiete Oltkamps der Glückliche war." Manuel schüttelte den Kopf. „Ausgerechnet der. Und dann auch noch so schnell. Ich hatte dich nicht für eine so spontane Frau gehalten."

„Ach, und wofür hast du mich dann gehalten? Für eine, die ein bisschen von gestern ist, oder was?"

„Eher für eine, die sich mehr Zeit lässt."

Elsa schwieg. Sie wollte nicht mehr an Fiete denken und sie wollte schon gar nicht mit Manuel über ihn sprechen.

„Übrigens muss ich dir danken", fuhr Manuel nach einer Weile fort, beugte sich über den Tisch und musterte die fertigen Osternester. „Du hast Peter tatsächlich nichts gesagt."

Elsa öffnete die nächste Eierpackung. „Nein, habe ich nicht."

„Und Jonas hat auch dichtgehalten."

„Hat er", erwiderte sie knapp und warf Manuel einen kurzen Blick zu.

„Warum habt ihr mich nicht verraten?"

Elsa hob die Schultern. „Gute Frage, das würde ich auch gern mal wissen. Vielleicht war etwas in deiner Argumentation, was mich hat zögern lassen. Und es war so stichhaltig, dass ich Jonas gleich mit überzeugen konnte. Außerdem hat er mir verraten, was du dir angesehen hast unten im Büro."

„Ach, und woher wollte er das wissen?"

„Jonas hat sich die Farbe der Ordner gemerkt und dann deren Inhalt gecheckt. Es waren Dienstpläne darin." Elsa machte eine kurze Pause. „Warum schaust du dir alte Dienstpläne an?" Sie fixierte Manuel mit ihren Blicken. Dessen Lider flatterten. „Ich verstehe, das große Geheimnis, das Versprechen, das du jemandem gegeben hast." Wütend pfefferte Elsa zwei Schokoeier in das vor ihr stehende Nest und platzierte zum Schluss einen bunten Hasen obendrauf. „Ich ahne schon, das ich in Kürze all das bereuen werde. Nämlich in dem Moment, in dem ich auf dem Heimweg nach Stuttgart bin und du den Posten als Hotelchef antrittst."

„Das wird nicht passieren."

„Ach, und du willst das wissen? Egal." Elsa winkte ab und griff sich das nächste Osterkörbchen.

Manuel musterte das bunte Durcheinander aus Schokolade und Papier. „Aus meiner Sicht sieht das aber noch nach reichlich Arbeit aus."

Elsa versenkte den nächsten Schokohasen. „Ich hab eh nichts Besseres vor."

„Kein Treffen mit Fiete Oltkamps? Tztztz."

Sie verdrehte die Augen. „Sagt man nicht immer, Frauen würden tratschen? Du scheinst eine rühmliche Ausnahme zu sein."

„Gut, ich verspreche, nichts mehr zu sagen. Kein Fiete Oltkamps mehr, kein Blick in dein Liebesleben." Manuel streckte zwei Finger hoch. „Ich schwöre. Stattdessen könnte ich dir helfen."

Überrascht schaute Elsa ihn an. „Du? Nicht notwendig, danke."

Manuel setzte sich ihr gegenüber, schnappte sich ein Büschel Ostergras und musterte die fertigen Exemplare. „Ich tu es wirklich gern. Also zuerst das Ostergras, dann einen Hasen und drei Eier, sehe ich das richtig?"

Elsa nickte. „Zuerst die Eier, dann den Hasen", stellte sie klar.

„Na, ich denke, das dürfte ich hinkriegen."

Zunächst etwas unbeholfen, dann immer sicherer werkelte Manuel auf der anderen Seite des Tisches. Schweigen erfüllte den Raum und Elsa war heilfroh, dass das Radio zumindest ein wenig die Stille brach.

„Gab es Probleme bei Sophie?", fragte Manuel Zachert nach einer ganzen Weile. „Ich meine nur, weil sie heute so früh gegangen ist."

„Sie fühlte sich nicht wohl und wäre beinahe umgekippt. Deswegen habe ich sie nach Hause geschickt. Jeden Tag ist sie länger geblieben, weil so viel zu tun war", antwortete Elsa mit einer gewissen Schärfe. Irgendwie fühlte sie sich verpflichtet, für Sophie in die Bresche zu springen.

Manuel Zachert nickte verstehend. „Das war eine gute und richtige Entscheidung." Kein Unterton lag in seiner Stimme, im Gegenteil. Er schien voller Verständnis zu sein.

Elsa fühlte sich erneut hin- und hergerissen. Da gab es den einen Manuel Zachert, der ihr half, Osternester zu füllen, der ihren Arm verarztet hatte, der hilfsbereit und voller Verständnis war. Und den anderen, der arrogant, überheblich und undurchsichtig war. Welcher von beiden war echt? War Zachert ein guter Schauspieler oder tatsächlich ein Mensch, der sehr unterschiedliche Facetten hatte. Sie konnte es nicht sagen, dafür kannte sie ihn zu wenig. Elsa wusste nicht mal, welcher von beiden Manuels ihr der Liebere war.

„Warum tust du das?", platzte sie heraus.

Manuel hielt inne und musterte sie. Eine steile Falte erschien auf seiner Stirn. „Was?"

„Na, das hier." Elsa deutete auf die ganzen Ostersachen.

„Damit du auch irgendwann Feierabend machen kannst. Ist das denn so schwer zu verstehen?", meinte er spöttisch.

„Eigentlich nicht. Ich frage mich nur, warum du manchmal so anders bist." Elsa heftete ihren Blick auf das nächste Osternest und gab sich möglichst gelassen.

„Wie bin ich denn?"

Die folgende Stille zwang sie, ihn wieder anzusehen. „Abweisend, überheblich, Kollegen vor den Kopf stoßend."

„Wirklich?"

Hätte sie bloß nicht mit dem Thema angefangen. „Das weißt du ganz genau. Ach, egal." Sie winkte ab und stellte das nächste fertige Osternest auf die Seite.

„Egal?" Manuel musterte sie noch immer. „Erst fragst du und scheinst brennend an einer Antwort interessiert zu sein und dann wirfst du nach wenigen Sätzen die Flinte ins Korn. Das passt nicht zu dir, Elsa."

„Ich habe vermutlich gerade begriffen, dass wir uns im Kreis drehen und ich nie eine ehrliche Antwort von dir erhalten werde." Sie griff nach ihrem Teepott und trank ihn leer.

„Du machst dir viele Gedanken um mich. Im Grunde könnte ich mich fragen, warum du das tust. Aber ich glaube, ich weiß es. Du bist eine Menschenfreundin, kümmerst dich gern um andere und willst, dass es allen gut geht."

Elsa schluckte. Genau so hatte Ben sie manchmal beschrieben. Nur, dass er ihr bester Freund war und sie in- und auswendig kannte.

„Deswegen wärst du auch für den Posten der Hotelchefin wunderbar geeignet." Entgeistert starrte sie ihn an. „Und das meine ich vollkommen ernst."

„Du würdest mir den Chefposten gönnen?", fragte Elsa ungläubig.

„Natürlich, sogar mehr als das." Manuel warf seinen Kopf zurück und lachte. Dann stopfte er weiter Ostergras und Schokolade in die Nester. „Ich wette sogar, du bekommst den Posten."

Elsa stand auf und goss sich einen neuen Tee ein. Die Kanne war leer und so warf sie den Wasserkocher an. Dessen Rauschen vertrieb die seltsame Stimmung im Raum.

Von hinten sah sie Manuel zu, wie er die Nester befüllte. Noch nie hatte sie einen solchen Menschen kennengelernt. Sie wünschte sich, er möge schweigen. Denn das Gedankenkarussell in ihrem Kopf rotierte schon genug. Er schien ihren stillen Wunsch zu hören und sagte kein Wort mehr.

Irgendwann war es geschafft und das letzte Osternest gefüllt. Drei Schokoladeneier blieben übrig. Elsa schob zwei davon auf die andere Seite des Tisches. „Hier, das haben wir uns verdient."

Kopfschüttelnd schob Manuel eines der Eier wieder zurück. „Da ist sie wieder, die Elsa Torberg, die zuerst immer an andere denkt und zuletzt an sich. Du hattest die meiste Arbeit, also ist es nur gerecht, dass du zwei Eier bekommst."

Sie akzeptierte seine Entscheidung. Und auch die zweite Süßigkeit verschwand in ihrem Mund.

„Und was machen wir jetzt?", fragte Manuel Zachert und stützte seine Ellenbogen auf den Tisch.

„Jetzt schaffen wir die fertigen Nester nach gegenüber ins Lager und morgen in aller Frühe werden wir sie verteilen."

Gemeinsam war die Arbeit schnell erledigt. Elsa musterte noch einmal die beiden großen Kisten auf dem Tisch, verschloss dann sorgfältig die Tür und ließ den Schlüssel in ihre Tasche gleiten. Sie würde ihn später verstecken, unbemerkt von Manuel. Denn trotz seiner salbungsvollen Worte traute sie ihm nicht ganz.

„Endlich Feierabend", stieß sie aus und lief zum Umkleideraum.

„Es war ein langer Tag", ergänzte Manuel Zachert und zog eine Jacke aus seinem Schrank. „Was hast du noch Schönes geplant?"

„Ich fahre nach Hause, gönne mir eine ausgiebige Dusche und dann gehts ab auf die Couch."

„Da könnte ich dich ja eigentlich zum Essen einladen. Sozusagen als Fortsetzung unseres Fischbrötchenrendezvous."

Elsa, die hinter dem Vorhang, der den Umkleidebereich abtrennte, stand, schaute kurz an die Decke. Sie folgte ihrem ersten Impuls und das hatte nichts mit Fiete zu tun. Zumindest redete sie sich das ein. „Danke für die Einladung, doch ich möchte einfach nur noch die Beine hochlegen." Sie schob den Vorhang beiseite und trat nach draußen.

„Kein Wunder, wenn man letzte Nacht keine Sekunde geschlafen hat." Manuel lehnte lässig an seinem Schrank und musterte sie amüsiert. Dann hob er abbittend die Hände. „Komisch, irgendwie wusste ich, dass du genau das sagen und mir wieder einen Korb geben würdest. Ich gebe aber nicht auf. Solange nicht, bis einer von uns beiden die neue Stelle bekommt."

„Wir befinden uns also immer noch im Wettbewerb?", fragte Elsa. „Obwohl du mir die Stelle gönnen würdest?"

„Das eine hat mit dem anderen nichts zu tun. Aufgeben kommt für mich nicht infrage. Noch ist der Wettbewerb nicht vorbei. Und ich verspreche dir, ich ziehe alle Register. Genau wie du."

Manuel drehte sich um und verschwand. Was hatte er denn damit gemeint? War diese Freundlichkeit, das Mithelfen gerade eben wieder nur ein Trick gewesen, sie in die Irre zu führen?

Kapitel 24

Rrring, rrring. Da war ein nervtötendes Klingeln, das sich in Elsas Träume schlich. Sie versuchte, es zu verdrängen, schreckte aber irgendwann doch hoch. Im Zimmer war es finster, stockfinster. Kein Wunder, es war kurz vor halb sechs. Mit verquollenen Augen schaltete sie den Handywecker aus und sank noch einmal kurz zurück in die Kissen. Da heute die Ostereiersuche im Garten des *Godewinds* stattfand und zusätzlich zur eigentlichen Arbeit viel zu tun war, hatte sie beschlossen, eher anzufangen und damit auch eher aufzustehen.

Stöhnend quälte Elsa sich aus dem Bett, trat ans Fenster und musterte den Himmel. Er war dunkel. Eine Prognose, ob ihnen der Wettergott wohlgesonnen war, ließ sich beim besten Willen nicht treffen.

Elsa reckte und streckte sich, atmete die kalte Luft ein und befürchtete, dass jeden Moment ihre Kinnlade aus der Verankerung sprang, so sehr musste sie gähnen. Sie war müde, todmüde. Am besten wäre ein kleines Morgenläufchen gewesen, wie Manuel es immer absolvierte. Aber dafür fehlten ihr heute Zeit und vor allem Lust. Doch ganz besonders fehlte ihr Schlaf.

Es war ihr Mitbewohner gewesen, der sie wachgehalten hatte. Erst eine ganze Weile nach ihr, hatte sie Manuel am gestrigen Abend nach Hause kommen hören. Elsa hatte bereits im Bett gelegen und noch ein wenig lesen wollen. Leise hatte er die Haustür geöffnet, den unteren Flur durchquert und war in seinen Räumen verschwunden. Dann hatte sie seinen Schritten gelauscht, die ihn ruhelos durch die Wohnung geführt hatten, hin und her und wieder von vorn. Worte und Gesprächsfetzen waren zu ihr nach oben gedrungen. Anscheinend telefonierte Manuel mit jemandem und das ziemlich laut und ziemlich lange. Wie sollte man da denn schlafen?

Sie hatte ihr Buch schließlich beiseite gepackt, denn sie hatte den ersten Satz des neuen Kapitels inzwischen vermutlich zum zwanzigsten Mal gelesen. Selbst das Decke-über-den-Kopf-Ziehen, das immer half, funktionierte dieses Mal nicht. Elsas Puls war immer weiter angestiegen. Sie war schon kurz davor gewesen, zu ihm nach unten zu gehen, als das Display ihres Handys aufgeleuchtet hatte. Nicht Fiete hatte geschrieben, sondern Sophie.

Ihr ging es dank einiger Stunden Schlaf und weiterer bitterer Tees wieder gut. Mit einer Mischung aus Erleichterung und Enttäuschung hatte Elsa die Zeilen gelesen. Nun war es wichtig, sich auf das Fest zu konzentrieren und Fiete aus ihren Gedanken zu verdrängen. Dieser Vorsatz hatte sie schließlich einschlafen lassen.

Praktisch zeitgleich mit Sophie erreichte Elsa das Hotel und stellte sich auf die andere Seite des Mitarbeiterparkplatzes.

„Und? Ist gestern alles gut gegangen?", fragte Sophie nach einer kurzen Begrüßung.

Elsa nickte. „Alles bestens, die Osternester sind fertig und dafür bereit, versteckt und entdeckt zu werden. Ich hatte sogar unerwartete Hilfe."

„Ach, tatsächlich?" Überrascht schaute Sophie sie an. „Ist also Babsi doch noch vorbeigekommen."

„Babsi?" Elsa schüttelte den Kopf. „Nein, Herr Zachert hat mir geholfen und sich nach einer kurzen Einweisung wacker geschlagen."

„Babsi ist also nicht länger geblieben", meinte Sophie nachdenklich. „Ich hatte ihr eine Nachricht geschickt und um ihre Hilfe gebeten."

„Vielleicht hatte sie etwas anderes vor", gab Elsa zu bedenken. „Aber wie geht es Ihnen?"

Beide Frauen schlenderten langsam zum Seiteneingang des Hotels und stiegen die Treppe nach unten. „Viel, viel besser. Ich habe geschlafen wie ein Stein. Lars hat mir Tee gekocht, mich umsorgt und Fine hat ein Bild gemalt."

„Na, wenn das keine Therapie ist."

„Die beste Therapie der Welt. Und nun können wir uns dem wichtigsten Punkt am heutigen Tag widmen, dem verstecken der Osternester", sagte Sophie entschlossen.

Sie zogen sich schnell um, dann stieg Elsa auf den Hocker und holte aus der Blechbüchse, den Schlüssel zum Lager. In der Zwischenzeit kochte Sophie Kaffee. Erneut klappte die Tür und Peter schaute um die Ecke.

„Guten Morgen ihr beiden! Na, schon im Osterfieber?", schmetterte er ihnen gut gelaunt entgegen. Ein breites Lachen lag auf seinem Gesicht. Diese überschwängliche Freude war reichlich ungewöhnlich für den sonst so zurückhaltenden Rezeptionisten und musste eine Ursache haben. „Es gibt gute Nachrichten, sogar sehr gute Nachrichten. Gestern Abend hat mich die Chefin angerufen und mir alles Gute für den heutigen Tag gewünscht. Uuund", Peter spitzte seine Lippen, „sie wird vermutlich Mitte nächster Woche aus dem Krankenhaus entlassen. Die Wundheilung verläuft super."

„Das sind wirklich sehr gute Nachrichten", meinte Sophie lächelnd.

Elsa steckte den Schlüssel ins Schloss, öffnete die Tür zum Lager und trat stolpernd einen Schritt zurück.

Brütende Hitze schlug ihnen entgegen. Fassungslos schaute sie in den kleinen Raum, in dem vermutlich vierzig Grad herrschten. Aber das war nicht das Schlimmste. Sofort sah sie, dass die beiden großen Kisten mit den fertigen Osternestern nicht mehr auf dem Tisch standen, sondern direkt vor den Heizkörpern. Die meisten der Ostereier sahen seltsam deformiert aus, von den Schokoladenhasen ganz zu schweigen.

„Was ist das denn?", fragte Sophie tonlos. „Hier drin ist es ja kaum auszuhalten. Warum haben Sie die Heizung aufgedreht?"

Elsa fühlte sich von zwei Augenpaaren gemustert und rang nach Luft. „Ich schwöre, die Kartons dort auf den Tisch gestellt zu haben. Und die Heizung habe ich nicht angerührt. Das kleine vergitterte Fenster, es war geöffnet und im Raum herrschten kühle Temperaturen. Das kann Herr Zachert bestätigen, der war nämlich …" Elsa verstummte.

„Soll das heißen, Herr Zachert war anwesend, als Sie die Osternester in diesen Raum gestellt haben?", fragte Peter verwundert.

„Ja, er hat mir beim Befüllen geholfen und beim Herübertragen. Dann habe ich den Raum verschlossen, gewartet bis Herr Zachert weg war und den Schlüssel an den vereinbarten Platz gelegt."

„Und Herr Zachert?"

„Der war fort, sein Auto stand nicht mehr auf dem Parkplatz, da bin ich sicher", erwiderte Elsa.

Sophie war inzwischen in die Hocke gegangen und untersuchte die Osternester. „Einige sind futsch. Aber diejenigen, die ein Stück entfernt von der Heizung lagen, sehen noch ganz gut aus. Am besten wir schaffen alles in den Pausenraum und machen eine Bestandsaufnahme. Dann entscheiden wir, was noch zu verwenden ist. Zur Not liegen halt weniger Eier in den Nestern. Ich bin sicher, die Kinder werden sich dennoch freuen." Erneut fühlte Elsa sich gemustert. Wie erstarrt stand sie in der Tür und konnte es nicht fassen.

Peter schnappte sich bereits einen der Kartons, hielt dann aber inne. „Ich könnte Frieda anrufen, eine alte Schulfreundin von mir. Sie ist die Chefin des Supermarkts."

„Das wird uns nicht viel nützen, heute ist Ostersonntag. Der Supermarkt ist geschlossen", erwiderte Sophie.

„Ich versuche es dennoch, vielleicht kann sie etwas für uns tun." Peter drückte Elsa den Karton in den Arm und verschwand. Sie trug ihn nach nebenan und stellte ihn auf den Tisch.

Wieder und wieder ging Elsa die gestrige Unterhaltung durch. Was hatte Manuel noch einmal als Letztes gesagt? Er würde alle Register ziehen. Das hatte er anscheinend tatsächlich getan.

„Frau Torberg? Hallo?" Sophie schaute ihr prüfend ins Gesicht und schien ihr eine Frage gestellt zu haben.

Elsa starrte ihre Kollegin an. „Entschuldigung, ich war …"

„Helfen Sie mit, die Osternester untersuchen? Die Zeit drängt, es ist noch viel zu tun."

„Ja, natürlich."

Konzentriert nahmen sie sich Nest für Nest vor und sortierten aus. Es war nicht so schlimm wie befürchtet und vieles konnte gerettet werden. Der Haufen noch verwendbarer Schokolade wuchs immer weiter. Deswegen konnten sie es verschmerzen, dass Peter seine Bekannte nicht erreicht hatte.

Als alles sortiert war, warf Sophie einen Blick auf die Wanduhr. „Kurz vor sieben. Wenn wir zusammen ranklotzen, ist die Sache in einer halben Stunde erledigt."

„Ich hab schon mit Jonas geredet. Er schiebt Überstunden und hält die Stellung an der Rezeption", sagte Peter.

„Also, dann los."

Im Eiltempo wurde die Schokolade umverteilt. Babsi, die ein wenig später zur Tür hereinkam, warf einen fragenden Blick auf das vorherrschende Chaos, half aber, ohne weitere Fragen zu stellen, mit. In der Zwischenzeit warteten Hans und Ralf draußen mit einem Karren darauf, die fertigen Osternester im Garten verteilen zu können. Am Ende huschten alle Mitarbeiter des *Godewinds* zwischen Sträuchern, Bäumen und Rabatten herum und spielten Osterhase. Sogar Manuel war dabei, der irgendwann unbemerkt von Elsa gekommen sein musste.

Um Punkt neun war das letzte Osternest versteckt und überall im Garten leuchteten bunte Farbkleckse.

„Puh, das wäre geschafft", stieß Sophie erleichtert aus und lächelte.

Elsa konnte sich nicht freuen. Im Gegenteil, sie wünschte, der Boden würde sich vor ihren Füßen auftun. Natürlich wussten inzwischen alle Bescheid und das leise Getuschel war ihr nicht entgangen. Am liebsten hätte Elsa auf der Stelle das Gespräch mit Peter gesucht und ihm alles über Manuel und das, was zuletzt geschehen war, gesagt. Aber dafür war jetzt, an diesem besonderen Morgen, der falsche Zeitpunkt. Denn sie hatten lediglich den ersten Punkt einer langen Tagesordnung hinter sich gebracht. Sie mussten lächeln, das Osterfest feiern und all die kleinen und großen Gäste glücklich machen.

Gegen sechszehn Uhr sank die Belegschaft des *Godewinds* auf Sitzbänke, die Ralf und Hans extra auf dem Rasen vor dem Seiteneingang es Hotels aufgestellt hatten. Der Himmel war noch immer strahlend blau. Petrus hatte es gut mit ihnen gemeint.

Ihnen allen schmerzten die Füße oder der Rücken oder beides. Doch das war egal. Nur eines zählte, die traditionelle Ostereiersuche im Garten des Hotels hatte, wie immer, stattgefunden. Fröhliches Kinderlachen war zu hören gewesen und Freudenschreie, wenn jemand ein Geschenk des Osterhasen entdeckt hatte. Es waren viele Besucher vorbeigekommen und hatten sich die kleinen herzhaften oder süßen Happen von Köchin Traudel und Frühstückskellnerin Ute schmecken lassen. Getränke waren serviert worden und Osterhase Ralf hatte mit lustigen Geschichten für Gelächter und strahlende Kinderaugen gesorgt.

Trotz aller Freude lag eine seltsame Stimmung in der Luft. Inzwischen wusste vermutlich auch der Letzte, was am frühen Morgen geschehen war. Niemand hatte die Sprache darauf gebracht, selbst Sophie hatte bei der Zimmerreinigung, die heute etwas kürzer ausfiel, nur über belanglose Dinge mit Elsa gesprochen.

Sie fühlte sich einige Male verstohlen gemustert, besonders von Babsi. Manuel dagegen gab sich unbeteiligt. Er lächelte und wirkte vollkommen entspannt. Dieses arrogante Verhalten brachte Elsa noch mehr auf die Palme.

Während Ute Kaffee in die Tassen schenkte, verteilte Traudel die übrig gebliebenen Kuchen. Elsa fand sie schon optisch sehr verlockend, doch sie hätte keinen Bissen herunterbekommen und lehnte deswegen ab. So ging es ihr schon den ganzen Tag. Ihr Magen war wie zugeschnürt und ihre Gedanken kreisten nur um die eine Frage: War es wirklich Manuel gewesen, der die Ostereiersuche im *Godewind* hatte boykottieren wollen?

Da erhob sich Peter, klopfte an seine Tasse und schaute in die Runde. „Ich möchte als Dienstältester euch allen danken für eure Mitarbeit, die Hilfe und den Einsatz, die diesen Tag zu einem erfolgreichen Tag gemacht haben. Auch wenn der Anfang alles andere als leicht war." Elsa sah starr zu Boden, merkte aber auch so, dass alle Blicke auf sie fielen. „Frau Gutter wird stolz sein und ich soll ihr heute Abend unbedingt berichten, wie alles gelaufen ist."

„Dann solltest du aber die Sache mit der Heizung lieber für dich behalten", sagte Babsi spitz und schaute Elsa vielsagend an. „Ich mein ja nur."

„Ich denke, das solltest du mir überlassen, Barbara", erwiderte Peter.

Die hob die Schultern und spitzte ihre roten Lippen. „Mir soll es recht sein. Ich frage mich nur, wie man so bescheuert sein und die Heizung voll aufdrehen kann. Und dann noch die Kartons mit der Schokolade direkt davor stellt."

Elsa schnappte nach Luft. „Ich kann versichern, dass, als ich das *Godewind* verlassen habe, alles noch in Ordnung war."

„Ach, und dann haben die Heinzelmännchen den Rest erledigt, oder wie? Aber vielleicht war es auch der Osterhase."

Babsi kicherte, was ihr einen tadelnden Blick von Sophie einbrachte.

Ohne dass Elsa es verhindern konnte, musste sie plötzlich Manuel ansehen. Und seltsamerweise taten Peter und Sophie das Gleiche. Manuel ließ gerade ein Stück Kuchen in seinem Mund verschwinden und unterbrach sein Kauen. „Was schaut ihr mich denn an? Soll ich jetzt etwa schuld sein und die Heizung aufgedreht haben?" Er schlug sich kurz gegen die Brust. „Ich habe Frau Torberg lediglich beim Verteilen der Schokolade geholfen, nicht mehr."

„Ich denke, dass es hier und jetzt der falsche Zeitpunkt ist, um …", versuchte Peter die Situation zu retten.

„Jetzt und hier ist genau der richtige Zeitpunkt", erwiderte Manuel und richtete sich auf. „So etwas sollte geklärt werden, ehe weitere Missverständnisse auftauchen. Hast du etwa den anderen gesagt, ich wäre es gewesen?", sagte er an Elsa gerichtet.

„Das habe ich nicht", verteidigte sie sich. „Aber ich kann nur eins sagen: Ich bin es auch nicht gewesen."

„Also doch der Osterhase", warf Babsi spöttisch dazwischen.

„Barbara", sagte Sophie streng. „Nun reiß dich doch mal zusammen. Das bringt uns alle kein Stück weiter. Am Ende ist alles gut gegangen und wir hatten ein wunderbares Fest."

Hans setzte seine Pfeife in Brand, schmauchte einige Male und nickte dann. „Genau meine Meinung, lasst uns heute nicht streiten. Die Gäste waren begeistert und Veronika wird es auch sein. Punkt."

„Und doch bleibt der Fakt, dass jemand versucht hat, uns einen Strich durch die Rechnung zu machen." Babsi ließ nicht locker. „Deswegen musste ich das halbe Hotel allein reinigen, weil ihr mit dem Verstecken der Osternester noch nicht fertig wart."

„Dafür hast du dich im Vorfeld nicht mit Ruhm bekleckert, als ich dich um deine Hilfe bat", erwiderte Sophie leise.

Elsa verfolgte den Wortwechsel und fühlte sich immer unwohler. Kopfschmerzen begannen in ihren Schläfen zu hämmern und die Anspannung sorgte dafür, dass die Luft in ihren Lungen knapp wurde. Jeder einzelne Atemzug erschien wie eine Qual. Es kam ihr vor, als hätte eine unsichtbare Macht sie mit einem Schlag zurück nach Stuttgart versetzt. Sie schloss einen Moment die Augen, doch das Unwohlsein wurde mit jeder vergehenden Sekunde stärker. So stark, dass es Elsa kaum noch auf ihrem Platz hielt.

„Und wenn schon, so ein kleiner Fehler kann jedem mal passieren", sagte Ralf in diesem Moment gelassen. „Was ich schon alles gemacht habe, wenn ich in Gedanken war." Er schüttelte lachend den Kopf.

Das gab Elsa den Rest. Wankend stand sie auf. „Ich habe die Heizung nicht aufgedreht. Mehr kann ich nicht sagen. Und wenn alle das hier denken, dann …" Die Luft blieb ihr weg und einen Moment tanzten bunte Sterne vor ihren Augen. Taumelnd lief sie los und rannte zum Seiteneingang. Elsa stolperte die Treppe nach unten, zerrte die Schürze von ihrem Kleid und stopfte sie in den Schrank. Dann griff sie ihre Tasche, knallte die Schranktür zu und wollte nach draußen.

Doch Sophie stand in der Tür, versperrte ihr den Weg und schaute sie besorgt an. „Alles in Ordnung?"

„Ich brauche Luft und vor allem keine anklagenden Blicke mehr. Es geht mir eh schon schlecht genug."

„Aber niemand klagt Sie an.", sagte Sophie sanft.

„Ach, wirklich?", stieß Elsa aus. „Dann leide ich wahrscheinlich unter grober Einbildung. Für einige der Kollegen scheint zweifelsfrei festzustehen, dass ich an der Geschichte schuld bin."

„Frau Torberg, Sie kennen doch Babsi und ihre spitze Zunge inzwischen. Machen Sie sich nichts draus."

„Machen Sie sich nichts draus? Während ich wie eine Angeklagte auf der Strafbank sitze? Aber vielleicht bin ich sogar schuld. Weil ich leichtgläubig, naiv und dämlich war." Elsa quetschte sich an Sophie vorbei und wollte das *Godewind* durch die Seitentür verlassen, da fiel ihr ein, dass sie auf diesem Weg noch mal an den anderen vorbei musste. Das wollte sie auf keinen Fall. Also wählte sie die Treppe zum Foyer, durchquerte es mit großen Schritten und ignorierte die neugierigen Blicke von Aushilfe Rita, die an der Rezeption stand.

Kleine schwarze Punkte tanzten vor ihren Augen, ließen die Umgebung verschwimmen. Schwankend erreichte sie ihr Auto. So konnte sie auf keinen Fall fahren. Elsa drehte sich um und lief Richtung Auffahrt. Es schien ihr, als würde eine Stimme nach ihr rufen. Doch sie schaute stur nach vorn. Erst an der Hauptstraße drosselte sie ihr Tempo, sonst wäre sie umgefallen. Ihre Lungen brannten, der Stein auf ihrer Brust, erschien zentnerschwer. Unsicher sah sie auf den Wegweiser. Links ging es nach Hause, in die Stille ihrer Ferienwohnung, rechts in den Ort. Elsa wandte sich Richtung Ahrenshoop und tauchte im Getümmel der Menschen unter. Endlich wagte sie es, einen Blick zurückzuwerfen. Niemand war zu sehen.

Das Klappern von Geschirr und Besteck klang aus Cafés und Restaurants. Erste Gäste suchten sich bereits einen schönen Platz fürs anstehende Abendessen. Autos rauschten an ihr vorbei. Immer wenn sie an den Strandaufgängen vorbeikam, glaubte sie das Rauschen des Meeres zu hören. Aber vielleicht bildete sie sich das auch nur ein.

Elsa lief, ohne wirklich etwas wahrzunehmen. Schließlich zog sie das Handy aus ihrer Tasche und wählte Bens Nummer. Es meldete sich nur die Mailbox, genau wie bei David. Sie überlegte kurz, ihren Vater anzurufen, einfach weil sie jemanden zum Reden brauchte, aber der würde sich nur Sorgen machen und das wollte sie nicht. So verschwand das Telefon wieder in ihrer Tasche.

Da tauchte plötzlich hoch über den Baumwipfeln zu ihrer Rechten ein Gebilde auf – ein Kreuz. Ruckartig blieb Elsa stehen.

Hier war sie mit Fiete entlanggegangen, damals, als sie seine Frau auf dem Friedhof besucht hatten. Spontan schlug Elsa den schmalen Weg ein und trat vor die Ahrenshooper Kirche. Sie legte die Hand auf die Klinke, drückte sie nach unten und die Tür öffnete sich mit einem leichten Knarren.

Sie atmete tief ein und sah sich um. Das Gotteshaus war leer und Elsa erschien dies wie ein Zeichen. Über ihr waren kunstvoll verarbeitete hölzerne Planken, die ihr das Gefühl vermittelten, sie würde sich unter einem umgestürzten Boot befinden. Noch nie hatte sie etwas Derartiges gesehen. Schiffe baumelten von der Decke und waren an zarten Seilen befestigt. Stille umfing sie und dieser Frieden, der in den meisten Kirchen herrschte.

Leise setzte Elsa sich in eine der Bankreihen und schaute zum Altar. Der war schlicht gehalten, mit zwei Kerzenständern und einem bunten Frühlingsstrauß. Ein beleuchteter Spruch, der ein hölzernes Kreuz umschloss, prangte an der Rückwand dahinter:

Ich bin der Weg und die Wahrheit und das Leben – niemand kommt zum Vater, denn durch mich.

Elsa las den Bibelspruch wieder und wieder. Sie war kein strenggläubiger Mensch, doch sie glaubte an eine höhere Macht, die über allem schwebte. Ihre Mutter fiel ihr ein. Sie war gläubig gewesen und hatte, als sie noch klein war, jeden Abend mit ihr ein Gebet gesprochen. Dabei hatte die kleine Elsa sich für den vergangenen Tag bedankt und an alle Menschen, die sie kannte, gute Wünsche gesandt. Mit einem beruhigenden Gefühl in ihrem Herzen war sie dann immer eingeschlafen. Auch heute noch folgte Elsa an manchen Tagen diesem Ritual, wenn sie auch nicht direkt betete. Und der Wunsch, ihre Mutter möge jetzt bei ihr sein, wurde stärker. Sie hatte immer einen aufbauenden Gedanken für sie gehabt. Elsa fragte sich, was

Mama ihr wohl diesmal raten würde. Sie konnte es nicht sagen und eine Antwort war nicht zu erwarten.

Mit geschlossenen Augen spürte Elsa in sich hinein. Sie konnte nicht leugnen, dass die Belegschaft des *Godewinds* zumindest teilweise davon überzeugt war, dass sie die Schuld am morgendlichen Ostereierdesaster getragen hatte. Schlechte Voraussetzungen, um sich für den Posten der Hotelchefin zu bewerben. Dafür brauchte es Vertrauen auf beiden Seiten, ein Miteinander, dass Ziehen an einem Strang und keine scheelen Blicke. Dass Manuel vermutlich nicht wesentlich besser dastand, war nur ein schwacher Trost.

Wenn Elsa all dies bedachte, gab es nur eine Konsequenz, sie sollte ihre Koffer packen und nach Hause reisen. Dass es so kommen würde, hätte sie sich in ihren schlimmsten Träumen nicht ausgemalt. Und Fiete, der würde hierbleiben. Aber das war jetzt auch egal, denn er hatte sich nicht bei ihr gemeldet. Vermutlich war er noch nicht bereit, nach vorn zu schauen und sich einem neuen Gefühl zu öffnen. Beinahe vorwurfsvoll musterte sie das Kreuz, las den Spruch. Wahrheit und Leben, das klang so einfach. Doch Leben war manchmal verdammt schwer.

Eine erste Träne kullerte über ihre Wange, gefolgt von einer zweiten. Zum Glück war sie allein und konnte heulen. Das erleichterte sie und ließ den schmerzhaften Kummerknoten in ihrem Magen ein bisschen kleiner werden.

Da knarrte hinter ihr die Tür, Schritte erklangen, jemand betrat die Kirche. Hastig wischte Elsa ihre Tränen ab und blickte starr nach vorn. Sie spürte neben sich eine Bewegung und bemerkte, dass der Besucher sich ausgerechnet in ihre Bankreihe setzte und das, wo doch hier wirklich genug Platz war. Aufgebracht sah sie nach rechts und schaute direkt in Manuels Gesicht.

Elsa wollte wütend aufspringen, doch seine Hand hielt sie unerbittlich fest und zwang sie, sich wieder hinzusetzen.

„Was tust du hier?", fragte er sie mit ruhiger Stimme.

„Das geht dich einen Scheiß …" Elsa schaute auf das Kreuz. „Das geht dich gar nichts an", änderte sie ihre Aussage.

„Elsa, was tust du hier? Leistest du Abbitte für die verdorbene Schokolade, oder wie?"

„Ich muss keine Abbitte leisten, weil ich nichts getan habe", zischte sie wütend.

„Ich weiß. Das habe ich den anderen auch gerade gesagt. Aber mein Wort zählt wohl nicht besonders."

Es brauchte einen Moment, bis sie seinen letzten Satz erfasst hatte. Unsicher sah sie ihn an. Manuel betrachtete das Kreuz, wandte ihr dann aber wieder sein Gesicht zu. Seine Augen schimmerten braun und warm und freundlich.

„Was hast du gesagt?", fragte Elsa und schluckte.

„Ich sagte: Ich weiß, dass du nichts getan hast, und das habe ich soeben verkündet."

„Also warst du es?", erwiderte sie.

Manuel schüttelte den Kopf. „Ich befürchte, nein."

„Aber wer war es dann? Der Osterhase?" Elsa verspürte den Drang zu lachen, laut und hemmungslos. Die Situation war vollkommen verrückt.

„An dieser Stelle wird es ein bisschen kompliziert." Manuel deutete zum Altar. „Hättest du etwas dagegen, wenn wir nach draußen gehen? Ich glaube, das hier ist nicht der geeignete Ort für eine derartige Diskussion." Noch immer hielt er ihren Arm fest, nur der Druck war ein wenig schwächer geworden.

Elsa nickte nach einer Weile. „Also gut, lass uns rausgehen."

Vor der Kirche umfingen sie die letzten Strahlen der Sonne, die bald irgendwo rechts von ihnen im Meer versinken würde. Auf der Stelle riss Elsa sich los und trat einen Schritt nach hinten. „Was meintest du damit, dass es komplizierter ist?"

Manuel hob die Schultern. „Ganz einfach: Ich bin es nicht gewesen und ich glaube dir, dass du es auch nicht warst. Das bedeutet, es war eine dritte Person und das macht die Sache kompliziert. Denn wir beide glauben nicht an

Heinzelmännchen und böse Geister. Also kann es nur jemand …"

„Jemand anderes vom Personal gewesen sein", ergänzte Elsa seinen Satz und legte die Hand an ihren Hals, weil ihr auf einmal eiskalt war.

Kapitel 25

Sophie lag in ihrer Wanne und sog den Duft des blumigen Schaumbads ein, das in watteweichen Wölkchen über ihrem Körper lag. Gleich nachdem sie heimgekommen war, hatte Lars sie mit einer energischen Handbewegung nach oben geschickt. „Du siehst schrecklich aus."

„Danke, genau das will eine Frau nach einem langen Arbeitstag hören."

„Du weißt doch, wie ich es meine. Das Beste wäre, du lässt dir ein Bad ein und atmest erst mal tief durch."

Sophie hatte geseufzt. „Das klingt himmlisch. Aber die Kinder … Gestern habe ich den ganzen Tag im Bett gelegen und heute war ich den ganzen Tag auf Arbeit."

„Und wenn du dich in diesem Zustand auf die Couch setzt, bist du vermutlich in fünf Minuten eingeschlafen. Also ab nach oben, nimm dir ein Buch oder …"

„… oder das Telefon und ich rufe Josie an. Die hat mir heute schon eine Nachricht geschickt."

„Dann ruf Josie an und ich bespaße inzwischen die Kinder mit Brettspielen."

„Ich liebe dich", hatte Sophie gesagt und war wenig später in ihre Wanne gesunken.

Nun schwatzte sie mit Josie und es tat einfach gut, dem ungezwungenen Geplauder ihrer besten Freundin zuzuhören.

„Und bei dir und deinem Lars alles in Butter?", fragte Josie.

„Es ist perfekt, wir verstehen uns ohne Worte. Das ist irgendwie magisch. Und die Kinder lieben ihn."

„Sie spüren, dass du mit ihm glücklich bist. Als ich Fine das letzte Mal gesehen habe, hat sie jedenfalls unentwegt von ihrem neuen Papa geschwärmt."

Sophie blinzelte gerührt. „So hat sie ihn genannt? Wirklich?"

„Ich schwöre. Und sonst? In deinem Hotel alles gut?"

„Es ist nicht mein Hotel. Wobei, du hast recht. Ich liebe das *Godewind*, auf meine ganz eigene Art. Leider haben wir zurzeit einige Probleme und wenn ich ehrlich bin, werde ich einfach nicht schlau aus allem, was passiert."

„Was passiert denn? Du machst mich echt neugierig", sagte Josie. „Da diese Denise weg ist, dürfte doch alles in geregelten Bahnen laufen."

„Das ist es ja, es läuft nicht in geregelten Bahnen, obwohl wir das alle so gehofft haben. Begonnen hat alles damit, dass Frau Gutter einen neuen Chef oder eine neue Chefin sucht. Sie will kürzertreten, das ist schon lange überfällig, aber endlich sieht sie es wohl selbst ein."

„Altersstarrsinn", sagte Josie lakonisch, die viel mit alten Menschen zu tun hatte. „Man denkt, man kann noch die Welt aus den Angeln heben, bis man dann eben schlagartig nicht mehr kann."

„Jedenfalls gibt es zwei Bewerber. Einer der Kandidaten ist ein Mann, gut aussehend, durchsetzungsfähig, aber undurchsichtig. Und da wäre noch eine Frau, sympathisch, mit dem Herzen auf dem rechten Fleck. Sie wäre meine Wunschkandidatin und nicht nur meine. Aber heute oder in dieser Nacht ist etwas Komisches passiert und nun weiß ich gar nicht mehr, wem ich noch vertrauen soll." In aller Kürze erzählte Sophie Josie die ganze Geschichte.

Die lauschte ihrem Bericht, ohne sie zu unterbrechen.

„Du scheinst dennoch von dieser Frau Torberg sehr angetan zu sein."

„Das ist es ja. Ich traue ihr die Sache mit den Osternestern überhaupt nicht zu. Sie ist eine sehr umsichtige Person, kontrolliert die Zimmer genauso gründlich wie ich, bevor sie einen Raum verlässt. Sie hat die Rezeption eines sehr großen Hotels geleitet und sie hat sich in Ahrenshoop und das *Godewind* verliebt. Das hat sie mir immer wieder gesagt und ich glaube ihr auch. Wir waren zusammen am Strand und da war dieses Leuchten in ihren Augen, wenn wir auf die Ostsee geschaut haben. Sie ist genauso meerverrückt wie ich und das bei jedem Wetter."

„Na, und das will schon was heißen, denn du wirfst dich ja in jeden Sturm oder Regenschauer." Josie machte eine kurze Pause. „Also, was lässt dich zweifeln?"

„Für das Lager gibt es nur zwei Schlüssel. Einen hat Frau Torberg in das vereinbarte Versteck gelegt, den anderen hatte Peter. Und so gern ich diesem smarten Manuel Zachert die Schuld für die Aktion in die Schuhe schieben würde, zweifle ich sofort daran, dass er es war."

„Was ist das denn für ein Versteck?", fragte Josie.

„Eine Blechdose auf dem oberen Regalbrett in der Küche. Auf dieser Büchse liegt eine Staubschicht, niemand schaut hinein, weil dort mal eine eklige Teesorte drin war."

Am anderen Ende herrschte Stille. Doch dann prustete Josie so plötzlich los, dass Sophie zusammenzuckte und beinahe das Telefon ins Wasser fallen ließ. „Ist das dein Ernst? Eine Blechdose, an die praktisch jeder herankann? Sophie Borgel, mir fehlen die Worte. Es kann jeder im Hotel gewesen sein. Jeder, der zufällig beobachtet hat, wie ihr den Schlüssel hineingetan habt. Das bedeutet, du musst anders an die Sache herangehen." Josie dachte kurz nach. „Was wäre denn, wenn wir Zachert und Frau Torberg ausschließen. Wir legen einfach fest, dass keiner von beiden mit diesen Vorfällen etwas zu tun haben kann."

Sophie krauste verwirrt ihre Nase. „Und was soll das bringen?"

„Als Nächstes fragen wir uns, ob jemand anderes seine Finger in Spiel gehabt haben könnte."

Eine halbe Stunde später rubbelte Sophie ihren Körper trocken, schlüpfte in den weichen Bademantel und ihre dicken Socken und tappte die Treppe nach unten. Aus dem Wohnzimmer klang eine herzzerreißende Melodie, die Elsa eindeutig einem von Fines Lieblingsfilmen zuordnen konnte. Anscheinend war der Spieleabend fließend in einen Filmabend übergegangen.

Nachdenklich stellte sie ihr leeres Glas in die Spüle und spürte, wie zwei Arme sie fest von hinten umschlangen. Lars drehte sie zu sich um, küsste sie sanft auf die Nase und strich dann über ihre Wange. „Na, so eine kleine Auszeit tut wunder. Du siehst schon wesentlich besser aus als vorhin."

„Ja, das Bad tat wirklich gut", sagte Sophie abwesend. „Was machen die Kinder?"

Lars Hände glitten über ihren Rücken und sie merkte, wie ihr Atem schneller ging. „Schauen fern", murmelte er und küsste sie sanft auf ihr Schlüsselbein. „Aber ich habe festgelegt, dass nach diesem Film Schluss ist."

„Gut." Sophie nickte zerstreut.

„Was ist denn los? Da ist immer noch eine unschöne Falte auf deiner Stirn. Soll ich uns was kochen?"

Sophie schüttelte den Kopf. „Nein, keinen Hunger. Wir mussten die Kuchenreste vertilgen, sonst wäre Traudel beleidigt gewesen. Und nach dem gestrigen Tag ist mir irgendwie immer noch ein wenig flau. Ich hab dir übrigens eine Dose voller Torte mitgebracht. Sie steht dort drüben." Sophie deutete auf die Anrichte. Dann schaute sie Lars ins Gesicht. „Sag mal, du hast doch bei deinem Flug nach Köln mit Denise im Flugzeug gesessen und sagtest, sie würde sich auf eine neue Stelle bewerben. Hat sie wirklich nichts Näheres erwähnt oder irgendwas über ihre Pläne erzählt?"

„Nicht, dass ich wüsste. Ich habe sie auch nicht gefragt. Hätte ich das tun sollen?"

Sophie schüttelte den Kopf. „Ich dachte nur, sie hätte vielleicht …"

„Hat sie nicht. Grübelst du immer noch über das Ding mit den Schokoosterhasen nach? Als du mich heute Vormittag kurz angerufen und mir die Sache erzählt hast, klangst du so aufgebracht, als wäre ein Anschlag auf das Hotel verübt worden. Na ja, in gewisser Weise stimmt das sogar." Lars lächelte, dann wurde er ernst. „Du grübelst darüber nach, ich sehe es an deiner Miene. Sag bloß, du vermutest, dass Denise dahintersteckt? Wie soll sie das denn gemacht haben? Sie ist doch gar nicht mehr in Ahrenshoop."

„Das wissen wir nicht mit absoluter Bestimmtheit", sagte Sophie. „Vielleicht ist sie zurückgekommen."

„Und schleicht bei Nacht und Nebel durch das *Godewind*, dreht Heizungen hoch und bringt Buchungsprogramme durcheinander? Als wäre das nicht genug, sieht sie dabei niemand, als wäre sie ein Geist. Sophie, ganz ehrlich, das glaubst du doch nicht wirklich."

Sophie hob die Schultern. „Ich weiß es nicht, keine Ahnung. Vermutlich sehe ich tatsächlich Gespenster an der Wand. Es sind einfach zu viele Dinge geschehen, bei denen Denise ihre Finger im Spiel hatte. Außerdem war es Josie, die mich auf die Idee gebracht hat. Sie meinte, ich solle mir überlegen, wer es außer Manuel Zachert und Elsa Torberg noch getan haben könnte? Ich gestehe, mir fiel zuerst Denise ein."

Lars zog die Besteckschublade auf und entnahm ihr einen Löffel, wohlgemerkt einen Großen. Dann öffnete er die mitgebrachte Kuchendose, musterte deren Inhalt und nahm sich eine erste Kostprobe. „O mein Gott!", nuschelte er mit vollem Mund. „Der kalte Hund von Traudel ist göttlich. Den gab es manchmal morgens beim Frühstücksbuffet und ich habe ihn vermisst." Er schloss kurz die Augen und stöhnte leise. „Nun zurück zu deinem Problem. Ich muss sagen, dieser Gedanke von Josie hat etwas. Aber wenn du schon das Pferd von hinten aufzäumst, es gibt noch mehr Leute, die im *Godewind* arbeiten."

„Ich weiß. Aber von denen traue ich es keinem zu. Wir sind alle loyal, lieben das Hotel, geben alles und oft mehr als wir müssten. Kannst du dir zum Beispiel vorstellen, dass Peter etwas damit zu tun hat? Ich nicht. Und Hans und Ralf? Die kennen sich garantiert nicht mit dem Buchungsprogramm aus. Jonas war nicht mal da. Ute und Traudel? Ach, vergiss es." Sophie winkte ab. Doch plötzlich hielt sie inne. Nachdenklich schaute sie aus dem Küchenfenster. Die Lampe an der Decke beleuchtete nur einen kleinen Teil des Gartens. Dahinter herrschte tiefschwarze Nacht. Kein Licht war zu sehen, denn dahinter kamen nur noch Feld und Bodden. „Nur eine war in der letzten Zeit komisch", flüsterte sie. „Aber das kann unmöglich sein, niemals." Beinahe flehend sah sie Lars an. Der erwiderte ihren Blick und schwieg.

Kapitel 26

„Aber wer? Wer vom Personal, würde so etwas tun?", fragte Elsa und senkte automatisch ihre Stimme, als würde der vielleicht Verantwortliche hinter der nächsten Ecke stehen. „Ich kann mir beim besten Willen keinen von ihnen als Schuldigen vorstellen."

„Kann ich gut verstehen", erwiderte Manuel Zachert. „Da ist es schon leichter, mich anzuklagen."

„Na, zumindest vollkommen unschuldig bist du nicht. Du stöberst in uralten Dienstplänen, warst dabei, als die Osternester fertig befüllt worden sind. Und so weiter, und so weiter. Kurz gesagt: Du benimmst dich mehr als verdächtig und ich werde einen Teufel tun, dich von meiner Liste zu streichen."

Manuel verdrehte die Augen. „Wer steht noch auf deiner Liste, außer mir?" Forschend sah er sie an. „Oder sag mir, was ich davon hätte, Schokolade zum Schmelzen zu bringen oder die Buchungen zu löschen? Was wäre der Vorteil für mich?"

Elsa wich seinem Blick aus und hob die Schultern.

„Aha, dein Schweigen ist mir Antwort genug." Er seufzte. „Aber ich will mich nicht mit dir streiten, wirklich nicht. Wollen wir vielleicht ein Stück laufen? Ich hab zwar keine Ahnung, wohin dieser Weg führt, doch er sieht zumindest schon mal recht idyllisch aus."

„Er führt zum Bodden und weiter unten, kann man das *Godewind* erreichen."

„Das klingt gut. Wollen wir?"

Elsa nickte. „Wegen mir." Alles war besser, als hier vor der Kirche mit Manuel herumzustehen.

Sie passierten ein kleines Wäldchen, erklommen eine winzige Anhöhe und erreichten einen Punkt, von dem der Blick weit über die Landschaft fiel. Vor ihnen lagen der Bodden, das Schilf und grüne Wiesen. Rechts befand sich ein einzelnes Reetdachhaus, dessen Bewohner Elsa jedes Mal darum beneidete, hier wohnen zu dürfen.

Auch Manuel konnte sich dem Reiz der Aussicht nicht entziehen, denn er blieb einen Moment stehen und schaute versonnen nach vorn. „Schön, wirklich schön. Das weckt den Wunsch, hierbleiben zu dürfen."

Elsa schielte zu ihm. Seine ständigen Sinneswandel machten ihr mächtig zu schaffen. Auch jetzt wusste sie nicht, ob sie den echten Manuel sah oder nur eine weitere Rolle. Deswegen lief sie weiter und er folgte ihr. Ihre Schritte knirschten auf dem Sand und die hinter ihnen untergehende Sonne, ließ ihre Schatten miteinander verschmelzen.

Eine Bank kam in Sicht. Manuel steuerte sie an und setzte sich. Dann klopfte er auf den freien Platz neben sich. „Setz dich bitte."

Ganz am Rand der Sitzfläche nahm Elsa Platz und schlug ihre Beine übereinander. „Du denkst also, dass es einen Unbekannten gibt. Jemanden, der mit dem Vorfall heute Morgen zu tun hat", begann sie schließlich das Gespräch, da Manuel immer noch schwieg und die Landschaft musterte.

„Und mit allen anderen Vorfällen. Denn wir beide waren es nicht."

„Stimmt, das sagtest du schon. Ich sehe das anders und habe keinen Grund, dir zu glauben."

Manuel verschränkte die Arme im Nacken und lächelte leicht. „Und wenn ich dir nun sagen würde, dass ich den Job im *Godewind* gar nicht haben will oder sagen wir besser, ihn gar nicht brauche? Würdest du mir dann glauben?"

Elsa schnappte nach Luft und starrte ihn an. „Wie bitte? Was soll das denn nun wieder heißen?"

„Ganz einfach, ich versuche, dir zu sagen, dass ich unschuldig bin."

Sie lachte auf. „Aber du bist hier, hast dich beworben, wurdest von Veronika eingeladen, arbeitest im Hotel mit? Aus welchem Grund solltest du das tun, wenn nicht, um den Posten des Hotelchefs zu bekommen."

Manuel legte den Arm auf die Banklehne und damit automatisch auch hinter Elsas Schultern. „Kannst du mir nicht einfach glauben?"

Sie schüttelte energisch den Kopf.

„Ich hatte es befürchtet, du bist stur." Manuel grübelte. „Irgendwie kommen wir nicht weiter und ich glaube, an dieser Stelle wird es Zeit für eine kleine Planänderung. Also gut, aber du musst mir versprechen, alles, was ich dir jetzt sage, für dich zu behalten. Niemand im Hotel darf es erfahren, auch nicht Sophie."

„Das kann ich nicht einfach so versprechen", protestierte Elsa. „Dafür müsste ich wissen, um was es geht."

Manuel berührte kurz ihre Schulter. „Keine Chance. Du musst es zuerst versprechen."

Da die Sonne langsam versank, lagen Schatten auf seinem Gesicht. Elsa versuchte trotzdem, in seinen Augen zu lesen. Spielte er ein Spiel mit ihr?

Einfach so ein Versprechen abzugeben, das widerstrebte ihr. Ein Versprechen war ein Versprechen. Ihre Mutter hatte früher immer gesagt, dass man damit nicht leichtfertig umgehen dürfe. Doch welche Alternative blieb ihr? Manuel würde schweigen. „Also gut, ich verspreche es", sagte Elsa leise. Sie ahnte, ohne diesen Deal würden sie in einer Woche noch hier sitzen.

„Und ich vertraue dir", sagte Manuel schlicht. Er beugte sich ein Stück in ihre Richtung. „Wie du ja vielleicht schon mitbekommen hast, wurde das Hotel vor unserem Erscheinen eine Zeit lang von Denise Gutter geführt, Veronikas und Ferdinands Tochter."

Sie nickte.

„Denise und ich, wir kennen uns von früher. Wir sind bei diversen Fortbildungen immer wieder aufeinandergetroffen und haben einige lustige Abende miteinander verbracht. Ich betone, Abende, keine Nächte. Nur falls du vermuten solltest, ich hätte etwas mit ihr gehabt. Das hatte ich nie, obwohl sie durchaus attraktiv ist. Gleichzeitig ist Denise keine einfache Person. Im Gegenteil, sie ist intrigant, überheblich und manchmal nicht ganz leicht zu durchschauen.

Was das *Godewind* betrifft, hätte sie im vorigen Jahr beinahe dafür gesorgt, dass das Haus in Teilen an eine große Hotelkette verkauft wird. Zum Glück konnte das verhindert werden. Was auch immer dann geschehen ist, Denise hat versucht, ihren Fehler mit aller Macht wieder gutzumachen. Sie hat viel gearbeitet, vor allem an sich selbst. Das hat sie mir versichert und ich glaube es ihr. Frag mich nicht, warum ich das tue. Aber ich glaube, sie ganz gut zu kennen. Vielleicht liegt es daran, dass wir nie eine Affäre hatten, sondern immer nur eine gewisse Freundschaft gepflegt haben.

Anfang des Jahres meldete sie sich bei mir. Wir trafen uns in Berlin und sie erzählte mir die ganze Geschichte und das sie alles tun würde, um das *Godewind* in der Familie zu halten. Ich kannte sie kaum wieder, muss ich gestehen, denn sie wirkte sehr entschlossen. Denise sagte mir, sie habe viel mit ihrem Vater gesprochen und Ferdinand habe ihr klargemacht, dass alles auf dem Spiel stehe. Besonders, weil es ihrer Mutter nicht gut ging. Ich denke, sie begriff zum ersten Mal, welche Hoffnungen Veronika in sie setzte. Das brachte sie auf Kurs, verstehst du?"

Elsa nickte zurückhaltend. Ehrlich gesagt, verstand sie rein gar nichts.

„Dann verschlechterte sich der Zustand ihrer Mutter", sprach Manuel weiter. „Und natürlich rechnete Denise damit, dass Veronika sie zur Nachfolgerin ernennen würde. Aber da waren auf einmal diese Vorfälle, erst vereinzelt, dann immer mehr. Und die sorgten dafür, dass Veronika statt ihrer Tochter die Leitung zu übertragen, eine Stellenanzeige aufgab. Da waren angeblich stornierte Buchungen, fehlerhafte Abrechnungen, vergessene Sonderwünsche der Gäste, die diese aber mitgeteilt hatten und so weiter." Vielsagend schaute Manuel sie an.

„Also das gleiche Programm wie jetzt."

„Genau, viele Kleinigkeiten, keine riesigen Sachen und dennoch. Auch viele kleine Nadelstiche erreichen irgendwann ihr Ziel. Als Veronika ihr die Entscheidung verkündete, jemand Externes einzustellen, war Denise schwer getroffen. Damit hatte sie nicht gerechnet. Vor allem nicht damit, dass ihre Mutter ihr nicht glauben würde, dass sie an all den Vorkommnissen keine Schuld hat."

„Ich kann Veronika da durchaus verstehen", gab Elsa zu bedenken.

„Ja, natürlich, ich auch. Und so packte Denise ihre Siebensachen und verließ das *Godewind*. Doch ihr ließen die Vorkommnisse keine Ruhe, denn sie erfuhr, dass es weiterging."

„Aha", warf Elsa dazwischen und schüttelte ungläubig den Kopf.

„Hör bitte einfach zu, du wirst es gleich verstehen, glaub mir. Also bat Denise mich um Hilfe. Ich sollte herausfinden, wer dem *Godewind* schaden will."

„Und Denise, die das *Godewind* gerade eben noch verkaufen wollte, legt sich nun ins Zeug, um weiteren Schaden vom Hotel abzuwenden?" Elsa krauste ihre Nase. „Ganz ehrlich? Ich finde, das klingt sehr unwahrscheinlich."

„Genau das Gleiche habe ich zuerst auch gedacht. Doch dann kam jemand ins Spiel, der Denise vertraut und ihr glaubt. Ein Mensch, der sie sehr gut kennt, besser als wir alle."

„Wer soll das sein?", fragte Elsa spöttisch.

„Ferdinand Gutter, ihr Vater."

Ihre Augen wurden groß. „Ferdinand Gutter weiß Bescheid?"

Manuel nickte. „Nicht nur das, er hat zusammen mit Denise einen Plan entwickelt, um den Störenfried aufzuspüren."

„Aber wie kann er ihr vertrauen, nach allem, was geschehen ist?"

„Ganz einfach. Das *Godewind* gehört Familie Gutter. Ja, Denise wollte es teilweise verhökern. Doch das wollte sie nur aus einem Grund, zu ihrem eigenen finanziellen Vorteil. Kurz gesagt, sie brauchte Geld. Wenn nun aber ein Dritter ins Spiel kommt, leidet der Ruf des Hotels und somit sinkt der Wert. Etwas, was sie auf keinen Fall möchte. Verstehst du? Vielleicht hat Denise inzwischen tatsächlich ihre Liebe zu diesem Haus entdeckt und die Verantwortung, die sie endlich übernehmen sollte. Sie klang zumindest so, als sie mich um Hilfe bat. Manchmal braucht man eine gewisse Zeit, um seinen Platz im Leben zu finden. Ferdinand glaubt ihr und das zählt für mich am meisten."

In Elsas Kopf drehte sich alles. Die Geschichte klang derart unwahrscheinlich, dass sie beinahe schon wieder wahr sein konnte.

„Und was ist deine Rolle in diesem Plan?"

„Augen und Ohren offenhalten, mich umsehen und denjenigen finden, der im *Godewind* sein Unwesen treibt. Dafür war eine Bewerbung die ideale Tarnung." Manuel grinste verschmitzt.

„Aber die Stelle …"

„Interessiert mich im Grunde nicht. Ich habe bereits einen neuen Job, den ich aber erst in einigen Wochen antreten kann. Es gab mit dem Neubau eines Hotels gewisse Verzögerungen. Da die alte Stelle schon gekündigt war, hing ich in der Luft und rief alle Leute, die ich kannte an, ob sie zwischendurch eine Stelle für mich wüssten. Befristet halt, nur für kurze Zeit. Denise habe ich auch kontaktiert. So entstand der ganze Plan."

Elsa schluckte und schüttelte erneut den Kopf.

„Ferdinand hat dafür gesorgt, dass ich in die engere Auswahl kam. Nun, zugegeben, waren meine Zeugnisse hervorragend. Ich hätte mich auch als möglichen Kandidaten gesehen." Manuel zog das Handy aus seiner Tasche, suchte ein wenig und hielt es ihr schließlich hin. „Hier, das ist meine neue Arbeitsstelle. Wenn du mir nicht glaubst, kannst du anrufen und dich erkundigen, ob sie mich kennen. Du solltest nur die Zeitverschiebung beachten, dass Hotel liegt in Dubai. Natürlich kannst du auch mit Ferdinand sprechen, er wird dir ebenfalls alles bestätigen."

„Das heißt, das veränderte Buchungsprogramm …"

„War nicht ich."

„Und die Schokohasen?"

„Habe ich bestimmt nicht vor die Heizung gestellt. Den Kindern den Spaß verderben? Niemals."

„Aber unten, in Veronikas Büro, die Dienstpläne?"

„Ganz einfach", antwortete Manuel. „Ich habe mir die Dienstpläne angesehen und sie mit den Protokollen der Buchungssoftware verglichen. Dort ist genau zu erkennen, wann etwas in den Stammdaten verändert wurde. Ich habe versucht, Parallelen zu finden."

Es klang verrückt, es klang vollkommen irre. Aber sie war geneigt, ihm zu glauben. Das lag vermutlich daran, dass viele kleine Vorkommnisse plötzlich einen Sinn ergaben. All die Sachen, die Manuel getan hatte und sein komisches Verhalten ihr und den anderen gegenüber.

Elsa nickte zögernd. „Ich verstehe. Konntest du jemanden ausfindig machen, der für all das infrage kommt?"

Manuel schüttelte den Kopf. „Nicht direkt", gestand er. „Es gibt niemanden, der immer anwesend war."

„Könnte es nicht auch jemand von außerhalb sein?"

„Wenig wahrscheinlich. Niemand kann einfach so im *Godewind* herumspazieren oder sich am Computer zu schaffen machen. Niemand wusste, wo der Schlüssel zum Lager liegt, nur jemand, der im Hotel arbeitet. Nein, es ist jemand vom Personal. Alles andere wäre Augenwischerei und ein Verdrängen von Tatsachen."

Elsa schüttelte sich leicht und wickelte die Jacke enger um ihren Körper. Inzwischen begann Kälte vom Bodden heraufzuziehen. Dunst legte sich über die Wiesen und ließ die Landschaft verschwimmen. Dann schaute sie Manuel forschend an.

„Du hast dennoch jemanden in Verdacht, nicht wahr?"

„Ich will niemanden einfach so beschuldigen. Es ist mehr so ein Gefühl und ich gebe zu, ein ziemlich vages Gefühl. Aber es gibt tatsächlich eine Person, bei der viele Fäden zusammenlaufen."

„Wer ist es?"

Manuel hob die Hände. „Elsa, bitte, ich will dich nicht mit reinziehen."

Sie zog die Luft ein. „Wie bitte? Ich glaube, ich stecke längst bis zum Hals mit drin. Immerhin denken alle, ich hätte die Osternester boykottiert." Sie verdrehte die Augen. „Gut, dann frage ich anders. Gibt es jemanden, den du ausgeschlossen hast?"

„Du meinst, jemanden außer dir?", erwiderte Manuel mit einem verschmitzten Unterton. Dann wurde er wieder ernst. „Ich habe Sophie ausgeschlossen, rein menschlich. Obwohl ich bisher mit ihr nur wenig zu tun hatte. Peter hab ich auch von der Liste gestrichen. Er hängt so sehr am *Godewind*, dass ich mir beim besten Willen nicht vorstellen kann, dass er dem Haus schaden würde. Das alles sind aber lediglich Gefühlsentscheidungen, die nicht auf Fakten basieren."

„Deinem Gefühl kann ich mich nur anschließen. Und wie geht es jetzt weiter?"

„Weiterhin die Augen und Ohren offenhalten."

„Nun, das scheint ja bisher nicht sehr erfolgreich gewesen zu sein. Du bist kein Stück weitergekommen mit dieser Strategie", sagte Elsa gedehnt. Nachdenklich blickte sie Richtung Bodden. Der war inzwischen völlig im Dunst verschwunden. Der Nebel kam immer höher gekrochen und bald würde er die beiden Menschen auf der Bank erreichen.

„Das war nicht sehr nett."

Elsa erhob sich und steckte die Hände in ihre Jackentaschen. „Aber es ist die Wahrheit."

„Soll ich ehrlich sein? Denise hat gestern dasselbe zu mir gesagt."

„Also müssen wir die Strategie ändern." Langsam schlenderten sie zurück zur Hauptstraße, doch Manuel blieb mit einem Ruck stehen.

„Wir?", fragte er.

„Du hast mich eingeweiht und brauchst dringend Hilfe. Sonst kommst du nie zum Ziel. Vielleicht kann ich dich irgendwie unterstützen."

„Und wie?"

„Indem wir unsere Überlegungen in einen Topf werfen. Außerdem kann es nicht verkehrt sein, wenn zwei im *Godewind* die Augen offenhalten." Eine angenehm prickelnde Erregung erfasste Elsa. Ein Gefühl, das sie schon lange nicht mehr gespürt hatte. „Zum Beispiel könnten wir die restlichen Personen durchgehen und eine Einschätzung abgeben. Ich würde zum Beispiel Ralf und Hans auch von der Liste streichen. Und Jonas, der tagsüber praktisch nie da ist. Bleiben Ute, die Frühstückskellnerin, Traudel aus der Küche, diese andere Küchenhilfe, deren Name mir nicht einfällt und …" Elsa machte eine kurze Pause. „Und Babsi."

„Warum betonst du ihren Namen so auffällig und setzt sie an das Ende deiner Liste?", fragte Manuel angespannt.

Elsa hob die Schultern. „Vielleicht, weil ich ihr am ehesten zutrauen würde, dass sie etwas mit der ganzen Sache zu tun hat."

„Oder weil sie dich vorhin kritisiert hat und dir die Schuld am Ostereierdesaster in die Schuhe schieben wollte?" Wieder war da dieser neckende Tonfall bei Manuel. „Spaß beiseite, ich stimme dir zu."

Überrascht ergriff Elsa seinen Arm. „Du stimmst mir zu? Also ist es Babsi, die auch du im Verdacht hast."

Manuel schwieg. Sein Schweigen deutete sie als Zustimmung.

Wieder knirschten ihre Schritte über den Sand. Es war das einzige Geräusch, denn der Nebel um sie herum verschluckte alles. Vor ihnen tauchte ein verschwommenes Licht auf – die erste Straßenlaterne. Hier, zwischen den Häusern, wurde die Sicht wieder besser. Sogar die Scheinwerfer der Autos auf der Hauptstraße waren zu erkennen.

Sie schlenderten an den inzwischen geschlossenen Geschäften vorbei, schauten in die gut gefüllten Gaststätten und betrachteten die Lichter in den Häusern. Manuel sprach keine Einladung zum Essen aus und Elsa war dankbar dafür. Dann war der Weg zum *Godewind* erreicht und wenig später standen sie vor ihren geparkten Fahrzeugen.

Nachdenklich musterte Elsa die Fassade, das beleuchtete Eingangsportal und die bunten Bänder an den Sträuchern, die wie erstarrt herabhingen. Nicht eine winzige Brise wehte vom Meer, der Nebel schien alles zum Erliegen zu bringen.

„Babsi also", wiederholte sie leise.

Manuel seufzte. „Was solls? Ja, du hast recht, alles deutet auf sie. Wobei ich nicht im Geringsten weiß, warum sie all dies tut."

„Sie hat sich verändert, scheint Sorgen zu haben."

„Ralf und Hans erwähnten auch so etwas."

Elsa starrte die bunten Bänder an. Grübelnd kaute sie auf ihrer Unterlippe. „Ich glaube, wir finden den wahren Verantwortlichen nie auf diesem Weg. Und bald musst du deine neue Stelle antreten. Wir brauchen einen Plan", sagte sie nach einer Weile. „Ansonsten passieren weiterhin irgendwelche Dinge. Es wird nicht aufhören."

„Nein, aufhören wird es nicht. Was schlägst du vor?" Manuel verschränkte seine Arme und schaute sie neugierig an.

„Wir müssen uns im Hotel Verbündete suchen. Leute, die wir einweihen."

„Lass mich raten, du dachtest bestimmt an Peter und Sophie."

Elsa nickte. „Es ist die einzige Chance."

Auch Manuels Blicke streiften die Fassade. „Ja, vielleicht hast du recht. Lass mich eine Nacht drüber schlafen."

„Einverstanden."

„Und bis dahin, zu niemandem ein Wort."

Elsa legte einen Finger auf ihre Lippen und nickte. „Versprochen. Ich will doch auch, dass es dem *Godewind* gut geht, sonst habe ich nicht die geringste Chance, meine Stelle anzutreten." Sie öffnete die Tür ihres Wagens und wollte gerade einsteigen, als Elsa ein kalter Hauch streifte. Es war eine Erkenntnis, die sie wie ein fester Schlag in die Magengrube traf. „Moment mal, wenn du eine Rolle spielst", sagte sie leise zu Manuel und brachte diesen zum Stehenbleiben. „Was ist dann eigentlich meine Rolle? Bin ich nur eine Komparsin, damit diese Bewerbungsgeschichte authentischer wird?" Das Herz schlug ihr bis zum Hals. Elsas Luft wurde knapp, wie immer, wenn sie aufgeregt war. Sie versuchte, ihre Lungen zu füllen, keuchte und hielt sich einen Moment an der Tür des Fahrzeuges fest. „Ist das vielleicht alles nur ein Spiel? Und niemand hatte je den Plan, eine neue Hotelchefin einzustellen? Denn wenn alles aufgeklärt ist, wird Veronika ihre Tochter in den Arm nehmen und zu ihrer Nachfolgerin ernennen."

Elsa suchte in Manuels Gesicht nach einer Antwort. Er wich ihr zunächst aus, schaute in eine andere Richtung. Doch schließlich sah er sie an. „Ich weiß es nicht", gestand er. Und sie ahnte, dass er damit die absolute Wahrheit aussprach.

Kapitel 27

Sophie schaute nachdenklich aus dem Fenster. Aber im Grunde nahm sie gar nicht wahr, was dort draußen zu sehen war. Alles in ihrem Kopf drehte sich nur um eine Frage: Konnte tatsächlich Babsi etwas mit den Vorkommnissen im Hotel zu tun haben?

Das erschien auf den ersten Blick absurd. Babsi hatte das *Godewind* immer geliebt, war gern arbeiten gegangen, hatte wie alle anderen Überstunden geschoben. Ja, sie hatte manchmal gemeckert. Aber wer tat das nicht? Sie hatten sich immer gut verstanden. Babsi war ein Mensch, dem sie blind vertrauen konnte. Und dennoch ließ sich nicht leugnen, dass ihre Kollegin sich in den letzten Wochen verändert hatte. Genau genommen, seit Beginn des neuen Jahres. Seitdem hatten sie kaum noch ein privates Wort miteinander gewechselt. Babsi war abweisend gewesen, kratzbürstig. Wann immer Sophie das Gespräch mit ihr gesucht hatte, war sie ausgewichen.

Auf einmal fielen ihr tausend kleine Dinge ein, Begebenheiten, die plötzlich einen Sinn ergaben, wie Beschwerden der Gäste, Schlampereien in den Zimmern. Wie oft hatte Peter sich über Babsi beklagt? Und sogar der immer in sich ruhende Hans war über ihr gleichgültiges Verhalten erstaunt gewesen.

Sophie umklammerte die Tischkante und holte tief Luft. Sie registrierte eine Bewegung an ihrer Seite. Lars stand neben ihr und schaute sie prüfend an.

„Ist alles in Ordnung? Geht es dir wieder schlechter?"

„Aber nein, warum fragst du?"

„Weil du genauso blass bist wie vorgestern."

Sophie tastete nach der Wasserflasche, setzte sie an und trank in großen, gierigen Schlucken. Erst als der letzte Tropfen geleert war, setzte sie die Flasche wieder ab.

„Was ist denn los?"

Sophie schwieg. Sie überlegte fieberhaft. Und auf einmal stand ihr Entschluss fest. Mit großen Schritten durchquerte sie die Küche und stieg die Treppe nach oben. Lars folgte ihr auf dem Fuße. Im Schlafzimmer, wo Sophie den Bademantel fallen ließ und begann, sich anzuziehen, erreichte er sie.

„Was tust du denn?"

„Ich muss noch mal los."

„Was? Jetzt?" Entsetzt sah er sie an. „Es ist nach neun. Der Tag war doch, weiß Gott, lang genug. Wo willst du denn hin?"

„Zu Babsi", antwortete Sophie und war bereits wieder auf dem Weg nach unten.

„Was willst du denn bei Babsi?", fragte Lars verwirrt. Dann stellte er sich einfach vor die Haustür und hinderte Sophie daran, das Haus zu verlassen. „Willst du nicht mit mir reden?"

„Ich brauche erst Gewissheit, ich meine …" Sophie verstummte.

Lars pfiff leise durch die Zähne. „Sag bloß, du vermutest, dass Babsi hinter all dem Theater steckt."

„Ich weiß es nicht", sagte Sophie hilflos. Schon jetzt brach ihre Stimme.

„Soll ich dich fahren?"

„Nein." Sie schüttelte energisch den Kopf. „Du bleibst bei den Kindern. Vielleicht ist Babsi gar nicht zu Hause. Ich will nur einfach mit ihr reden."

„Und wenn sie alles abstreitet? Warum sollte sie es dir gegenüber zugeben?"

„Weil ich sie gut kenne. Weil wir uns immer gut verstanden haben. Zumindest glaube ich das."

Lars wich keinen Millimeter von seiner Position. Besorgt sah er Sophie an. „Soll ich nicht doch mitkommen? Wir könnten Gundel wegen der Kinder fragen."

„Ich fahre allein."

„Sturkopf."

Sophie lächelte schmal. „Du kennst mich doch. Babsi wird mich schon nicht zu Boden werfen oder so."

„Natürlich nicht. Pass trotzdem auf dich auf." Lars küsste sie sanft auf die Wange.

Wenig später umklammerte Sophie mit schweißnassen Händen ihr Lenkrad. In ihrem Inneren betete sie, dass es eine ganz einfache Erklärung gab, die Babsi entlastete, die dafür sorgte, dass alles wieder so war wie noch vor einigen Monaten.

Sophie erinnerte sich an eine ausgelassen tanzende Babsi, die mit ihrem Petticoat bei ihrer Geburtstagsfeier durch das Wohnzimmer geschwebt war. Und an Fred, diesen blassen stillen Typen, der so vollkommen unpassend neben ihr erschienen war und den ganzen Abend auf der Couch gehockt hatte. Sophie dachte an gemeinsame Arbeitseinsätze im *Godewind* und wie Babsi alle mit ihrem trockenen Humor zum Lachen gebracht hatte. Sie erinnerte sich, wie oft sie Babsi ihr Herz ausgeschüttet hatte, damals, nach ihrer Trennung von Tobias. Wie oft war Sophie einfach von ihrer Kollegin in den Arm genommen worden und hatte heulen dürfen, bis keine Tränen mehr gekommen waren.

Nach einer halben Stunde erreichte sie das Haus, in dem Babsi am Rande von Ribnitz Damgarten wohnte. Ganz in der Nähe lag das Schwimmbad, wo Sophie so manchen Tag mit ihren Kindern verbracht hatte. Und einige Male war Babsi zum Baden mitgekommen und hatte sich mit Nils todesmutig die Rutsche nach unten gestürzt. Die Kinder waren begeistert gewesen von der lustigen Frau, die sich für keine Albernheit zu schade war.

Sophie blieb noch einen Augenblick im Auto sitzen und schaute an der Fassade nach oben. In Babsis Wohnung war alles dunkel. Bestimmt war sie gar nicht zu Hause. Der Drang, den Motor anzulassen und einfach wieder heimzufahren, war stark. Doch Sophie zog den Zündschlüssel ab, stieg aus und drückte energisch auf den Klingelknopf, wieder und wieder. Nichts geschah. Schulterzuckend wandte sie sich ab.

In diesem Moment flammte Licht im Treppenhaus auf und ein Schatten näherte sich der Tür. Sie wurde aufgerissen und eine ältere Frau mit einem Mülleimer in der Hand trat nach draußen. Fragend schaute sie Sophie an und nickte dann. „Wollen Sie zu Barbara?"

„Ja, aber wie kommen Sie darauf?", fragte Sophie verwirrt.

„Geburtstagsfeier vor zwei Jahren, ich war auch eingeladen. Die Dame, die den Nudelsalat gemacht hatte."

Sophie erinnerte sich dunkel an eine Nachbarin, die manchmal Babsis Pflanzen goss, wenn sie mit Fred im Sommer Urlaub machte, und die zur Feier mit einer gigantischen Schüssel Salat angerückt war. „Stimmt, entschuldigen Sie. Ich hab Sie gar nicht gleich erkannt."

„Macht nichts. Gehen Sie ruhig rein."

„Danke, aber Babsi scheint nicht da zu sein", erwiderte sie.

Die Frau lachte auf. „Sie meinen, weil kein Licht brennt und niemand öffnet? Sie ist da, klopfen Sie einfach an der Tür und seien Sie hartnäckig. Ich bin froh, dass endlich mal jemand nach ihr sieht."

Mit jeder Treppenstufe, die Sophie nach oben stieg, wurde ihr mulmiger zumute. Dann stand sie vor Babsis Tür. Sie drückte auf den Klingelknopf, doch kein Ton erklang. Also klopfte sie gegen die Tür, erst dezent, dann immer lauter.

Täuschte sie sich, oder hatte sie gerade Schritte vernommen? Gleich darauf war es wieder totenstill. Sophie legte ihr Ohr an die Tür. „Babsi, ich bin es Sophie, bitte mach auf", flüsterte sie.

Unter ihr erklangen Schritte, die ältere Nachbarin kam vom Müllwegbringen zurück. Bevor die Frau in ihrer Wohnung verschwand, nickte sie ihr noch einmal aufmunternd zu. „Bleiben Sie hartnäckig."

Sophie versuchte es noch einmal, wieder und wieder. Sie befürchtete schon, mit ihrer Klopferei das halbe Haus aufzuwecken, doch niemand ließ sich blicken oder beschwerte sich.

Schließlich sank Sophie zu Boden und setzte sich auf den Abstreicher. „Also gut. Ich werde nicht weggehen, nicht bis morgen Früh. Wenn du zur Arbeit willst, musst du über mich drüber steigen." Sie nahm das Handy aus ihrer Tasche und schrieb Lars eine kurze Nachricht. Dann zog sie die Beine an, umschlang sie und starrte in die Dunkelheit, denn das automatische Hauslicht, war längst erloschen.

Wie viel Zeit vergangen war, hätte Sophie nicht sagen können, sie hatte ihre Augen geschlossen. Sie war müde, schrecklich müde. Auch die Übelkeit war wieder da, nicht so schlimm wie gestern, aber dennoch zog ihr Magen sich unangenehm zusammen.

„Bist du noch da?" Da war ein Flüstern auf der anderen Seite der Tür.

Sophie fuhr herum und presste ihren Mund ans Holz. „Babsi? Ja, ich bin noch da. Ich hab doch gesagt, ich geh nicht weg."

„Was willst du?" Babsi klang verändert, hatte eine schwere Zunge, wie ein Mensch, der etwas getrunken hatte. „Geh weg."

„Das hättest du wohl gern. Ich bleib hier sitzen. Wenn es sein muss, die ganze Nacht."

„Und wenn du mal pinkeln musst?", fragte Babsi kichernd. Kein Zweifel, sie hatte getrunken.

„Dann gehe ich in die Grünanlage vor dem Haus", flüsterte Sophie. „Da ist ein großer Busch. Und danach komme ich wieder."

Auf einmal klackte das Schloss und die Tür öffnete sich einen Spalt. Sophie, die damit nicht gerechnet hatte, wäre beinahe ins Innere der Wohnung gekippt. Unsicher spähte sie ins Dunkel und begann schließlich nach dem Lichtschalter zu tasten. Als sie ihn gefunden hatte, blendete sie schlagartige Helligkeit, die von einer Glühbirne, die an einem Kabel von der Decke baumelte, ausgelöst wurde. Sophie stemmte sich mühsam nach oben, massierte ihre Knie und betrat das Wohnzimmer.

Babsi hockte auf einer Matratze, die direkt auf dem Boden lag. Alle Möbel waren verschwunden, der Fernseher, die Couch, sogar die Pflanzen auf dem Fensterbrett. Auch hier baumelte nur ein Kabel mit einer Glühlampe von der Decke. Es gab einen Kleiderständer, auf dem Babsis Sachen hingen, eine Unmenge Kartons, ein flacher Tisch, ansonsten nichts.

„Was ist passiert, Babsi?", fragte Sophie entsetzt und warf schnell einen Blick in die restlichen Räume. Überall herrschte gähnende Leere. „Wo sind all deine Möbel hin? Wo ist Fred?"

Babsi lachte auf. „Bei seiner neuen Freundin. Bei seinem Auszug hat er alles mitgenommen. Eines Tages kam ich nach Hause, Ende Dezember, und er war weg. Der lethargische Fred, kannst du dir das vorstellen? Er hat alles eingepackt, was nicht niet- und nagelfest war." Sie wedelte mit der Hand. „Und das ist das Resultat."

„Aber was hat er mit den Möbeln gemacht?"

„Verkauft, in die neue Bude gestellt, was weiß ich. Er wollte sich rächen, hat er gesagt, nein, geschrieben. Irgendwo muss dieser Wisch noch rumliegen, den er hinterlassen hat."

Sophie sank neben Babsi auf die Matratze und musterte ihre Kollegin. Ihre Frisur war derangiert, ein unübersehbarer Ketchupklecks prangte auf ihrem Shirt. „Aus Rache? Aber wofür?"

Babsi zögerte einen Augenblick. „Weil ich ihn betrogen habe", flüsterte sie. „Es war nur einmal, mit einem Typen, dessen Namen ich nicht mal kannte. Wir waren tanzen, Fred wollte nicht tanzen. Eigentlich wollte er nie etwas. Der andere wollte tanzen. Wir haben getrunken, ein bisschen gekifft und auf einmal war Fred weg, verschwunden. Der Typ hat mich nach Hause gebracht und dann ist es passiert."

„Er hat dich vergewaltigt?"

Babsi lachte mit heiserer Stimme. „Aber nein. Ich wollte es auch. Und dennoch, es hatte keine Bedeutung." Sie griff neben sich und nahm einen großen Schluck aus einer Weinflasche. „Wenn du auch was willst, in der Küche muss noch eine sein."

Sophie winkte ab.

„Fred und ich haben uns gestritten. Eigentlich haben wir zuletzt nur noch gestritten, ständig, über alles. Dann ist es passiert, ich hab ihm von dem anderen erzählt. Und wie toll es gewesen ist." Babsi zwinkerte und wischte sich über die Augen. Es war nur ein Moment, dann hatte sie sich wieder unter Kontrolle. „Ich hab ihm wehgetan, absichtlich, verstehst du? Ich wollte, dass er sich endlich mal bewegt. Er hat sich bewegt, auf irgendeinem Flirtportal angemeldet und fand ruckzuck eine Neue."

„Aber ihr habt doch die Möbel zusammen gekauft. Er kann doch nicht …"

Babsi lehnte den Kopf an die Wand und begann zu lachen. „Dennoch hat er es getan. Du klingst übrigens gerade wie meine Eltern. Die geben mir auch haufenweise praktische Ratschläge. Zum Beispiel, dass ich zur Polizei gehen und ihn anzeigen soll."

„Vielleicht solltest du das wirklich tun."

„Ich war bei der Polizei, ich hab ihn angezeigt. Viel ist nicht geschehen." Dann schlug Babsi sich auf die Oberschenkel. „Was solls. Warum noch weiter aufregen? Warum noch Energie in diese Bude investieren, die mich eh nur an Fred und unsere Beziehung erinnert? Meine Tage in dieser Wohnung sind gezählt. Bald ziehe ich aus und beginne ein neues Leben."

„Du hast eine neue Wohnung gefunden?"

Babsi nickte. „Hab ich und neue Möbel gekauft und so weiter. Hast du gedacht, ich bleibe ewig in diesem leeren Loch hocken? Irgendwann muss man sein Leben wieder in die Hand nehmen. Das müsstest du doch von dir kennen, oder?"

Sophie schluckte. „Ja, natürlich. Das ist die richtige Einstellung. Ich wundere mich dennoch, eine neue Wohnung, neue Möbel? Wohin ziehst du denn?"

„Was soll diese Frage?" Babsi kniff ihre Augen zusammen und sah Sophie an.

„Ist sie denn so ungewöhnlich? Du ziehst aus und ich möchte wissen, wohin du ziehst. Bleibst du in Ribnitz oder …"

„Ich ziehe nach Prerow", sagte Babsi schnell.

„Nach Prerow?" Sophie beugte sich ein Stück zu ihr. „Dort ist es sehr teuer und überhaupt." Sie zögerte. „Vor allem, wenn ich mich so umschaue, wie willst du dir die Wohnung leisten?"

„Was geht es dich an?", erwiderte Babsi schnippisch. Sie griff erneut nach der Weinflasche und nahm einen Schluck.

„Du fragst, was es mich angeht? Ich würde mal sagen, sehr viel, wenn es nicht nur um dich, sondern auch um das *Godewind* geht."

„Was hat denn das *Godewind* damit zu tun?" Sophie entging nicht, dass Babsi eine Spur blasser wurde.

„Muss ich dir das wirklich sagen?" Sie seufzte. „Also gut. Ich frage dich geradeheraus, ohne Umschweife, so, wie wir beide in all den Jahren miteinander umgegangen sind: Hast du etwas mit all den Vorkommnissen im Hotel zu tun?"

Babsi zuckte nicht mal zusammen. Sie starrte die leere Wand an und schwieg.

„Bitte, Babsi, wenn du etwas getan hast, musst du es mir sagen."

„Seit du mit dieser Torberg zusammenarbeitest, hast du dich ganz schön verändert", blaffte ihre Kollegin sie an.

„Frau Torberg hat nichts damit zu tun, nicht das Geringste. Außer, dass sie heute für etwas beschuldigt wurde, das sie nicht getan hat. Babsi, sie will diese neue Stelle und jemand hat dafür gesorgt, dass sie sie nicht bekommen wird. Sie ist krank, hat mit der Luft Probleme, sie mag das Hotel und ich mag sie. Heute Abend habe ich zum ersten Mal nicht mehr die Augen verschlossen. Ich hab eins und eins zusammengezählt und mich gefragt, wer für all das verantwortlich sein kann."

„Und da bist du auf mich gekommen?" Babsis Stimme schraubte sich nach oben. „Na, prima!"

„Wer sollte es sonst sein?"

„Denise vielleicht. Immerhin hat sie schon einmal versucht, dem Hotel zu schaden."

„Denise ist nicht hier, verstehst du? Sie ist nach Köln geflogen."

„Und wenn schon? Dann ist sie halt zurückgekommen. Dann wäre da noch dieser Zachert", sprudelte Babsi weiter.

„Er kann es nicht gewesen sein, denn als die ersten Vorfälle geschahen, war er noch gar nicht da." Sophie dachte an die Flughafenszene. Die Verlockung war groß, Denise und Manuel Zachert als die Schuldigen zu sehen, doch sie ahnte, dass das nicht die Lösung war.

„Gott, du hast dich so verändert", sagte Babsi. „Das liegt wahrscheinlich an deinem Lars und der großen Liebe, die euch verbindet."

„Ach, wirklich?", fragte Sophie einen Ton schärfer. „Ich kenne noch jemanden, der sich verändert hat. So sehr, dass ich diesen Menschen an manchen Tagen kaum wiedererkenne."

Es wurde totenstill. Draußen bellte ein Hund. Eine scharfe Stimme rief ihn zur Ordnung. Babsi starrte weiter die Wand an. Ihre Finger zitterten, immer stärker.

Sophie legte ihr die Hand auf den Arm. „Babsi, was ist passiert? Sag es mir."

Es erklang ein lautes Keuchen, dann presste Babsi ihre Faust gegen den Mund und begann zu schluchzen. „Er hat alles mitgenommen, die Möbel, das Geld und einen Teil von mir." Tränen strömten über ihre Wangen. „Ich dachte, ich muss sterben. Ich konnte mich nicht rühren, verstehst du? Ich war zu nichts in der Lage."

„Aber warum hast du mir denn nichts gesagt? Ich hätte dir geholfen."

„Du warst so glücklich mit deinem Lars und da wollte ich nicht …"

„Ich wäre immer für dich da gewesen, das weißt du doch", flüsterte Sophie.

Sie konnte nicht anders, sie musste Babsi in die Arme nehmen. Sophie hielt sie einfach fest, bis das Schluchzen nach einer kleinen Ewigkeit endlich verstummte. Sanft strich sie ihr über die Wangen, zerrte eine Taschentuchpackung hervor und reichte sie ihrer Kollegin.

„Aber warum …?"

„Fred ist ausgezogen", begann Babsi zu erzählen. Anfangs stockend, dann immer flüssiger. „Die ersten Tage war ich wie gelähmt. Erst nach und nach bemerkte ich, dass das ganze Geld weg war. Er hat einfach alles abgehoben und ich wusste kaum, wie ich die Miete bezahlen sollte. Meine Eltern haben mir geholfen, aber da war auch noch der Kredit für das Auto, du weißt schon. Ich musste mir ja ein anderes kaufen wegen dieses Motorschadens. Es wurde schlimmer, jeden Tag mehr."

Sophie nickte.

„Und dann war ich im Supermarkt, in Ahrenshoop und dort traf ich einen alten Bekannten – Stefan Rudloff."

Sophie zuckte zusammen und schaute Babsi ungläubig an. „Den Chef des *Muscheltraums*? Woher kennst du ihn?"

„Fred hat einige Male für Rudloff gearbeitet, Computersachen und so. Daher wusste er, dass wir uns getrennt haben. Wir haben geredet und er lud mich auf einen Kaffee ein. Er war voller Verständnis, hat mir zugehört." Babsi zögerte. „Kannst du mir ein Glas Wasser holen? Ich hatte schon so viel Wein. Neben der Kochplatte müsste noch ein sauberes Glas stehen."

Sauber war es nicht unbedingt, deswegen spülte Sophie das Glas kurz ab, füllte es und reichte es ihrer Kollegin. „Was geschah dann?"

„Dann stand Rudloff eines Tages vor der Tür. Er wollte mit mir essen gehen und ich nahm an. Er bemühte sich. Es tat einfach gut, verstehst du?"

„Ich weiß nicht", erwiderte Sophie zögernd. „Ausgerechnet Rudloff. Er ist um einiges älter als du und soweit ich weiß, verheiratet."

Babsi stöhnte und schüttelte den Kopf. „Ja, er ist älter, aber er ist nicht verheiratet, sondern geschieden. Er war anders als meine Eltern, die mir nur Vorhaltungen machten. Irgendwann erzählte ich ihm, wie schwierig es war, eine neue und vor allem bezahlbare Wohnung zu finden. Und er versprach, mir zu helfen."

„Einfach so?"

„Nein, nicht einfach so. Es war ein Deal." Babsi biss sich auf die Lippen. „Ich hab mich anfangs gewehrt. Aber es klang so leicht. Ich sollte nur ein bisschen die Abläufe im Hotel stören. Nicht mehr. Es waren Kleinigkeiten, viel geringer als das, was Denise getan hat." Sophie lehnte sich gegen die Wand und schloss die Augen. „Sag doch was?", bat Babsi.

„Und was?"

„Keine Ahnung", erwiderte ihre Kollegin leise.

„Du hättest mit mir reden müssen. Du hättest auf meiner Couch pennen können."

„Und dabei die ganze Zeit ansehen, wie du und Lars euch verliebt in die Augen schaut? Nein, danke."

„Oder mit Veronika", sagte Sophie. „Sie hat immer ein offenes Ohr, sie hätte eine Lösung gefunden. Da bin ich sicher."

„Hätte sie mir Geld gegeben oder eine Wohnung besorgt? Vergiss es! Nein, ich hab mich für einen anderen Weg entschieden."

„Ja, dafür, das *Godewind* zu sabotieren und, als wäre das nicht genug, auch noch anderen die Schuld in die Schuhe zu schieben."

„Sabotieren, das klingt, als hätte ich eine Bombe geworfen."

„Babsi, du hast dem Hotel geschadet. Wer weiß, was Rudloff noch von dir verlangt hätte?"

„Ich hätte rechtzeitig die Reißleine gezogen", erwiderte Babsi. „Bevor Schlimmeres passiert wäre."

„Es ist schon Schlimmes passiert."

Babsi schaute sie an, hilfesuchend. Doch Sophie erhob sich und wandte sich zum Gehen.

„Was willst du tun?"

„Die Frage ist wohl eher, was du tun willst. Du musst es Veronika sagen oder Ferdinand. Dann muss entschieden werden, was geschieht."

„Sie werden mich entlassen", flüsterte Babsi.

Sophie wollte dies aus einem ersten Impuls heraus verneinen, doch das wäre falsch gewesen. „Ich weiß es nicht. Aber ich glaube, du wirst nicht mehr im *Godewind* arbeiten können."

Babsi nickte. „Ich verstehe."

„Sag das nicht so, als wäre ich an allem schuld. Mensch, Babsi!" Sophie zog sie hoch, sie drückte die andere Frau so fest, dass es ihr beinahe selbst wehtat. „Wie konntest du das bloß machen?" Sie schüttelte Babsi und die ließ es geschehen, als wäre sie eine Puppe. „Ich muss gehen, Lars wird schon warten."

Kurz bevor Sophie die Tür erreichte, vernahm sie noch einmal Babsis Stimme. „Sophie?" Mit großen Augen sah ihre Kollegin sie an. „Würdest du mir die Handynummer von Ferdinand geben?"

„Jetzt gleich?"

„Das wäre das Beste, sonst verlässt mich bestimmt mein Mut."

Sophie holte ihr Handy hervor und begann zu suchen. „Ich könnte auch bei dir bleiben, wenn du es möchtest. Dann spricht es sich vielleicht leichter."

Babsi nickte, dann ergriff sie ihr Telefon und holte tief Luft.

Kapitel 28

Bedächtig kaute Elsa auf ihrem Nutellabrot. Automatisch zählte sie dabei innerlich bis fünfzig. Seit sie vor einigen Jahren Probleme mit dem Magen bekommen hatte, achtete sie darauf, gründlich zu kauen. Ein Arzt hatte ihr damals den Tipp gegeben und seitdem hatte sie keine Beschwerden mehr gehabt. Wenn doch alles so einfach wäre. Bis fünfzig zählen und dann löste sich jede Schwierigkeit in Luft auf. Leider war es nicht so einfach.

Elsa schaute aus dem Fenster, während sie an ihrem Kaffee nippte und sich dann eine weitere Schnitte schmierte. Sie verspürte einen unbändigen Hunger und musste sich zurückhalten, um nicht einen Löffel zu holen und die Schokocreme direkt aus dem Glas zu futtern.

Da klopfte es an der Tür. Ihr erster Blick ging zur Uhr. Es war kurz nach sieben. Vermutlich hatte Manuel ihre Schritte gehört und wusste, dass sie bereits wach war. Elsa öffnete, sah aber zu ihrem Erstaunen Ferdinand Gutter im Treppenhaus stehen.

„Entschuldigen Sie die frühe Störung, aber ich sah das Licht im Wohnzimmer brennen und da dachte ich …" Er schien nach Worten zu suchen. „Ich müsste etwas mit Ihnen besprechen."

Elsa trat zur Seite. „Kommen Sie herein."

Doch Ferdinand blieb vor der Tür stehen. „Mögen Sie Seebrücken?"

Verwirrt sah sie ihn an. „Wie meinen Sie das?"

„Laufen Sie gern über Seebrücken? Ich liebe es und kann dabei immer gut nachdenken. Die Luft ist heute Morgen so klar und die Sicht auf die Ostsee bestimmt hervorragend."

„Was? Jetzt?"

„Ich weiß, ein dummer Vorschlag."

Elsa musterte Ferdinand Gutter. Es schien ihr, als wäre er über Nacht gealtert. Da waren einige tiefe Falten, die sie vorher nicht wahrgenommen hatte.

„Warum nicht? Ich war bis jetzt auf keiner Seebrücke."

„Dann wird es aber Zeit. Ich warte unten. Ziehen Sie sich eine warme Jacke an, es ist noch reichlich kühl."

Mit einem mulmigen Gefühl im Bauch suchte Elsa ihre Sachen zusammen. Wenn Ferdinand sie allein sprechen wollte, konnte das nur eine schlechte Nachricht bedeuten. Vielleicht hatten sie sich bereits gegen Elsa entschieden und er wollte ihr das möglichst schonend und an einem schönen Platz beibringen.

Bei ihrem Eintreffen öffnete er ihr die Beifahrertür und setzte sich dann ebenfalls in den Wagen. Klassische Musik ertönte aus den Lautsprechern und erfüllte das Auto. Sie ließ das angespannte Schweigen nicht ganz so bedrückend wirken, wühlte Elsa aber gleichzeitig auf.

Ferdinand Gutter fuhr bis zur Hauptstraße und bog dann nach rechts ab. Sie durchquerten kleinere Ortschaften, passierten den Prerower Hafen und erreichten schließlich Zingst. Er lenkte das Auto mitten ins Zentrum und stellte es auf einem Parkplatz ab, der hinter einem dieser typischen schneeweißen Häuser mit großzügigen Verandas lag. „Das Haus gehört einem guten Freund und immer wenn ich in Zingst bin und Lust auf einen Spaziergang über die Seebrücke verspüre, darf ich hier parken", sagte Ferdinand erklärend und hielt Elsa galant seinen Arm hin.

Nach wenigen Schritten erreichten sie den Mittelpunkt des Ortes und nahmen die kleine Steigung, die zur Seebrücke führte. Rechts leuchteten Lampen in den Fenstern des

Kurhausrestaurants. Die Buden, an denen man tagsüber einen Imbiss oder ein Getränk zu sich nehmen konnte, hatten noch geschlossen. Kein Spaziergänger war unterwegs und das schnurgerade Band der Seebrücke lag verlassen im ersten Licht des Tages.

Langsam und gemächlich schlenderten sie bis ganz nach vorn und blieben neben der Glocke, mit der man auf den Grund der Ostsee abtauchen konnte, stehen. Einige vorwitzige Möwen spazierten über das hölzerne Geländer, beäugten aus der Ferne die frühen Eindringlinge und widmeten sich dann erneut der Betrachtung des Meeres.

Die Ostsee plätscherte friedlich vor sich hin. Wellen schlugen sanft an die Pfeiler, die tief in den Meeresboden gerammt waren.

„Das macht man viel zu selten", sagte Ferdinand Gutter. „Ich kann mich beim besten Willen nicht erinnern, wann ich zum letzten Mal gemeinsam mit Veronika einen derartigen Spaziergang gemacht habe. Wenn wir ans Meer gefahren sind, dann immer, weil irgendwelche Termine oder Sitzungen anstanden. Schon verrückt, wenn man nur einen Katzensprung von der Ostsee entfernt wohnt. Natürlich bin ich allein oft hier gewesen, aber zusammen …" Er seufzte. „Dabei haben wir uns damals hier kennengelernt, in Zingst. Eine verrückte Geschichte. Vielleicht erzähle ich sie Ihnen irgendwann." Ferdinand Gutter stützte sich auf das Geländer und beugte sich dann nach vorn. „Ach, diese Luft, die macht einem wirklich den Kopf frei."

Elsa nickte zögernd. Je länger er sprach, umso stärker wurde ihre Anspannung.

Mit einer fließenden Bewegung richtete er sich schließlich auf und sah sie an. „Ich muss Ihnen etwas sagen, liebe Elsa. Ich bekam letzte Nacht einen Anruf von Barbara. Nun, Sie kennen sie vermutlich eher als Babsi. Aber das spielt keine Rolle. Jedenfalls teilte mir Barbara mit, dass sie für die im *Godewind* vorgefallenen Dinge die Verantwortung trägt."

Elsa schnappte nach Luft. „Wie bitte?"

„Es ist eine lange Geschichte. Keine schöne, eine erschütternde. Jedenfalls habe ich mit Babsi gesprochen und es ist so, dass sich unsere Wege trennen müssen. So leid mir dies auch menschlich tut. Das letzte Wort hat natürlich meine Frau, doch ich bin sicher, sie wird genauso entscheiden. Entscheiden müssen." Er sah sie an. „Das bedeutet, Sie sind von dem Verdacht befreit, der gestern gegen Sie vorgebracht wurde. Sophie hat mir davon erzählt, auch letzte Nacht. Die vergangenen Stunden waren nicht leicht."

Elsa nickte stumm. Sie schaute aufs Meer und versuchte, seine Worte zu erfassen. „Also hat Ihre Tochter nichts mit alldem zu tun und der geschmiedete Plan ist aufgegangen." Nun war es an Ferdinand, sie erstaunt zu mustern. „Herr Zachert hat mich eingeweiht und von der Rolle berichtet, die er spielen musste."

„Ja, Sie haben recht, Denise ist tatsächlich unschuldig. Zumindest, was die Geschehnisse in diesem Jahr betrifft."

Elsa umklammerte das hölzerne Geländer. „Und nun …"

„Und nun muss entschieden werden, wie es weitergeht im *Godewind*. Das obliegt meiner Frau. Ich möchte Ihnen aber sagen, dass meine Frau Ihre Bewerbung ausgewählt hat. Sie hat Sie eingeladen. Manuel Zachert habe ich in den Ring geworfen, auf Empfehlung meiner Tochter. Das bedeutet, meine Frau hat Sie als geeignet empfunden, ihre Nachfolge im *Godewind* anzutreten."

„Das mag sein, doch zum Zeitpunkt dieser Entscheidung ging Ihre Frau davon aus, dass Ihrer Tochter Fehler unterlaufen sind. Zumindest hat es mir Herr Zachert so geschildert. Ohne diese Fehler wäre es zu diesem Stellenangebot wohl nie gekommen."

„Vermutlich nicht", gab Ferdinand Gutter zu.

„Da Ihre Tochter diese Fehler nicht zu verantworten hat, ergibt sich für mich ein klares Bild." Elsa lief kurz hin und her und lehnte sich dann an eines der Fernrohre, die auf der

Seebrücke angebracht waren und mit denen man gegen einen kleinen Obolus in die Ferne schauen konnte.

„Ich kann gut nachempfinden, welche Gedanken durch Ihren Kopf gehen", sagte Ferdinand Gutter. „Ich möchte auf keinen Fall, dass Sie sich als Teil des Spiels empfinden. Das waren Sie niemals. Sie sind aufgrund Ihrer Qualifikation hier. Das sollten Sie sich immer wieder bewusst machen."

„Und dennoch liegt der Schluss nahe, dass Ihre Frau die Leitung des *Godewinds* nun an ihre Tochter übergibt. Das wäre eine ganz logische Entscheidung und ich könnte sie sogar nachvollziehen", meinte Elsa leise.

„Ich würde dies sehr bedauern, auch wenn Denise mein Kind ist und wir uns gewünscht haben, sie würde das Haus weiterführen und Veronika entlasten." Ferdinand machte einige Schritte auf sie zu. „Sie sollten den Kopf deswegen auf keinen Fall in den Sand stecken. Sie sind eine hervorragende Mitarbeiterin, Frau Torberg. Jedes Hotel wäre glücklich, Sie als Chefin zu haben. Ich verspreche Ihnen, mich für Sie einzusetzen. Wir kennen Tod und Teufel hier oben. Viele Menschen schulden mir oder meiner Frau einen Gefallen. Wenn es im *Godewind* nicht klappt, finden wir eine andere Stelle für Sie."

Abwehrend schüttelte Elsa den Kopf. „Oh, bitte keine Fürsprache oder irgendwelche Beziehungen spielen lassen. Solche Klüngeleien habe ich schon immer gehasst. Wenn, dann finde ich selbst eine Stelle. Vielleicht gehe ich auch wieder zurück. Wer weiß das schon?"

„Dahin, wo die Luft knapp ist? Das sollten Sie nicht tun, Sie gehören hierher, ans Meer. Ich glaube, Sie sind im Herzen ein Küstenkind."

Elsa drehte sich um und schaute auf den Horizont. Er verschwamm vor ihren Augen und sie blinzelte heftig. „Genau das hat Sophie auch gesagt, das mit dem Küstenkind."

„Sehen Sie, wäre es dann nicht das Beste, uns zu vertrauen?" Wieder streckte Ferdinand Gutter seinen Arm aus.

„Lassen Sie uns zurückgehen, an Land, festen Boden unter den Füßen gewinnen. Doch bevor wir das tun, müssen Sie mir eins versprechen." Beschwörend sah er sie an. „Wenn Sie Hilfe oder einen Rat brauchen, vielleicht doch Fürsprache bei einem neuen Job, dann kommen Sie bitte zu mir, jederzeit. Versprechen Sie mir das? Es ist nichts dabei, Hilfe anzunehmen, so sehr einem das auch im ersten Moment widerstrebt. Im Alter werden Sie das lernen, liebe Elsa."

Unsicher sah sie ihn an. Und auf einmal nickte sie. Vielleicht weil sie tief in ihrem Inneren spürte, dass der Mann, der so viel weiser und erfahrener als sie war, einfach recht hatte.

„Sie werden jemanden im Zimmerservice brauchen", sagte sie mit einem kleinen Lächeln. „Sophie kann die ganze Arbeit nicht allein machen."

„Ja, das ist wahr. Soweit ich weiß, sind Sie an der Rezeption."

Elsa hob die Schultern. „Ich melde mich freiwillig für den Zimmerdienst."

Ferdinand wirkte gerührt. „Danke."

Einen Tag später war Denise da. Elsa stand gerade mit Peter am Tresen, wo dieser ihr einen der Buchungsschritte erläuterte, als plötzlich ein rotes Auto vor dem *Godewind* vorfuhr. Der Wagen wurde direkt vor dem Eingangsportal abgestellt. Dann geschah einen Moment nichts, bevor schließlich die Tür geöffnet wurde. Zwei lange, schlanke Beine schwangen hinaus.

Augenblicklich nahm Peter Haltung an und starrte Richtung Tür. „Denise kommt", stieß er leise aus.

Elsa, die immer noch überlegte, warum man im *Godewind* bei den Buchungen so umständlich vorging, fragte zerstreut: „Was? Wer kommt?"

„Denise", zischte Peter ihr unterdrückt zu, denn in diesem Moment glitten schon die Flügel der Eingangstür auseinander und rhythmisches Absatzgeklapper näherte sich.

Elsa schaute auf und erblickte eine blonde Frau in einem giftgrünen, etwas knapp geschnittenen Kostüm, die auf den Tresen zu gerauscht kam. Sie legte ihre perfekt manikürten Hände auf die Holzplatte. Dann betrachtete die Frau zunächst Elsa, bevor sie sich an ihren Kollegen wandte.

„Peter, wie schön. Immer auf Posten." Ihr Gesicht verzog sich zu einem kleinen Lächeln.

Peter nickte. „Herzlich willkommen, Frau Gutter. Schön, Sie zu sehen."

„Na, mein lieber Peter, nun brechen Sie sich mal keinen ab." Erneut fühlte Elsa sich gemustert. „Und Sie sind sicherlich Frau Torberg. Eine der beiden Kandidaten." Sie spitzte ihre Lippen und es schien Elsa, als würde sie noch etwas sagen wollen, besann sich dann aber anders. „Meine Mutter ist noch nicht angekommen?"

Peter klappte voller Bedauern ein Stück nach vorn. „Bis jetzt nicht."

„Gut. Und wo finde ich Herrn Zachert?"

Peter deutete Richtung Treppe. „Er ist oben, genauer in der ersten Etage und reinigt mit Sophie die Zimmer."

Denises Augen wurden kugelrund. „Er tut was?"

„Die Zimmer reinigen. Nach der Kündigung von …" Peter geriet ins Stocken. „Ich meine, nach der Kündigung von Barbara musste die Arbeit entsprechend verteilt werden. Die Aushilfskraft steht uns erst ab nächster Woche voll zur Verfügung und Frau Torberg hat schon länger als geplant im Service gearbeitet. Sie sollte ja alle Abteilungen des *Godewinds* kennenlernen, also auch die Rezeption. Eigentlich hat sie sich freiwillig gemeldet, aber Herr Zachert ließ sich nicht abhalten seinen Beitrag …" Peter verstummte und warf Elsa einen Blick zu.

„Der gute alte Manuel, dass ich das noch erlebe", erwiderte Denise. „Dann werde ich mal nach oben gehen." Sie drehte sich um und verschwand hinter der Tür des Treppenhauses.

Peter atmete auf.

„Das ist sie also", meinte Elsa.

„Ja, das ist sie." Er seufzte.

Elsa starrte einige Sekunden vor sich hin und wandte sich dann wieder dem Bildschirm zu. „Wo waren wir stehen geblieben? Ach ja, bei dem Programm, in dem Sie die Extrawünsche notieren." Am liebsten hätte sie losgeheult. Aber der Aufenthalt hier an der Rezeption, zu der jederzeit Gäste kommen konnten, bewahrten Elsa davor.

Peter schwieg. Seine Hände trommelten einen Rhythmus auf dem Tresen. Plötzlich ergriff er ihre Hand, eine für ihn ungewöhnliche Geste. „Es tut mir sehr leid, Frau Torberg. Wirklich. Wie alles gekommen ist, mit Barbara und Ihnen."

Elsa hob die Schultern. „Danke."

„Hat Herr Gutter schon mit Ihnen gesprochen?"

„Hat er."

„Und konnte er Ihnen etwas sagen?", forschte Peter nach. „Ich meine, eine Tendenz, wie es weitergehen soll?"

„Die letzte Entscheidung liegt bei der Chefin. Dass Denise heute hier erschienen ist, scheint ein schlechtes Zeichen zu sein." Sie lachte kurz auf. „Also nicht für Sie. Aber für mich."

„Sie denken, Sie müssen wieder zurück?"

„Wie würden Sie es denn deuten? Gut, ich könnte immer noch als Zimmermädchen anfangen."

Peter schluckte. „Sie hätten gut zu uns gepasst, Frau Torberg. Und jetzt, da ich die ganze Geschichte kenne, den Plan und die Rolle, die Herr Zachert gespielt hat … Es tut mir leid."

„Das sagten Sie schon, Peter. Aber machen Sie sich mal keine Gedanken. Es geht immer irgendwie weiter. Ich fahre wieder nach Stuttgart, werde weiterhin Stellenangebote studieren und wer weiß? Eines Tages kehre ich vielleicht ans Meer zurück." Die Wehmut traf Elsa mit aller Macht, wie ein Faustschlag, der einen besonders empfindlichen Punkt im Magen traf.

Selbst Stunden später, als sie in ihrer Mittagspause Richtung Strand lief, kam es ihr vor, als würde jeder einzelne Schritt, den sie durch Ahrenshoop machte, sich wie ein Abschied anfühlen.

Da erblickte sie die Fischbude des alten Karlsen, die, wie immer an diesem Tag, an der Hauptstraße stand. Elsa trat an den Wagen und nickte dem grauhaarigen Mann freundlich zu. Der erhob sich und lachte breit.

„Wie schön, das Frollein aus dem *Godewind*. Sie waren sonst immer mit Sophie da, nicht wahr?"

„Genau." Elsa war erstaunt, war sie doch erst zweimal an dieser Bude gewesen. Anscheinend hatte sie einen bleibenden Eindruck hinterlassen.

„Und wo ist Sophie heute?"

„Sie macht später Pause, wir sind in verschiedenen Abteilungen."

„Verstehe." Karlsen deutete auf seine Auslage. „Und? Was darf es denn sein, Frolleinchen?"

„Einmal Hering, bitte."

„Gute Wahl." Er suchte kurz herum und ließ dann zwei Brötchen in einer Tüte verschwinden. „Ich hab Ihnen ein paar von den extra dick Belegten eingepackt."

„Aber ich hatte doch nur eins bestellt."

„Das Zweite ist für Ihren Mann, Frolleinchen."

Elsa seufzte und schüttelte den Kopf. „Kein Mann in Sicht, geben Sie das Brötchen lieber jemand anderem."

„Sind Sie sicher? Wenn ich nach da drüben gucke, seh ich jemanden, der sehr interessiert in Ihre Richtung schaut, Frolleinchen."

Elsa drehte sich langsam um und erspähte am Straßenrand einen dunklen Wagen. Dessen Scheibe war nach unten gelassen und unzweifelhaft saß Fiete am Steuer.

„Der scheint woanders hinzuschauen. Zumindest auf keinen Fall zu mir", murmelte sie leise.

Karlsen beugte sich nach vorn und stützte sich ab. „Frolleinchen, glauben Sie einem alten Sack wie mir. Ich sehe, trotzdem ich inzwischen sehr schlecht sehe, wo jemand hinschaut. Und Fiete, der schaut ohne jeden Zweifel zu Ihnen." Energisch schob er die Tüte mit den zwei Brötchen zu ihr. „Also nehmen Sie sie."

„Und wenn ich das nicht möchte? Einfach, weil alles so schrecklich kompliziert ist?"

Karlsen blickte angestrengt an die Decke und stöhnte. „Eieiei, warum muss immer alles kompliziert sein? Ich bin ein alter Mann und sicher war früher manches anders. Das lag auch daran, weil wir nicht immer über irgendwelche Komplikationen geredet, sondern einfach gemacht haben.

Als ich damals zum Beispiel meine Frau kennenlernte, sagten mir alle, dass sie mich sowieso nicht anschauen würde. Sie war die schöne Liese, der die Männer zu Füßen lagen. Und ich war nur ein einfacher Fischer und arbeitete auf dem klapprigen Boot meines Vaters. Ich hatte nich mal ein eigenes. Ich hatte nix. Schlechte Voraussetzungen, um Liese zum Tanz einzuladen. Ich habs trotzdem gemacht, weil Liese mir gefallen hat, und was soll ich sagen? Wir waren fast fünfzig Jahre zusammen. Sie hat mir drei wunderbare Kinder geschenkt und ist vor zwei Jahren gestorben. Die Sache sah am Anfang reichlich kompliziert aus und dann war sie ganz einfach." Karlsen grinste und zwinkerte ihr zu.

Elsa holte Luft. „Na ja, bei mir ist die Sache ein bisschen kompli–" Sie verstummte und musste lachen.

„Na, nu los, nehmen Sie das zweite Brötchen und gehen Sie zu ihm. Das Schlimmste, was passieren kann, wäre, dass Sie es selbst essen müssen. Glaub ich aber nich, denn Fiete hat immer Hunger."

Elsa legte das Geld auf den Zahlteller, streckte sich und überquerte dann die Straße. Eine Sekunde stieg der irrwitzige Gedanke in ihr auf, Fiete würde hier vielleicht einfach so stehen, weil … Ihr fiel keine Antwort ein. Es war wirklich zu dämlich, das anzunehmen.

Zum Glück beugte er sich ein Stück aus dem Fenster und lachte ihr entgegen. Das waren schon mal gute Vorzeichen.

„Hallo Elsa", sagte er.

„Hallo Fiete." Die Papiertüte knisterte leise in ihren Händen. Ganz sicher lag der alte Karlsen hinter ihr auf der Lauer und beobachtete die Szene. „Hast du dein Handy verloren oder sind dir die Worte abhandengekommen?", fragte Elsa mit einem leicht sarkastischen Unterton.

„Nein, sind sie nicht. Und das Handy ist auch noch da. Es gibt im Grunde nur eine Erklärung für mein Verhalten: Ich bin ein Arsch oder ein Blödmann oder ..."

„Oder beides", vollendete Elsa seinen Satz.

„Vermutlich hast du recht. Es tut mir leid. Auf einmal waren da so viele Zweifel." Ein Auto kam mit ziemlich überzogener Geschwindigkeit herangerauscht und Elsa musste sich an Fietes Wagen pressen, um nicht gestreift zu werden. Er nutzte die entstandene Nähe, um sie kurz an der Wange zu berühren. „Du wirst das bestimmt nicht verstehen, musst du auch nicht. Es ist kompliziert."

Elsa lachte auf. „Zum Thema Komplikationen solltest du dich unbedingt mal mit Karlsen unterhalten. Für den ist nämlich alles ganz einfach. Er meinte, nur wir würden es kompliziert machen."

„Sozusagen Fischbrötchenweisheiten", erwiderte Fiete und lächelte. Dann deutete er auf die Tüte in ihren Händen. „Dein Mittagessen?"

„Eigentlich das Essen für uns beide. Karlsen war so frei, mir ein zweites Brötchen einzupacken."

Fiete schüttelte grinsend den Kopf. „Typisch Ahrenshoop, jeder mischt sich irgendwie in die Belange der anderen ein." Er zögerte kurz und deutete dann auf den Sitz neben sich. „Wollen wir?"

„Was? Einen Ausflug machen? Tut mir leid, ich muss in einer Viertelstunde wieder am Tresen des *Godewinds* stehen."

Sie sah Fiete die Enttäuschung an. „Schade. Aber vielleicht heute Abend? Auf meinem Boot? Ich könnte uns etwas kochen."

Elsa zögerte. „Ich weiß nicht, was heute Abend ist."

Auf Fietes Stirn tauchte eine Falte auf. „Was soll heute Abend sein?"

Hastig winkte sie ab. „Egal." Doch im Stillen dachte Elsa, dass sie dann vielleicht schon ihre Koffer packen würde. Denn eines stand für sie fest, sobald Veronika ihre Entscheidung verkündet hatte, würde sie Ahrenshoop verlassen. Jede sinnlose Verlängerung würde den Schmerz und die Enttäuschung nur vergrößern.

„Also sehen wir uns nicht?"

Elsas Finger zitterten leicht, was sich auf die Papiertüte übertrug. „Na gut, sagen wir um sieben."

„Wunderbar, ich freue mich." Fietes Augen strahlten und kleine Sonnensprenkel tanzten in ihnen.

Elsa öffnete die Tüte. „Nun müsstest du dir nur noch dein Brötchen nehmen. Denn beide schaffe ich nicht."

„Bring es mir heute Abend mit. Dann hab ich ein bisschen mehr Sicherheit, dass du auch wirklich kommst." Er hob die Hand, schloss die Scheibe und fuhr langsam davon.

Elsa sah ihm nach und ihre Augen trafen sich im Spiegel, so lange, bis sein Auto um die nächste Kurve verschwunden war. Dann schaute sie auf ihre Uhr und stellte fest, dass nur noch Zeit für einen kurzen Blick auf die Ostsee war. Mit schnellen Schritten wechselte sie auf die andere Straßenseite, erklomm die Dünen und holte ihr Brötchen aus der Tüte. Hungrig biss sie hinein, ließ es sich schmecken und betrachtete das Meer.

Ihr war seltsam zumute. So, als würde sie diesen Ausblick jetzt in diesem Moment, zum allerletzten Mal genießen. Wehmut machte sich breit und selbst die Freude, heute Abend Fiete noch einmal sehen zu dürfen, konnte dieses Gefühl nicht vertreiben.

Langsam machte Elsa sich auf den Heimweg. Als sie die Straße überquerte, schnappte sie einen Blick von Karlsen auf. Der hob freudig den Daumen und spielte damit bestimmt auf ihre Unterhaltung mit Fiete an. Elsa lachte tapfer zurück.

Im Hotel angekommen, legte sie das Fischbrötchen in den Kühlschrank, streifte die Rezeptionsweste über und stieg die Treppe nach oben. Zwei Augenpaare musterten sie – Sophie und Peter. Es war seltsam still im Foyer und Elsa fragte sich kurz, welche Hiobsbotschaften wohl nun über sie hereinbrechen würden.

„Na, waren Sie am Meer?", fragte Peter und schien krampfhaft um positive Energie bemüht zu sein.

Elsa nickte. „War ich. Und ein Fischbrötchen kaufen."

„Sehr gut."

Sophie schwieg, so lange, bis Elsa es nicht mehr aushielt. „Ist was passiert?"

Peter seufzte und sah das Zimmermädchen hilfesuchend an. „Denise ist wieder da."

„Ich weiß, ich durfte vorhin schon ihre Bekanntschaft machen."

„Und die Chefin inzwischen auch. Veronika hat sich verschiedene Unterlagen nach nebenan bringen lassen. Die Dienstpläne waren dabei, der Buchungskalender und allerlei andere Sachen. Nun reden sie", sagte Sophie.

„Aha." Mehr wusste Elsa nicht zu sagen. Die Sachlage war eindeutig. In diesem Moment erfolgte die Übergabe an Denise. Ihre Kollegen schienen das ähnlich zu sehen. „Hat sie auch nach mir gefragt?"

Peter schüttelte bedauernd den Kopf. „Bisher nicht. Sie sagte nur, sie möchte unter keinen Umständen gestört werden. Es tut mir wirklich sehr leid", fügte er an. „Ich habe ausgesprochen gern mit Ihnen zusammengearbeitet, Frau Torberg."

„Danke, das geht mir genauso." Elsa merkte, wie ihre Augen feucht wurden. „Es war schön, Sie alle kennenzulernen und natürlich das *Godewind*. Es ist ein tolles Haus und Sie sind wunderbare Mitarbeiter, um die jedes andere Hotel die Geschäftsleitung beneiden würde."

Sophie wischte sich gerührt über die Augen. „Was werden Sie tun?"

Elsa zögerte kurz und schaute nach draußen. Dort wehten immer noch die bunten Bänder von Ostern an den Sträuchern vor dem Haus. „Erst einmal wieder nach Stuttgart gehen. Und dann sehen wir weiter. Gleich nach Feierabend werde ich mit Packen beginnen."

„So schnell?" Peter stieß überrascht die Luft aus. „Aber die Chefin hat noch gar nicht mit Ihnen gesprochen."

„Nun, das wird sie bestimmt noch tun. Dann bin ich aber schon vorbereitet und kann mich auf den Heimweg machen."

„Aber so eine Eile ist doch gar nicht notwendig. Sie können bestimmt noch einige Tage am Meer verbringen", schlug Peter vor.

Elsa hob die Hand. „Eher nicht. Ich werde gleich nach dem Gespräch aufbrechen. Lieber ein Ende mit Schrecken als ein Schrecken ohne Ende."

„Und Fiete?"

„Fiete?", wiederholte Elsa nachdenklich. „Wir sehen uns heute noch einmal. Da werde ich ihm die Neuigkeiten verkünden." Sie lachte kurz auf.

„Das wird ein Schlag für ihn sein." Elsa bemerkte die erstaunten Blicke, die Peter seiner Kollegin zuwarf. Anscheinend war er über Elsas Bekanntschaft mit dem Ahrenshooper nicht informiert worden.

„Ich weiß nicht, es ist ja noch nichts weiter … Also, ich meine …" Elsa spürte, wie sie rot wurde. „Nun, wie auch immer. Und Herr Zachert? Hat er sich gut geschlagen bei der Zimmerreinigung?", wechselte sie das Thema.

Sophie lächelte. „Ich muss sagen, dafür, dass er noch nie im Service gearbeitet hat, muss ich ihn loben. Aber nun ist er nach

Hause. Seine Mission sei beendet." Sie verstummte abrupt und schien sich auf die Zunge zu beißen.

„Also eine Zeit der Abschiede. Erst Babsi, dann Herr Zachert und nun ich." Elsa klopfte auf den Tresen. „Aber genug der Traurigkeit. Was ist noch zu tun?"

Peter sah sie mit einer Mischung aus Bewunderung und Wehmut an. „Eigentlich nichts. Ich meine, wenn Sie wollen, dann machen Sie Feierabend. Das Wetter ist heute so schön. Vielleicht wollen Sie noch einmal zum Strand hinunter."

Ganz kurz meldete sich Elsas Pflichtbewusstsein. Dann nickte sie. Wie war das, mit dem Ende des Schreckens noch mal gewesen? „Einverstanden. Dann mache ich mich auf den Heimweg. Wir sehen uns morgen Früh, Punkt acht. Und falls Frau Gutter mich heute noch einmal sprechen will, sie hat meine Handynummer." Da war der Impuls, beide zu umarmen. Elsa ließ es. Dafür war auch morgen noch Zeit.

Im Ferienhaus angekommen, überlegte sie kurz, an Manuels Tür zu klopfen. Da sie aber schon deprimiert genug war, schlich sie nach oben und drehte ein paar Runden in der Wohnung, die ihr in den letzten Tagen zu einem Zuhause geworden war.

Draußen schien die Sonne, doch Elsa stand der Sinn nicht nach einem Spaziergang. Kurzentschlossen zerrte sie ihre beiden Koffer hinter der Tür hervor und warf sie aufs Bett. Dann öffnete sie die Schranktüren und begann zu packen. Am liebsten hätte sie alle Kleidungsstücke nur lose hineingestopft, doch das würde die Arbeit daheim nur vergrößern. So legte sie alles sorgfältig zusammen und behielt nur ein paar Stücke für ihr Treffen mit Fiete und für morgen zurück. Von Zeit zu Zeit blickte sie auf ihr Handy, aber da war keine Nachricht von Veronika oder vom *Godewind*. Frau Gutter schien also noch immer mit ihrer Tochter zu sprechen und das ließ Elsas Gemütszustand weiter in den Keller rutschen. Langsam sank draußen die Dämmerung herab. In einer Stunde würde sie sich auf den Weg zu Fiete machen müssen.

Dieser Fakt brachte das Fass beinahe zum überlaufen. Elsa tat sich selbst leid, schrecklich leid. Schließlich war das letzte Kleidungsstück verstaut und die Ablagen im Bad hatte sie leer geräumt. Sie stellte sich an die Balkontür und schaute hinaus. Der Bodden schimmerte leicht, war aber inzwischen, da die Sträucher und Büsche erste Blätter trugen, schlechter zu sehen. Noch eine halbe Stunde. Zeit, sich umzuziehen. Elsa fühlte sich wie gelähmt und übel war ihr auch.

Zum Glück fand sich in der Küche noch eine Tafel Schokolade. Die hatte sie sich als Belohnung nach anstrengenden Tagen gekauft. Nun musste sie halt als Seelentröster herhalten. Stück für Stück verschwand in Elsas Mund und sie zwang sich, zumindest kleine Pausen zwischen den einzelnen Happen einzulegen.

Als ihre Finger das letzte Stück ertasteten, klopfte es an der Tür. Erschrocken zuckte sie zusammen. Ein Klopfen, das konnte nur bedeuten, dass Manuel vor der Tür stand. Der hatte ihr gerade noch gefehlt.

Elsa durchquerte den Flur und öffnete die Tür. „Das passt gerade gar nicht. Ich habe keine …" Sie verstummte schlagartig, denn vor der Tür stand nicht Manuel, sondern Denise Gutter.

Kapitel 29

„Sie? Also ich meine …“, stotterte Elsa.

„Guten Abend“, erwiderte Denise.

„Wollen Sie zu mir?“, fragte Elsa verblüfft.

„Würde ich sonst an Ihre Tür klopfen?“

„Ja, das stimmt. Es ist dennoch ungünstig. Ich habe gleich eine Verabredung.“

Denise verzog ihren Mund zu einem Lächeln. „Mit Fiete Oltkamps, nehme ich mal an.“

„Na, Sie sind ja gut informiert.“

Erneut tauchte das Lächeln auf. „Ich habe nun einmal meine Quellen. Ich befürchte dennoch, dass Ihre Verabredung mit Fiete ein wenig warten muss.“

„Und warum?“, hakte Elsa nach.

„Ich habe etwas mit Ihnen zu besprechen.“

„Hat das nicht bis morgen Zeit?“

Denise musterte sie, als hätte Elsa den Verstand verloren. „Nein, hat es nicht. Ich breche morgen in aller Frühe auf. Mein Flieger geht gegen acht. Dann noch der Weg nach Rostock, das Einchecken, die Kontrollen.“ Sie winkte ab. „Na, Sie kennen das ja. Könnte ich eventuell reinkommen oder wollen wir die ganze Zeit hier draußen reden?“

„Nein, also ich meine, ja.“ Elsa trat zur Seite und Denise rauschte an ihr vorbei und betrat das Wohnzimmer.

Einen Moment blieb sie in der Tür stehen und schaute sich um. „So klein hatte ich es gar nicht in Erinnerung“, murmelte sie und schien dann Elsas fragenden Blick zu bemerken. „Das war mal meine Wohnung, wussten Sie das nicht? Bevor ich meine eigene hatte. Es gab eine Zeit, da habe ich mich mit meinen Eltern kein Stück verstanden. Jeden Tag gab es Streit. Nun ja, wir sind halt sehr unterschiedlich. Mein Vater hatte dann die Idee, dass ich von meinem heimischen Zimmer in eine der Ferienwohnungen ziehen sollte. Ab diesem Moment herrschte Ruhe, zumindest fast." Dann streiften ihre Blicke das Gepäck, das Elsa im Flur abgestellt hatte. „Heimaturlaub, oder wie? Warum haben Sie gepackt?"

„Heimaturlaub?" Elsa betrat den Raum, verschränkte ihre Arme und lehnte sich an den Küchentresen. Sie fand, dass Denises Art an Unverschämtheit grenzte. Immerhin war dies hier immer noch ihr Zuhause – zumindest für den Moment. „Ich weiß nicht, was Sie meinen. Es ist wohl eher eine Heimfahrt."

Denise schüttelte den Kopf, ließ sich in einen der Sessel fallen und deutete dann auf die gegenüberliegende Couch. „Setzen Sie sich doch. Heimfahrt, Manuel hatte also recht."

Elsa, die gar nichts mehr verstand, nahm Platz. „Womit recht?"

„Nun, dass Sie vermutlich gerade Ihre Sachen packen."

„Erstaunt Sie das?"

„Ziemlich, muss ich zugeben." Denise schlug ein Bein über das andere und ließ ihren Fuß wippen.

„Ich wusste halt die Zeichen zu deuten."

„Die Zeichen? Nun, meine Liebe, Sie sollten sich keinen Job als Deuterin suchen, dafür haben Sie nämlich kein Talent. Aber ich merke, Sie verstehen nur Bahnhof, was natürlich an Ihrer fehlerhaften Einschätzung der Tatsachen liegt.

Meine Mutter wird morgen mit Ihnen sprechen. Da ich da schon weg bin, wollte ich es mir nicht nehmen lassen, Sie noch einmal persönlich aufzusuchen. Ich hatte das Gefühl, Ihnen das schuldig zu sein. Mein Vater sah das übrigens ähnlich. Immerhin haben wir Sie zu einer Spielfigur gemacht, ohne dass Sie davon die geringste Ahnung hatten." Denise machte eine kurze Pause. „Vermutlich haben Sie damit gerechnet, dass meine Mutter Sie heute schon zu sich bittet, aber das hätte ihre

Kräfte überstiegen. Es war ein anstrengender Tag für sie – Herr Rudloff, Babsi und meine Wenigkeit. So viele Dinge waren zu klären oder auf den Punkt zu bringen."

„Tatsächlich?" Elsa klemmte ihre Hände unter die Oberschenkel. Natürlich bemerkte Denise diese kleine Unsicherheit, kommentierte sie aber nicht.

„Ich bin gekommen, um Ihnen zu gratulieren."

„Aber wozu?"

„Nun, zu Ihrem neuen Job, als Leiterin des *Godewinds*." Denise biss sich gespielt auf die Unterlippe. „Ich weiß, ich greife meiner Mutter vor. Die wird Sie morgen erst fragen und Sie können es sich natürlich überlegen und so weiter. Ich gratuliere dennoch schon. Ich sitze auch deswegen hier, weil ich Ihre Miene sehen wollte. Manuel meinte, Sie würden vor Freude vielleicht umfallen. Nun, ich hoffe sehr, das wird nicht passieren."

Elsa musterte ihr Gegenüber mit zusammengekniffenen Augen. „Wenn das ein Scherz sein soll, ich kann nicht lachen."

„Sollen Sie auch nicht. Also, höchstens vor Freude. Oder wollen Sie den Posten etwa nicht?" Denise beugte sich nach vorn.

„Aber Sie …?"

„Ich? Ich fliege morgen Früh nach Köln und trete meine neue Arbeit an. Zum ersten Mal nichts mit Hotels, Gästen, Beschwerden. Nein, etwas ganz anderes, etwas Kreatives und ich habe mir geschworen, zunächst nichts über meinen neuen Job zu verraten. Nur so viel, es ist ein gigantischer Neuanfang."

Elsa schluckte. „Das heißt, Ihre Mutter hat Ihnen heute nicht die Leitung des Hotels übertragen?"

„O Gott, nein, natürlich nicht. Ich geb allerdings zu, als ich hierherkam, war ich einen Moment geneigt, mir die Sache noch einmal zu überlegen. Voriges Jahr hätte ich das *Godewind* am liebsten verkauft. Je eher, umso besser. Dann habe ich dieses Haus doch tatsächlich ein bisschen lieben gelernt." Sie schürzte ihre Lippen. „Total verrückt war das. Als dann aber diese ganzen Vorfälle geschahen und meine Mutter mir nicht vertraute, da wusste ich, es würde nie funktionieren mit mir und dem *Godewind* und meiner Familie im Nacken. Und die Mitarbeiter erst, nun ja, Sie kennen sie ja. Vielleicht später einmal, aber nicht jetzt."

In Elsas Kopf drehte sich alles. Auch das Zimmer schwankte leicht. Schnell hielt sie sich an der Sofalehne fest.

„Ich muss schon sagen, die Kollegen haben von Ihnen ohne Ende geschwärmt. Sie scheinen wie Arsch auf Eimer zu ihnen zu passen. Definitiv besser, als ich es je gekonnt habe. Mir fehlt diese einfühlsame Ader, dieses aufopfernde Agieren, welches Sie definitiv besitzen."

Elsa erhob sich, lief zur Spüle und schenkte sich ein Glas Wasser ein. Bedächtig trank sie es aus. „Nur noch einmal für mich und mein Verständnis: Sie wollen mir gerade sagen, dass ich Leiterin des Hotels werden kann? Ich darf das Ruder im *Godewind* übernehmen?"

„Genau." Denise nickte. „Hätten Sie auch ein Wasser für mich?"

„Ja, natürlich." Elsa schenkte ein und reichte ihr das Glas. „Und Sie machen wirklich keinen Witz mit mir? Ganz ehrlich, ich habe mich nämlich heute schon innerlich von allem verabschiedet."

„Ja, Manuel deutete mir dies vorhin an. Er befürchtete sogar, sie würden heimlich bei Nacht und Nebel aufbrechen und sich davonschleichen. Auch deswegen bin ich hier." Denise betrachtete sie einen Moment. „Es wird nicht leicht werden, das will ich Ihnen schon mal sagen. Meine Mutter wird sich immer noch einmischen. Selbst wenn sie jetzt das Gegenteil verspricht. Veronika auf dem Altenteil – unmöglich. Sie werden starke Nerven brauchen." Denise Tonfall hatte sich verändert. „Doch ich glaube, Sie schaffen das. Mein Vater ist begeistert von Ihnen. Und jetzt, wo die Übeltäterin, die für so viel Unfrieden gesorgt hat, endlich gefunden ist, werden Sie es gewiss leichter haben als ich."

„Babsi", sagte Elsa leise. „Was geschieht mit ihr?"

„Mutter musste sie entlassen, alles andere wäre eine reine Farce gewesen. Sie hat mit Barbara lange gesprochen und sich erklären lassen, was genau passiert ist, vor allem aber, wie es dazu gekommen ist. Aber Veronika wäre nicht Veronika, wenn sie sich nicht trotz allem für Babsi eingesetzt hätte. Sie bekommt eine neue Stelle und die Umstände ihrer Kündigung bleiben ein internes Geheimnis des *Godewinds*."

„Und der eigentlich Verantwortliche? Dieser Stefan Rudloff?", fragte Elsa.

Denise schmunzelte. „Meine Mutter hat ihn heute Morgen aufgesucht, direkt nach dem Gespräch mit Babsi. Was sie unter vier Augen besprochen haben, werden wir wohl nie erfahren. Nur so viel, Rudloff wird dem *Godewind* nicht mehr in die Quere kommen. Es war ein sehr langes und vermutlich eindringliches Gespräch. Sie können mir glauben, dass meine Mutter in solchen Dingen sehr überzeugend ist und ganz sicher die richtigen Argumente vorgebracht hat. Darin ist sie Expertin, damit hat sie das *Godewind* schon oft über schlimme Zeiten gerettet.

Sie und Stefan Rudloff kennen sich schon viele Jahre. Sie hat sogar einmal so etwas wie eine Freundschaft verbunden. Das ist für mich heute unvorstellbar." Denise seufzte. „Vielleicht hat sie ihn an die alten Zeiten erinnert, vielleicht hat sie ihm gedroht. Wer weiß?" Sie trank ihr Glas aus. „Ansonsten wünsche ich Ihnen Glück. Ich bin sicher, wir sehen uns irgendwann wieder. So sehr ich Ahrenshoop auch manchmal verfluche, es zieht mich doch immer wieder hierher zurück." Sie erhob sich, streckte ihre Hand aus und sah Elsa in die Augen. „Alles Gute für Ihren Neustart am Meer." Dann lief Denise Richtung Tür. Ihre Absätze klackten über die Dielen. „Ach übrigens, Sie haben immer noch die Wahl. Sie können die Stelle ablehnen, morgen, wenn Mutter mit Ihnen spricht. Doch ich weiß, das werden Sie nicht tun. Verhandeln Sie klug, vor allem, was das Gehalt betrifft und dann …" Sie schluckte, drehte sich um und stieg die Treppe hinunter. Sekunden später fiel die Haustür hinter ihr ins Schloss.

Elsa stand wie angewurzelt, eine Minute, zwei Minuten, drei Minuten. Sie befürchtete, dass sie, wenn sie sich auch nur einen Millimeter bewegte, aus einem Traum erwachen würde. Einem schönen Traum, der absolut unrealistisch schien.

Erst das sanfte Klacken der Zeitschaltuhr, die das automatische Hauslicht, mit einem Schlag erlöschen ließ, brachte sie zurück in die Gegenwart und schleichende Schritte, die sich von unten näherten.

„Ich gratuliere dir." Lächelnd schaute Manuel sie an. „Sagte ich nicht, du würdest die Stelle bekommen?"

„Ich weiß nicht, was ich sagen soll", erwiderte Elsa.

„Das wird sich geben, da bin ich sicher. Du wirst eine tolle Chefin werden, davon bin ich überzeugt."

Elsa hob die Schultern. „Keine Ahnung."

Manuel stieg die restlichen Stufen nach oben und nahm ihre Hände. „Hey, sehe ich da Zweifel auf deiner Stirn? Die brauchst du nicht zu haben, im Gegenteil. Wenn eine mit jedem Problem fertig wird, dann du."

„Und du? Wann brichst du auf?"

„Morgen im Laufe des Tages. Obwohl ich mich im Service gut geschlagen habe, ziehe ich es vor, mir noch eine kleine Auszeit auf Rügen zu gönnen. Ich besuche einen alten Kollegen und dann geht es auf große Reise nach Dubai."

„Ich wünsche dir viel Glück für deinen neuen Job."

„Danke", sagte Manuel. „Es wird genial, ich kann dir ja mal ein paar Bilder schicken. Aber dann kriege ich vielleicht Ärger mit Herrn Oltkamps." Er zwinkerte. „Also lasse ich es lieber bleiben." Er beugte sich nach vorn und küsste Elsa sanft auf die Wange. „Also, meine kleine Eisprinzessin, mach es gut und bis irgendwann. Irgendwie ahne ich, wir werden uns eines Tages wiedersehen."

Es war stockdunkel, als Elsa endlich den Hafen und somit Fietes Boot erreichte.

In der Zwischenzeit hatte sie zuerst einen Anruf von Sophie entgegengenommen, die sich tausendmal für ihre Fehldeutung der Tatsachen entschuldigt hatte. „Sie haben den Posten, Frau Torberg. Gott, wir haben gedacht, Veronika übergibt Denise das Hotel. Dabei sollen Sie unsere Chefin werden. Ist das nicht unglaublich? Denise hat sich vorhin verabschiedet und gemeint, sie würde zu Ihnen fahren, um es Ihnen persönlich zu sagen. Wir wollten eigentlich bis morgen warten, aber ich glaube, da wäre ich geplatzt. Peter steht neben mir und wir freuen uns so sehr."

Elsa hatte kaum Worte gefunden. „Ich weiß nicht, was ich sagen soll."

„Sagen Sie einfach ja. Ja zum *Godewind*."

„Erst einmal muss ich mit Frau Gutter sprechen", hatte Elsa geantwortet.

„Natürlich, logisch. Ach, wir sehen uns morgen."

Dann war eine Nachricht von Frau Gutter gekommen, die sie für den nächsten Tag um Punkt neun zu einem Gespräch erwartete.

Elsa hatte die Nummer ihres Vaters gewählt. Nach einigen Klingelzeichen war Joachim rangegangen. „Papa, ich hab die Stelle, also fast, ich weiß gar nicht …"

Dann hatte sie losgeheult und ihr Vater hatte geschwiegen. So lange, bis sie sich beruhigt hatte. „Herzlichen Glückwunsch, ich freue mich so für dich und darauf, zum ersten Mal deine neue Heimat zu sehen."

Das hatte den Tränenfluss noch stärker strömen lassen. „Du musst mich besuchen kommen, unbedingt. Du musst das Hotel sehen und alles. Aber jetzt muss ich auflegen, ich hab noch eine Verabredung."

„Eine Verabredung?"

Elsa hatte geschmunzelt. „Eine Verabredung", hatte sie leise gesagt.

„Na, siehst du, wie sich die Dinge manchmal fügen? Und nun los, man sollte einen Mann niemals warten lassen."

Sie war die Treppe herunter gerannt, als ihr plötzlich noch etwas eingefallen war. Elsa war wieder nach oben gelaufen und hatte eine Tüte aus ihrem Kühlschrank geholt.

Während der kurzen Fahrt hatte sie versucht, Ben anzurufen. Zum Glück war der nicht ans Telefon gegangen. Also hatte sie ihm eine kreischende, leicht übergeschnappte Sprachnachricht hinterlassen.

Elsa passierte den schwankenden Steg und sah das Boot auf dem Wasser liegen. Durch die kleinen Bullaugen leuchtete ein schwacher Lichtschein. Einen Moment blieb sie stehen und schaute Richtung Himmel. Einer der Sterne blinkte besonders hell und schien ihr zuzuzwinkern. „Das ist deine Mama, die von oben auf dich aufpasst", hatte ihre Oma früher immer gesagt. Das war tröstend gewesen für die kleine Elsa. Und jetzt hatte sie das Gefühl, als würde Mama ihr wirklich von dort oben zuwinken.

Sie ergriff die Reling, setzte einen großen Schritt und schwang sich dann auf die andere Seite. Elsa lief über das Deck und wollte gerade die Tür zur Kabine öffnen, als sie einen dunklen Schatten erspähte, der am Bug stand.

„Fiete?", fragte sie unsicher.

Der Schatten näherte sich. „Du kommst spät", antwortete er. „Wenn ich ehrlich bin, dachte ich, du kommst gar nicht mehr."

„Ich hatte es versprochen. Außerdem muss ich dir noch etwas vorbeibringen." Sie griff in ihre Tasche und holte die Tüte mit dem Fischbrötchen hervor. „Ich hätte es beinahe daheim liegen lassen."

Fiete lachte leise, zumindest hörte es sich so an. „Das gekochte Essen dürfte inzwischen übrigens kalt sein. Wir waren vor über einer Stunde verabredet."

„Es gibt Neuigkeiten, die zu gewissen Verzögerungen geführt haben", meinte Elsa. „Tut mir leid." Noch immer hielt sie die Tüte in ihren ausgestreckten Händen.

Schließlich griff Fiete zu. „Danke. Und was war so wichtig?"

Sie zählte innerlich bis zehn. „Ich hab den Job! Ich kann hierbleiben, in Ahrenshoop." Nun war es heraus.

Fiete war ganz still. Sie hörte ihn atmen, das Glucksen des Wassers, das Rauschen des Schilfes, das Knarren der Takelage an Bord.

„Warum sagst du denn nichts?", fragte Elsa. Sie hatte mit einer anderen Reaktion seinerseits gerechnet.

Die Tüte mit dem Fischbrötchen fiel zu Boden. Fiete kam näher, bis ihre Körper sich berührten. „Ich hab den ganzen Tag überlegt, was ich wann sage und tue, und nun ist mein Kopf schrecklich leer. Alles ist weg." Er seufzte. „Ich sagte ja schon, dass ich aus der Übung bin, was solche Dinge betrifft."

Elsa ergriff seine Hände. „Ich bin auch nicht gerade geübt darin. Doch ich bin sicher, wir können es zusammen lernen. Langsam, in unserem Tempo."

Fiete beugte sich nach vorn und schmiegte sein Gesicht an ihr Haar. „Ich werde vielleicht manchmal noch von den alten Zeiten sprechen."

„Du meinst von Marit?"

Er nickte stumm.

„Sie wird für immer Teil deines Lebens sein."

„Ja, und trotzdem ist es Zeit für ein neues Kapitel. Eines, das wir gemeinsam schreiben. Also, wenn du willst." Fiete hob ihr Kinn an und senkte seinen Mund auf ihre Lippen.

„Ich will." Elsa schloss die Augen, gab sich ihm und seiner Berührung ganz hin. Wind wehte sanft vom Meer herüber. Er roch nach Salz, nach Seetang und nach Ferne. Und auf einmal wurde ihr bewusst, dass sie im Herzen schon immer ein

Ostseemädchen gewesen war und genau hier an diesen Platz
gehörte.

Danke

Was wäre ein Buch ohne die Menschen, die verborgen im Hintergrund ihren Teil dazu beitragen.

Da wäre mein Mann, der sich verschiedene Passagen wieder und wieder anhören darf und viele gute Verbesserungsvorschläge mit eingebracht hat. Ich danke dir für deine Geduld, die aufbauenden Worte und das du mir immer den Rücken freihältst.

Ich danke meiner Lektorin Julia Blasius, die meinen Worten den letzten Schliff gegeben und viele Fehlerteufelchen ausgemerzt hat. Ich danke Constanze Cramer, die mir ein wunderschönes Cover kreiert hat. Ich danke meiner Susi, für kleine Zuarbeiten.

Ganz besonders danke ich Euch, meinen lieben Lesern, für Eure Treue und Euer Feedback. Ich sage danke für Eure Briefe und Mails und die vielen Bewertungen. Schreibt mir bitte auch weiterhin, wie Euch mein Buch gefallen hat. Eure Meinung und Eure Rezensionen sind mir sehr wichtig.

Wie immer in meinen Büchern gilt: Nicht jede Straße, nicht jeder beschriebene Ort existiert in der Wirklichkeit oder ist genau dort zu finden, wo ich ihn beschrieben habe. Das ist die künstlerische Freiheit, die sich Autoren nehmen dürfen.

Herzlichst
Eure, Ihre Evelyn
www.evelyn-kuehne.de

Bisher erschienene Bücher

Viertel Kraft voraus
Neuanfang auf Italienisch
Dünengeflüster
Dünenrauschen
Dünenzauber
Inselküsse
Rügenträume und Meeresrauschen
Rügenträume und Strandgeflüster
Rügenträume und Bernsteinfunkeln
Das Geheimnis des Kameliengartens
Winter im kleinen Fördehaus
Riss im Nebel
Mord mit Elbblick
Tödliche Trauben
Eine Bühne für den Mörder
Sieben Tage Ostseeblau
Willkommen im kleinen Ostseehotel – Winterstürme
Willkommen im kleinen Ostseehotel – Frühlingsgefühle
Die kühne Marie

Willkommen im kleinen Ostseehotel – Winterstürme

Wenn dir der Ostseewind an einem eiskalten Wintertag einen attraktiven Mann an den einsamen Strand weht, das kann doch eigentlich nur... Ja, was eigentlich, Schicksal oder Zufall sein?

Sophie scheint ihren Platz im Leben gefunden zu haben. Zimmermädchen im Ostseehotel Godewind in Ahrenshoop, zwei Kinder, alleinerziehend und resignierte Besitzerin eines Hauses mit reichlich Modernisierungsstau. Für die große Liebe bleibt da keine Zeit. Bis Lars Ziegler, der Regisseur der alljährlichen Ostseeweihnachtsshow ausgerechnet in ihrem Hotel absteigt und Sophies Gefühle kräftig durcheinander wirbelt. Als dann auch noch ihre Chefin einen Unfall erleidet und deren hochnäsige Tochter Denise das Ruder im Godewind übernimmt, ist plötzlich nicht nur Weihnachten, sondern Sophies gesamte kleine Welt in Gefahr.

Willkommen im Hotel Godewind in Ahrenshoop, auf dem Darß. Teil 1 der neuen Ostsee-Reihe von Bestsellerautorin Evelyn Kühne.

Willkommen im kleinen Ostseehotel –
Sommerträume
erscheint im Mai/Juni 2023